文学と内なる権力

日本近代文学の諸相

矢本浩司
Yamoto Kouji

翰林書房

文学と内なる権力——日本近代文学の諸相——◎目次

権力とは先刻御話した自分の個性を他人の頭の上に無理矢理に圧し付ける道具なのです。道具だと判然云ひ切つてわるければ、そんな道具に使ひ得る利器なのです。

（夏目漱石の講演「私の個人主義」から）

はじめに——芥川龍之介「鼻」に触れつつ——

近年は気の向くままに好きな文学作品を選んで、「資本主義」と「欲望」、「人間関係」と「無意識」などの観点から自由に論じてきた、と思っていた。しかし、本にするにあたって、あらためて目次にして並べて見ると、権力にこだわって論じてきたことに気がついた。たしかに、「資本主義」については、フーコーが、管理する権力は「資本主義の発達に不可欠の要因」[1]であると喝破したとおりであるし、「人間関係」は「権力関係」にも置き換えられるし、「欲望」の生成にも権力の諸関係が影響する。主体は、権力構造のもとで「無意識」に権力的に振る舞う。全く意識しなかったわけではなく、明らかに権力をキーにして読んだ作品もあるが、それでもこの十年ほどの間に論じた作品を明治から現代まで並べてみたら、権力によって串刺しにされていたことは、我ながら意外だった。V章の中本たか子の小伝は、講演の依頼を受けて準備したことをもとにこれまでに活字にしたものをまとめて、ここに収録したが、彼女の半生も権力との関係を抜きには語れない。

ところで、フーコー以降の権力論は、観念論的な（自我ベースの）哲学思想に依拠せず、唯物論的な機能主義やシステム論を軸として展開しているように見える。たとえば、本書でも引用するニコラス・ルーマンは、人間の意志による支配（マックス・ウェーバー『権力と支配』）から隔たって、権力はコミュニケーション・メディアであるととらえて、権力の現象を分析している[2]。

「欲望」は外部から到来する。あるいは「人間関係」のなかで生成されるものだ。権力もそれと同じで、外部から到来する。あるいは「人間関係」のなかで生成される。ひとたび生成された権力は、人間を権力的な主体に仕立て上げる。仮に主体が抑制的に振る舞って権力を自己から分離できたとしても、権力は生み出した人間のもとを離れて、システムとして存続する。この権力構造は、ほかの人間を絡め取り、次々に権力的な主体に仕立て上げていく。会社で部下に仕事を強制する社長が辞職しても、次に社長の職掌に就いた者が仕事を強要する。たとえ法人や政府が崩壊しても（その中心にいた人間が全員いなくなっても）、別の法人や次代の政府に権力構造は引き継がれるのである。

主体とは、権力行使、服従、闘争、抵抗などの権力諸関係の接合と離合の局面に出現する現象であると言えるかもしれない。そうであれば、主体の主な仕事は、権力関係のさまざまな接触面でスムーズにシステムを駆動させ、権力の強制と服従とのあいだの均衡を保つための調整役だと言えるのではないか。

権力関係の崩壊（社会の停止・停滞など）が起こらないように、主体は合理的な説明による納得や、全能感や優越感や怒りや憎悪や忍耐などのさまざまな感情の起伏に彩られたケースバイケースの物語の生成を伴う「内面」を次々に誕生させて、[3]権力関係の接触面を調整しているわけである。言わば、権力関係のあらゆる接合と離合の局面を円滑に調整するに相応しい内面を次々に準備する主体は、工場でさまざまな製品の品質を点検して調整する機械のようなものだ。ならば、現代の権力論を軸に小説を読むことは、「私」の内面がアプリオリに存在するという観念論的な（自我ベースの）哲学思想に依拠せず、唯物論的な機能主義・機械主義、システム論に基づいて、小説の読み方（作中人物や語り手の主体性、自我や内面、無意識などの捉え方）に根本的な変更を迫ることになろう。

試みに、芥川龍之介「鼻」[4]を読んでみよう。「鼻」は、主として、大きな鼻を持つ禅智内供の自尊心や感情の変化、禅智内供を嘲笑する「傍観者の利己主義」（語り手の見識）に焦点を当てて読まれてきた。禅智内供の内面をどのように肯定する（喜劇として読む）にしても、否定する（悲劇として読む）にしても、従来の読みは、アプリオリな自我ベースの観念論に立脚している。これに対して、機能主義的な権力論に立てば、「沙弥」の頃から苦労して出世した一人の僧侶が獲得した権力の機能は、たちまちこの一人の人間から分離して、彼が到達した「内道場供奉」という高位の職掌に移動する。禅智内供の鼻が異常に長くとも、高僧の人徳に似つかわしくない負の感情が彼に渦巻いていようとも、これと無関係に、弟子や周囲の者は彼が纏う職掌に平伏するのである。内供奉僧という職掌が弟子の僧を服従させているので、弟子は毎回の食事のたびに板で鼻を持ち上げたり、鼻を短くする方法を積極的に医者に尋ねたりするのである。禅智内供その人も、高位の職掌にあるからこそ余計に自尊心が傷つくのであり、言わば職掌が、傷つく自尊心を育んだとみることができる。内供奉僧という職掌は、宮中に召されて天皇の健康や国家鎮護を祈祷（御斎会）することが任務である。しかし、禅智内供その人は専ら鼻を気にして、自己の心の平安を求めている。つまり、いまや権力は、職掌から鼻という身体の部位に移動しているとみることができる。禅智内供が「法華経書写の功を積んだ時のやうな、のびのびした気分になつた」のも、このためである。鼻の変化（大きかった鼻が縮むこと）によって、禅智内供その人は、「日毎に機嫌が悪く」なり、「誰でも意地悪く叱りつけ」たり、中童子の手から「鼻持上げの木」の「片をひつたくつて、したゝかその顔を打つ」たりするなど、内供奉僧という職掌に相応しいとは思われない行動に出る。鼻の権力が（その変化を通して）、内供奉僧らしからぬ言動を強要しているのである。

現実世界の天皇や国家という最高権力に従うのでなく、あるいは精神世界を支配する仏法という権力に従うのでもない。禅智内供と傍観者たちとの間で生成される鼻の権力を媒体（メディア）として、傷つく自尊心や意地悪く叱りつける横暴な精神が誕生しているのである。

禅智内供は、権力化した鼻という身体の部位に接触して、主体を構築している。禅智内供の「はればれした心もち」も「反て恨めしくなつた」気持ちも、周囲への怒りや意地悪や暴力も、鼻という権力に接触したことで反応を強制された主体が、システマティックな権力現象を破綻させないために生み出した調整としての内面である。さらに言えば、禅智内供には「答を与へる明が欠けてゐる」と断じる全知視点の語り手の見識さえも、禅智内供や（語り手が言うところの）「傍観者」たちを鼻という権力を媒介して見たことで出現する語り手の内面による「調整」（＝「傍観者の利己主義」という説明で納得すること）である。

鼻が小さくなっても、機能としての権力は既にこの鼻に移動しているので、今度は鼻が大きいときとは異なる反応が強要される。禅智内供の悲劇（滑稽）は、人一倍の自尊心や異常な鼻を持つことの苦しみや猜疑心や誤解、あるいは「傍観者の利己主義」や、「傍観者の利己主義」を断定する語り手らのアプリオリな自意識によるのではなく、権力的に機能する鼻との出会いによって生成する主体（の内面）が（哀れにも）踊らざるを得ないという、権力と主体との構築主義的な関係に基づいている点にあると読み替えることができる。少なくとも、権力性を帯びるモノや身体は、人間の意識（精神）によって簡単に操れるものではなく、むしろ操られている（ミイラ取りがミイラになる）という逆転の悲劇と滑稽が描かれているとみることができよう。

分離した権力によって踊らざるを得ないのは、禅智内供だけではない。権力は人間関係のあいだで生成する。禅智内供と弟子とのあいだで鼻という媒体が権力的に機能して、禅智内供と弟子の両者に特別な食事の作法や鼻の療治を強要する。禅智内供と周囲の傍観者（下法師、中童子、侍など）との間でも鼻という権力が機能して、彼らは禅智内供への嘲笑（「前にはあのやうにつけつけとは哂はなんだて」）や陰口を強要され、禅智内供は嘲笑される立ち位置に移動せざるを得なくなる。そこで、負の思考と感情を持つ内面が異常な鼻という権力装置を介して生成されるのである。全知の語り手も、鼻の権力によって、「傍観者の利己主義」という見識（説明＝調整）を生み出して得心する内面を生んでいる。

もっと言えば、「鼻」の読者がことごとく禅智内供の内面を解釈するのは、鼻の権力に反応して、禅智内供（あるいは作者）との間に生成された読者主体自らの内面を、解釈という行為を通して生み出しているのである。作者と読者とのあいだで「鼻」というテクスト（媒体）が権力的に機能して、解釈（＝読者の内面の生成）を強要する。このとき、「鼻」を読む一読者としての「私」が応答責任を負う主体として出現し、応答内容（説明）という内面が生成されたとも言えよう。

取っ掛かりとして、芥川龍之介「鼻」を機能主義的な権力論から少しだけ読んでみたが、本書は権力理論を展開することが目的ではない。唯物論的な権力論を意識した論もあるが、並べてみたら、文学の内なる権力を扱っていたことに気づいただけである。必要に応じて理論を引用することはあっても、それありきで論じたわけではない。結果的に権力の炙り出しを試みていたというだけである。したがって、唯物論的な権力論を手がかりにした論ばかりではなく、ヘゲモニー闘争を分析した論もあれば、階級と権力の問題を扱った論もある。国家権力や政治権力に着目した論もあれば、権力的なトポスを俎上にした論もある。家父長制の構造を浮き彫りにして批判する論もあれば、作者の権力や権威に目を向けた論もある。無論、主軸が権力ではない論もある。

大きな物語が失効した不安な世界では、権力が見せる夢（あるいは権力を媒介して主体が作り出す欲望）は、魅力的な麻薬となる。人間はその夢を拠り所として、一層権力を行使し、あるいは権力に服従するのである。フーコーが批判する「生―政治」[5]などはその代表だろう。スティーヴン・ルークスが指摘する周到な「三次元的権力観」（文化的な制度や慣習を利用して人間の思想や選択を操作する権力）[6]も権力が見せる夢に含んでよかろう。

夢は一種の解釈である。ならば、権力に抗する有効な手段は、権力が見せる夢を上回る魅力的な解釈を提示することである。いまや権力関係の調整役であった主体の最大の仕事は、解釈であると言える。たとえ権力への後発的な反応であるとしても、魅力的な解釈の創出によって、権力が見せる夢から目醒めさせ（権力を相対化し）、権力を削ぐのである。もっとも、本書に文学作品の支配的な読みの権力を相対化する（権力に抗する）解釈の強度があるかどうかは、本書をお読みになる読者諸氏に判断してもらうほかない。

注

（1）『性の歴史Ⅰ　知への意志』「第五章」渡辺守章訳、新潮社、一九八六年九月。原著は一九七六年

（2）『権力』長岡克行訳、勁草書房、一九八六年九月。原著は一九七五年

（3）柄谷行人は「告白という制度」（『季刊藝術』一九七九年冬号）で、「告白という制度が、告白されるべき内面、あるいは「真の自己」なるものを産出する」、「告白するという義務が」、「「内面」を作り出すのである」と述べているが、これを権力論に置き換えると、「告白という制度」が権力媒体であり、この権力媒体を介して、たとえば、司祭と告解者との間で「内面」が生成されると言い換えられよう。柄谷が言う「告白するという義務」とは、権力作用のことにほかなるまい。なお、フーコーは『性の歴史Ⅰ　知への意志』（1）で、（性に関係する）告白は「権力の関係において展開される儀式である」、「内在的な変化が起こる儀式である」（「第三章」）と述べているが、これは柄谷の考えに直結するものであろう

（4）『新思潮』大正五（一九一六）年二月

（5）（1）に同じ

（6）『現代権力論批判』中島吉弘訳、未来社、一九九五年一月。原著は一九七四年

※「鼻」本文の引用は『芥川龍之介全集　第一巻』（岩波書店、一九九五年一一月）に拠った

I　漱石文学の応答責任

転移する「こころ」

一

「こころ」[1]の冒頭で先生と青年が出会った当時の鎌倉は、東京近郊の新しい避暑地として人気を博し、流行の海水浴にうってつけの場所としても賑わっていた。[2]別荘が多く存在し、「こころ」にも「個人の別荘は其処此処にいくつでも建てられてゐた」（上二）とある。明治四五年発行の『現代の鎌倉』[3]には「四百余戸」の別荘が建つとあり、同書巻末の「別荘一覧」を数えれば、鎌倉御用邸をはじめとする皇族の別邸が四邸[4]、華族の別荘が六七戸もあり、文武官の別荘は一四五戸に上る。このほかに、銀行員会社員らの別荘も多く存在した。庶民で賑わう鎌倉の海岸を少し入ると、鶴岡八幡宮や長谷大仏などの著名な社寺と共に、皇族、華族、文武官、資産家らの上流階級の別荘が建ち並んでいたのである。

「こころ」の先生は光明寺に宿泊した可能性があるが[5]、光明寺は「水浴軍人」が宿泊に利用した場所でもあった。[6]また、同じく鎌倉の片瀬海岸では学習院の臨海学校が毎年催され、学習院長の乃木希典も寄宿舎で学生と寝食を共にした。[7]フーコーは、軍隊や学校は規律訓練型（近代的）権力が生成する場だと指摘するが[8]、明治天皇警護の近衛師団や第一師団及び陸軍幼年学校[9]、学生に訓示綱目を与えた乃木[10]の学習院などが水浴や演習を行った鎌倉の海水浴場は、まさに規律訓練型権力が生成されるトポスである。鎌倉は古い社寺が象徴する歴史的・宗教的なトポスでもあるが、ここには横須賀へ通勤する陸海軍人が多く住み、「京浜間の官営銀行会社へ通勤する管理紳商[11]」も多く、宗教性を背景とした皇族を頂点とする支配階級から庶民までの階層秩序が、生活者の住む古都に別荘と海水浴という新しい流行を加えることによって立体視できるトポスでもある。マルクスは、上部構造はイデオロギー的な性格を持つと指摘するが[12]、鎌倉は、明治天皇を中心とする帝国主義イデオロギーの縮図のようなトポスだと言ってよかろう。乃木大将による明治天皇への殉死に模した先生の自殺で終わる「こころ」という小説に、実はその初めから、明治天皇や乃木大将が象徴する明治日本の権力構造のコンテクストがあるのである。

漱石も旧知の中村是公が所有する鎌倉の別荘を明治四四年に訪れており[13]、翌明治四五年の夏には鎌倉に別荘を借りて滞在した[14]。満鉄総裁の中村是公は、明治四二年の伊藤博文暗殺の現場にも居合わせているが、中村と久闊を叙した漱石が、この鎌倉という権力と政治のトポスで、まだホットな伊藤博文暗殺の顚末をはじめとする政治や権力の情報を入手していたとしても不思議はない。大正元年に発表された漱石の「初秋の一日」[15]は、漱石が中村是公らと鎌倉の東慶寺の管長に面会する内容であるが、この話も最後は「御大葬と乃木大将の記事」で結ばれている。『こころ』の連載が始まる四ヶ月前の大正二年一二月に中村は満鉄を追われ、この時に多くの役員が中村に殉じて退社した。漱石の中で、権力に近い場所にいた中村是公と鎌倉というトポスが結合し、崩御や殉死という大きな事件があったことから、「こころ」に明治天皇や乃木大将が象徴的に喚起された可能性もある。

こうした連想を可能足らしめる権力構造をコンテクストとする小説として「こころ」をみれば、冒頭にのみ登場する「西洋人」も異彩を放ってくる。『現代の鎌倉』には鎌倉が外国からの遊覧観光客に人気の地であり、外国人が少なからず滞在していたとあるから[16]、この地では外国人がさして珍しいものではないことがわかるが、「こころ」の「西洋人」は一般的な観光客ではなく、また「先生の語学力・学識・知性等を示唆する」ためだけに「利用」された「ご用済み」[17]の存在でもない。そもそも日本人に海水浴を奨励し、避暑や別荘の所有を推奨したのは、明治政府のお雇い外国人であった[18]。たとえばヘボンは、健康のための海水浴を奨励し、日本の海水浴場開設に尽力している[19]。ベルツは、海水浴場の適地探索を行い、鎌倉片瀬の海岸が海水浴に適していることを内務省へ紹介している[20]。

皇室に別荘を持つように推奨したのもベルツである。[21]嘉仁親王（大正天皇）の侍医のような立場にあり、伊藤博文に請われて来日し、東京医科大学で教師を務め、勲一等旭日大綬章まで授かったベルツは、「こころ」の連載が始まる七ヶ月ほど前に死去したが、[22]鎌倉の海岸で先生と同行していた「西洋人」は、こうしたベルツなどのお雇い外国人を連想させる人物ではあるまいか。

明治天皇は、もちろん明治日本に生きる人々の巨大な〈父〉[23]のメタファーである。その明治天皇のもとで、華族・文武官から学校における校長や教室の教師、会社の社長まで、位階秩序の全ての上位権限者は、象徴的なレベルで〈父〉を代理するメタファーとして機能するが、お雇い外国人もこれらに連なる象徴的存在である。たとえば、技師にして教育者のヘンリー・ダイアーが「近代技術教育の父」と呼ばれ、治金技師のウィリアム・ガウランドが「考古学の父」と呼ばれたように、教育や軍隊や産業などのさまざまな分野の先達であり、近代化の指導者であるお雇い外国人は、まさに〈父〉のメタファーで語られる存在であった。皇室に重用されたベルツも、「近代医学導入の父」[24]と称されている。

「こころ」の先生は、こうした明治日本の〈父〉の代理であるお雇い外国人を連想させる「西洋人」と、鎌倉で海水浴に興じていたのである。静と結婚して明治民法下の家父長となり、「先生」という〈父〉の記号で青年に呼称される先生も、少なからず〈父〉の構造・〈父〉の制度を代理する存在である。例えば、先生は下宿では「主人のようなもの」だったと遺書に書いているが、お嬢さんの静が琴を弾く時に出す歌声や友達との会話の音量が下宿で小さかったのも、擬似的な家父長の境遇にある先生を中心に据えた配慮だろう。先生は、若くして既に〈父〉の座に就いていたのである。

青年は先生と「西洋人」が一直線に泳ぐ様を観察していたが、ここで元来は潑剌だった先生にスイッチが入って、西洋人に追いつけ追い越せの気概を持った明治知識人としての競争意識が、競泳の形で噴出していたのではないか。

静は「矢つ張り何か遣りたいのでせう。それでいて出来ないんです」と先生を評しているが、Kの事件がなければ、鎌倉に別荘を構える高官やお雇い外国人のように、先生が日本の近代化に貢献する人生を歩んだ可能性もある。このような先生の密かな願望が、「西洋人」との「一直線」の競泳に表れていたのではないか。[25] 先生が「日本人にさへあまり交際を持たないのに、さういふ外国人と近付になつたのは不思議だと云つた」（上三）のは、鎌倉の町の権力ヒエラルキーを目の当たりにして、無意識の欲望が噴出したからなのではないか。とすれば、青年が海水浴場で先生への興味を高めたのも、先生が「西洋人」と互角に泳いでいたからだと考えられる。学校は国家のイデオロギー装置であるが、日露戦争期に思春期を過ごし、海水浴の現在において学生であった青年が、近代化を促進して西洋列強に伍するという競争意識や欲望を無意識に内面化していたとすれば、この欲望を眼前で遂行している先達が、他ならぬ先生であった。ここで、青年の無意識に刷り込まれていた欲望が、先生が競泳を通して発現させた欲望を見つめることで、発現したのである。つまり、青年は先生の欲望を欲望したのである。[26] 見知らぬ先生を「青年が追いかけ」て泳ぐのも、青年が同じ欲望の先行者である先生その人を欲望したからなのである。海上で青年が「自由と歓喜に充ちた筋肉を動かして海の中で踊り狂つた」（動的な生の暗示）のに対して、先生が「ぱたりと手足の運動を已めて仰向になつた儘浪の上に寝た」（静的な死の暗示）のは対照的だが、青年は直ちに先生の「其真似をし」（上三）、浜へ戻った青年は口から思わず「先生」と発する。青年は、欲望を実現する先達＝〈父〉として、先生を仰ぎ見たのである。

支配・統治階級の皇族や華族、規律を押し付ける軍隊や学校とその長である乃木大将、さらには指導者であるお雇い外国人たち、彼らはみな象徴的なレベルでの〈父〉である。鎌倉という古都自体も、（武士の物語がセットになった）寺社などの宗教的建築物という超越論的存在のメタファーと、「別荘」という権力の執行者たちのメタファーに塗れる〈父〉のトポスである。その一つである「広い寺の境内にある別荘のような建物」に宿泊する「先生」も、青年に仰ぎ見られることで、やはり小さな〈父〉となった。なお、青年は友達と連れ立って海水浴に来ていたが、この友達にしても、「中国の或る資産家の息子」で、「国元にいる親達」から望まぬ結婚を強要されており、明治民法下の家父長制度とその代理である「国元にいる親達」という〈父〉の強権に縛られている。

二

「こころ」が象徴的な〈父〉の空間から始まる小説であることは、先述した通りである。浅野洋氏は「『こゝろ』において第一に目につく特徴は、〈死屍累々の物語〉だという事実である[27]」と述べているが、この特徴に付け加えるとすれば、それは死んだ者の多くが、〈父〉だということである。列記すれば、病没した先生の父、瀕死の青年の父、戦死した静の父、自殺したK[28]、崩御した明治天皇、殉死した乃木大将、自殺した先生らである。また、それぞれ亡くなった先生の母、静の母、乃木大将の妻は、いずれも死んだ〈父〉に連なる存在だ。静の母は軍人の妻であり、青年の実父や明治天皇と同じ病気（腎臓病）で死んでいる。先生の母は、先生の父と同じ病気（腸チフス）で死んでいる。乃木大将の妻静子は、乃木大将の後を追って自害した。母たちは自分たちの夫に連なって〈父〉の死を反復している。

「こころ」は、〈父〉たちが次々に斃れる小説であり、〈父〉たちの屍の上に成立つ小説である。このことは、何を意味するだろうか。死者たちのうち、徴候的な言動を示して自殺したKと先生を中心に考えてみたい。

まずKであるが、彼は精神的な高みを目指して、孤独や肉体的な苦痛に耐えて「精進」している。この際立ってストイックな姿勢を精神的な病の症状だと見なせば、Kの無意識は、死を望んでいると言える（究極まで突き詰めた禁欲は死にほかなるまい）。「自殺する人は不自然な暴力」を行使すると先生が言うが、「不自然な暴力」の正体は、〈死の欲動〉（タナトス）のことではないだろうか。〈死の欲動〉が、現世的な利益や安寧から隔離させ、肉体に苦痛を与えるようにKを突き動かしている。先生が「斯うして海の中へ突き落したら何うする」と言って首筋を押さえても、Kは「丁度好い、遣つて呉れ」と応じるが、なぜKは〈死の欲動〉を抱えているのか。ラカンは「対象の解らない親の欲望に対して子供が差し出す最初の対象、それは己自身の喪失」だと述べ、「己の死、己の消失という幻想こそが、この弁証法の中で、主体が使える最初の賭金なのです。実際彼はそれを賭けるのです[29]」と言っている。「弁証法」とは、欲望を生成する親子関係ほどの意味だろう。ラカンによれば、主体の欲望は他者の欲望であるから、子という主体の欲望は、親という他者の欲望だということになる。親の欲望の対象がわからない場合に、子は命を差し出すというわけだ。ラカンはこのことを端的に、「彼はぼくを失いたいのかな？[30]」と表現する。では、幼年の頃のKにとって、「対象の解らない親の欲望」とは何だったのか。それは、おそらく「坊さんの子」であったKが、医者の家へ養子として送られたことに由来する[31]。Kは死を扱う寺の宗教的空間から放逐され、生を扱う医者のもとへ送られた。Kを取り巻く自然で慣れ親しんだ世界は一夜にして一転し、自然的な愛情により揺るがないはずの血の関係が、容易に解消された。実母に死別し、継母が現れ、母のように慕った姉が嫁ぎ、養子に出されて姓も変わった。先生ですら「Kの姓が急に変つていたので驚いた」と言うが、自明と思われていた環境が次々に変化する中で、Kの同一性の根拠が揺らいだとしてもおかしくない。存在の根拠を揺るがす出来事が、「実家はKを失いたいのかな？」とKに思わせ、Kに〈死の欲動〉を生じさせたと考えることができる。「Kの姓が急に変つていた」のと、Kが「宗教とか哲学とかいう六づかしい問題で、私を困らせる」ようになったのは、どちらも「まだ中学にいる時の事」だが、養家を欺いて医学の道（生の道、新しい世界）へ進まずに精神的な仏教の世界（死の道、懐かしい世界）へKが進んだのは、Kの「送籍」に起因しているとみて間違いあるまい。養父母は、新しい〈父〉として、Kに対して医者になれと命令を発信したが、〈死の欲動〉を持つKはこれを拒絶した。〈父〉の厳命に従うことは、精神分析の用語で言えば「去勢」（父が子の母への性的欲望を禁止するため）である。Kは自らこの欺きを露見させ、実家と養家の両方から見放されるので、Kは養家の新しい〈父〉による「去勢」を免れ、同時に「武士に似たところがある」僧侶である実家の古い〈父〉からの「去勢」も免れた。このために、Kは現実世界で孤立して貧窮した生活を余儀なくされる。Kの一連の徴候的な行動や態度（養家を欺いたことを自ら暴露し、「寺の一間を借り」、「手首に数珠をし、「御経の名」を言うなど）は、〈死の欲動〉に由来する病症の進行を物語るものである。

だが、先生と同じ下宿へ移ってから、Kの症状は緩和した。もちろんこの変化は、先生や静母子と一つ屋根の下に暮らし、一緒に食卓を囲み、家庭的な環境に身を置き、失われた家族（関係が保証する自己同一性）を擬似的に回復したことや静に恋をしたことによるものだが、第一には先生がKを下宿へ招き入れたことが、この変化の発端である。したがって、Kと先生との関係は、症状が悪化する患者Kを分析家の「先生」が治療するという構図でみることができる。

精神分析の現場では、「分析主体」（患者）と「分析家」（治療者）との間に起こる「転移」が重視される。患者が幼児期に親などの重要な存在に抱いた感情や態度が治療者に向かうことをフロイトは「転移」と呼んだが、ラカンはこれを「分析主体」と「知っていると想定される主体」（分析家・治療者）との間で起こる欲望の移動であると捉え、「分析主体」と「知っていると想定される主体」[32]との間で新しく生成される幻想だとみる。[33]これに見立てれば、〈死の欲動〉にとり憑かれたKという患者が知らない「知」を「知っていると想定される主体」は、「先生」である。叔父に裏切られた人間不信が下宿へ引っ越すことで回復した「先生」は、Kが回復する手立てを「知っている主体」としてKに映じる。Kの〈死の欲動〉は、先生とKとの間で生成される新しい幻想（温かい家庭、他者との繋がり、愛など）に取って代わられた。それが幻想であっても、効果として症状が緩和する（死の淵から遠のく）のであれば、治療は成功となる。Kにとって経済的な支援者であり、同じ下宿である「宅中で一番好い部屋」に住んでいる先生は、Kからすれば、擬似的家族の家父長に見立てられる位置にいる。恋の対象である静は、Kを養子にやって愛してくれなかった（他界した）実母の代理（もしくは「他家へ縁づいた」姉の代理）に見立てられる。Kは失った家族と愛を一度に回復した。これが、Kに生じた「転移」である。現に「女はそう軽蔑すべきものではない」と言って考えを軟化させ、先生から「神経衰弱は此時もう大分可くなつていたらしい」と見られるKの症状は、明らかに緩和していたのである。

ところが先生は実際の治療者ではない。先生にとってKは恋敵である。Kからすれば、患者であるKが治療者である先生に見放されたことになる。実母や姉の代理である静との関係を、（先生と静が結婚するというKにはどうすることもできない事実に直面することで）あたかも幼児期に〈父〉が母子の性的関係を禁止するように引き裂かれたことになる。これによって、母が愛してくれないという絶望的な体験を（静との間に）再現することになったのである。なお、Kの姉は唯一Kのことを気にかけた存在であり、Kに手紙を寄越し、先生にまで姉は夫を通してKを心配する手紙を寄越すほどであった。先生によれば、Kも「此姉を好いて」いたし、「大分年歯の差も」あったし、「本当の母らしく見えた」のだから、静の前に、母の最初の代理が姉であった可能性も高い。Kが養家を欺いて進学したのは、あるいは姉の結婚が契機だったかもしれない。とすれば、静との失恋は、三度目の原初体験ということになる。(34)

このような危機を秘めていたために、Kは先生との間で新たに成立した〈転移〉によって自殺したのである。あるいは、Kは静という母の代理をまたしても（三度も）奪われたために、遂に〈死の欲動〉に従ったのである。

三

次に先生をみよう。先生には、Kのような根源的な死の衝動が強かったとは思えない。むしろ立身出世の欲望や競争心が先生に潜在する可能性については、先にみたとおりである。学歴や知性から言えば、然るべき職に就けない時代ではないのだが、先生は死んだKを思って、社会での活躍や上昇を自ら禁じている。Kの無意識に比べれば、先生の場合は意識的な操作であるが、性的な欲望（静との間に子をもうけること）や野心（立身出世）を抑圧しているという点では、精神のあり方は、Kが努めた禁欲の態度と呼応する。Kの禁欲は潜在的な〈死の欲動〉から生じるものだが、先生は潜在的な〈生の欲動〉を後から生じた〈死の欲動〉によって抑圧したようにも思える。「天罰だからさ」と言って子を持たず、職にも就かないという徴候が〈死の欲動〉に由来するとすれば、かつてKと先生との間で「転移」が生じたように、今度は先生と、先生が唯一心を許す青年との間に「転移」が生じたとしてもおかしくない。[35]このためには、青年が「知っていると想定される主体」として先生に認められねばならないが、青年が先生によって「知っていると想定される」「知」は、おそらく青年の「真面目」であろう。先生は、青年を「真面目」という一点において、「知っていると想定される主体」として認めているはずだ。叔父に裏切られて全方位に猜疑心を向け、自らも親友を欺いた先生に欠落しているのは、「真面目」が象徴する他者意識（敬意や信頼の念）である。先生は青年に真剣な面持ちで、「あなたは本当に真面目なんですか」、「あなたは腹の底から真面目ですか」と問う。先生から過去を語るに足る「知」（他者意識）の持ち主だという信認を青年が得たとき、先生という患者と青年という分析家との間で、「転移」が生じた。先生は「私は書きたい」、「過去を書きたい」、「ただ貴方丈に、私の過去を物語りたい」、「他を信用して死にたい」などと書き綴るが、こうした書き方は、まるで〈知っていると想定される〉治療者を前にした患者の語りのようにみえる。ラカンによれば、「転移」は患者と治療者との共同作業で生成されるが、先生は遺書の向こうに青年を「想定」して、青年に語りかけるように遺書を書く。つまり、先生の遺書は、「知っていると想定した」青年の影響を先生が受けながら、青年と共に生成した新しい欲望の物語なのである。とすれば、青年に「真面目」を求める倫理的な主体を先生が演出していることになり、叔父の背信によって生じた猜疑心も、Kを欺いて静を手に入れた倫理的な呵責のイメージも、青年との間で新しく作られた幻想を含む可能性がある。もちろん青年に出会う前から、先生は倫理の物語として、緩やかに〈死の欲動〉を起こしていた（職に就かず、子を作らない）が、患者の物語が分析家と共有されながら生成されるのと同じように、青年を読み手に想定する遺書の執筆を通して、先生は〈死の欲動〉の物語を一気に書き詰めたのである。

先生の遺書は、倫理的な死の物語の完成を方向付ける創作である。この創作が過去に抱いた欲望の「転移」だとすれば、先生は「私は倫理的に生れた男です。又倫理的に育てられた男です」とわざわざ書くことで、過去に死んだK（あるいは、死んだ先生の両親）に倫理的な人間であると思われたいという願望を創出しているのである。だからと言って、先生の本質が倫理的でないとは言えないが、本来は競争意識や立身出世の欲望を先生は宿していたはずであり、それを支える実利主義的な精神（打算）も、先生の精神に内面化していたはずである。Kの自殺に対して自分の自殺を当てるのも、実は命と命のトレードという等価交換的な思考や計量的で契約主義的な近代人の思考が先生に内面化しているからではないか。思えば、先生はついに叔父と戦わなかった。両親の敵討ちも念頭にない。財産整理の面倒も友人に任せた。（立身出世の欲望はあっても）財産があるので働きもしない。こうした人生の処し方は、功利主義に基づく先生の打算的な判断だったのではないか。このような先生が死ぬ実際の理由は、およそ殉死などの封建的な倫理とはかけ離れた、命をも計量的に思考する極めてクールな精神を推し進めた果てにある孤独や淋しみなのではないか。病気で没した不健康な両親がいた田舎と縁を切り、東京に進学した先生は、健康に恵まれた身体を誇り、近代合理主義を内面化したことで、実際に戦わずして〈父殺し〉を果たしていたのである。家父長であり、青年から「先生」と呼称される〈父〉である先生は、小説冒頭の鎌倉が象徴する明治天皇を中心とする位階秩序、立身出世や競争原理や合理主義などの近代的なイデオロギーを内面化して（「象徴界」に参入して）いる。小さな〈父〉となって、人生や他者に実利主義的な処し方（故郷を捨てる、叔父と縁を切る、財産整理を他人に任せる、結婚はしたが子をもうけず働かずに暮らすなど）をした見返りが、死に接続する孤独と淋しみだったのである。

死に臨んだ先生が持ち出す「明治の精神」は、建前（言い訳）に過ぎない。故郷を捨てた先生が「先祖から譲られた迷信の塊」だと言い、古風な殉死を持ち出すのは、実は自らに確固として内在していた近代的な精神と〈死の欲動〉が結託して死ぬことの隠れ蓑である。無傷で〈父〉に就任した先生が、自裁を持って〈父殺し〉を完遂しようとしたとも言えるが、それでも決して崇高な行為とは言えまい。むしろそのような死（現実の乃木将軍の殉死）が批判されているように思える。

四

Kは、先生との関係から（潜在していた）〈死の欲動〉を一気に駆動させた。先生は、青年との関係から倫理的な〈死の欲動〉を創作した。Kは先生に〈死の欲動〉を「転移」し、先生は青年に〈死の欲動〉を「転移」した。それでは、手記を綴る元青年も何らかの症状を発現していて、「知っていると想定される主体」（手記の読者）との関係を通して、欲望（〈死の欲動〉）を生成（「転移」）しているのだろうか。

先生が遺書に記したトピック（叔父の裏切り、Kへの裏切りとKの自殺）は、第一の読者として想定した「真面目」な青年を意識して、倫理的な根拠によって死ぬという物語のための要素であった。これと同じように元青年の手記をみれば、元青年が記す最も注目すべきトピックは、実父を見殺しにしたこと（裏切り行為）と先生が自殺したことであろう。元青年は「その時の私はまだ若々しい」、「経験のない当時の私」といった書きぶりで、若い時は無知であり、わからなかったというメッセージを繰り返し発信している。「転移」が過去の欲望の再現であるとすれば、若い時はわからなかったことを過去に死んだ先生や実父に伝えたいという欲望が、手記の現在において発現しているのかもしれない。では、青年は何がわからなかったのかと言えば、それは自分の死が直前に迫った先生や実父の思いであろう。

Kは言わば〈父〉に敗れて死んだ。先生は〈父〉を葬って死んだ。これに対して、青年は、青年に厳しい言い方をすれば、実父を見殺しにし、象徴的な〈父〉である先生を共犯的に自殺へと追いやったのに生き長らえている。時を経た元青年には、もはや血縁上の〈父〉も象徴的な〈父〉も存在しない。元青年は「子を持つたこと[36]」があるのだとしたら、家父長の座には就いたわけであろう。しかし、元青年が立っているのは、言わば、自分が殺した〈父〉たちの屍の上である。象徴的な〈父〉が滅んだ後の世界である。先生は「自由と独立と己れに満ちた現代」を生きるようにと青年へ申し送ったが、「自由と独立と己れに満ちた現代」とは、〈父〉が消滅した世界のことにほかなるまい。

〈父〉なき世界とは、主体に先行する絶対的な判断基準や倫理規範が存在しない世界である。そんな神の審級の調停者が不在の世界では、主体と主体が個別に相互に信頼を取り付けて関係を一つずつ構築していくよりほかにない。上位の裁定者が存在しないのだから、いつでも「決闘的関係」に落ちかねない。しかし、それは「象徴界」へ参入できない幼児の世界ではない。大人になったか、成長したかを判断する〈父〉、「自我理想」、「大きな物語」などを設定しなくとも、個別の合意を形成し、他者と信頼関係を築いて生きる人間たちの世界である。「自由と独立と己れに満ちた現代」とは、絶対者に依存しない世界を見据えた表現ではないか。生身の人間と人間が肝胆相照らして信頼を構築しなければ立ち行かないわけだが、「真面目」を求め、「血」や「心臓」という生々しいメタファーを用いた先生の青年への肉迫は、そうした人間関係の構築を先生なりに求めた例ともみえる。なお、先生と相似形で語られる青年の実父も、「天子さま」である明治天皇や「済まない」と思う乃木大将という象徴的な同時代人の死に衝撃を受けつつ、死の床で「私もすぐ御後から」と譫言を繰り出すのだから、〈父〉との殉死に等しい。「おれが死んだら、お前は何うする、一人で此家に居る気か」と妻へ話す青年の実父と、「然しもしおれの方が先へ行くとするね。そうしたら御前何うする」、「おれが死んだら此家をお前に遣ろう」と静へ話す先生は平仄を合わせる。先生が血や心臓などの肉体のメタファーで語ったように、実父の死に行く身体自体も、青年に痛々しく語りかけている。

もう若々しくなく、経験のある元青年が、自分が見殺しにした死者から贈与された孤独と淋しみを痛感しているのだとしたら、死者がかつてそうであったように、いままさに元青年も死の危機に瀕している可能性も考えられよう。元青年は、孤独と淋しみに耐えかねて死のうとしている。手記を通して、元青年はこのような欲望の物語を編んでいるのではないか。

鎌倉の権力構造における最初の出会いで、青年は先生に潜在した近代人としての欲望を欲望した。時を経た元青年は、今度はかつて先生が抱いた〈死の欲動〉を欲望している。元青年は、滅んだ〈父〉たちと対峙した最後の語り部となって、手記の読者に向けて筆を執り、〈死の欲動〉を生成している可能性がある。これが青年に起こった「転移」である。

注

（1）東京・大阪『朝日新聞』、大正三年四月二〇日〜八月一一日。本稿では「こころ」と表記する

（2）左狂大橋良平『現代の鎌倉』（通友社、明治四五年七月）中の「夏の鎌倉」及び「海水浴場」の頁参照

（3）（2）に同じ

（4）なお、「こころ」で明治四一年頃に先生と青年が出会う由比ヶ浜には、同年五月に薨去した山階宮菊麿王の別邸があった。また、先生が泊まった可能性がある光明寺（5）がある材木座には、陸軍大将伏見宮貞愛親王の別邸があっ

た。貞愛親王は、明治天皇崩御の折に大喪使総裁を務めている

（5）『漱石文学全注釈　心』（藤井淑禎注釈、若草書房、二〇〇〇年四月）に「長谷近辺でもなく、由比ヶ浜の中心部でもなく、かつ人力車で二〇銭の「辺鄙な方角」ということから、材木座付近、さらには「広い寺」から材木座の光明寺を連想しただろう」とある

（6）『現在の鎌倉』に「軍隊の水浴場は大概由比ヶ浜海岸を選定せられる」、「光明寺等は常に此水浴軍人の宿泊所と定められる」とある

（7）『学習院史』（学習院、昭和三年一〇月）に「片瀬に於ける海游演習」の記述があり、「寄宿舎を開くや、乃木院長は直ちに総寮部内の一室に寓居せられ（中略）学生と寝食を共にし」とある。『現在の鎌倉』にも、「片瀬学習院の寄宿舎に宿泊する生徒は片瀬の浜にて水泳の練習をする」とある

（8）『監獄の誕生　監視と処罰』「第三部」田村俶訳、新潮社、一九七七年九月

（9）『現代の鎌倉』に「近衛師団や第一師団の軍隊が此の鎌倉まで水浴に来る」、「陸軍幼年学校生徒も毎年此鎌倉に来て、材木座の光明寺に宿泊するものは其山門前の由比ヶ浜にて」水泳の練習をするとある

（10）『学習院史』「乃木院長とその教育方針」に、乃木が学生に与えた訓示綱目が列記されている

（11）『現代の鎌倉』一七頁

（12）鎌倉における避暑のための別荘の建設や軍隊と学校の教育のための海水浴、歴史・宗教との接続（武士の守護神である鶴岡八幡宮と帝国陸軍など）は、マルクスが『ドイツ・イデオロギー』（エンゲルスとの共著、真下信一訳、大月書店、一九六五年二月）で言う「上部構造に特定の社会的意識形成が呼応」している好例であろう

（13）漱石は明治四四年七月二一日から二二日に中村是公に招かれて、彼の鎌倉の別荘を訪れている。なお、『現代の鎌倉』「別荘一覧」にも中村是公の名が記されている

(14) 漱石大正元年八月一二日付森成麟造宛書簡
(15) 東京・大阪『朝日新聞』、大正元年九月二二日掲載。それぞれ作中の「自分」は漱石、「Y」は中村是公、「K」は鎌倉、「老師」は東慶寺管長釋宗演を指す
(16) 『現代の鎌倉』四四頁
(17) 引用は『漱石文学全注釈12 心』(前傾)「西洋人」の注釈による
(18) 梅溪昇『お雇い外国人』日本経済新聞社、一九六五年一月
(19) 高谷道男『ヘボン』吉川弘文館、一九六一年二月
(20) エルヴィン・フォン・ベルツ『ベルツの『日記』』(濱邉正彦訳、岩波書店、昭和一四年四月)及び澤村修治『天皇のリゾート　御用邸をめぐる近代史』(図書新聞、二〇一四年一二月)
(21) 前掲『天皇のリゾート　御用邸をめぐる近代史』
(22) 大正二年八月三一日死去。なお、ベルツが三度目の来日を果たした明治四一年は、「こころ」で先生が西洋人と泳いだ時期である
(23) 本稿では、精神分析理論で用いる〈父〉の審級、主体が無意識に内面化している絶対的他者、超越論的存在のことをさす
(24) 北政巳『御雇い外国人ヘンリー・ダイアー―近代(工業)技術教育の父・初代東大都検(教頭)の生涯』(文生書院、二〇〇七年一〇月)、ヴィクター・ハリス・後藤和雄『ガウランド　日本考古学の父』(朝日新聞社、二〇〇三年八月)、安井広『ベルツの生涯　近代医学導入の父』(思文閣出版、一九九五年六月)
(25) ちなみに、英国に留学した漱石自身も、お雇い外国人のラフカディオ・ハーンの後任として東京大学のポストを得た

（26）ジャック・ラカン『精神分析の四基本概念』（ジャック・アラン・ミレール編、小出浩之他訳、岩波書店、二〇〇〇年一二月）に「まさしく人間の欲望は〈他者〉の欲望なのです」（三一八頁）とある。なお、〈転移〉（後述）ついて、フロイトは「それは患者の欲望にすぎない」（三四三頁）としたが、ラカンは「それは患者の欲望と分析家の欲望との出会いによる」（三四四頁）と考えている。「こころ」冒頭の海水浴場は、先生と青年の密かな欲望が出会う最初の場面である

（27）「『こゝろ』の不思議とその構造」（佐藤泰正編『漱石における〈文学の力〉とは』笠間書院、二〇一六年一二月）。なお、浅野氏は「瀕死も含めれば11人の死が描かれている」と指摘するが、青年の妹は「流産した」し、青年の父の幼馴染みである作さんは「かかあには死なれ」ているし、Kの実母も死んでおり、これらまで勘定すれば死者の数はさらに増える

（28）絓秀実は「消滅する象形文字」（『新潮』、一九八九年六月）で、先生にとってKは「主＝人の位置を占めている」、「主＝権を行使しているのは、「K」にほかならない」、「Kの死が、主＝Kingの死・消滅」だと主張するが、一面では、Kは先生にとっての〈父〉だと見なせよう

（29）『精神分析の四基本概念』二九一頁

（30）『精神分析の四基本概念』二八七頁

（31）因みに『吾輩は猫である』に「送籍と云う男が一夜という短篇をかきました」とある。漱石自身が幼少時に「送籍」されており、三浦雅士は『漱石―母に愛されなかった子』（岩波書店、二〇〇八年四月）で「捨て子は自殺を考える」と述べている。早くは柄谷行人に「漱石にとって、親子関係は決して自然ではなく、組みかえ可能な構造にほかならなかった」（「風景の発見」『季刊芸術』一九七八年夏号）との指摘がある。これを受けた浅野洋氏は「三つの〈家〉をさすらう少年にとって〈家＝家族〉とは決して自己の帰属する慰安の場ではなく、いつでも「組みかえ可能な」仮構の

場であった。そして、その〈家〉とは、この場合、家長として強権をふるう父の身勝手な〈恣意〉がもたらす御都合主義そのものなのだ」と指摘している（「「硝子戸の中」二十九章をめぐって」『小説の〈顔〉』翰林書房、二〇一三年一一月）。いずれも重要な指摘だと思われるので注記しておく

（32）『精神分析の四基本概念』三一三～三一九頁。知っていると想定される主体」とは、「分析主体」（患者）が接続できない「知」を知る主体として、「分析主体」が想定する主体＝治療者のことである

（33）『精神分析の四基本概念』三三一～三五一頁

（34）もっとも、先生と静との結婚の事実を聞く以前に、先生＝治療者からの拒絶によって、Kには既に死の「覚悟」はできていたようである

（35）早くは土居健郎が『漱石の心的世界』（至文堂、一九六九年六月）で、先生と青年との対話を精神分析の対話に見立てている

（36）「子供を持つた事のない其時の私は」（上八）とあることから、青年が後に子を持った可能性が考えられる

※「こころ」本文の引用は『定本漱石全集　第九巻　心』（岩波書店、二〇一七年八月）に拠った。なお、旧字は新字に改め、年号の表記は戦前は元号に、戦後は西暦にした

手記の宛先

一

ラカンの〈転移〉理論[1]に「有罪性の転移」という考え方がある。第三者の無意識に潜む悪の欲望が、第三者を尊敬する主体に移り（第三者と主体との間で欲望が生成される＝「転移」）、主体が犯罪に手を染めることをいう。主体＝犯人は、第三者が無意識に抱く悪の欲望（例えば殺意）を、第三者に代わって実現（殺害）する。これによって、主体に〈転移〉した殺人の欲望が満足される。第三者は自己の内なる悪の欲望に無自覚だが、主体は、尊敬する第三者を観察して、第三者の無意識にある悪意を発見する（あるいは、悪意という欲望が二者間で無意識に生成される）。発見された第三者の悪意は、発見した主体の悪意に変じ、主体に殺意が芽生える。これが「有罪性の転移」の仕組みである。たとえば、ヒッチコックの映画「私は告白する[2]」では、主人公のローガン神父を脅迫していた弁護士ヴィレットが何者かに殺害される。神父のもとで働いている下男のオットーが告解を行い、自分が弁護士を殺害したと告白する。告解に対して神父は守秘義務を負う。やがて神父に弁護士殺しの嫌疑がかかる。神父が弁護士から脅迫されていたことを警察が突き止め、神父は捕縛され、裁判が始まる。告解の守秘義務があるために、神父は公判でも真犯人（オットー）の存在を明かさないという筋で進行する。ラカン派のジジェクは、この映画に「有罪性の転移」を応用し、神父のもとで働く下男が、神父が実は無意識に抱いていた欲望（弁護士への殺意）を発見し、その欲望が下男に〈転移〉して、下男が弁護士殺しの欲望を抱いた過程を鋭く分析してみせた[3]。

この「有罪性の転移」は、実は漱石「こころ」にも当てはまる。「こころ」は先生を慕う「私」による手記（同想録）の体裁をとるが、Kを死なせたことに長く苛まれる先生が自殺を決意して、その遺書を青年の「私」に宛てるという内容である。先生は遺書に「明治の精神」に殉じて自殺すると書くが、「明治の精神」への殉死というのは、自殺の動機としては具体的でない。先生自身も、明治天皇に殉死した乃木将軍を引き合いに、「私に乃木さんの死んだ理由が能く解らないやうに、貴方にも私の自殺する訳が明らかに呑み込めないかもしれません」（下五十六）と遺書に記すほどで、自死を選択する理由を明確には他人に説明できない。理由を明確に説明できない自殺願望が先生に芽生えたのは、実は自分自身への殺意という悪の欲望が先生の無意識に生成された（「有罪性の転移」が起こった）からなのではないか。

小森陽一氏は先生の死後に静と「私」が共生する未来を想定するが[4]、この小森氏が描く「私」と静が共生する未来は、死の直前の先生によっても予想されていたフシがある。たとえば、散歩中に新婚の夫婦を眺めて恋について議論している際に、先生は「私」に向かって、「あの冷評のうちには君が恋を求めながら相手を得られないといふ不快の声が交つてゐませう」（上十二）と言ったり、「異性と抱き合ふ順序として、まづ同性の私の所へ動いて来たのです」（上十三）と言ったりする。こうした一見何でもない散歩中の会話の記憶を、「私」はわざわざ事細かに自らの手記に書き込むわけだが、それは、この会話の背後に具体的な女性としての静を先生と「私」が想定しているからではないか。また、先生が宅を不在にし、夜分に静と「私」に一つ屋根の下での留守番を依頼したことがあったが、「私」はこの夜の記憶についても手記に詳述している。「私」は、なぜ先生の奥さんと過ごした留守番の夜を手記に詳しく書く必要があったのか。

漱石の小説には、夫婦でない男女が一つ屋根の下に身を置くシチュエーションが幾つか存在する。「三四郎」[5]では、上京途次の三四郎は名古屋で女と同衾し、「あなたは余つ程度胸のない方ね」と女に窘められる。「行人」[6]では、兄一郎に妻の貞操を試してほしいと依頼された弟二郎が、嫂の直と大阪の旅館で一泊する。いずれの小説でも、男女の性的関係に発展してもおかしくない可能性が示唆される。「こころ」の「私」と静による夜の留守番を、この漱石独特のシチュエーションの一種だと捉えれば、「私」（と静）の無意識に、男女の性的な接近の欲望が生じていた可能性を読み込めないだろうか。特別な女性との特別な思い出の一夜だからこそ、「私」は手記にわざわざ詳細を書き留めたのではないか。そうだとすれば、この時の「私」の無意識には、静との接近の障壁となる夫＝先生を排除したいという欲望も同時に生じるはずだ。この無意識の欲望が実現したならば、「私」は先生に代わって夫の立場＝家長に就任することになろう。であれば、「私」が先生夫婦の家の私的な空間を書斎から茶の間へと静に誘われることも、意味深に読めてくる。つまり、茶の間を舞台として、静と「私」は擬似的な夫婦の団欒を演じていたことになるのだ。一方、「人間全体を信用しない」（上十四）先生は、奥に下女がいるとは言え、なぜこの世で唯一の愛する妻を、「美くしい奥さん」（上四）だと静を見ている（静は「美くしい」と度々手記に書き込む）「私」と一つ屋根の下に放ったのか。かつて一つ屋根の下で、Kを出し抜いてお嬢さん（静）を奪った先生とすれば、先生の宅において、「美くしい奥さん」として妻（静）を見る若者の視線を警戒して当然ではあるまいか。泥棒が押し入る不安よりも、美しい妻と若い男が接近する不安の方が大きくはないだろうか。日頃から人付き合いを避ける「外出嫌ひ」の先生が、わざわざ屋外で人と面会するのも不自然に見える。しかし、「私」が無意識に抱く欲望を察知した先生に「有罪性の転移」が生じていたとみれば、この先生の言動に説明がつく。先生を排除したいという「私」の無意識の欲望が先生に「転移」して、先生の無意識に、「私」と静の前から消えたいという欲望が生じた（「有罪性の転移」が起こりつつあった）のである。以前よりKの死に負い目があった先生は、「有罪性の転移」によって自殺願望を膨らませたのである。なお、「有罪性の転移」は第三者を尊敬することで成立するが、先生は「私」について「私は其時心のうちで、始めて貴方を尊敬した」（下二）と遺書に記している。

ジジェクは「自分が有罪性を転移した第三者に、見返りとして何かを期待している。見返りとは、主人の承認

「再認」やもう一つの犯罪のこともある」[7]と述べるが、先生にとっての「見返り」は、「私」に先生の孤独な人生を「承認」させることと、静を頼むことであったと考えられる。さらに、子を欲していた静までも「私」の共犯的な関係者だと先生がみなしていたならば、「あなたが死んだら、何でもあなたの思ひ通りにして上げるから、それで好いぢやありませんか」（上三十五）と静が先生に言い放った言葉も、先生に自殺という犯行の「見返り」として受け取られた可能性がある。自分が死んだ後に、「私」と静が結ばれるという（「私」の欲望を通して「転移」した）先生の欲望について、静という「主人の承認」を得たと先生が受け止めたのである。ジジェクは「殺人に関与するのは殺人犯と犠牲者だけではなく、第三者─殺人犯はこの人物と象徴交換を執り行う─の存在が常に想定される。殺人犯は、自らの行為によりこの第三者の抑圧された欲望を現実化し、このことで第三者に負傷と有罪性を負わせる」[8]と述べる。これに従えば、「私」は、先生が犯した自殺という犯罪によって「抑圧された欲望を現実化し」、同時に「負傷と有罪性を負」うたことになる。これは、かつてKが自殺した時に先生が負った「負傷と有罪性」を「私」が反復的に負う構図でもある。死んだ先生の屍の上に自分の人生があることになる「私」は、後年（手記の現在）まで、Kを死なせて苦しんだ先生が遺書という手記を認めて死んだように、先生を死に追いやった「負傷と有罪性」を負い続けて、ついに筆を執り、先生の遺書を真似るように「こころ」の手記を書いたのである。であれば、かつての先生が「私」と邂逅して（「有罪性の転移」によって）一気に〈死の欲動〉を加速させたような事態が、「私」の身の上に到来した可能性が検討されねばならない。今や時を経た「私」[9]もかつての先生と同様に死の危機に瀕しているのだとすれば、それは如何なる事態によるのか。先生の死の欲動を加速させた重要人物は間違いなく「私」であるから、先生は他ならぬ「私」に遺書を宛てた。同様に、「私」が反復的に筆を執る手記も、「私」の〈死の欲動〉[10]を加速させた重要人物に宛てられている可能性を無視できない。それは誰なのか。

二

「こころ」と「坊っちゃん」[11]には共通点が多い。「こころ」は「私」による手記の体裁だが、「坊っちゃん」も、「おれ」による手記＝「清に出し損ねた手紙」[12]だとみなせる。「坊っちゃん」では、「おれ」の兄は、父の死後に家産を全て換金して処分し、六百円を「おれ」に分け与え、職のために九州へ赴任した。「こころ」でも、手記を書く「私」の兄は、職で九州へ赴任している。先生は「私」の父が存命中に家産を分けてもらうようにと「私」に催促している。その先生にしても、財産を全て換金して父祖の地を去っており、これも「坊っちゃん」の兄の行動と重なって見える。商業学校を出て近代化する日本の立身出世コースに乗った「坊っちゃん」の兄の行動は、働かなかった（＝前近代に取り残された）父がおそらく体現していた江戸のエートスや精神と決別したものと思われるが、父の死後に、自分が生育した住居などの家産を全て貨幣に換えて土地を去るのは、その象徴的行為であろう。「坊っちゃん」の手記の書き手である「おれ」にしても、自らを東京人とは言わずに「江戸っ子」だと名乗り、「親譲りの無鉄砲」という言葉に象徴される、父親が持っていた前近代的なエートスや精神を「譲り」受けてはいるものの、一方では、明治政府の近代教育制度である「小学校」や「私立中学校」で「フランクリン自伝」や「プッシング、ツー、ゼ、フロント」といった成功譚を読み、将来を見据えて難関の物理学校を選択して卒業し、中学教師となっている。いずれは清と居を構えることも夢想しており、当初は兄と同じく立身出世の街道に身を置いていた。[13]「こころ」に登場する「私」の兄にしても、「宅の事を監理する気はないか」と「私」に尋ね、「私」から「兄の腹の中には、世の中で是から仕事をしようという気が充ち満ちていた」と評されるように、故郷を捨てて立身出世街道を突き進もうとしている。同じく先生にも立身出世の気概は燻っていて[14]、学問に身を投じ、当初は立身出世の模範のように政治家に成り上がった叔父を「尊敬して」、「誇になるべき」だとも思っていた。その先生に私淑する青年の「私」も近代教育を受けて育ち、故郷を退屈と感じており、「坊っちゃん」の兄や「おれ」の近代的な精神に連なっている。先生は「殉死」という古めかしい言葉に魅入られて自殺するが、「明治の精神」とは、先生が「私は決して理に暗い質ではありませんでした。然し先祖から譲られた迷信の塊も、強い力で私の血の中に潜んでゐたのです。今でも潜んでゐるでせう」（下七）と語るように、近代的な合理主義と前近代的なエートスが同居した精神である。この点でも、「坊っちゃん」の「おれ」と「こころ」の先生の両義的な精神は平仄を合わせる。「坊っちゃん」の「おれ」は、詐欺師の大家に書画骨董を買えと迫られるが、財産を横領していた「こころ」の叔父も先生の父に書画骨董を見せていた（おそらく買わせていた）。前近代的なエートスの象徴である書画骨董は、近代社会では貨幣価値として計量される商品となる。前近代のエートスを受肉している先行世代（「こころ」の先生の両親や「私」の父、「坊っちゃん」の「おれ」の父や清）の死後に、近代を生きる（あるいは死のうとする）世代（先生や「おれ」）の両義的に引き裂かれた精神を、「こころ」と「坊っちゃん」は共有しているのである。

小森陽一氏は「『坊つちやん』という小説の言説は、本来なら松山とおぼしき地方都市から、東京に居る清に宛てて書かれるはずであった、もう一通の書かれざる手紙を、清の死後に「おれ」が書いたものである。「おれ」の語る言葉の潜在的な読者は清なのである。すべての登場人物が渾名で記されているのも、「おれ」と清との間では一通目の短い手紙で、その渾名が共有されているからだ[15]」と述べている。確かに、そう考えれば、他界した清と経験を共有していない四国での出来事が「おれ」の手記の中心的な報告であることが不思議ではなくなる。「手紙をかくのが大きらい」な「おれ」が長い手記を書いたことも、手間暇をかけた「非常に長い手紙」をくれた亡き清へ報いる返信だと考えれば合点がいく。また、渾名が「おれ」と清との間での共通了解であるのと同様に、「おれ」自身や兄や父母の名前を手記の中で明かさないのも、彼らの実名が清には自明のことだと考えれば得心できる。

一方、「こころ」は誰を読み手に想定した手記だと考えればよいか。「私」の手記には、「何うしてあの事件を斯う長く書いて、私に見せる気になつたのだらう」（中十七）という表現がある。「あの事件」とは、先生が遺書に記したKの自殺事件のことを指す。「下」で先生の遺書が開示されるまでは、「あの事件」の全貌は「私」の手記の読者には説明されない。それにも関わらず「あの事件」と書くのは、「あの事件」と言えば察しがつく人物、事件が既知である人物を読者に想定しているからであるはずだ。[16] となれば、手記の読み手、つまり宛先として考えられるのは、そうした事情を知り得る唯一の人物、すなわち静である可能性が浮上してくる。

「こころ」では、静以外の登場人物の名はほとんど明かされない。手記の書き手である「私」の家族には、「坊っちゃん」と同様に、父母、兄などと関係性を示す呼称が採られている。重要な登場人物たちは、先生やKや奥さん・未亡人（静の母）などと呼称される（ただしKや未亡人という呼称は先生の遺書を通して知れる）。静も夫のことを「先生」と呼んで「私」と会話しているし、「私」は「中間に立つ先生を取り除ければ、つまり二人はばらばらになつてゐた」（上八）と書き、「二人に共通な興味のある先生」（上十七）とも書き、先生について「慰さめる私も、慰さめられる奥さんも、共に波に浮いて、ゆらゆらしてゐた」（上二十）とも書いていることから、「私」と静との間で、「先生」という呼称が特別の人物と結びつく特別な人称として了解・共有されていたことがわかる。当然ながら、先生が遺書でKと呼称した人物が何者であるのかは、「私」と静との間でも共有されている（当初から静は「私」に「先生がまだ大学にゐる時分、大変仲の好い御友達が一人あつたのよ。其方が丁度卒業する少し前に死んだんです」（上十九）などと漏らしていた）。また、「私」は、先生の宅の留守番をする静の親戚と面識があり、彼女が何者であるのかを先生から聞いている（中四）。「私」は静の母の死病についても聞かされていた。静も「私」から直接話を聞いたり、手紙で知ったりして、「私」とその家族の関係や事情についての知識を持ち合わせており、「私」と静との間では、双方の親族に関する情報は共有されている。「私」の手記には、僅かに、関さん（「私」の妹の夫）や作さん（「私」の父の幼馴染み）の名前が登場するが、彼らのことが東京で話題になった可能性は低く（実際、「上」には登場しない）、静にとって既知でない可能性が高い（御光については後述）。だから、少ない事例として（静に知らしめるために）、「私」の手記に実名で登場したのではないか。なお、静が読者である場合、「其人」、「奥さんらしい人」、「奥さんの名は静といつた」（上九）などの表現がやや不自然に見えなくもないが、先生も遺書の中で、「私」にとって既知である静を「其処の御嬢さん」（下十一）、「其妻君の娘」（下十一）などと突き放して書いているように、「私」が過去の「記憶を呼び起」こして手記に再現する際に、往時の呼称を選択しても不思議ではない。[17] このことは、「坊っちやん」の手記が、「おれ」と清との間で経験を共有していない四国の出来事を中心として書かれたことと同様である。しかも、「坊っちやん」が亡き清に書かれたのと同様で、「こころ」の手記も、瀕死の静に向けて書かれた可能性が高い。

三

先生は、自身の遺書が「貴方にとつても、外の人にとつても」、「他の参考に供する積」（下五十六）と記して、「私」に遺書の公開を許可する際に、「妻だけはたつた一人の例外だと承知して下さい」と言って、静には遺書に記された悲劇を秘密にするように求めた。「奥さんは今でもそれを知らずにゐる」（上十二）と「私」が手記に書いているのは、先生の求めに応じたからであろうが、静が瀕死である（もしくは死んでいる可能性まであり得る）から「今でもそれを知らずにいる」と読むこともできる。また、先生と静の馴れ初めについて、「二人とも私には殆ど何も話して呉れなかつた」（上十二）と「私」は記すが、「呉れなかつた」と過去形であるのも、現在において静と話せる状態にない、静が臨終の間際にあるからだともとれる。先生は、「私」との「転移」的な関係によって欲望（〈死の欲動〉）を生成したが、「私」が目の前にいなくとも、書き綴りつつある遺書の向こうに第一の読み手として「私」

を想定することで、遺書を創作＝欲望を生成した。同じように、「私」もまた、目の前にいない＝静を第一の読み手に想定して手記を書いたと考えられる。

先生は残される静が気の毒で、死ぬに死ねなかった。〈死の欲動〉に憑かれた人物が辛うじて生きていた理由が妻のためであるとすれば、妻を託すに足る存在が出現すれば死ねるということになる。一方で、「私」の瀕死の父は「おれが死んだら、どうか御母さんを大事にして遣ってくれ」（中十）と「私」に頼んでいた。「私」の病床の父と、死に憑かれた先生は、共に明治の終焉・乃木大将の殉死の影響を受ける点でも呼応するが、病気で死を覚悟する「私」の父も、やはり残される妻のことを気にかけていた。「私」の父は妻に向かって「おれが死んだら、御前は何うする、一人で此家に居る気か」（中二）と言ったが、先生も妻に向かって「もしおれの方が先へ行くとするね。さうしたら御前何うする」（上三十四）、「おれが死んだら此家をお前に遣らう」（上三十五）と言った。「こころ」は様々な反復が連続する小説だが、「私」の父と先生の言葉も反復的である。「私」の父が残される妻御光を「私」に託したことが反復されて、先生も暗に「私」に静を託しているのである。先生による静への思いと呼応するものとして、「私」の手記には、「私」の父による御光への思いが書き込まれている。静と並ぶ愛の対象だからこそ、御光の名は手記に例外的に書き込まれたのである。

「こころ」は死者の話である。登場人物は反復的に陸続と死ぬ。[18]「私」が実家で父を看病することが反復されて、静は実家があった市ヶ谷で叔母の看病をする。この叔母の命も危うかろう。静の母は明治天皇の病死を反復して死に、先生の母は先生の父の病気を反復して死に、乃木大将の妻の「静」も乃木大将の殉死を反復して死んだのだから、この死の順列に静が反復的に加わる（病死する）可能性は打ち消せない。であれば、「奥さんは今でもそれを知らずにいる」理由として、（叔母の病が感染した）静が死の危機にある可能性はやはり捨てられない。

四

「私」の手記における静に関係する描写のボリュームは、実は少なくない。「私」が記憶をたどってまで長い手記にわざわざそれらを書き込んだのは、特別な女性である静との関係が成立した重要な起点を確認するためであろう。それは「坊っちゃん」と同様で、静の意識がはっきりしている間に果たせなかった静への返信なのである。なお、静から青年へ宛てられた手紙であると考えられるのは、手記を書く現在になっても「私」が「まだ持つている」という「絵葉書」と「紅葉の葉を一枚封じ込めた郵便」(上九)だけである。当時は「押し葉の男性同士のあいだでのやりとりは盛んである」[19]ので、静による気配りの郵便とは断定できないとの見方もあるが、「私」は「筆を執ることの嫌な先生」(中十七)だと述べ、「私」は「私は先生の生前にはたつた二通の手紙しか貰つてゐない。其一通は今いふ此簡単な返書で、あとの一通は先生の死ぬ前とくに私宛で書いた大変長いものである」(上二十二)と述べているので、「絵葉書」や「紅葉の葉を一枚封じ込めた郵便」が静から「私」へ送られた可能性が高い。しかし、これらの静からの手紙が、時を経てから思い立って返信しなければならないものとは考えにくい。むしろ「私」の手記は静からの手紙への返信ではなく、「私」に直接投げかけられた静の肉声への返答である。先生は遺書に「あなたから過去を問ひたゞされた時、答へることの出来なかつた勇気のない私は、今あなたの前に、それを明白に物語る自由を得た」(中十七)と書き、「口で云ふべき所を、筆で申し上げる事にし」(中十七)たのだと書いたが、これを反復するように、「私」は静に「問ひたゞされた時」の答えを「筆で申し上げる」のである。

先生が「何か遣りたい」のに「それでゐて出来ない」理由が「解らない」から「気の毒でたまらない」と「私」に話した静は、後には「あなた何う思つて?」、「私からあゝなつたのか、それともあなたのいふ人世観とか何とかいうものから、あゝなつたのか。隠さず云つて頂戴」(上十九)と先生が豹変した理由を「私」に問う。その時の

「私」は「私には解りません」と言って応答できず、「奥さんは予期の外れた時に見る憐れな表情を其咄嗟に現はした」（上十九）と手記に書き込んでいる。また静は「人間は親友を一人亡くした丈で、そんなに変化できるものでせうか。私はそれが知りたくつて堪らないんです。だから其処を一つ貴方に判断して頂きたいと思うの」（上十九）とも「私」に投げかけたが、これに対しても当時の「私の判断は寧ろ否定の方に傾いてゐた」（上十九）と「私」は書き記す。静からの問いについて、「私は其晩の事を記憶のうちから抽き抜いて此処へ詳しく書いた。是を書く丈の必要があるから書いた」（上二十）と「私」は手記にことさらに断りを入れている。無論、過去の全ての記憶を手記に再現することは不可能である。「私」が「記憶を呼び起」こして、「記憶のうちから抽き抜いて此処へ詳しく書いた」手記は、「憐れな表情」を浮かべた静からの懇請的な問いへの時を経た「真面目」な返答なのである。

であれば、「今奥さんが急に居なくなつたとしたら、先生は現在のとおりで生きてゐられるでせうか」、「その位先生に忠実なあなたが急に居なくなつたら、先生は何うなるんでせう。世の中の何方を向いても面白さうでない先生は、あなたが急にゐなくなつたら後で何うなるでせうか、先生から見て、先生は幸福になるでせうか、不幸になるでせうか」との「私」からの質問に対して、「そりや私から見れば分つてゐます（先生はそう思つてゐないかも知れませんが）。先生は私を離れゝば不幸になる丈です。或は生きてゐられないかも知れませんよ」（上十七）と静が返答したことが手記に書き込まれたのも、「先生」を「青年」に置き換えて読めば、実際に「今奥さんが」「居なくなつ」てからの、手記を通した「私」と瀕死の静との対話としてみえてくる。つまり、手記を書くことによって、「私」は「青年は現在のとおりで生きてゐられるでせうか」、「世の中の何方を向いても面白そうでない青年は、あなたが急にゐなくなつたら後で何うなるんでせう」と静に問いかけ、「そりや私から見れば分つてゐます。青年は私を離れゝば不幸になる丈です。或は生きてゐられないかも知れませんよ」という返答を不在の静から引き出し、「私」は自死の「承認」を得ているのではあるまいか。「私」は手記を介して不在の静との間に「転移」的な関係を構築し、まさに〈死の欲動〉を生成しているのである。[20] 思えば、「坊っちゃん」では「おれ」が愛情を注ぐ唯一の人物である清は、「お墓のなかで坊っちゃんの来るのを楽しみに待つて居ります」と言って肺病で死んだ。手記を書く「おれ」は自殺するわけではないが、街鉄の技師の身分に甘んじており、「坊っちゃんは死んだ」との見方もある。[21] また、「坊っちゃん」や「こころ」と同じく一人称語りの「吾輩は猫である」[22] も、猫のことながら、「吾輩」のガールフレンドの三毛子は、清のように風邪をこじらせて死に、最後に「吾輩」も自殺的な溺死を遂げた。「こころ」の「私」もまた、これらに連なる存在なのではないか。

　かつての静からの問いに対して、「私」は静から批判された「空つぽな理屈」(上十六)で応じるのではなく、先生の言動を「記憶のうちから抽き抜いて」手記に詳述した。そうだからこそ、先生が静を「妻君の為に」(上十)と気にかけ、愛した証しとなる記憶を、「私」の手記は多分に含むのである。このようにして、「私」は静への〈応答《レスポン》責任《シビリティ》〉を「真面目」に果たしたのである。

　手記を書く現在にあって、「負傷と有罪性」を背負う「私」が先人達の死を反復するのに、もはや躊躇いはあるまい。かつて「私」は先生から「貴方は死という事実をまだ真面目に考へた事がありませんね」と指摘されて黙ったが、おそらく静を喪失して、先生と同じ「淋しい人間」(上七)となった「私」は、今や自身の眼前に迫る〈死の欲動〉と「真面目」に向き合っている。このように考えても、決しておかしくはないのである。

注

(1) フロイトは幼児期に親などの重要な存在に対して抱いた患者の感情や態度が治療者に向くことを「転移」と呼び、「それは患者の欲望にすぎない」とする。これに対して、ラカンは「分析主体」(患者)と「知っていると想定される主体」(治療者)との間で起こる欲望の移動が「転移」であるとみる(『精神分析の四基本概念』(ジャック・アラン・

ミレール編、小出浩之・神宮一成・鈴木國文・小川豊昭訳、岩波書店、二〇〇〇年一二月、原著は一九七三年）

（2）*I Confess* アルフレッド・ヒッチコック監督。モンゴメリー・クリフト主演。製作・配給はワーナー・ブラザーズ。一九五三年三月二二日公開。日本公開は一九五四年四月一五日。原作はポール・アンセルムの戯曲『*Nos Deux Consciences*』（一九〇二年初演）

（3）スラヴォイ・ジジェク監修『ヒッチコックによるラカン―映画的欲望の経済（エコノミー）』露崎俊和他訳、トレヴィル、一九九四年七月（原著は一九八八年）

（4）「「こころ」を生成する心臓」『成城国文学』一九八五年三月

（5）『朝日新聞』一九〇八年九月一日から一二月二九日

（6）『朝日新聞』一九一二年一二月六日から一九一三年一一月五日（ただし、病気で四月～九月まで中断）

（7）『ヒッチコックによるラカン』（前掲）

（8）『ヒッチコックによるラカン』（前掲）

（9）「若い私は」、「其自分の私は」、「私は若かつた」などの随所の記述から時を経ていることがわかる

（10）拙稿「〈転移〉する『こゝろ』」（『日本文学研究』第53号、二〇一八年一月、本書Iの一）で「私」に生じる〈死の欲動〉に言及している

（11）『ホトトギス』一九〇六年四月

（12）小森陽一「裏表のある言葉―『坊っちゃん』における〈語り〉の構造―」『日本文学』一九八三年三月・四月

（13）先行研究に、当時の物理学校の位置づけを詳細に述べた小野一成「『坊ちゃん』の学歴をめぐって―明治期における中・下級エリートについての一考察」（『戸坂女子短期大学年表』一九八五年一〇月）、立身出世に着目した石原千秋「「坊つちやん」の山の手」（『文学』一九八六年八月）などがある

（14）拙稿「〈転移〉する「こゝろ」」（10）で言及している
（15）『漱石論　21世紀を生き抜くために』岩波書店、二〇一〇年五月。なお、『坊っちゃん』の手記の宛先については、拙稿「「坊っちゃん」の応答責任」（『はばたき』二〇二三年八月、本書Ｉ）で別の可能性を検討しているが、本稿より後に書いたものなので、ここではおく
（16）「あの事件」の一文が「勇み足的に今からの把握が混入」したとの見方（藤井淑禎『漱石文学全注釈12　心』若草書房、二〇〇〇年四月）もあるが、本稿では、テクストの破綻の可能性については、作品内での矛盾が確定できない限り退ける
（17）なお、手記の冒頭で先生の本名を明かさないと断り、「世間を憚る遠慮」などと「私」が記すのは、「私」の死後に手記が不特定の読者の目に晒されることまで考慮しているからであろう
（18）浅野洋「『こゝろ』の不思議とその構造」（佐藤泰正編『漱石における〈文学の力〉とは』笠間書院、二〇一六年一二月）が、特に「こころ」における死の反復に注目している
（19）藤井淑禎『漱石文学全注釈12　心』（前掲、（16））
（20）ラカンの転移理論に照らせば、「分析主体」が「私」であり、「知っていると想定される主体」は「静」であり、この関係のうちで「私」が手記を通して欲望を生成したと説明できよう。（『精神分析の四基本概念（1）』）参照
（21）平岡敏夫「「坊っちゃん」試論―小日向の養源寺―」（『文学』一九七一年一月）ほか。なお、拙稿「「坊っちゃん」の応答責任」（前掲、（15））では「おれ」の死亡説を否定しているが、本稿より後に書いたものなので、ここではおく
（22）『ホトトギス』一九〇五年一月から一九〇六年一月にかけて断続連載
※「こころ」本文の引用は『定本漱石全集　第九巻　心』（岩波書店、二〇一七年八月）に拠った

「坊っちゃん」の応答責任《レスポンシビリティ》

一

「坊っちゃん」（明治三九年四月『ホトトギス』）冒頭の有名な一文「親譲りの無鉄砲で小供の時から損ばかりして居る」の末尾は「して居た」ではなく、「して居る」である。ということは、現在も「損ばかりして居る」状態が進行中であると見なせる。この現在進行中の「損」は、端的に言って金銭的な損である。

「坊っちゃん」という小説は、「なぜそんな無闇をしたと聞く人があるかも知れぬ」、「其ほか一人々々に就てこんな事を書けばいくらでもある。然し再現がないからやめる」などの作中の記述から、作品の全体が手記だと考えられる。手記の書き手は下女の清に坊っちゃんと呼ばれる「おれ」[1]である。既に「『坊っちゃん』の語り手の「おれ」は金銭のやりとりにきわめて執拗な人間であった[2]」との指摘があるが、「おれ」の手記には、たしかに金銭に関するトピックが横溢している。「おれ」は金銭の話ばかりを手記に書いているのである。子供の時に田圃の井戸を埋めて「罰金を出し」たこと、親が小遣いをくれなかったこと、清から借りた三円を後架へ落としたこと、先祖伝来の家屋敷その他の家産を兄が金満家へ売り払ったこと、家産を相続した兄から六百円を手切れ金として絶縁[3]されたこと、この六百円を学資に当てたこと、「学資の余りを三十円程懐に入れて東京を出て来た」が「汽車と汽船の切符代と雑費を差し引いて、まだ十四円程ある」こと、東京から四国へ移って月給四〇円で教師になったこと、宿屋へ茶代として五円も渡したこと、同僚の山嵐との氷水代一銭五厘をめぐる攻防、いか銀が押し売りしてきた骨董の印材の三円、崋山の掛物の十五円、端渓の大硯の三十円、増給の件、温泉の「上等」が八銭、清から届いた為替の十円、団子二皿七銭、四国の「マッチ箱の様な汽車」の切符代「住田まで上等が五銭で下等が三銭」、赤シャツの家賃の九円五十銭、日向に転勤するうらなりが五円昇給すること、赤シャツの「芸者買」の現場を押さえるための張り込みに「今日迄八日分五円六十銭払つた」ことなどなど、枚挙に暇がない。「おれ」が「小供の時から」現在に至るまでの経済的な失敗（損）の記憶を次から次へと書き留めた手記が「坊っちゃん」という小説なのである。

「おれ」が「小供の時」から手記を書く現在までの時間は、日清戦争の頃から日露戦争の終結までの時間と重なる。「おれ」の経済的な損失には、この二つの戦争、特に日露戦争が大きく影響している。従来の研究でも「坊っちゃん」と日露戦争との関係は注目されている。その代表は、日露戦争の祝勝会の日の喧嘩騒動と日露開戦を同格として考察する藤尾健剛氏、[4]「おれ」が街鉄の技師になったのは日露戦争で馬が軍隊にとられたことで鉄道が電化したことと無縁でないととらえる小森陽一氏、[5]「坊っちゃん」という小説が四国（敵地）での「事件」を記す〈戦争＝報道〉小説であると指摘する芳川泰久氏[6]らである。だが、三氏とも、戦争によって起こる国内の経済問題が「坊っちゃん」の焦点であるとは述べていない。膨大な戦費を賄うために非常特別税法（明治三七年四月一日施行）が制定されたが、その第一条に「臨時事件ニ因リ生シタル経費ヲ支弁スル為本法ニ依リ、地租、営業税、所得税、（中略）ヲ課シ」とある。この法律が施行された翌年に「坊っちゃん」の「おれ」は四国に赴任して月々の所得を得るが、戦争による法律の施行によって、ちょうど課税分の「損」をしたわけである。[7] 同時に煙草専売法も改正され、「煙草ノ製造ハ政府ニ専属」（第一条）することになった。「おれ」が飲んでいる敷島は、明治三七年七月（「おれ」が物理学校在学中）に専売局が日露戦争の戦費調達のために新たに発売した銘柄である。[8]「おれ」が支払う煙草の代金は国庫に入り、戦費に流用されているのである。翌明治三八年一月には非常特別税法が改正され、合わせて相続税も新設されたが、「おれ」の父親の死亡は作中の記述から明治三四年一月頃と推定できるので、遺産を相続して素早く家屋を処分した「おれ」の兄は、徴税を免れたことになる。当時の相続税は五百円以上の遺産相続で課税対象となったので、(9)弟に六百円を渡すだけの資産を得た兄は、数年遅れていれば課税を免れなかった。つまり、兄は遺産相続の点で得をしたと言える。一方、明治三八年の非常特別税法の改正では、「通行税を賦課スヘキ場合ニ於テ汽車、電車又ハ汽船ニシテ等級ヲ分カタサルモノニ在リテハ三等ノ税額ヲ適応シ二等級ニ分カチタルモノ」（第三条）とされ、汽車と汽船を乗り継いで東京から四国へ赴任する「おれ」はここでも税を課された、つまり損をしたのである。「おれ」は四国の旅館、温泉、団子屋、蕎麦屋などに入るが、これらはすべて営業税の引き上げ対象であり、そのため「おれ」は次から次へと余分な支出を被っているわけである。(10)兄に絶縁されて身寄りがなくなった裸一貫の若者が社会に乗り出す時に、厳しい増税の現実と直面したわけだが、通行税の課税前に九州に転じて順風な兄と、初手から税に追い立てられる弟の人生は、対照的である。

二

戦費の負担に一般の国民は怒りを募らせ、「通行税」のために東京の鉄道が値上げに踏み切ると、電車が焼き討ちされ、市内各所で大きな暴動が起こり、九月から一一月まで東京市中に戒厳令が発令された（日比谷焼き討ち事件）。この国民の暴動と同じタイミングで、小説のなかでは、四国にいる「おれ」は同僚の山嵐とともに喧嘩騒動を起こし、宿敵の赤シャツと野だいこに鉄拳制裁しているのである。しかも、この日が日露戦争祝勝記念の日でもあるのは、作者による戦争への当てこすりであろう。さらに、職を辞して東京に戻った「おれ」は、街鉄の技手に転職するが、翌明治三九年にはこの街鉄が値上げを申請して、再び暴動・電車の焼き討ちが起こる。小説には同時代の暴動は描かれていないが、渦中の街鉄に身を置いた「おれ」の不運は、想像に難くない。対する「おれ」の兄は、九州でどこ吹く風の安全な暮らしを送っていることだろう。この兄弟の損得という人生の明暗は、個人の人格差もさることながら、明治民法に保証された家父長制の権力と財力が兄の行く末を明るく照らし、弟の「おれ」には苦労を強いたと言える。兄はその特権を使って強かに上昇気流に乗ったわけだが、これには戦争の恩恵がある。というのも、丁稚見習いの幼少から長く忠義を尽くした奉公人が認められて昇格する商人の世界で、外部の人間が広く採用されて出世するようになったのは、外国との戦争を契機とする企業の海外進出のために、英語話者、海外事情や商法や簿記に通じた者、海外に腰を据えて勤務・差配できる人材が必要となったからである。一般の商人層には卒業証書の価値がまだなかなか高まらず[11]、商業学校から民間企業へ就職する者は明治三八年においても未だ四〇%にとどまっていたが、おそらく「おれ」の兄が明治三五年六月に卒業したと思われる東京高等商業学校（後の一橋大学）においては、明治三三年前後で卒業生総数五二一人のうち七三%もの人数が民間企業に進んでいた[12]。

「おれ」の兄が就職した民間企業は「何とか会社の九州の支店」（一）としか作品には記されていないが、「兄は実業家になるとか云つて頻りに英語を勉強して居た」（一）と「おれ」は書いている。海外進出を視野に入れた英語ができる者、高等商業学校の出身者を採用し、九州に支店（おそらく東京に本店）がある企業で、社名が「何とか会社」と呼ばれる明治の大企業（商店、呉服店、銀行、〇〇家などを除く）となると、限られてこよう。試みに当時の有名企業の採用方法を明記した岩崎徂堂『大商店会社銀行著名工場家憲店則雇人採用待遇法[13]』を繙き、条件に合う企業を抜き出してみると、日本各地・海外にも支店がある「無試験採用は帝国大学、高等商業学校、慶應義塾大学部等の出身者で、名望信用ある者より紹介ある時欠員の都合によつて採用する」三井物産合名会社、長崎に支店があり「多くは英文などを試験するのが常とする」日本郵船株式会社、長崎に支店があり「弘く人材登用の方針を取つて居るらしい」明治生命保険株式会社、福岡に支店があり「一に履歴を標準として別に試験をしない」明治火災保険株式会社、福岡に支店があり「高等商業」などを「卒業せし者」は「先づ社関係人の紹介に依り、体格試験の上に合格すれば、今度履歴のみですぐに採用される」帝国生命保険株式会社などが候補になる。このうち、日本郵船は「此かる大会社丈に希望者も少なからず、何時しか社知己の手を経て願出る者多く、平日数十人の申込者が履歴書を見ざるはなし」というほどの倍率（狭き門）である。明治生命および明治火災は社長[14]の縁故から慶應義塾の出身者が多く、「時には社員の紹介に依り他校出身者も取ることがある」程度である。帝国生命は「先づ社関係人の紹介」が必要である。これらの会社に対して、三井物産の「専務理事渡邉専四郎氏[15]」は「高等商業学校を卒業後同社に入り、抜擢を受け益田孝氏の後を襲ひ」とあり、立身出世の成功モデルとして、「実業家になるとか云つて」（二）いた兄の理想にかなっていよう。実際、卒業した高等商業学校出身者の多くが三井物産に就職していて、明治九年から一〇年には卒業生のうち実に一五％が明治四五年までの期間に三井物産に在籍しており、高等商業学校の就職先として三井物産が群を抜いている[16]。明治二〇年の時点ではあるが、三井物産の全従業員のうち一〇％もの割合を高等商業学校の出身者が占めていた[17]。『稿本　三井物産株式会社一〇〇年史』[18]にも「海外貿易ノ拡張ハ国家ノ急務ニ有之、而シテ之ガ拡張ノ第一義ハ適当ノ人物ヲ得ルコト有之候処」として、「先ズ以テ高等商業学校卒業生ノ如キ者ヨリ、品行方正・学術優等・身体強健・後来有為ノ青年ヲ選抜」とある。作者の漱石は「又は三井とか岩崎とかいふ豪商が、私を嫌ふという丈の意味で、私の家の召使を買収して事ごとに私に反抗させたなら、是又何んなものでせう[19]」、「三井。岩崎[20]。」などと述べているが、漱石が三井と並べる三菱財閥創始の岩崎家については、『大商店会社銀行著名工場家憲店則雇人採用待遇法』に、「総て雇人は飼児よりの養成が多い、夫故中年者の採用は先づ無いと申してよいのだ」とある世襲・同族経営で、一時期独自の実務者養成学校を設立していた[21]岩崎家が「おれ」の兄の就職先とは考えにくい。「坊っちゃん」は日露戦争との関わりが濃い小説であるが、「戦時御用商売」を担当し、日露戦争以後に大陸進出が一層全般的なものとなる三井物産[22]が、やはり「おれ」の兄の就職先として最も合致するものと思われる。

一方、弟の「おれ」は東京に戻ってからは「ある人の周旋で街鉄の技手」になった。小野一成氏が「物理学校という各種学校卒業者が就けるポストとしては、技手はきわめて妥当なものといえよう[23]」と述べているが、『大商店会社銀行著名工場家憲店則雇人採用待遇法』によれば、東京市街鉄道株式会社（街鉄）は、「多くは株主、又は会社に関係ある者の紹介を以て」採用するが、東京工手学校や岩倉鉄道学校の卒業生は同校の紹介があれば「無試験にて採用することがある」とあるので、物理学校を出た「おれ」も、おそらくこれに沿う形で採用されたのであろう。「グット上席の技手は、大学の出身者若くは官庁に技手を勤めて居た者より採用する[24]」とあり、最下給は六円、各課長の年棒が千円から千二百円、技師の月給は七五円から五五円とある。月給二五円の技手である「おれ」は、技師の配下として、労働者に指示する立場だったのであろう。ちなみに、月収の一〇％は退社の時まで強制的に積立される。月額二五円未満の者は五％の積立で済んだので、ここでも「おれ」はちょうど損をしていると言える。二月に清が亡くなってから三月中に「おれ」が手記を書いたとすれば、街鉄の一〇月から三月までの勤務時間は「八時半から五時迄とする」とあるので、執筆の時間は十分確保できたことだろう。[25]「山嵐の説によると、いくら一人で不平を並べたつて通るものぢやないさうだ」と言い、「自分丈得をする程嫌なことはない」とも述べる「おれ」は、街鉄に職を得た後、あるいは重税に苦しむ国民と連帯して荊棘の道を歩んでいるのかもしれない。小説（手記）の最後には、「おれ」の現在の暮らしが記され、現在の「おれ」の「月給は二十五円で、家賃は六円」だと、ここでもわざわざ自分の生活状況を金銭の収支で説明している。手記の大部分を占める四国では月に「四十円」を得ていたのが、小説の最後（手記を書く現在）では、「おれ」は一五円もの減収で家賃は同じという現在進行中の「損」を告白しているのである。「おれ」と山嵐が鉄拳を食らわせた教頭の赤シャツは、家賃九円五十銭の玄関付きの家に住んでいたこともわざわざ手記に書いていたが、自分がそれに劣る家賃六円の玄関なしの家に住んでいる貧しい現実を最後に記して、「おれ」は長い手記を擱筆しているのである。

三

漱石は講演「私の個人主義[26]」で「権力と金力」を批判しているが、「権力の他を威圧する説明」として、兄弟で釣りに行く例え話を展開している。明治民法下の兄の権力を前提とした挿話だが、漱石は「兄の計画通り弟の性質が直つたかといふと、決してそうではない、益此釣といふものに対して反抗心を起してくる」と話している。漱石はこの講演で「坊っちゃん」の赤シャツについても話題にしているが、「坊っちゃん」にも「おれ」が赤シャツと野だいこに海に連れられて釣りをする挿話がある。「一匹で懲りた」、「釣をするより此方が余っ程洒落て居る」などと零す「おれ」は、漱石が講演で話した兄弟の釣りの話の弟にそっくりである。権力と対をなす金力についても、「他人の上に誘惑の道具として使用し得る至極重宝なものになるのです」、「人間の精神を買う手段に使用できるのだから恐ろしい」と漱石はこの講演で話しているが、赤シャツらが昇給をちらつかせて「おれ」を山嵐から引き離して囲いこもうとしたやり口が、まさに講演で漱石が話していることと合致する。「坊っちゃん」の「おれ」が自分の家族とうまく関係を築けなかったのも、父母や兄の権力の行使に対する無意識下の反抗があったからなのではないか。

「金力」が「人間の精神を買う手段に使用できるのだから恐ろしい」ことについて、漱石は明治三九年頃の「断片[27]」に父子の関係を通して記している。

○親自分の子が気に入らず。之を自分の気に入る様にせんとす。子供の訓練と心得て無暗に子供のすかぬ事をする。子供之には従ははざれば財産を譲らずといふ。親は財産を以て何よりも尊きものと心得るが故に之を懸賞にすれば吾子は何でも自由になるべきと思ふ。親は此あんしんあるが故に遠慮会釈もなく子供をいぢめる。子供は単に孝といふ義務の為に之に服従す。愈財産を譲るといふ段になつて子供は蹶然として去る。父は唖然として自失す。

「坊っちゃん」の「おれ」は父親から小遣いをもらえなかったと言っているが、父親は従えば小遣いを渡すつもりで、いつでも「誘惑の道具として使用」していたのではないか。「坊っちゃん・山嵐・清」は「佐幕派士族」であるとの見方があるが[28]、戊辰戦争で佐幕派として明治政府の官軍と対立した父親と同じことを、今度は息子である「おれ」が明治政府の立ち位置にある支配権力としての父や兄に対してまるで佐幕派の武士のように抗していたのではないか。私見では、これが「親譲りの無鉄砲」の意味するところである。「おれ」が「損ばかりして居る」のは「おのれの準拠するグループから正当に評価されないためにおこる「受難」の生い立ちとその生涯というべきであろう」[29]という指摘があるが、戦争を行使して国民に経済的な犠牲を強いた国家権力とその代理としての役割を果たす家父長（父親や兄）や上役（赤シャツや野だ）らによって被る「損」を積み重ねて、手記を書く現在においても、「おれ」は変わらず反権力と拝金主義批判の立場を貫いている、これこそが「受難」の核心であろう。清が坊っちゃんを愛する理由の一つは、「おれ」の姿が佐幕派の反抗心を継承して家族と対峙しているように清には映っていたからなのであろう。

四

「親譲りの無鉄砲で小供の時から損ばかりして居る」という「損」が経済的な損失であるとすれば、「得」は経済的な利得のことである。たとえば、清が「折々は自分の小遣で金鍔や紅梅焼を買つてくれる」こと、蕎麦湯、鍋焼饂飩、靴足袋、鉛筆、帳面など、これまでに清がその「小遣」から与えてくれたもの、清から借用した「三円」、清がくれた十円の為替、山嵐が奢ってくれた一銭五厘の氷水などが得である。その多くは清によってもたらされたものであるが、これらの授受は「おれ」を愛した唯一の存在である清による愛の表明であり、「おれ」による愛の受容である。「おれ」が誤解から山嵐に氷水代一銭五厘を返金しようと思ったのは、彼を卑劣な策略家と勘違いしたためである。萩野の御婆さんが「卑怯でもあんた、月給を上げておくれたら、大人しく頂いて置く方が得ぞなもし」、「腹立てた為めにこないな損をしたと悔むのが当り前ぢやけれ」と実利に促しても、「年寄の癖に余計な世話を焼かなくつてもいゝ。おれの月給は上がらうと下がらうとおれの月給だ」と拒み、「転任したくないものを無理に転任させせて其男の月給の上前を跳ねるなんて不人情な事が出来るものか」(八)と突っ撥ねている。

坊っちゃんの損は、彼を愛さない家族や、国民に薄情な国家からもたらされる経済的な損失であり、坊っちゃんの得は、愛情や人情に裏打ちされた金銭的な利得である。つまり、金銭にまつわる損の連続(金額の詳細)と希な得の記憶(清からもらった品物の列記など)を手記としてひたすら書き連ねることで、愛に飢えた生立ちと、わずかに受けた愛に対する誠実な謝意を書き連ねているのである。「おれ」の金銭の損得は、愛や人情と不可分である。この「坊っちゃん」という手記は、自分は決して卑怯ではなく、不人情でもない、このために経済的に「損ばかりしている」人物である、という言わば自己紹介の書なのである。それでは、この手記はいったい誰に向けて書かれているのだろうか。

高原和政、五味渕典嗣、大高知児の三氏は、「「おれ」は、どこにいるかさえわからない読者に向かって、「おまえ」と呼びかけつつ、書いているのではなかろうか」と述べている。(30) しかし、「おれ」は「手紙なんぞをかくのは面倒臭い」と言い、四国から清に送るべき手紙を書くのにも苦心していた。このような男が「どこにいるかさえわからない読者」に向けた長い手紙をわざわざ書くだろうか。「なぜそんな無闇をしたと聞く人があるかも知れぬ」（一）という記述は不特定多数の読者を想定しているようにも見えるが、他の者が読めば、中には「なぜそんな無闇をしたと聞く人があるかも知れぬ」と、特定の相手に向かって断りを入れていると受け止めることができる。「おれ」は手記の第一章で「御覧の通りの始末である」（一）とも書いているので、「おれ」の現在の境遇（街鉄の技手に没落した現実）を知る特定の者に語っていると考えてもおかしくはない。また三氏は「おそらく、これは、「坊っちゃん」と呼ばれ続けた男の、遺書、なのかも知れない」とも述べるが、東京に戻ってひとまず職を得た正義感の強い若者が、いったい何の理由があって唐突に死なねばならないのか。漱石は談話「文学談」[31]で「坊つちやんと云ふ人物」は「円満に生存しにくい人」だと述べているが、言い方を換えれば、不和のうちで生存している人でもあろう。実際、「坊っちゃん」の「おれ」は、生い立ちから現在までトラブル続きの人生を力強く歩んできた人物である。「坊っちゃん」と呼称された「おれ」の人間性が時を経て消え失せた（死んだ）としても[32]、「ぴんぴんした達者なからだで、首を縊つちや先祖へ済まない上に外聞がわるい」（七）と「おれ」が手記ではっきり述べていることから、「おれ」の自殺説は退けられるはずだ。

手記の宛先は清だとする見解[33]もある。たしかに「おれ」は下女の清に求められて四国からしぶしぶ手紙を書いたことがある。しかし、その清は「おれ」が手記を書く時点では肺炎で他界しているので、清が手記の宛先とは思いにくい。生前に愛情を注いでくれた人物への弔慰などから仮に死者に向けて手記を書くと考えても、「おれ」の生立ちを熟知している清に対して自分のことをつらつら述べるのが不自然だ。「清と云ふ下女が」（一）、「清と云ふ下女に」（一）、「此下女はもと由緒あるものだつたさうだが」（一）、「だから婆さんである」（一）、「此婆さんが」（一）、「大方清も知らないんだろう」（二）、「清の事を話すのを忘れて居た」（十一）などの記述は、清のことを知らない第三者に向けて説明する書き方だろう。清は「おれ」の唯一の理解者であったが、「おれ」は「通じさえすれば手紙なんぞやる必要はない」とも言い切っているのだから、ますます清宛の手紙を書く必要はないだろう。

「通じさえすれば手紙なんぞやる必要はない」ということは、裏を返せば、通じない相手には詳しい手紙を送る必要があるということになる。だから「おれ」は、「おやぢは些ともおれを可愛がつて呉れなかつた」こと、「母は兄許り贔屓にして居た」こと、母が「御前の様なもの、顔は見たくない」と言ったこと、兄とは「仲がよくなかつた」こと、兄と「十日に一遍位の割で喧嘩をして居た」ことなどの折り合いがよくない家族関係と、反対に下女の清が「非常に可愛がつて呉れた」こと、「清は何と云つても賞めてくれる」ことなどをわざわざ手記の最初（第一章）で説明しているのである。

「おれは文章がまづい上に字を知らないから手紙をかくのが大嫌だ」（二）、「おれには、とても手紙をかけるものではない」（九）、「手紙なんぞをかくのは面倒臭い」（九）、「清の注文通りの手紙をかくのは三七日の断食よりも苦しい」などと言って手紙を書くことを毛嫌いしていたのに、こんなにも長い手記を準備してまで、「おれ」が自分のことを理解してもらわねばならない相手がいるのである。手紙を書く面倒を思うと「矢つ張り東京迄出掛けて行つて、逢つて話をする方が簡便だ」と言い切っていた「おれ」が易易とは会えない相手がいる。それは誰か。

「おれ」は、「小供の時」から街鉄の技師になった現在に至るまでの歩みを知らない者に手記をしたためた。四国に到着してすぐの「おれ」は、清以外に手紙を「又やる所もない」（二）と言っているので、この手記が親戚や友人などの知古に宛てたものとは考えにくい。彼らが手記の宛先であるならば、「おれ」の生立ちを一から細かく教える必要はないし、彼らに経済事情を説明しても仕方がない。誰かに金を無心するのならば、もっと他の書き方になるだろうし、「おれ」の性格ならば、手短に要求するか、あるいはそんな無心はしないはずだ。この手記の宛先は、「おれ」の生まれ育ちや他者との関係の結び方や財布事情を知らない者である。自分の人生の歩みと、人情を尊び愛に報いる人間関係の結び方、個人的な経済事情などを知らせるために、手紙を書くのが苦手な「おれ」があえて特別に筆を執っているのである。四国に着いてすぐに、「おれ」は「奮発して長いのを書いてやった」（二）。長いと言っても、わずか一七〇字にも満たない文章であるが、「おれ」は「嫌い」な手紙を清のためにしたためた。これは、親に見放され、兄に絶縁され、天涯孤独の身となった「おれ」を唯一愛してくれた下女の清が、「おれ」にとって例外的な存在だったからである。ならば、このときの手紙より遥かに長い手記の宛先は、清と同等以上に例外的な存在、つまり唯一の愛の対象であると考えるのが自然だろう。

　はっきり言えば、それは見合いの相手なのではないか。「おれ」は「たよりは死んだ時か、病気の時か、何か事の起こつた時にさへすればいゝ訳だ」（十）と言っていたが、まさに現在が縁談という「事の起こつた時」なのではないか。であれば、長く異様な手紙を準備する理由として肯けよう。「小供の時から損ばかり」で、兄に絶縁され、せっかく物理学校を出たのに教師として赴任した四国でトラブルを起こして失脚し、戒厳令下の物騒な東京に舞い戻って渦中の街鉄の技師に成り下がった若者（万事で損をした男）が、清を失っても消沈することなく、次の人生のステップとしての結婚に向かおうとしている。手記でマドンナとうらなりと赤シャツの三角関係にコメントする「おれ」は、このエピソードを通して、結婚に対する「おれ」の真摯な姿勢を示しているとも言える。饒舌に手記を書く「おれ」は、赤シャツにマドンナを奪われて延岡に追いやられるにもかかわらず「沈黙」[34]を貫いたうらなりとは対照的である。浅野洋氏は語り手（「おれ」）が「笑われた男」であることに注目して、語り手が「物語を語る饒舌がどこか哀しい沈黙の異名でないとしたら、その語りはたぶん耳を傾けるに値しない」[35]と断じているが、マドンナに対するうらなりの沈黙とはちがって、他者に「笑われた男」である孤独な「おれ」が生涯の愛を賭けて大切な縁談に向き合い、慣れない「饒舌」をもって腹蔵なく己を披露しているとすれば、この「どこか哀しい沈黙」に一筋の光明が射し込みはしないか。

　手記には、マドンナの話に導く前段として、萩野の御婆さんとの会話が記されている。「おれ」は「それぢや僕も二十四で御嫁を御貰ひるけれ、世話をして呉れんかな」、「本当の本当のつて僕あ、嫁が貰ひ度って仕方がないんだ」と言って萩野の「御婆さん」をからかうが、「左様ぢやらうがな、もし。若いうちは誰もそんなものぢやけれ」と萩野の御婆さんが間に受けたので、「おれ」は「痛み入つて返事が出来なかつた」。萩野の御婆さんに恐縮した会話の記憶を一言一句克明に記すことで、手記を書く現在の「おれ」は結婚に対して真面目に向き合っている（向き合うことができる）こと、「返事が出来」ることを示しているのではないか。萩野の御婆さんに「東京に行つて奥さんを連れてくるんだと答へ」たことが現実になろうとしているのではないか。「漱石文学は結婚を軸にした文学ともいえる」[36]にもかかわらず、主要な作品のうち「坊っちゃん」だけが例外的に夫婦を中心に据えていないのは不思議だ。平岡敏夫氏は「坊っちゃんの妻を想像する余裕を与えられていない」のは「妻たるべき位置に清が置かれているからといえないか」[37]と言っているが、そうだとしても、清は亡くなっていることが最後にははっきりするので、清亡き後の「おれ」の手記の宛先として、妻に相応する人物が浮上していると考えてもおかしくはないし、そう考える方がむしろ自然ではないだろうか。清は「おれ」に「奥さまを御貰ひになる迄は、仕方がないから甥の厄介になりませう」（二）、「うちを持ての、妻を貰への」（一）などと「おれ」に言っていた。四国から東京に戻って清と同居するに当たって、こうした清の「おれ」への期待に誠実に応じて、あるいは唯一の清を失って本当に孤独になった青年が、縁談相手と真面目に向き合っているのではないか。「うちを持ての」、「どうか置いて下さいと何遍も繰り返して頼んだ」（一）清の望みに東京に戻った「おれ」が応じて同居すると、「清は玄関付きの家でなくつても至極満足の様子であつた」（一一）と「おれ」は述懐している。「おれ」の母が亡くなった頃、清は将来「おれ」と同居する家の間取りを想像していたが、「おれ」は「其時は家なんか欲しくも何ともなかつた」。しかし、「其時」でない現在は家が欲しいのかもしれない。かつて清から借りた「三円」を「今となつては十倍にして帰してやりたくても帰せない」と悔む「おれ」は、清が死んでしまった後に、清が望んだ家を持とうと思い、清の願いに応じるためにも「奥さまを御貰ひになる」心積もりができたのではないか。「おれ」の手記が死んだ清への手紙だと読んだり、「おれ」が死の危機に瀕していると読むよりも、このように読む方が矛盾がないように思われる。

先に引用した漱石の「断片」[38]が記された同じ手帳（明治三八年一一月発行）には、「独身のときは月給四十円で七十五銭の石鹸を使つて居た。細君を貰つて一月の間は一円の石鹸になつた。二月目には五十銭のになつた。三月目には三十五銭。一年目に赤ん坊が出来たら二十銭」と記されている。漱石自身が松山に赴任した時の月給は八十円の高給であるから、「独身のときは月給四十円」は創作メモである。「坊っちゃん」では、四国に赴任した「おれ」の月給はやはり四十円で、かつ独身であった。執筆時期に近いこの「断片」が「坊っちゃん」の創作メモであるとしたら、「おれ」はやがて「細君を貰つて」、その翌年には子供がいるという設定が、当初から考えられていたのかもしれない。漱石が松山から送った明治二八年七月二六日消印の斎藤阿具宛書簡に「月給は十五日位にてなくなり申候　近頃女房が貰ひ度相成候」[39]とあり、月給と結婚が併記されている。「おれ」が一七〇字に満たない手紙を送ったのに対して、ほとんど漢字も知らない病後の清が書いた「四尺あまりの半切れ」（七）を受け取った「おれ」は、その長さに愛を感じて痛み入ったはずだ。長い半切れを風に靡かせているのは、このためである。「坊っちゃん」と呼ばれた「小供の時から損ばかりして居る」青年が、現実味を帯びる縁談にあたって、清に答えられなかった（長文の返信を書けなかった）後悔を繰り返さないためにも、精一杯の自己紹介として一生懸命に書き綴った愛と誠実の応答責任《レスポンシビリティ》が、この長い手記の正体なのではないか。こう考えて、強ち不自然とは思われない。加えて、この手記にしたためられた「おれ」の半生の振り返りが、図らずも国家権力が行使する戦争を因とする経済的な「損」と生来の権力への抵抗心を浮き彫りにしているのである。

「坊っちゃん」という小説は、多くの読者を痛快で微笑ましい気分にさせるが、権力への反抗心を持つ孤独な没落青年が人生の節目に誠実な愛を結ぼうとして前進していると思うと、読後感もあらたまる。「坊っちゃん」という小説の読みの振幅は、まことに大きい。

注

(1) 作中で「坊っちゃん」と呼ばれる人物は、自身のことを関係性によって「僕」や「私」などと称する場合もあるが、本稿では「おれ」で統一する

(2) 村瀬士朗「「世の中」の実験—『坊っちゃん』論—」『国語国文研究』七八号、一九八七年九月

(3) 「九州へ立つ二日前に兄が下宿へ来て金を六百円出して是を資本にして商売をするなり、学資にして勉強をするなり、どうでも随意に使ふがいゝ、其代りあとは構はないと云つた」(二)とある

(4) 「漱石とナショナリズム」『國文學　解釈と教材の研究』二〇〇六年三月

(5) 『漱石深読』翰林書房、二〇二〇年四月

(6) 「〈戦争＝報道〉小説としての『坊っちゃん』」『漱石研究』第一二号、一九九九年一〇月

(7) 作者の夏目漱石もこの法律施行の一年前に東京帝国大国講師の職に就いているので、翌年所得税を課されたわけである

(8) 漱石自身は家では朝日を、外では敷島を喫煙したと「文士の生活」(大正三年三月二二日『大阪朝日新聞』)に書いている

(9) 法律第十号相続税法第六条に「遺産相続ニ在リテハ五百円ニ満タサルトキハ相続税ヲ課セス」とある

(10) 酒造税法も改正され、明治三七年、三八年と立て続けに増税された。「坊っちゃん」にはうらなりの送別会で野だいこらが泥酔して騒ぐ酒宴が描かれている

(11) 三好信浩『日本商業教育成立史の研究』風間書房、一九八五年一月

(12) 天野郁夫『旧制専門学校論』玉川大学出版部、一九九三年一月
(13) 大學館、明治三七年一〇月
(14) 当時の社長阿部泰蔵は慶應義塾出身
(15) 渡辺専次郎の誤記と思われる
(16) 若林幸男「三井物産における人事課の創設と新卒定期入社制度の定着過程」(『経営史学』一九九九年三月)及び「戦前期総合商社における学卒者採用の評価と実態」(『明大商學論叢』二〇二一年三月)
(17) ただし「きわだって高い数字ではあるが、同時期の三井銀行の慶應義塾からの採用数と比較しても決して高い数値ではない」(武内成『明治期三井と慶應義塾卒業生』文眞堂、一九九五年)との指摘もある
(18) 上巻、日本経営史研究所、一九七八年
(19) 学習院輔仁会における大正三年一一月二五日の講演「私の個人主義」
(20) 漱石の明治三九年の断片に「三井。岩崎。」と併記されている
(21) 三菱商業学校は明治一一年に三菱会社によって設立されたが、明治一七年に閉校している
(22) 山村睦男「日本帝国主義成立過程における三井物産の発展—対中国進出過程の特質を中心に—」『土地制度史學』一九七六年一〇月
(23) 「「坊ちゃん」の学歴をめぐって」『戸板女子短期大学年表』一九八五年一〇月
(24) 本書では技手に「ギシュ」のルビがある。
(25) ただし、昨年の日比谷焼き討ち事件に続き、この三月にも街鉄の電車焼き討ち事件が起こっており、その間の勤務実態はわからない
(26) (19) に同じ

（27）明治三八年一一月一五日、俳書堂から発行の手帳「俳諧手帳」中の断片（東北大学所蔵「断片 手帳3 俳諧手帳 明治38年11月頃より39年夏頃まで」）

（28）平岡敏夫「「坊つちやん」試論―小日向の養源寺―」『文学』一九七一年一月

（29）竹盛天雄「坊っちゃんの受難」『文学』一九七一年一一月

（30）「街鉄の技手はなぜこの手記を書いたか〈教室〉から読む『坊っちゃん』」『漱石研究』第一二号、一九九九年一〇月

（31）『文学界』明治三九年九月

（32）「坊っちゃん自身は死ぬということになってしまう」とする平岡敏夫氏（28）、平岡氏の論を受けて「平岡の言うところの「坊つちやん」は、この小説の〈始め〉から死んでいた」と語る小森陽一氏（33）などの指摘がある

（33）小森陽一「裏表のある言葉―『坊っちゃん』における〈語り〉の構造―」（『日本文学』一九八三年三月、四月）、高田知波「「無鉄砲」と「玄関」―『坊っちゃん』論のための覚書―」（『駒澤國文』第二六号、一九八九年二月）など

（34）小森陽一氏がうらなりの「沈黙」に着目している（33）

（35）「笑われた男―「坊っちゃん」管見―」（『立教大学日本文学』一九八六年一二月）。なお、浅野氏は「《おれ》という語り手の呈示する問題は果たして他の何かに取って換えられるほど軽いものたったのか、という疑問が残る」、「これまで指摘されてきた悲劇も挫折も、そして沈黙さえも、それらは清や山嵐やうらなりのものである以上に、より深く《おれ》自身の問題だったのではあるまいか」とも述べているが、本稿の後半は、この浅野氏の「疑問」（批判）の投げかけに対する「応答」でもある

（36）尾形明子「結婚、見合い」『漱石辞典』翰林書房、二〇一七年五月

（37）（28）に同じ

（38）（27）に同じ

（39）斎藤阿具「夏目君と僕と僕の家」（『人文』第三七号、樗牛会事務所、一九一九年一月）で部分紹介。『定本漱石全集　書簡　上』第二二巻（岩波書店、二〇一九年七月）に収録

※漱石の引用は『定本漱石全集』（岩波書店）に拠った

漱石文学の謎

1 「こころ」のハムレット

「こころ」の先生は深い人間不信に陥っており、世間と没交渉で暮らしていた。先生が猜疑心を募らせたのは、信用していた叔父が先生の財産を横領したことに由来する。しかし、叔父はほんとうに財産を横領したのだろうか。

土居健郎は「こころ」の先生が「叔父に欺かれたという話は一種の妄想体験」であり、「被害妄想ではなかったか」[1]と推察している。たしかに、叔父が財産をごまかした具体的な証拠は作品に描かれていない。先生に持ち上がった叔父の娘との縁談を先生は叔父の策略だと決めつけたが、「当時は高校入学前後（＝はたち前後）に結婚話を持ち出されるというのは、特に地方（の旧家）の場合はさほど珍しいことではなかった[2]」し、「従妹との結婚も、在学中にとりあえず祝言だけをすませることも、当時は広くおこなわれていた[3]」。両親を立て続けに失った先生の将来を心配する叔父の好意は、簡単には疑いにくいものである。叔父が事業に失敗したという話も、あくまで噂に過ぎない。県会議員をした叔父はその報酬も得たし、議員であるからには、当時の被選挙権を満たす地租十円以上の納税が可能な資力があったわけである。また、叔父が妾を持っている（らしい）からと言って、それは横領の証拠にはならない。もちろん、だからと言って叔父が財産を横領しなかったと言い切ることもできないが、明治民法には、後見人の直系親族でない後見監督人が後見人（叔父）による財産の管理・調査に立ち会うこと、家庭裁判所への財産目録の提出、財産の使用にあたっては親族会の許可がいること、後見人の報酬などが細かく定められていた[4]。法の目をかいくぐって勝手に財産を使うことは、かなり難しかったはずである。このようななかにあって、「こころ」の先生は、なぜ証拠もなしに叔父の横領を断定したのか。土居健郎は、猜疑心を膨らませる先生の「心の動き自体が病的であった」と書いているが、先生の心が病的になった（精神疾患を発症した）原因は何か。[5]

先生は、叔父とその家族を「何かの機会に不図変に思い出した」（下七）と遺書で振り返っている。この「何かの機会」というのは、やはり結婚話のことであろう。端的に言って、先生は突然の結婚話に狼狽えたのである。まだ無責任な学生の身分を満喫していた先生は、予想もしなかった突然の結婚話に面を食らったわけである。妻を娶るということは、「由緒ある家」（下五）を継ぎ、いきなり社会的な責任を負う立場に置かれるということだ。両親が相次いで他界したとは言え、財産があり、衣食住の心配がなく、東京で安穏と学生生活を送ることができていた先生の心に、一気に急激な負荷（ストレス）がかかったのではないだろうか。突然迫ってきた結婚という現実に直面して、二十歳そこそこの先生の精神は激しく動揺したために、無意識に自分の心を守ろうとして（心理学で言う防衛機制が働いて）認知が歪み、先生は叔父とその家族を憎むべき犯罪者の位置に移したのである。

一種の通過儀礼として、家族内でのエディプス・コンプレックス（自分の母への愛の邪魔となる父への無意識の憎しみ）を克服して、父を乗り越えて（象徴的なレベルでの父親殺しを果たして）成長するべきところが、父と伍する体格と知性を育んだ矢先に両親が病死したため、先生は「父親殺し」の機会を失った。父母の死後に進学した先生は、学歴や地位や収入や腕力などで父に凌駕する機会を永遠に逸してしまったのである。もっと言うと、先生はエディプス・コンプレックスを駆動させる「父の厳命」（ラカンが言うところの父の名Noms du Père）の呪縛によって、子供の位置に固定されてしまった。父を乗り越えなければ、父の厳命に支配された（去勢された）状態が後々まで続くことになる。「こころ」において先生を呪縛する「父の厳命」は、先生と実父の会話からうかがえる。先生の実父は「自分のやうに、親から財産を譲られたものは、何うしても固有の材幹が鈍る。つまり世の中と闘ふ必要がないから不可いのだ」、「御前もよく覚えてゐるが好い」（下四）と先生に諭していた。これは先生が遺書に書き込んだほとんど唯一の実父の声である。先生は「父は其時わざわざ私の顔を見たのです」（下四）とも書いているが、顔を見て「わざわざ」伝えられた実父の特別な言葉は、先生の遺書に「私はまだそれを忘れずにゐます」（下四）とあるように、最期まで先生の心を縛ったのである。先生が、叔父との（父親殺しの代理となるはずの）裁判を諦めて東京に逃避し、卒業後も「世の中と闘う」ことなく、職に就かず、子ももうけず、人と関わることなく、財産を食い潰しながら逼塞していたのは、先生の心の深層に刻まれた「父の厳命」に（無自覚に）呪われていたからなのである。

「父親殺し」によって実父を相対化できなかった先生は、実家（父）に反抗する孤高のKに惹かれ、静（後の先生の妻）の実母（未亡人）が営む下宿においては、「父親殺し」を果たさないままに象徴的なレベルでの父の座（擬似的な家長）に就任した。社会的な責任を担うことができないのに、皮肉にも青年に「先生」と呼称された男は、父の最大の象徴である明治天皇の崩御に殉じた乃木将軍を模倣して、Kに殉じて社会から消えることを選択した。「こころ」には、生涯を「父の厳命」に縛られて、世の中に居場所や役割を見出せなかった哀れな男の（心の）末路が描かれているのである。

フロイトはハムレットを分析して、「ハムレットを行動できなくしているものが、彼の罪悪感である」と指摘し、これは「自分で父親を殺害したいという欲望をもっていたことに対する」罪悪感であると断じて、それが「復讐という課題を遂行できないという感覚から生まれた罪悪感に姿を変えているのである。これは神経症ではごくふつうにみられるプロセスである」と説明し、主人公がこの罪を「超個人的なものと感じている」のは「彼は自分だけではなく、他人も軽蔑しているからである」と喝破した。(6) このフロイトの指摘は、ほとんど「こころ」の先生にも当て嵌まるものだ。先生は「父親殺し」の代表であるオイディプスの仲間では決してなく、父を殺した叔父に復讐できずに道化のまま斃れてしまったハムレットの眷属なのである。「虞美人草」にも「最後に一つ問題が残る。──生か死か。これが悲劇である」（十九）とあるが、『ハムレット』の主題は「こころ」にも重たく引き継がれたのである。(7)

2　先生の最期

「こころ」はいくつもの謎を含む小説であるが、なかでも、いったい先生はどうやって死んだのかという謎については、ほとんど言及されることがない。先生は、彼を慕っている青年に遺書を残して自殺するが、どのような方法によって死んだのかは、小説のなかに直接的には書かれていない。先生の遺書に「私は妻に血の色を見せないで死ぬつもりです」（下五十六）とあるので、親友のKが頸動脈を切って死んだようなやり方は避けたであろうことだけは想像できる。しかし、具体的には、どのような方法があり得るだろうか。

この謎に挑んだ論文はほとんどないが、わずかに小森陽一氏が、先生が「どう死んだかは書かれていませんが」と前置きして、「明治天皇の葬儀が行われた年は、秋になっても暑い日が続きました。（中略）この年は、自殺したか事故で潮に流されたかはわかりませんが、海での溺死者が多くありました。もしかしたら、「先生」はそのような死に方を選んで、自分の死体を残さずにこの世を去ったのかもしれない、というのが、あの冒頭の海水浴場の場面からくる私の類推です」(8)と述べている。この説明の少し前に、鎌倉の海水浴場は「湾の外へ出ると太平洋の荒波であり、潮の流れが変わったら引き込まれてしまう危険性がある」と小森氏は述べていて、「自分の死体を残さずに」というのは、これを踏まえた発言である。小森氏は「あの冒頭の海水浴場の場面から」、先生の死を「類推」しているが、「こころ」は新聞連載当初から「心　先生の遺書」と題されていたし、海水浴の場面の後に青年と先生が再会する（上五）のも、自殺したKが眠る墓地であった。先生が墓地に出かけたことは「上四」で既に知らされている。「こころ」は小説の初めから死のトーンに覆われているのである。小説の冒頭近くには、海中で躍動する青年と海に漂う先生という対比的な描写があるが、これは生と死の対照的な暗示であろう。海に浮かぶ先生から水葬やオフィーリアのモチーフを連想できなくもない。

しかし、先生は遺書に「頓死したと思はれたい」（下五十六）と書いている。「頓死したと思はれたい」のは、先生の妻である静に、長く苛んで自死に至ったと先生が思われたくないからである。長く苛んだとしたら、ずっと先生のそばにいた静が自責の念を抱く心配がある。先生はそのことに配慮したいわけである。ならば、「頓死した」という事実（あるいはその偽装）が静にはっきりと伝わらなければならない。小森氏が言うように先生が潮に流されて「自分の死体を残さずに」消えたのでは、普段から先生に嫌われているのではないかと不安に思っていた静が、静を置き去りにしたと勘違いして永遠に悔やみ続けるかもしれない。この世に頼る者が先生しかいない静が苦しみを背負うことを、先生は好まないはずである。生死不明の状態では、どうしても静は先生に縛られて苦しむことになる。だから、先生は「頓死した」と静に思われたいのである。不意の事故で急死したとなれば、諦めがつくだろうとの思いがあるのである。先生は静に「気が狂つたと思はれても満足」（下五十六）だとも遺書に書いているが、仮に自殺を疑われても、先生が長年苛んだ末の自殺であることを静に悟られないように、突然の発狂による自殺という体裁をとりたいのである。

乃木将軍の殉死から先生が自殺を決意するまでの日数と遺書の執筆日数の計算によって、先生は一九一二（大正元）年九月二七日頃から数日以内に自殺したと推測できる。気象庁の記録によれば（鎌倉ではなく東京ではあるが）、この年の九月二七日前後から数日の平均気温は、約一七度である。海温はこれよりも冷たかったはずだ。小森氏は「秋になっても暑い日が続きました」と言うが、湾外まで泳ぎに出るような温度ではない。それよりも、海水が冷たくとも「気が狂つた」のだから泳ぎに出たという方が、まだわかる。しかし、先生が発狂を装って、それまで兆候がなかった先生の気がふれたと静が判ずるかどうかについては、疑問が残る。

先生は酒に酔った上での溺死を企てたのではないだろうか。『こころ』には、先生が酒を飲む場面が何度も登場する。酔って気分が高揚して、嫌がる静に酒を勧める場面もあるし（上八）、静と口論した後に青年と酒場に行ったこともある（上九）。青年の卒業祝いに杯もあげている（上三十二）。結婚当初には、Kの事件に思い悩んだ先生が酒に走ってしまい、ついに静から「未来のために酒を止めろと忠告」されている（下五十三）。先生の酒のために静が涙を流すこともあった（下五十三）。静にとってみれば、先生と酒の危険は容易に結びつくものである。先生は遺書で恋の刺激の比喩として飲酒を用いて「酒を味はうのは、酒を飲み始めた刹那にある如く」（下六）とも書いているが、酒にのめり込んだ（と見せかけた）先生が海に落ちて死ぬという選択肢が、静のダメージを最も軽減する手段として選ばれたのではないかと思われるのである。酒に酔った無名の猫（『こころ』の先生も名が記されない）が樽に落ちて溺死しておわる『吾輩は猫である』が、ちょうど思い出される。

『夢十夜』では、「しきりに泣いて居た」女を見た後に男が船から身投げする話（第七夜）がある。男はこの女を見て、「悲しいのは自分ばかりではないのだなと気が」つく。『夢十夜』の男のように、酔った先生も悲しむ静を思った後に船から転落したのかもしれない。同じく『夢十夜』の第四夜では、「一人で酒を飲んで」、「酒の加減で中々赤くなつてゐる」爺さんが河に入って出てこなくなる。これも酒による入水と読める。『こころ』においては、若い頃に先生はKと房州旅行に出て、先生が海岸の岩の上に坐るKの襟頸を背後からつかんで「海の中へ突き落したら何うする」とKに聞くと、「丁度好い。遣つて呉れ」とKが言ったことがある（下二十八）が、この時のような海岸の岩場から、先生が酒の力を借りて身投げしたのかも知れない。想像は膨らむばかりであるが、いずれにしても「泥酔による水死事故の偽装」が現時点での仮説である。

3 「蛇」のサブリミナル

夏目漱石に「蛇」と題する「小品」がある。一九〇九年一月一四日から三月九日にかけて『朝日新聞』に断続的に連載された「永日小品」の初回が「蛇」[9]であった。年少と思われる語り手が叔父と釣りに出かけた思い出を回想する内容であるが、終始不気味な雰囲気が漂っている。

豪雨の中を語り手と叔父が釣りに出て、叔父が渦巻く濁流に網をうつ。鰻が獲れたと思ったら、その「長いもの」は、叔父の手を離れて土手に落ちる。「長いもの」は鎌首を持ち上げて、叔父と少年を「屹と」見て、「覚えてゐろ」という声がしたと同時に、草の中に消える。叔父は蒼い顔をして、蛇が落ちた辺りを眺める。語り手は、「覚えてゐろ」と言ったのは「慥かに叔父さんの声であつた」と語る。「叔父さん、今、覚えてゐろと云つたのは貴方ですか」と語り手が問うと、叔父はようやく語り手の方を向いて、「誰だか能く分らない」と答える。「今でも叔父に此の話をする度に、誰だか能く分らないと答へては妙な顔をする」と語られて話はおわる。「蛇」はたったこれだけの話であるが、怪談のような不気味さを醸す作品である。

いったい「覚えてゐろ」と発したのは、誰であったのか。「慥かに叔父さんの声であつた」と語り手が言うように、叔父が声を発したのか。それとも、蛇が「覚えてゐろ」と言って二人を脅したのだろうか。

語り手は「慥かに叔父さんの声」だったと明言しているが、この時の語り手が、声の主を正確に聞き取れる健全な精神状態にあったかどうかは、甚だ疑問である。作中では、「隙間なく」落ちる雨が身に着けた笠と蓑にあたる「ざあつと云ふ音」が鳴り続けている。「四方の田」からも雨があたる音が鳴っており、遠くに見える「貴王の森」

からも雨の音が交じってきている。「泥の音」が足裏へ「飛び附いて」もくる。このような四方八方から何重にも交錯する激しい雨音に囲まれて、足下からも、遠くの森からも音が鳴り響く環境で、「雨の音の中に凝として」いる年若い語り手が、本当に「慥かな」声を聞くことができただろうか。語り手は広い田圃の中に一人佇み、そこに折からの水が流れ込んでくるが、この足元の渦にさえ「気が附いて」みないとわからないほどに、「奥深く重なり合っている」黒雲に心を奪われている。重たい黒雲によって「空は茶壷の蓋の様に暗く封じられて」おり、周囲は雨音に満たされている。そのなかで、足元には水流が作り出す渦が見えている。語り手は「渦を見守つて」いるが、この渦と雨の轟音が、語り手の少年を催眠状態に誘引したのではないか。上下四方の空間は激しい雨と黒雲と水流の渦によって遮られている。「不断」と異なる非日常が少年の精神を揺さぶる。視覚と聴覚が圧迫された環境に身を置く語り手には、正常な判断ができなかった可能性があるのである。ほんのわずかな頁数の小品に、「音」という文字は六度も登場し、「渦」は九度も登場する。題である「蛇」の文字は本文中にたった一度しか登場しない。まるで視覚情報を取り込む読者までもが、「蛇」について、「音」や「渦」に遮られているかのようである。

たとえば、佐藤泰正氏が漱石の「蛇」から、「道草」で子供の健三が人影のない池で釣りをして、糸を引く「気味の悪いものに脅かされ」る場面を連想し、「道草」の同じ場面を引用する江藤淳「夏目漱石小伝」をも引き合いにだして、「漱石の眼は、他ならぬ、意識の深層そのものに向けられていたと言ってよい」[10]と述べているが、多発する「音」と「渦」による幻惑的で催眠的な重苦しい閉鎖空間にあって、幼い語り手が「意識の深層そのもの」に潜っていたのだとすれば、語り手の判断力が正常であったとは言えなかろう。つまり、「覚えてゐろ」と発した声の主が叔父ではない可能性があるのである。そもそもどうして叔父が「覚えてゐろ」と言わなければならないのか。さらに、なぜ叔父は声の主が「誰だか能く分からない」と言って「蒼い顔」をしていたのか。芳賀徹氏は作品に登場する唯一の固有名「貴王」が稲荷鬼王神社を指すことから、「「覚えてゐろ」と言ったのは、鬼王様の権化としての蛇であったにちがいない」と述べている。[11] さらに芳賀氏は、作品に登場する叔父が内藤新宿、伊豆橋の福田庄兵衛[12]のことであると推測して、「氏神でもあったはずの鬼王様の霊に乗り移られやすく、祟られやすい弱い人間であった」叔父が「いわば蛇と二重人格になってしまい、「覚えてゐろ」などと口走ったのであろう」と述べている。しかし、大雨の日に大胆にも少年を釣りに誘う叔父が、稲荷鬼王神社の神霊を畏れる、「乗り移られやすく、祟られやすい弱い人間」だとは考えにくい。また、「蛇と二重人格に」なるような精神の失調が起こるとしても、それは積極的に川に入った叔父よりも、想定外の非日常に誘われた幼い少年の方ではないだろうか。

実は「覚えてゐろ」という声を発したのは、「意識の深層」に潜るような催眠状態に陥っていた語り手その人だったのではないか。年少の語り手が発した意表を突く怒声だったからこそ、叔父はぞっとして蒼ざめたのではないだろうか。

獲れたのは鰻ではなくて蛇だったわけだが、豪雨と濁流の中でも釣りに出る大胆な叔父が、単に蛇を恐れて蒼くなったわけではない。「不断」と異なる環境下で語り手が一時的に催眠状態に陥ったとすれば、大人である叔父も、あるいはこれに近い状態に陥っていたのかもしれない。しかし、そうだとしても、術師が同じ幻聴を起こすために両者に同じ催眠術を仕掛けたわけではないのだから、語り手と叔父が同時に同じ声を聞くとは思いにくい。「覚えてゐろ」と言ったのが叔父ではなく、オカルトに回答を求めないのであれば、その声の主は、その場にいたもうひとりの者である年若い語り手であるということになる。叔父の背後で催眠状態に陥っていた年少の語り手が、蛇の気持ちになりきって、もっと言えば、捕まった蛇に、自己の無意識の蟠りを仮託して、本人の自覚なく「覚えてゐろ」と発した。そうであれば、叔父が「蒼い顔」になり、後年になっても「妙な顔」をして「誰だか能く分からない」と答えていることにも、まだ得心がいく。語り手が（正常な状態であれば）そんな発言をするわけがない。後年になっても「誰だか能く分からない」と言って叔父がやり過ごすのは、異常をきたした語り手の記憶を打ち消したいから（語り手への配慮から）であろう。

無意識から発せられた声が語り手自身の耳に届いたことで、語り手は意識を取り戻した。語り手は自分の無意識の声を他者の声として聞き取ったのである。激しい雨音が交錯するなかで聞き取った声の主は、まさか自分自身の心の声であるとは自覚しようもないのだから、語り手なりの合理的な推論によって、叔父の声であるに違いないと決め込んだのである。「慥かに叔父さんの声であつた」という確信は、年若い語り手がその時に整えられる材料をもとにくだした合理的な判断に拠るものである。

では、なぜ語り手は「覚えてゐろ」と言ったのか。もちろん獲られた蛇の気持ちを語り手が代弁したわけだが、繰り返し「獲れる」と言って網を打つ叔父を見ていて、まるで網に獲られた蛇のように己の存在を獲られたことへの語り手の無意識の憤りが、鎌首を擡げる蛇に仮託されて、「覚えてゐろ」という厳しい語調となって噴出したのではないだろうか。というのは、「小品」が小説（虚構）とも随筆（作者の経験）ともつかない中間的な領域を扱うジャンルであることを踏まえれば、「蛇」の語り手と作者を同一視して読むことが可能だからである。荒正人が『永日小品』の性格は混合物である[13]」と言っているが、そもそも「小品」という文学の形式自体が虚構と事実の「混合物」なのである。

先にも触れたが、作中に「貴王」という固有名詞が登場する。芳賀徹氏が貴王＝稲荷鬼王神社の由緒、場所や祭神の詳細を紹介している[14]。『定本漱石全集』第十二巻[15]の清水孝純氏による「注解」にも、「貴王」は「豊多摩郡大久保村（現、新宿区歌舞伎町二丁目）にある稲荷鬼王神社をさすらしい」とあり、「漱石は養父塩原昌之助と共に、明治五年四月（五歳）から六年三月（六歳）まで内藤新宿北町四十六番地（当時）に住んだことがある。浄土宗太宗寺の真向いで、そこから鬼王神社まではほんの五、六百メートルの所にある」とある。ここで、「蛇」は少年時代の漱石が経験した実話である可能性が膨らむ。作中に登場する固有名詞はこの「貴王」だけであるが、この「貴王」は小品「蛇」と現実の世界をつなぐ特別な記号と化す。言わば、「貴王」は作品と現実世界の記憶を接続させるゲートなのである。そうであれば、この「小品」というジャンルの「蛇」には、夏目家と養子先の塩原家との間でモノのようにして獲り合いになった少年期の漱石の無意識（の憤り）を読み込むことも可能ではあるまいか。浅野洋氏は「硝子戸の中」二十九章を論じて、「単に幼少年期の不遇をかこつための回想譚ではない」とし、「漱石が問題にしたのは」、「恣意的に変化する人間の〈関係性〉の中にあって「私」は確かに〈ここにいる〉のになぜ「私」は確固とした「私」自身たり得ないのか、である」と述べ、「〈実存〉的な不安」とも述べて、夏目家と塩原家の間を商品のように行き来させられた夏目金之助の少年期を小説家夏目漱石誕生の重大なファクターとみて分析している。[16]「意識の深層」に向かって現実と虚構が混合した回想譚である「蛇」の不気味さは、浅野氏が述べる「〈実存〉的な不安」ともつながっているように思える。「幼少年期の不遇をかこつため」ではないにしても、「〈実存〉的な不安」を被った無意識の怒りが「蛇」において一時的に噴出しているのではないか。何度も網を打つ叔父は、「貴王」というゲートを通って、少年を網で絡めとろうとする大人・〈家〉の制度・血筋の象徴となり、現実の世界で漱石という存在を獲らえる大人たちにアクセスするのである。

古来、蛇はさまざまな両義性のイメージやシンボル[17]として文学作品に登場するが、ここでは人間の敵対者としてのイメージ[18]だろう。つまり、漱石という存在を獲らえる人間たちの敵対者である。網に獲られた蛇が「覚えてゐろ」と言って草の中に消えるところに、〈家〉の呪縛から逃れたい少年の無意識の欲望が噴出したのである。夢は無意識の領域を映し出すが、「夢十夜」「第四夜」でも、手拭が「蛇になる」、「見て居らう」と連呼する爺さんが川の中に消える。それを子供である自分（語り手）が追いかけていた。「夢十夜」で子供が見た爺さんは、小品「蛇」で年少だった語り手が見た蛇と同じなのかもしれない。「夢十夜」の爺さんが「「今に其の手拭が蛇になるから、見て居らう。見て居らう」と繰返して云つた」と語り手が言う「見て居らう」は、小品「蛇」の「覚えてゐろ」に通ずるように思われる。爺さんが河に入って消えるのは、おそらくモノのように行き来されたことで、自然で確かな人間関係を構築できずに傷ついたアイデンティティが逃避する（入水する）ためだ。つまり、「蛇」及び「夢十夜」で己の潜在意識にアクセスした語り手には、「死の欲動」（タナトス）が生じているのである。

注

（1）『漱石の心的世界』角川選書、一九八二年一一月

（2）『漱石文学全註釈12　心』（二〇九頁）若草書房、二〇〇〇年四月

（3）『漱石文学全註釈12　心』（二一二、二一三頁）。註釈には、阿部次郎や寺田寅彦のケースが例示されている

（4）明治民法第六章「後見」第一節「後見ノ開始」から第四節「後見ノ終了」（第九百条から第九百四十三条）

（5）（1）に同じ

（6）「ドストエフスキーと父親殺し」（Dostojewski und die Vatertötung）『ドストエフスキーと父親殺し／不気味なもの』中山元訳、二〇一一年二月。原著は一九二八年

（7）『永日小品』「変化」（『大阪朝日新聞』明治四二年三月九日）に中村是公が「ハムレットを買つて呉れた。其の本は未だに持つてゐる」とある。「クレイグ先生　下」（『大阪朝日新聞』明治四二年三月一二日）から、漱石が留学中にウィリアム・クレイグの私邸で「ハムレット」の個人授業を受けたことが知れる

（8）『夏目漱石『心』を読み直す』かもがわ出版、二〇二〇年九月

（9）一九〇九年一月一四日『大阪朝日新聞』及び『東京朝日新聞』に掲載。掲載時は『大阪朝日新聞』が「「永日小品（一）」「蛇」」、『東京朝日新聞』が「「永日小品」「蛇」」である。単行本『四篇』収録時に、四篇のうちの一篇である「永日小品」の表題のもと、冒頭に「元日」が配され、続いて「蛇」が配された。「元日」は一九〇九年一月一日に

『大阪朝日新聞』及び『東京朝日新聞』に掲載されたので初出は「蛇」より早いが、新聞掲載時には「永日小品」の表題はなかった。掲載時に『大阪朝日新聞』に「永日小品（一）」と記された「蛇」が実質的な初回である

（10）「『永日小品』をどう読むか―〈漱石的主題〉の一側面をめぐって―」『国文学研究』一九九〇年一〇月。なお、佐藤氏は「道草」だけでなく「蛇」から「風の又三郎」も連想している

（11）「「五月雨の中の異界へ」―夏目漱石の小品「蛇」―」『比較文学研究』二〇一六年六月

（12）漱石の親類。漱石の母ちゑ（夏目小兵衛の前妻）と姉ひさの子。夏目小兵衛とその後妻ことの娘さわと結婚した。漱石の祖父（小兵衛の父）と同姓同名

（13）「解説」『漱石文学全集』第十巻、集英社、一九七三年四月

（14）（11）に同じ

（15）岩波書店、二〇一七年九月

（16）「「硝子戸の中」二十九章から―漱石の原風景―（小説家の起源1）」『小説の〈顔〉』翰林書房、二〇一三年一一月

（17）『漱石辞典』（翰林書房、二〇一七年五月）「蛇／青大将」の項目で、有元伸子氏が『イメージ・シンボル事典』（アト・ド・フリース、大修館書店、一九八四年三月）を参照して「蛇は古来両儀的な文化シンボルとされてきた」と述べている

（18）『動物シンボル事典』（ジャン・ポール・クレベール、大修館書店、一九八九年一〇月）の「蛇」の項目には、「動物誌の象徴体系のなかで、蛇は人間の敵、より正確にいえばその正反対のものとして現れる。蛇は人間と対立し、その対蹠点にあるのだ」とある

Ⅱ　文学と権力

「高瀬舟」の〈他者〉

一

河川を航行する舟は、江戸時代から昭和初期まで一般に高瀬舟と呼ばれていたが、これは、物流のために開削された京都の高瀬川を走る舟の呼称が全国に広まったものである。京都の高瀬舟は、荷物の運搬だけでなく、遠島（島流し）に処せられて隠岐や壹岐に流される罪人の運搬にも利用された[1]。森鷗外「高瀬舟[2]」は、この流人を運ぶ江戸時代の京都の高瀬舟が舞台の小説である。

同心の羽田庄兵衛は、弟殺しの罪により遠島（死刑に次ぐ重刑）に処せられた罪人喜助を高瀬舟で護送する。その道中、遠島に処せられたにもかかわらず晴れやかに見える喜助に不審を抱いた庄兵衛は、「鳥目二百文」（縁者なき者への「お上」からの手当銭）を頂戴して喜んでいることを喜助から聞いて、感動する。さらに、自殺をはかった瀕死の弟にとどめを刺したという弟殺しの詳細を喜助から聞いた庄兵衛は、この事件が殺人罪と言いうるものかと疑問を抱き、庄兵衛は「オオトリテエに従うほかない」と思いつつ、奉行に聞いてみたいと思う話である。

「高瀬舟」発表直後に、鷗外は「高瀬舟縁起[3]」を発表し、小説「高瀬舟」と合わせて単行本『高瀬舟[4]』に併録したが、この「縁起」で鷗外は、「高瀬舟」は「ユウタナジイ」と「知足」について書いたものだと述べた。「ユウタナジイ」（安楽死）は、喜助による弟殺しとその話を聞いた庄兵衛が抱く疑念から浮上する主題である。「知足[5]」は、手当銭を頂戴したことによる喜びと希望を語る喜助と、そのことを聞いて感動する庄兵衛から浮上する主題である。このため、研究論文では「縁起」で作者鷗外が述べたことが重視され、まず「ユウタナジイ」と「知足」にその関心が集中した。[6] 国語教育の現場でもそれは同様で、教科書に準拠した参考書やワークブックの類にある登場人物の気持ちを問う設問や主題を問う設問の解答や解説にも、「安楽死」や「足ることを知っている人物」などと記されていて、「採点基準」として「苦しみから救うために命を絶つこと（＝安楽死）という問題を取り上げていることを押さえていなければ不正解」と断言する書籍すらもある。[7] 光村図書出版の国語教科書『国語3』の挿絵（蓬田やすひろ作、八四頁）に見える喜助の姿にしても、薄幸の中で誠実に生きる美男子として描かれており、「知足」を体現する聖人としての喜助を生徒がイメージしやすいように誘導しているととれる。

学校の教室では、不審、感動、疑念と移り行く庄兵衛の心境の変化を生徒に追わせて、庄兵衛はなぜ不審に思ったのか、なぜ感動したのか、庄兵衛の疑念にどのような解答が可能であるかを考えさせたり、喜助は罪に問われるべきなのかを考えさせたりする。そうすることで、読む力を身につけさせ、社会問題（安楽死や量刑）への関心も抱かせようとする。こうした指導が可能なのは、「ユウタナジイ」と「知足」という読解コードが教師の間で広く共有されているからだ。しかし、道徳的な意見が唯一の正解とされがちな学校空間において、「ユウタナジイ」と「知足」という読解コードは、自由な読みの可能性を抑圧し、社会問題を扱う「高瀬舟」はすばらしい、「知足」の境地に達した喜助はすばらしいという一方的な読みを強制することで、生徒の批判精神の獲得を妨げてしまう心配もある。そうでなくとも、「ユウタナジイ」と「知足」に支配された授業では、有罪か無罪か、肯定か否定かといった二元論的な対立が教室に発生し、生徒の二項対立的な思考回路を強化してしまうきらいがある。敵か味方かという短絡的な〈他者〉を想定しかねず、柔軟な読解力や解釈力の涵養から遠ざかる心配がまといつく。あるいは、教壇に立つ教師からの一方的な託宣（教師を媒体とする「作者の意図」の提示）が行われ、それを生徒が唯一の無謬の解として享受するという上意下達の構造も生まれやすい。

教室で重宝される「ユウタナジイ」と「知足」というキーワード自体は、そもそも小説の本文には一語たりとも登場しない。[8]「高瀬舟」の作中で唯一のカタカナ語として登場するのは、「ユウタナジイ」ではなく、「オオトリテエ」(autorité　権威・権力)というフランス語である。江戸時代の人間はフランス語を知らないのだから、このフランス語の使用によって、「高瀬舟」の語り手は、小説内の物語時間(江戸時代)よりも未来に生きる存在であり、未来から過去の出来事を語っているということがわかる。[9]もし、権力批判の主題が前景化すれば、軍医として軍隊組織の上位に属す(権威の側に立つ)鷗外が権威を批判していることが話題となり、鷗外の立場が危うくなるおそれもある。であれば、鷗外が自作についてわざわざ「ユウタナジイ」と「知足」が主題だと断りを入れた「縁起」は、「高瀬舟」中の「オオトリテエ」批判の主題を前景化させないための隠れ蓑だった可能性が考えられる。

「高瀬舟」と同じく流刑を扱った文学として、トルストイ「復活」[10]が想起される。「復活」は、階級社会や官僚制度を批判する小説である。特に「復活」の第一篇は、国家権力、裁判所とその機能を批判するものであり、「オオトリテエ」をコードに持ち、奉行の裁きへの疑問が示される「高瀬舟」と重なるところが大きい。「復活」は内田魯庵によって一九〇五年に翻訳されたが、[11]世間的に有名になったのは島村抱月が脚本した芝居[12]によってである。この舞台は一九一四年に松井須磨子をカチューシャ役に据えて大変な人気を博し、劇中歌の「カチューシャの唄」[13]は全国的に大流行した。一九一四~一五年に立て続けに映画化もされた。[14]鷗外が流刑を材とする小説を執筆したのは、あるいは、この「復活」の流行があったからではないだろうか。というのも、抱月の戯曲は、抱月が「トルストイ自らの監獄制度、裁判制度などに対する批評、社会主義的な人生観などは、色々の意味から此劇の中へ取り入れることができなかった」[15]と語るように、幸徳事件の時勢を意識して、権力批判や社会主義を消したものになっているからである。[16]幸徳事件に影響を受けて「沈黙の塔」[17]や「食堂」[18]を書く鷗外ならば、抱月が「復活」から削除した権力批判を「高瀬舟」で「復活」させてもおかしくはない。たとえば、トルストイの「復活」で殺意を持っていなかったのに重い刑(シベリア流刑)を宣告されたカチューシャは「高瀬舟」の喜助に重なるし、判決に理不尽を感じてカチューシャの旅に同行する貴族のネフリュードフは同心の庄兵衛に重なる。親の財産を享有するネフリュードフが自分を恥じる社会主義の観点が、「高瀬舟」では「知足」に取って代わったとも思える。「復活」では、貴族のネフリュードフは、階級を飛び越えて、娼婦のカチューシャに結婚を申し込んだ。「高瀬舟」では、身分が上位の庄兵衛が喜助を尊敬して階級を超えるエクリチュールで「喜助さん」と呼んだことで、階級が相対化されたとも言える。思えば、幸徳秋水もトルストイの非戦論を強く支持していたが[19]、「高瀬舟」は、幸徳事件を背景として、抱月が意図的に削除したトルストイの「復活」の精神を引き継いだ小説なのではないか。そうであれば、「高瀬舟」の歴史小説の装いも、「知足」も「ユウタナジイ」のテーマも、鷗外がわざわざ「縁起」を書いたのも、実は検閲の目を眩ませるためのカモフラージュだということになる[20]。

こうした推論を踏まえれば、まるで教室で教師が一方的に解説する主題を生徒が無批判に甘受する悪しき構図を反復するように、「縁起」で鷗外が読者に対して一方的に解説する主題を読者が無批判に享受する構図で「高瀬舟」を読了するわけにはいかない。小説に記されていない語を中心に据えた「高瀬舟」へのアプローチについては、「高瀬舟」というテクスト自体から目を背け、作者森鷗外という権威が読者に押し付けてくるバイアスのかかった解釈を無批判に復唱し、拝受するという懸念が拭えない。作品外で作者が語った言葉を根拠とするだけで「高瀬舟」一篇を読むことには、どうしても首肯しかねるのである。私見では、「高瀬舟」は、そのような一義的な読みのコードに縛られる単純なテクストではないのである。

二

「高瀬舟」は、庄兵衛と喜助との間で交わされるコミュニケーションに基づく小説だと言えるが、そもそも双方が依拠する社会構造（封建制下の階級）や生きてきた歴史的背景や価値観には、大きな懸隔がある。果たして、庄兵衛と喜助は、双方のコミュニケーション基盤の異なりを理解し合い、〈思い込み〉を排除できているだろうか。

中等教育における「高瀬舟」の語りのレベルがどのように扱われているのかをみておこう。[21] 例えば、庄兵衛と喜助とのやりとりだけではなく、「高瀬舟」のテクストには、語り手による語りの部分が存在しているにもかかわらず、『教科書ガイド』[22]に、「高瀬舟は庄兵衛と喜助のやり取りだけで語られている小説だよ」（六一一頁）とあるように、国語教育の現場では、語りのレベルについては、慎重に取り扱われていない。確かに、語り論をそのまま中等教育において展開するのは容易ではないかもしれないが、教師の参考書である『指導書』[23]には、語り手の意見なのか、登場人物の意見なのかが本文に即して詳細に注記されているのだから、教室では、語り手の安定性（視点移動、J・ジュネットが言う「焦点化」）や信頼性（W・ブースが言う「信頼できない語り手」）まで言及しないにしても、語り手が語る事実のレベルと、庄兵衛と喜助が推測したり、想像したりする〈思い込み〉のレベルが混在しているという確認は十分に可能である。高瀬舟が遠島を申し付けられた罪人を運ぶ舟だと説明したり、「これまで類のない、珍しい罪人」だと断言したりする〈地の文〉は、すべて語り手による揺るぎない事実の列記である。これに対して、庄兵衛が喜助を「不思議だ」と思うことや、喜助が弟の目を見て「恨めしい目」をしていたと思うことなどは、語り手による語りを通してではあるものの、庄兵衛や喜助の視点からの主観的な感想であり、〈思い込み〉の域を出ない。語り手が記述する事実の言説と登場人物たちの〈思い込み〉の言説とを生徒に整理させることで読解力を養いつつ、語り手による〈地の文〉は、ありのままの描写としてあり、感情や意味付けが排除されていることを授業で確認・理解させることは、充分可能であるはずだ。

具体的に、〈思い込み〉のレベルに着目してみよう。まず庄兵衛は、罪人の喜助を「不思議」な人物だと思う。手当銭としての鳥目を頂戴した喜びや、「遠島」先に自分が居てもよい場所があることを楽しそうに語る喜助の話を聞いた後には、庄兵衛は、喜助に対して「喜助さん」と敬称を付けて呼び、喜助は満足を知る立派な人物だと得心し、「毫光」が指すかのように見る。「毫光」とは、釈迦の額の毛から発せられる光のことであるから、庄兵衛のなかでは、身分の低い喜助が、罪人から聖者にまで格上げされたことになる。こうした庄兵衛の心境の推移は、庄兵衛が喜助に対してコミュニケーションを図ったことによって起こった。喜助は夜通しの舟で眠らないし、悲しむ様子もなく楽しげな表情を浮かべているのだから、他の罪人と比べて、まず「不思議だ」と庄兵衛が思うのは、あるいは自然なことかもしれない。しかし、その後に生まれた喜助への敬意は、喜助の話を聞いたことによる、庄兵衛がくだした喜助という人物への恣意的な〈解釈〉である。なお、〈地の文〉（語り手の記述）に、喜助を指して「晴れやか」だとする表現があるが、これは、語り手による喜助の人格への感想ではない。語り手は「額」が「晴れやか」だと記しているのであり、喜助の顔色を解釈しているわけではないのである。この一文前で語り手は、喜助が「雲の濃淡にしたがって、光が増したり減じたりする月を仰いで黙っている」と記しているのだから、月明かりに照らされて「その額が晴れやか」だという様子を記述しているに過ぎない。灯りの乏しい江戸時代の夜舟で、月光を浴びる喜助の姿が、庄兵衛にとっては幻想的に見えたのかもしれない。庄兵衛が喜助から「毫光」を感じるのも、喜助の「額」が月光に照らされていることに起因していよう。この後、弟殺しの実態を喜助から詳しく聞くと、庄兵衛は、喜助の話は「条理が立っている。条理が立ち過ぎている」とまで思うが、既に喜助は立派な人物として庄兵衛の脳裏に刻印されているので、話の「条理が立ち過ぎている」からと言って、喜助に疑念を抱いたりはしない。念を押しておくと、喜助が立派な人物であり、「知足」の体現者であるというのは、あくまで喜助の話を聞いた上での同心羽田庄兵衛の〈思い込み〉として語られているものであって、語り手は、喜助が聖人であるという事実は一言も述べていない。これらの感懐は語り手のものではなく、語り手の語りを通して説明される庄兵衛による〈思い込み〉でしかない（まして作者鷗外の意見でもない）。事実のレベルからみれば、喜助が立派であるかどうか、「知足」

の者であるかどうかについて、語り手は何も明示していない。となれば、喜助の人物像については、読者に〈解釈〉の余地（テクストの空所）が残されていることになる。つまり、喜助の話を聞いた読者（教室における生徒）には、同心羽田庄兵衛による〈思い込み〉とは異なる〈解釈〉を喜助にくだせる可能性があるということである。

その喜助にしても、死にかけている弟が「恨めしそうな目つき」をしていたなどというのは、あくまで喜助から弟への〈思い込み〉である。「恨めしい」は弟本人の口から出たものではなく、「目がものを言います」と信じる喜助の憶測である。「弟の目が『早くしろ、早くしろ。』と言って」、「さも恨めしそうに私を見ています」、「弟の目は恐ろしい催促をやめません」、「恨めしそうなのがだんだん険しくなってきて、とうとう敵の顔をでもにらむような、憎々しい目になってしまい」などの喜助の発言は、苦痛に悶える瀕死の弟の目を自分本位の〈思い込み〉で〈解釈〉したものに過ぎない。喜助は、弟が本当に「恨めしい」などと思ったのかを、弟に直接確認してはいない。また、弟の喉から剃刀を抜こうとすると、弟は「晴れやかな目」になったと喜助が言うが、これも喜助の〈思い込み〉かもしれない。弟が死を望んでいることは、弟の発言によって確からしいとわかるものの、呼吸もままならない瀕死の人間が、苦痛の最中に、果たして「晴れやかな」気持ちになっていると断定できるだろうか。さらに言えば、そもそも喜助の話が（厳罰＝死刑を免れるための）嘘である可能性も否定できない。喜助に心服する庄兵衛ですら、喜助の話は「条理が立っている」。条理が立ち過ぎている」という感想を抱くが、悲惨な事件のディテールを当事者の喜助があまりに理路整然と説明できていることが、かえって不自然ではあるまいか。先行研究には、根拠は薄弱としつつも、喜助の嘘の可能性を示唆する論文もある[24]。

このように見てくると、まず同心羽田庄兵衛による喜助への理解は、自身の貧しい経済事情と卑俗な人間性を後ろめたく省みたことによる一方的な〈思い込み〉・幻想である可能性が残るし、喜助による弟の気持ちの代弁も、確信犯であるかどうかは別としても、弟殺しを自己正当化して生きて行くために無意識のうちに捏造した物語である可能性も軽々には否定できない。

三

庄兵衛と喜助との間には、コミュニケーション基盤が共有されていない可能性があり、双方の理解にズレがある可能性がある。そこで、ここからは、喜助と庄兵衛が依拠するコミュニケーション基盤がどのように異なっているかを明らかにする新しい視点の提示を試みることで、双方のズレを架け橋する可能性を探ってみたい。

「高瀬舟」に登場する「オオトリテエ」(autorité)は、「高瀬舟」の物語世界で用いられる他の言葉で言えば、「お上」である。「お上」は、封建社会の権威を示す象徴的な表現である。江戸幕府の権力構造では、武士階級の最下級官吏として羽田庄兵衛のような薄給の同心がいる。同心の上役には与力がいる(「高瀬舟」が材を得た『翁草』の作者神沢貞幹は与力から目付へと出世した)。与力の上役には、喜助の罪を沙汰した奉行がいる。その奉行の「上」にも上役があり、奉行の沙汰した遠島を許可する最終的な権限職として、老中が存在する。老中の職で最高位のものは、老中首座である。この老中首座の地位にある者こそが、遠島の執行権を持つ当時の最高実力者である。「高瀬舟」の具体的な物語時間は、語り手によれば「白河楽翁侯が政柄を執つてゐた寛政」であるので、「高瀬舟」において遠島の執行許可を出す老中首座は「白河楽翁候」、つまり松平定信である。松平定信こそが、将軍という幕府の権威を背後にした最高実力者である。なお、当時の第一一代将軍徳川家斉はまだ少年であったし、制度上の日本列島の君主である京都の光格天皇も、一七歳から二一歳の若さである。将軍も天皇もまだ若いが、象徴的な権威としての性格は強い。彼らは制度や慣習や掟や血縁に従ってシステマチックに物事が決定される封建時代の力学を稼動させる象徴的な権威として機能し、この権威を背後において、老中以下末端の下級官吏である同心までが、上意下達の権力構造を担っている。

高瀬舟は、京都から南に流れる高瀬川を通って伏見港を経て宇治川に入り、やがて大坂へ行き着く。遠島を申し付けられた流刑者は、象徴的な最高権威である天皇がいる京都の中心から南下して、幕府直轄の大坂を通って海上へ出て、隠岐や壹岐を目指す。天皇という権威を象徴する京都というトポスから遠ざかるにしたがって、眩しい威光は次第に薄れて暗くなる。流刑地へ向かう旅程は、逆説的に言えば、権威から逃れて行く道程であり、前近代の封建社会から逃れていく過程でもある。江戸時代に高瀬川を掘削してその舟運をあずかった角倉了以は、その源流（鴨川からの取水口、現京都市中京区木屋町通二条下ル東生洲町付近）に別邸を建てたが、この邸宅が明治二四年に山県有朋の所有となったことはよく知られている。その後、三菱の創始者の一人である川田小一郎や近江の実業家の阿部市太郎らが順に所有することにもなるが、明治の元勲や当代の豪商が象徴する権力と資本主義の支配から遠ざかる構図にもなっているのである。[25]

「白河楽翁侯が政柄を執つてゐた」とわざわざ最初に語り手によって明示されることで、「高瀬舟」という小説全体が、権力＝「オオトリテエ」のコードに串刺しされる（と同時に、大正期の現在から読者の目を逸らさせる）。それでは、「高瀬舟」全篇を覆う「オオトリテエ」というコードを通して、高瀬舟に同乗する喜助と庄兵衛との関係の変化を再び確認してみよう。

〈個人〉よりも家族・血縁・集団を重んじるのが封建時代の価値観であるが、喜助にとっての弟は、最も大切にされるべきこの世で唯一の血縁であり、封建社会の価値観の象徴的な存在だと言える。その弟の殺害は、言わば、封建社会の家族共同体（の価値観）との断絶を意味するものであり、象徴的なレベルでの〈権威殺し〉である。シンボリックな意味を帯びる弟との一蓮托生から解放された喜助は、天涯孤独の身となり、単独の〈個人〉としての道を歩むことになる。弟殺しによって、図らずとも、〈個人〉を下位に置き、家族集団を中心に据える生き方から、

〈個人〉を中心とした生き方が前景化した。そうであれば、喜助が頂戴した「鳥目」という手当銭を喜ぶのも、従来から言われている「知足」による満足感の表現ではなくて、誰にも相談せずに使える私的財産を所有した〈個人〉としての「喜び」だと考えることができる。高瀬舟の舟上で、喜助が楽しそうな表情をしているのは、江戸幕府の威光から遠く隔たる新天地で〈個人〉の居を構えて仕事に就くことに希望を見出す、つまり、〈土地〉と〈財産〉を〈個人〉として〈所有〉し、封建的価値体系や血縁の束縛から解放されて、〈個人〉として〈自由〉に生きる未来を明るいものとして、前向きなものとして夢想して、〈喜〉んでいるからだと言える。〈個人〉、〈財産〉、〈私的所有〉、〈自由〉などは、近代人の条件と言えるが、喜助には、封建社会から放逐されることで、いみじくも近代性が芽生えたのである。ドイツ文学者として名高い鷗外の「高瀬舟」で、（ドイツ語ではなく）敢えてフランス語が使用されているのは、権力批判の言い訳として作者と語り手を切断するという鷗外の作家的意図があるからかもしれないが、市民革命によって絶対王政の封建社会から脱して近代化し、いち早く〈個人〉が誕生したフランスを意識したからではないだろうか。フランス語を知る知識人である語り手は、その語りにおいてフランス語を選択することによって、間違いなく〈近代人〉として「高瀬舟」の物語を語っている。このことの意味は、重くみてよいはずだ。

文学作品では、しばしば川は境界のメタファーとして機能する。封建社会の権威の象徴である天皇のいる京の都から南下して流れる高瀬川は、言わば、近代と前近代の境界領域を暗示している。境界領域を走る舟の上だからこそ、同心羽田庄兵衛は「お上」の裁定に疑念を抱くことができたのであり、罪人の喜助と接近して、例外的なコミュニケーションを図ることができたのである。高瀬舟は、封建社会がその活動を停止している夜の闇を走る。高瀬舟が走る夜の闇は、封建社会の権威の威光が届かない時間と空間を暗示する。封建的・前近代的な権威下＝京都での遠島という刑罰は、「京都は結構な土地でございますが、その結構な土地で、これまで私のいたして参つたような苦しみは、どこへ参ってもなかろうと存じます」と吐露する喜助によって、鋭く批判されている。語り手が臆断なしに記す「類のない、珍しい事件」の正体、あるいは同心の羽田が「不思議だ」と感じる感覚の正体は、喜助が獲得した近代性にあった。そう考えれば、喜助という名は、弟の自殺を喜んで助けるという含意のほかに、これからの人生の助けとなる手当銭を手にした「喜び」という含意と、死罪を免れて自分の命が助かり、封建社会から逃れて生きる「喜び」を含意しているとみることができよう。

喜助は、庄兵衛とは異質なコミュニケーション基盤（歴史的背景や価値観＝近代性）を掴んでいる。庄兵衛は、喜助とのコミュニケーションを通じて、封建体制下の権威や法や家族や所得などに対して疑念を抱き、自己を〈個人〉として自覚する契機を持った。喜助との出会いによって生まれた権威に対する疑念や、自己を〈個人〉として認識することは、組織や階級への帰属意識を乗り越え、新たなコミュニケーション基盤を築くための第一歩である。同心の羽田庄兵衛が、「オオトリテエ」の威光が消失する舟の上で、身分の低い罪人の喜助に「毫光」を見出し、ついに「喜助さん」と異例の敬称（階級を超えるエクリチュール）を付すのは、その兆しである（もっとも、最後に「オオトリテエに従うほかないという念が生じた」と思うところに、庄兵衛の限界、時代的制約も読み取れる）。

仮に、〈他者〉を理解するための共感力が、さまざまな共感の可能性と不可能性が四方八方に揺れる幾つもの振り子のような往還によって養われるのだとすれば、「高瀬舟」の庄兵衛による喜助という〈他者〉への理解（もしくは誤解）は、そのような振り子の振り幅の一極であると言える。そうであれば、〈共感〉の振り子を反対方向へ大きく振って見せたのが、近代人として覚醒する〈喜助像〉である。こうした読みの可能性まで許容する「高瀬舟」には、権威への批判を隠そうとした作者鷗外、視点を移動させつつも私的な感想の類を排して事実だけを語る抑制的な語り手、封建体制に疑念を抱きつつも「オオトリテエに従うほかない」と決める庄兵衛、封建社会からの解放を喜ぶ喜助、その喜助に自殺を幇助される（あるいはとどめを刺される）無言の死者としての弟、「高瀬舟」発表当時の読者と現代の読者、あるいは教室で「高瀬舟」を指導する教師と学ぶ生徒と、幾つものレベルで〈思い込み〉や理解と不理解が重層的に交錯している。彼らは相互に隔たった異質な〈他者〉である。そうであるならば、彼らが依拠するコミュニケーション基盤の確認を怠るわけにはいかないし、彼らの間で相互に〈他者理解〉が成功しているのか、成功していないのかを絶えず検討しなければなるまい。庄兵衛と喜助との間だけではなく、一八世紀後半に書き留められた『翁草』[26]の「流人の話」と二〇世紀に入って発表された小説「高瀬舟」という二つのテクストの間にも懸隔がある。さらには、私たちが生きる現代は、小説の舞台となった江戸時代とも、小説が発表された大正期とも隔絶している。こうした幾つもの隔たりを内包する「高瀬舟」を注意深く繙読していく作業が、異質な他者を理解するための確かな手がかりとなるはずだ。なおかつ、こうした繙読（による新しい解釈の提示）が、国語の教科書などに無謬の神として君臨する文豪の権威性を相対化する試みにもなるのである。

注

（1）大隈三好『遠島　島流し』（雄山閣、二〇〇三年一二月）及び小石房子『江戸の流刑』（平凡社、二〇〇五年四月）

（2）『中央公論』一九一六年一月

（3）「高瀬舟と寒山拾得」（『心の花』一九一六年一月）と題して発表された文章の前半を指す。本稿では「縁起」と表記する

（4）春陽堂刊、一九一八年二月

（5）『老子』第三三章の「知足者富」（満足することを知っている人間が本当に豊かな人間である）を出典とする

（6）三好行雄氏が「高瀬舟　［研究史］」（『別冊國文学』三七、學燈社、一九八九年一〇月）で、「ユウタナジイ」と「知足」の点から研究史を概観して整理している。なお、三好氏の整理以降は、「ユウタナジイ」と「知足」の主題を離れて、

「語り」に注目する論稿が多く発表されている(21)

(7)『教科書ガイド』(光村教育図書、二〇一七年)、『教科書トレーニング　国語3年　光村図書版完全準拠』(新興出版社、二〇一七年)、中学校国語科の定期試験対策本『きみの教科書にピッタリ　中間・期末の攻略本』(株式会社文理、二〇一七年)。「採点基準」の引用は『教科書トレーニング　国語3年　光村図書版完全準拠』(一九頁)による

(8)菅聡子「森鷗外『高瀬舟』を〈読むこと〉」(田中実・須貝千里編『文学の力×教材の力　中学校編3年』、教育出版、二〇〇一年)が指摘している

(9)J・ジュネット流(『物語のディスクール』水声社、一九八五年九月)に言えば「後説法」を採用しており、焦点化の分類としては、「焦点化ゼロ」の語りである(庄兵衛に注目すれば内的焦点化を含むとも言える)

(10)『ニーヴァ』(一八九九年)。なお、流刑を扱う文学の代表として、カフカの「流刑地にて」も想起されるが、「流刑地にて」の刊行は一九一九年(執筆は一九一四年一〇月)である。したがって、「高瀬舟」執筆時の鷗外の目には入っていまい。また、「カインとアベル」(『旧約聖書』「創世記」第四章の話)も弟殺しの罪を神という絶対の権威から裁かれて、兄が流浪を余儀なくされる話であるが、精神分析学で言うところの〈父〉の審級の取り扱いをめぐって「高瀬舟」と比較できて興味深い。この点については、機会をあらためて検討したい

(11)『日本』一九〇五年四月五日～一二月二二日連載(一部は一九〇三年に『毎日新聞』で連載)

(12)劇団芸術座による初演(帝国劇場)は一九一四年三月

(13)島村抱月・相馬御風作詞、中山晋平作曲、松井須磨子歌唱。オリエントレコードから一九一四年五月にリリース

(14)日活配給の「カチューシャ」(一九一四年)及び「後のカチューシャ」(一九一五年)、「カチューシャ続々編」、キネフォトン配給の松井須磨子主演短編映画「カチューシャの唄」(一九一四年)

(15)「『復活』の脚色」(『新潮』一九一四年四月)

（16）トルストイ「復活」と抱月の戯曲を比較した論考に、木村敦夫「トルストイの『復活』と島村抱月の『復活』」（『東京芸術大学音楽学部紀要』三九、二〇一三年）、コルコ・マリア「日本におけるトルストイの小説『復活』受容—島村抱月の戯曲「復活」を巡って—」（『言葉と文化』二〇一七年二月）がある

（17）『三田文学』一九一〇年一一月

（18）『三田文学』一九一〇年一二月

（19）「トルストイ翁の非戦論を評す」（『平民新聞』一九〇四年八月一四日）

（20）「高瀬舟」と「復活」、権力に関しては、拙稿「「高瀬舟」と権力」（『山口民報』二〇一八年六月二四日号）でも触れている

（21）「高瀬舟」の語りの問題に着目した代表的な先行研究として、三好行雄（6）、角谷有一「プロットの読みを深める」（田中実・須貝千里編『文学の力×教材の力　中学校編3年』、教育出版、二〇〇一年六月）、松本修「「高瀬舟」の語り」（『日本語と日本文学』、二〇〇五年二月）、滝藤満義「高瀬舟—語り手のスタンス」（『千葉大学人文研究』、二〇〇六年三月）、水川敬章「語ること・見ることとテクストの仕組み　森鷗外「高瀬舟」Ⅱ」（松本和也編『テクスト分析入門　小説を分析的に読むための実践ガイド』四七～五九頁、ひつじ書房、二〇一六年一〇月）などがある

（22）光村教育図書、二〇一七年

（23）『中学校国語　教師用指導書3』（光村図書出版、二〇一二年）

（24）出原隆俊「『高瀬舟』異説」（『森鷗外研究』8、和泉書院、一九九九年一一月）

（25）なお、森鷗外は山県有朋のブレーンとして長く重用されたが、「高瀬舟」発表の少し前（一九一五年一一月）に陸軍省に辞意を表明している。陸軍における鷗外の立ち位置や出世・左遷などの問題や伝記的事実を照合させて論じたい欲望も起こるが、ここでは置く

(26) 神沢貞幹（其蜩翁）による随筆。一七七六年作。「流人の話」は第十七「雑話」中にある。明治三八〜三九年に五車楼書店から『校訂　翁草』が発行された。「流人の話」は『校訂　翁草　第十二』に収録されている

「野菊の墓」の寓意

一

伊藤左千夫「野菊の墓」は、日本近代文学史上、屈指の「純愛物語」として広く認知されている。「野菊の墓」は明治三九年一月一日発行の『ホトトギス』第九巻第四号に掲載されたが、当時同じく『ホトトギス』に「吾輩は猫である」を連載中だった夏目漱石は、「野菊の花は名品です。自然で、淡泊で、可哀想で、美しくて、野趣があって結構です。あんな小説なら何百篇よんでもよろしい」と記した好意的な手紙[1]を伊藤左千夫へ送っている。高浜虚子も『ホトトギス』の誌上で、「野菊の墓」を「野趣に饒かなる可憐の小説」だと紹介している[2]。宇野浩二は、冷ややかな評価ではあるが、「主観的な、感傷的な、失恋小説[3]」だと読み、斎藤茂吉は「全力的な涙の記録[4]」だと述べている。幾度となく映画やテレビドラマや舞台となり[5]、現在も比較的入手しやすい新潮文庫『野菊の墓[6]』の裏表紙には、「純真、可憐な恋物語として多くの読者の共感をさそった」と明記されていて、今日まで純愛物語として広く読み継がれているのである。

研究者の間でも、純愛物語として読まれている。たとえば、藤岡武雄氏は伊藤左千夫の評伝書で、「農村を背景にした素朴な純愛物語[7]」だと述べているし、『日本現代文学大事典[8]』「野菊の墓」の項目には、永塚功氏が「悲恋物語」だと記している。吉田精一氏も『左千夫全集』の月報[9]に、「少年少女の可憐純真な恋愛小説」だと書いている。研究論文の類でも、藤井淑禎氏は「この作品の本領が「純愛」をうたいあげた前半部分にあることは、衆目の一致するところ[10]」と書き、佐伯順子氏は『恋愛の起源[11]』で、「野菊の墓」は樋口一葉の「たけくらべ」と並んで「十代の少年少女の淡い恋物語を描いた明治の名作」だと述べている。さらには、高橋与四男氏も「野菊の墓」は「純愛物語の原点」であり、「元祖セカチュー」だと謳い[12]、羽矢みずき氏も「民子の生を聖女的依存として絡めることで、性の交歓の一切が排除された〈純愛〉の理想郷を出現させている[13]」と述べている。もっとも、宇野浩二が「野菊の墓」の「純愛」を冷ややかに見ているように、その評価するところには、多少の温度差がある。永塚功氏は、「野菊の墓」は「結局純情かつ悲恋の物語」であるということを前提として、「作品の今日性ということになるとやや乏しい」、「時代観とか人間観に対するきびしい追求がない」、「作者の問題意識」を「作品からつかむことはできない」、「構想的にも深い意味を持ちあわせていなかった」と厳しく評して、「野菊の墓」は「結局は少年時代の体験を写生文的に記述し」、「多少の小説的構想を加えた[14]」ものだと見なしている。元ネタ小説[15]や登場人物のモデル[16]を探す方向の論文もあるが、それらにしても、ベースとなる読みの枠組（コード）は、すべて「純愛」である。評価は分かれるにしても、小説の発表から今日に至るまで、一般の読者から実作者、研究者に至るまで、「野菊の墓」が実に「純愛」一辺倒の読まれ方をしていることは、まちがいない。

しかし、小説とは、たった一つのコードに縛られてしまうほど実りの乏しいものではなく、むしろ複数のコードで読めることが小説の豊かさであり、醍醐味であろう。「野菊の墓」における「純愛」のコードを否定するつもりはないが、この一篇の小説をめぐって、たった一つの「衆目の一致する[17]」読み方が長期にわたって強固に支配している状況を肯定することに、小説が本来持っているはずの読みの可能性という点において、多少の躊躇いを覚える。たとえば、実作者の宇野浩二は「野菊の墓」の「純愛」について「私小説」だと断じ[18]、研究者の永塚功氏も「少年時代の体験を写生文的に記述」した小説だという見解を示しているが[19]、実際には、「野菊の墓」の舞台である矢切、政夫が進学する千葉、民子の実家の市川が、いずれも伊藤左千夫の居住地等の伝記的事実にかすりもしないし、民子のモデルとして名の上がる「川島みつ」にしても、伊藤左千夫の一三歳年下であり、民子が政夫より二歳年上という小説の設定とも大きく隔たるものである。[20] したがって、「野菊の墓」が「結局は少年時代の体験を写生文的に記述し」たものに過ぎず、「多少の小説的構想を加えた」だけの「私小説」だという主張にも、易々とは首肯できない。

そこで、本稿では、「純愛」のカウンターとなるようなコードの提示を試みることで、「野菊の墓」という小説の読みの振幅を測り、その小説としての強度を確認し、それによって、「野菊の墓」に潜む「小説的構想」の可能性を探りたい。

二

「野菊の墓」は、歌人である伊藤左千夫が初めて書いた小説である。明治三八年一一月九日に伊藤左千夫が歌仲間の寺田憲に宛てた絵葉書には、「小生只今柄になき小説をかき居候」[21] とある。「野菊の墓」が掲載された『ホトトギス』の発行日は明治三九年一月一日だが、発行日より一ヶ月ほど前に発行されるとすると、「野菊の墓」が入稿されたのは、遅くとも明治三八年一一月中頃から後半までであったはずである。「野菊の墓」が執筆された明治三八年の最も重大な出来事は、日露戦争である。この年の九月五日にポーツマス条約が締結され、日露戦争は終結する。だが、多くの犠牲者や膨大な戦費を支出したにも関わらず、ロシアから直接的な賠償金が得られなかったことに納得のいかない市民たちの怒りが高まり、条約締結の同日に日比谷焼き討ち事件が起こっている。この騒動により、東京は一時無政府状態に陥り、死者一七名、負傷者は五〇〇名以上、検挙者は二〇〇〇名以上にのぼり、翌日から戒厳令が敷かれ、それは一一月二九日まで続いた。[22] 伊藤左千夫も、ポーツマス条約締結から二日後の九月七日付の書簡[23]で、「昨日民友社へ参り候処、新聞所報の如き有様にて不申今日も参り候へども猶ワヤ〱に候。巡査四百人も警護致居候。往来人も通さず候。飛だ災難に逢申候。各方面に当局者の失態呆る丶の外なく殺人放火が白昼に行はれ候事世の恥辱と存候」と書いている。こうした物騒な社会状況、ものものしい戒厳令の最中に、あの清純な小説は紡がれていたわけである。

この時代背景を念頭において、もう一度「野菊の墓」の二人の主人公を見てみよう。語り手の名前は、政夫である。そして、その政夫の初恋の相手が民子である。「政夫」と「民子」。時代背景を見据えると、ふたりの登場人物の名前が、寓意的に見えてこないだろうか。政夫の政は「政府」（政治）を、民子の民は「国民」を暗示している、と考えられないだろうか。

試みに、政夫と民子、両者の関係を、政府と国民という二者の関係に呼応させて小説の時間軸を追ってみよう。政夫と民子の二人は、周囲から怪しまれるほどに仲が良く、「恋仲」であった。政府と国民との関係が、この事実に呼応するとすれば、政府と国民もはじめは蜜月であった、ということになる。では、政府と国民は、どの辺りが蜜月であったのか。時代背景からすれば、明治政府と国民が挙国一致で日露戦争へ突き進んだという点であろう。反戦・非戦論はあったものの、成田龍一が「「国民」の跋扈的形成　日露戦争と民衆運動」[24]で、「日露戦争の戦時と戦後を貫いて「挙国一致」の様相」、「国家と一体化し、戦捷を祝す者としての「国民」の姿」を指摘しているように、明治三六年四月頃（第二次撤兵期限頃）から日本では対露強硬論が広がり、[25]『東京朝日新聞』、『読売新聞』、『時事新報』、『中央新聞』、『毎日新聞』、『萬朝報』、『国民新聞』などの主要なマスメディアは次々に主戦論を構え、世論・国民がそれに同調して大きなうねりとなった。[26]伊藤左千夫についても、藤岡武雄氏が「左千夫と日露戦争」[27]で、「単純に神を讃め、国を称え、天皇を寿ぎ、軍を祝ることである。これが左千夫の愛国精神でもあった」と述べているが、日露戦争で戦死して軍神として崇められる軍人廣瀬武夫を称賛する詩「廣瀬中佐」[28]を発表した伊藤左千夫の開戦当初の思いは、政府の対露強硬を支持する国民と共にあったにちがいない。

政府・政治のために犠牲となることに国民が同意[29]して戦争へ突入したのだとすれば、民子が政夫との恋を諦めさせられて、見ず知らずの人物と結婚させせられ、しばらく後に流産して死去するに至る時間の経過は、何を意味することになるか。

日露戦争では、戦費を賄うために多額の増税・国債の増発が行われた。戦費は一七億円にのぼり、これは当時の国家予算の六年分に相当する。外債は八億円、内債と増税が九億円である。民子が気持ちを押し殺して嫁ぎ、流産して死に至るまでの過程は、やがて日比谷焼き討ち事件として暴発した、巨額の増税や戦死という国民の過重な負担や犠牲を寓意していると言えまいか。つまり、国民は賠償金を期待して辛抱していたにもかかわらず、ロシアから何の賠償を得ることもできなかったという報われのなさが、自分を押し殺して我慢して嫁ぎ、やがて妊娠したにもかかわらず流産して死んでしまったことに暗示されているのである。政夫への恋を諦めて、政夫の母たちの指示通りに嫁ぐ民子に、政府の行う国策に口を挟まず苦役して納税する国民の姿が暗示されていて、国家の言うことに辛抱して従った（＝戦争に協力した）ことで、多大な借金と犠牲だけが残った（＝流産して死んでしまった）という構図である。小説の末尾に「民子は余儀なき結婚をして遂に世を去り、僕は余儀なき結婚をして長らえている」と書かれているが、「余儀なき結婚」は日露戦争開戦を暗示し、民子の妊娠が（賠償を期待する）日露講和条約の締結だと捉えることができる。妊娠の結果は流産に終わるので、戦争の結果は苦しんだだけで何も残らなかった、むしろその苦しみのために命を落としてしまった、ということになる。一方の政夫は、小説の最後で、「僕は余儀なき結婚をして長らえている」。ということは、戦争で犠牲になったのは国民（民子）の方だけであり、片割れである政夫を寓意する「政府」は、国民が被った苦しみを余所に、のうのうと生き残っている、ということになる。

そう考えれば、小説の舞台がわざわざ伝記的事実と離れた千葉の市川に設定された理由も、市川の陸軍教導団跡に置かれた野砲兵部隊（第一六連隊）が、日露戦争で第三軍の傘下に加わって旅順攻略戦で活躍したことと無関係ではなく、民子が実家の市川で死亡することは、日露戦争による犠牲を暗示しているからだと考えることができる。発禁の恐れや身の危険の大きな時代に、戦果を偽って国民に無意味な犠牲を強いた国家の戦争を堂々と批判することは易しくない。「野菊の墓」が書かれる明治三八年一〇月には、政府の弾圧によって平民社が解散しているし、この五年後には大逆事件も起こる時節である。そうした時代状況にあって、「野菊の墓」は、純愛小説の衣を被った日露戦争批判の小説であり、政府と国民との関係を描く寓意的な「政治小説」の亜種だと考えられるのである。

三

「野菊の墓」の叙述が回想の形式[30]を採り、現代ではなく一〇年も昔を舞台としたことも、現在進行中の戦争批判の隠れ蓑であった可能性がある。たとえば、人情本的なタッチで游客「民次」と芸妓「阿権」の恋の「たてひき」を描く戸田欽堂の政治小説『民権演義　情海波瀾』[31]では、登場人物達は、それぞれ、阿権が民権、和国屋民次が日本国民、恋敵の国府正文が政府を表している。阿権が、国府の媒酌で民次と祝言をあげる夢を見るのは、政府の取り持ちで、国民が民権を得ることへの期待の寓意である。また、末広鉄腸の『政治小説　雪中梅』[32]（以下『雪中梅』と表記）に登場する、正義社を結社して民権を主張する青年国士の「国野基」は、国家の礎になるという寓意的な名である。彼を支持・支援する富永春という名の女性教師は、実家が富裕で、政治的な関心も強い。彼女の名も寓意的である。ふたりが結ばれる恋愛譚は、「国」の基礎が築かれて永い春が訪れるという期待を表している。あるいは、久松義典の政治小説『代議政談・月雪花』[33]の主要な登場人物である月形進、雪江急太郎、花房保も寓意的な名前である。それぞれ月、雪、花の三景を表すが、月形進には改進派、雪江急太郎には急進派、花房保には保守派という意味が込められている。このように、政治小説に登場する人物の名には、政治的な寓意があり、寓意的な登場人物の織り成す恋愛劇に政治的な理想や期待が託されている場合がある。政夫と民子との関係を描く「野菊の墓」も、こうした政治小説に見かける手法（登場人物の名や恋愛を中心とした言動や関係性等に政治的な寓意を込める）を用いたという点でも、政治小説の末流に位置づけられると言えよう。

また、伊藤左千夫は二葉亭四迷を愛読したと言われているが、近代文学の出発点として位置づけられる二葉亭四迷「浮雲」[34]にも寓意的な手法が用いられている。主人公の内海文三は、作者を想像させる内気な三文文士である。文三と正反対のキャラクターである本田昇の名には、日本で上昇していくという含意があり、恋仲のお勢の名は、これも文三と正反対の勢いがある性格という暗示である。お勢の母のお政は、出世していく本田昇とお勢を結ばせようと画策するが、彼女の名は、家中の政（まつりごと）を司る役回りであり、政治的な性格を含意している。内気な文三と明朗なお勢という対照的な両者の関係も、「野菊の墓」における政夫と民子の関係に重ねることができる。このような、まだ近世文学の色が残る明治前半の文学にしばしば見られる寓意的な手法が、政治小説や「浮雲」から「野菊の墓」へ継承されているとみて、政治小説『雪中梅』と「野菊の墓」を少し比較してみよう。

『雪中梅』は明治一九年に出版された。明治一七三年という架空の未来から、一五〇年前の明治二三年の国会開会記念日を回想するという叙法を採用している。[35]「野菊の墓」もこれと類似の回想の叙法を採用するわけだが、『雪中梅』と「野菊の墓」では、描かれる恋愛物語の結末は真逆である。『雪中梅』では、主人公の国野基と冨永春は艱難辛苦を乗り越えて結婚し、自由党が勝利する大団円が描かれる。それに対して、「野菊の墓」では、政夫と民子は引き裂かれ、民子は哀れにも死んでしまう。明治一九年以後に訪れる永続的に富み栄える明るい未来を期待して、さらにそれよりはるか未来から回想する叙法の『雪中梅』と、「民」に負担だけが残った現実の不満を一〇年前の時空で起こった物語として振り返る「野菊の墓」を比較することで、近代国家への期待や希望を抱いて出発した政治小説の行く末が、やがて失意に終着したことを見て取ることができる。

「野菊の墓」では、民子の「墓前」に野菊が添えられるが、『雪中梅』では、一五〇年前に活躍した国野基の「記念碑」の前から回想が始まる。国野基（別名深谷梅次郎）は、暗示的な名の富永春と出会って、明治一七三年まで「永」く「富」み栄える近代国家としての「春」を得た。一五〇年前の記念碑の発見から話が始まる小説『雪中梅』の題名が、二人の恋愛とその寓意するものの成就（雪中の「梅」＝「春」の兆し）を季節の暗示として当初から予想しているのに対して、民子の墓前に彼女を象徴する秋の野菊を手向ける「野菊の墓」には、夏に日露戦争が終わり（九月五日）、国家と国民との間に寂しい秋から寒い冬（死）の季節が到来するという兆しが暗示されている。[36]「野菊の墓」は政治小説の終着点であり、その大いなる未来への期待と夢を打ち砕かれた政治小説の墓標であり、献花であると言えよう。

叙情歌人として知られる伊藤左千夫ではあるが、彼ははじめ政治家を志して上京し、明治法律学校で学び、若くして元老院へ「建白書」を提出したという伝記的事実もあることからして、[37]政治意識の強い青年であったことがうかがえる。伊藤左千夫の肉声を知る土屋文明も、「左千夫先生と政治」で、その政治的関心に言及している。[38]そんな伊藤左千夫が政治小説に親しんでいたとしても全く不思議ではないし、日露戦争後の国内情勢を憂いて筆を執ったとしても、おかしくはない。伊藤左千夫は本業の歌では、日露戦争の当初は、「廣瀬中佐」や「マカロフ戦歿」[39]でその高揚を詠んだが、やがてその惨禍を嘆いて、「死者とその遺族とに対し、国家社会は何を以て、是に報ひんとはする、思一度茲に至つて誰か同情の涙を湧さゞる者あるや」、「大御軍今帰り来も諸越のあら野が中のみ墓しおもほゆ」、「諸越の道遠くとも御墓所の有所知りせば魂ゆかましを」などの歌を次々に詠じた。[40]「死者とその遺族」（国民）に同情し、「国家社会」（政府）を批判し、戦死者（国民）の「墓」へ手を合わせるという惻隠の情が、寓意的な小説「野菊の墓」へ接続するのである。なお、読者が限定的な仲間内の短歌誌（『馬酔木』）や一僧侶が主宰する雑誌（近角常観主宰の『求道』）に歌を載せる場合とちがって、子規や漱石、虚子などさまざまな文学者が名を連ねる

『ホトトギス』のような総合文芸誌に載せるにあたって、発禁などの危険を考慮して作品がアレゴリカルに仕立て上げられたとしても不思議ではない。とりわけ、「野菊の墓」が掲載された『ホトトギス』第九巻第四号は、普段（七〇頁前後迄、定価一五円）の二倍以上の頁数（一五六頁）で特価三五円であり、特別に中村不折が表紙を書いた新年特別号である。この前号では、虚子が「野菊の墓」について異例の掲載予告を書いている[41]し、多くの読者の目に晒されることが予想されたはずである。

伝記的な事実に照らすならば、伊藤左千夫が明治三八年十月三一日発行の『アシビ』の巻末に載せた「我甥の病死」が見過ごせない。伊藤左千夫の甥の伊藤保三については、永塚功氏の評伝書『伊藤左千夫研究』においても、家系図上に名前が記されているのみで（家系図によって、伊藤左千夫の妻とくの兄である九一郎とその妻志毛の子とわかる）、伊藤左千夫との交流やその詳細については不明である。僅かに、「我甥の病死」や書簡[42]によって、甥の保三に妻子（妻の名はちよ、子の名はよね）があったことや、招集されて従軍した後の明治三八年九月二八日に病没したこと、そのことに関する伊藤左千夫の痛切な心情が知れる。病身で戦争に招集されたことが災いして病死した甥の伊藤保三について、伊藤左千夫は「千古無比の国難に奉公の義を捧げ、遂に死を以て終はれるなり」、「彼が死を悲しみ彼を追悼する情最も痛切なり」、「同情の涙に泣けり」、「我甥の死や実に暗中の暗死」であると嘆き、さらには、甥が所属した（「野菊の墓」の舞台と同じ）千葉の「冷淡酷薄なる佐倉司令部」が、病勢の急変を知らせる病院からの三度の電報を一束にして、甥が死んでから郵便で親族へ送りつけた怠慢への強い憤りを記し、「無名の一兵卒に対する国家の対偶も又実に無常なり」と述べ、「国民の義務に服し軍隊に入りたればこそ」甥が病死したのだと強い筆致で書いている[43]。また、ポーツマス条約締結後の九月一一日付の葉書[44]には「漫りに人命を損する戦争の止みしハ兎も角も嬉しき限」と記し、九月一三日付の書簡[45]にも「和約の不平騒ぎなか〳〵盛なりしも吾々は人命を軽する戦争の止みしを楽む」と書き、「我甥の病死」では「思ふに我甥の如き境遇に暗死せるものは決して天下に少からざるべし今彼一兵卒の病死に対して予の哀慟を禁じ能はざるは豈に只一片の私情に依るものならんや」とも述べて、伊藤左千夫は、個人的な不幸による嘆きを国民一般の問題へ敷衍している。

これらに書かれている、無理をして義務を果たした結果病死した国民に対する国家の仕打ちへの憤りは、伊藤左千夫をして、「柄にもなく小説を」書かせた直接的な原動力となった可能性がある。従来から言われているような、若き日の伊藤左千夫の体験が反映しているというよりも、「野菊の墓」には、若い甥が被った不幸への同情と国家への憤激という直近のモチーフがあったと考えられるのだ。「我甥の病死」の冒頭が、「国民歩兵近衛一等卒伊藤保三は我甥なり」という形式ばった一文から始まるのも、最初から「国民」と兵士を強調することで、国家の薄情を批判するあてつけだと思われるが、日露戦争で活躍した連隊のあった市川を実家として、「国民」を暗示する名を持ち、無理をして病死した民子と、政夫が民子の危篤の「電報」を受け取って駆け付けたときには既に民子が亡くなった後だったという悲劇が、ここに重なって見えてくる。選挙権は一部の男性に限られる時代[46]ではあるが、国民化は男女ともに進行していく。銃後も含めて日露戦争の不幸な犠牲者としての国民への惻隠の情や憐憫の情を仮託できる最適の存在として、嵯峨の屋おむろ「初恋」などをヒントにしつつ[47]、無理やりの結婚を経て流産による若死にを遂げた大変不幸な女性が造形されたのであろう。民子からは伊藤左千夫による国民への惻隠の情が読み取れて、政夫からは政府・政治への憤りと批判が読み取れるのである。

伊藤左千夫の小説について、吉田精一は「写生文特有の客観的写生はおろそかである[48]」と述べているが、「野菊の墓」は従来から言われているような写生に力点を置いた小説ではなく、そもそもアレゴリカルな小説なのである。

四

「野菊の墓」の本文について、もう少し詳しくみてみよう。小説のはじめの方に、「僕は小学校を卒業した許りで十五歳、月を数えると十三歳何カ月という頃、民子は十七だけれどそれも生れが晩いから、十五と少しにしかならない」とある。政夫が政府の暗示であるなら、政夫は満一三歳なのだから、政府が誕生してからまだ一三年しか経っていない、ということを表す。同様に、民子は満一五歳なのだから、国民が誕生して一五年ということになる。「野菊の墓」が執筆されたのは明治三八年の後半であるから、その明治三八年から一五年遡ると、明治二三年である。明治二三年と言えば、偶然にも『雪中梅』で回想される物語の時間と同じ年であるが、この年は近代日本の礎として極めて重要な年である。この年に大日本帝国憲法が公布され、第一回衆議院議員選挙が行われ、初めて国会が招集された。さらには、民法、商法、民事訴訟法等が続々とこの年に公布され、教育勅語も発布された(49)。これら立法府の招集や憲法をはじめとする各法は、近代国家とその成員としての国民像を規定していく大切なものばかりである。これによって、それまで夢想されていた国民を作るための土台が日本に誕生したと言ってよいだろう。執筆時の明治三八年から民子が生まれた一五年前に遡れば、いみじくも、そこで国民化のベースが創出されたというわけである。ちなみに、作者の伊藤左千夫の伝記的事実に目を向ければ、一五年前の明治二三年、彼は二六歳で、ちょうど長男が誕生している。長男は、これから国民として血肉化していくために白紙の状態で生まれた最初の世代でもあったわけだ(この長男は二年後に早逝したが)。

民子より二年若い政夫は、誕生したばかりの国民によって期待され、支持され、国民によって尽くされた政府・政治の暗示であるが、国民を作るための土台ができた明治二三年の二年後である明治二五年には、その土台が作られたばかりの国民による第二回衆議院議員選挙が行われ、焼失していた国会議事堂が開院している[50]。生成され始めたばかりの国民が、その舵取りを任せた初めての政府は、この国会から動き出したのである。『雪中梅』に描かれた選挙の勝利や国会開設といった夢や希望が現実となった未来に、「野菊の墓」の政夫と民子はいみじくも誕生したのであった。

国民を作る土台が作られた明治二三年から一七年後、民子が一七歳（政夫が一五歳）の明治三八年頃、つまり日露戦争の頃には国民化が進んでいたのだとすれば[51]、仲の良いふたりの挙動も、政治的な寓意という色彩をますます強める。たとえば、民子は、勉強している政夫の部屋へしばしばやってきて、戯れて「たまにハタキの柄で僕の背中を突いたり」、「僕の耳を摘んだりして逃げて」いく。これは、政府と国民との間の愛情と信頼を前提として、列強と伍する近代国家の完成に向けて勉強に励む政府を国民が（愛情を持って）突いたり、（政府が国民の声に耳を傾けるように）摘んだりしているのだと読める。あるいは、民子が政夫に向かって「私も本が読みたいの手習がしたいの」、「本を見せろの筆を借せの」と希望するのに対して、政夫の母親が「政の読書の邪魔をしちゃいけません」、「お前は手習より裁縫です」などとその望みを否認する様子からは、まるで、政夫の母や市川の大人たちが国民と政府を誕生せしめた前近代（旧維新の志士、貴族、元老院など）を寓意し、彼ら大人たちが、近代化のための勉強は政府に任せて、国民には、それを助ける労働としての「裁縫」を専ら強いているかのようにも読めてくる。そう言えば、「雪中梅」に登場したお春は、父親の教育の影響によって書物が好きになり、学問をしつつ、病身の母親の看病をしていた。「野菊の墓」の民子は、政夫の病身の母の看病はしていたが、希望はあったのに読書はさせてもらえない。この点でも、ふたつの小説は両極に位置している。

このように「野菊の墓」は寓意性の強い小説であるのだから、政夫や民子の言動の一つ一つに日露戦争を背景とする政府や国民への批判や憐憫の情が投影されている可能性がある。たとえば、政夫が「算術の解題に苦しんで考えて居る」ところへ「スグカエレ」の電報が届くのも、時勢を慮れば、膨大な戦費と戦後の経済の再生に四苦八苦する政府の暗示だと読み、病床の民子について「病中僕に知らせようとの話もあつたが、今更政夫に知らせる顔もないという訳から知らせなかつた」という記述からは、伊藤左千夫の甥である国民兵の保三が危篤である電報を、連隊司令部が病院から何度も受け取っていたにもかかわらず、その怠慢から、保三が死んでしまうまでついに親族へ知らせなかったことへの怒りや悔しさが投影されていると読むことも可能である。

民子が好いた政夫は、国民が自ら選んだ政府・政治であった。しかし、民子の母やその周囲の者たちは、政夫と民子の仲を引き裂き、自分たちの都合で政夫を千葉の学校へ行かせ、民子を無理やり余所へ嫁がせた。政夫＝政府は（国家を牛耳る貴族や元維新志士らの）大人たちによって管理され、民子＝国民は日露戦争へ駆り出されたと捉えることができて、ここからも、流産して死んだ薄幸の民子に、日露戦争でツケを回された国民の苦痛や犠牲が暗示されていると考えることができるし、政府に睨みを利かせる強かな大人たち（維新志士や貴族）への批判と、民子を助けることができなかった政府への怒りと批判を読むこともできる。

このように見てくると、「野菊の墓」は、「雪中梅」などの政治小説が夢想した明るい未来とは正反対の政治的現実を描写する悲劇の物語であり、また同時に、「野菊の墓」という小説自体が、政治小説が夢想したのに実現し得なかった、夢幻の墓前へ手向けられた献花の書であることがわかる。他ならぬ「野菊」は、耐えて偲んで犠牲となった無垢な国民への手向けの花なのである。

注

（1）「明治三八年一二月二九日付夏目漱石書簡」『漱石全集』第二二巻、岩波書店、一九九六年三月。文中の「野菊の花」は「野菊の墓」の誤記

(2)「消息」欄『ホトトギス』明治三九年一二月
(3)「小説家としての伊藤左千夫」『新潮』昭和一六年八月
(4)『伊藤左千夫』アララギ叢書第百五編、中央公論社、昭和一七年八月
(5)映画だけでも、木下恵介監督「野菊の如き君なりき」(主演は田中晋二、有田紀子、製作は松竹大船(現松竹撮影所株式会社)、配給は松竹株式会社、一九五五年一一月二九日公開)、富本壮吉監督「野菊のごとき君なりき」(主演は大田博之、安田道代(後の大楠道代)、製作は大映東京、配給は大映、一九六六年五月二一日公開、木下恵介監督版のリメイクで、脚本は木下恵介)、澤井信一郎監督「野菊の墓」(主演は松田聖子、桑原正、製作は東映・サンミュージック、配給は東映、公開は一九八一年年八月八日)の三本がある
(6)初版は一九五五年一〇月。以後、今日まで版を重ね、現在では百版を超えている
(7)『生命の叫び　伊藤左千夫』新典社、一九八三年五月
(8)明治書院、一九九四年六月
(9)『左千夫全集』「月報1」岩波書店、一九七六年一一月
(10)「追憶の遠近法と女たちの声―『野菊の墓』」『國文学　解釈と教材の研究』至文堂、一九九七年一〇月
(11)日本経済新聞社、二〇〇〇年二月
(12)「純愛物語論―伊藤左千夫『野菊の墓』を中心に―」『東海大学紀要海洋学部』二〇〇六年三月
(13)「伊藤左千夫「野菊の墓」論―封印された性」『国文学　解釈と鑑賞』至文堂、二〇〇八年四月
(14)「「野菊の墓」論―その成立と作品構造―」『日本近代文学』一九七三年一〇月
(15)永塚功「「野菊の墓」成立に関する比較文学試論―嵯峨の屋御室「初恋」を媒介としたロシア文学への志向―」『語文』一九八七年六月

(16) 諸説あるが、荒川法勝『伊藤左千夫の生涯』(日貿出版社、一九七三年七月)中の「「野菊の墓」考」が、自説を加えてそれらを整理している。この直後に発表された永塚功の論考(13)に同じ)も説得力があり、江畑耕作「「野菊の墓」モデル考」(『左千夫全集』「月報3」、岩波書店、一九七七年二月)の縁類に実在したと思しき「たみ」説も興味深い

(17) (10)に同じ

(18) (3)に同じ

(19) (14)に同じ

(20) 「結局は少年時代の体験を写生文的に記述し」、「多少の小説的構想を加えた」と断じる永塚功氏自身も、一方では、伝記的事実と小説の内容が合致しない点があることを指摘し、「自己の体験が内容的に、またどの程度に小説的構成が加えられているかという点になると、依然不明である」(14)に同じ)とも述べている

(21) 「明治三八年一一月九日付寺田憲宛絵葉書」『左千夫全集』第九巻、岩波書店、一九七七年九月

(22) 日露戦争関係の各データは、板谷敏彦『日露戦争、資金調達の戦い―高橋是清と欧米バンカーたち―』(新潮社、二〇一二年二月)に拠った

(23) 「明治三八年九月七日付石原純宛書簡」『左千夫全集』第九巻、岩波書店、一九七七年九月

(24) 小森陽一・成田龍一編著『日露戦争スタディーズ　開戦一〇〇年』紀伊國屋書店、二〇〇四年二月

(25) 近代史が専門の原田敬一氏は『日清・日露戦争』(岩波書店、二〇〇七年二月)で、開戦前の『萬朝報』(明治三六年六月一九日)で「戦争廃止論を主張した内村鑑三や、後に開戦論に転じた『萬朝報』を退社した幸徳秋水らの非戦論・反戦論の論調が、夏を過ぎる頃からジャーナリズムで孤立するようになっていった」と述べている。ロシア政治外交史が専門の横手慎二氏も『日露戦争―20世紀最初の大国間戦争』(中央公論新社、平成二〇〇五年四月)で、「一般的に、日本では開戦とともに国民の熱狂的な戦争支援の声が沸きあがった」と述べている

(26) 新聞各社と世論の主戦論については、原田敬一『日清・日露戦争』(25) に同じ)や山室信一『日露戦争の世紀―連鎖視点から見る日本と世界』(岩波書店、二〇〇五七月)に詳しい。特に山室は、「第6章 主戦論と非戦論の世紀」(『日露戦争の世紀―連鎖視点から見る日本と世界』、岩波書店、二〇〇五七月)で、浮田和民の言を引用して「主戦論が非戦論を凌いでしまう理由」をメディアに見て、メディアが「主戦論を煽り、非戦論を貶めることによって購読者を増やしてきました」と述べている

(27) (7) に同じ

(28) 『馬酔木』、明治三七年五月

(29) 成田龍一氏は「「国民」の跋扈的形成 日露戦争と民衆運動」((24) に同じ)で、日露戦争当時の「国家のために命をも提供する「民」」の誕生を指摘している。

(30) なお、J・ジュネットは『物語のディスクール―方法論の試み 叢書記号学的実践2』(花輪光・和泉涼一訳、水声社、一九八五年九月)において、『野菊の墓』に見られるような回想の形式を「後説法」(物語内容の語りの現在よりも過去の出来事を語る錯時法、analepse)と名付けているが、本稿では「回想の叙法」と呼ぶ

(31) 聚星館、明治一三年六月

(32) 博文堂、上編が明治一九年八月、下編が同年一一月

(33) 国華堂、前篇が明治二〇年一月、後篇が同年一〇月

(34) 金港堂、第一篇は明治二〇年六月、第二篇は明治二一年二月、第三篇は『都の花』(金港堂、明治二二年七月及び八月)に分載、合本の発行は金港堂から明治二四年九月

(35) 「野菊の墓」のモデル小説として指摘される嵯峨の屋おむろ「初恋」(『都の花』明治二二年一月)も、このような後説法(30)を用いている。なお、桜田百衛の政治小説『仏国革命起源 西洋血潮の小暴風』(初出題「西の洋血潮の暴

風」、『自由新聞』、明治一五年六月二五日～一一月一六日、絵入自由新聞社発行版は明治一五年一二月）がアレクサンドル・デュマ『一医師の回想録』（Mémoires d'un Médecin　第一部は一八四六年、第二部は一八四九年、第三部は一八五一年、第四部は一八五三年）をモデルとし、宮崎夢柳の政治小説『仏蘭西革命記　自由乃凱歌』（初出題「自由の凱歌」、『自由新聞』、明治一五年八月一二日～明治一六年二月八日、絵入自由新聞社版「第一篇」第一回～二〇回分は明治一五年一〇月、「第二篇」二一回～四〇回分は明治一五年一二月、初版では四一回以降は未刊行、盛業館の異版は明治二一年一二月及び明治二二年五月）が、同じくデュマの「アンジュ・ピトウ」（『一医師の回想』第三部「Ange Pitou」一八五一年）をモデルとしているように、政治小説はしばしばモデル小説を持っている。嵯峨の屋おむろ（及びツルゲーネフ）をモデルとする伊藤左千夫の「野菊の墓」も、そのような政治小説に見られるパターンを踏襲している

(36)　なお、柳田泉が『政治小説研究（下）』（春秋社、一九六八年一二月）で、末広鉄腸が政治小説『二三年未来記』（初出題「夢ニナレ〳〵」、『朝野新聞』明治一八年一一月三日～同月二八日、原田庄左衛門発行が明治一九年六月）や『雪中梅』の続編である『政治小説　花間鶯』（金港堂、上編は明治二〇年四月、中編は明治二〇年一〇月、下編は明治二一年三月）で、不完全な国会の開設を描いたり、あるいは具体的な未来の国家像を示さなかったりしたことを、『雪中梅』と対照して論じている

(37)　永塚功『伊藤左千夫研究』（桜楓社、一九七五年五月）及び藤岡武雄『生命の叫び　伊藤左千夫』（新典社、一九八三年五月）に詳しい

(38)　『左千夫全集』「月報5」岩波書店、一九七七年四月

(39)　いずれも『馬酔木』明治三七年五月五日

(40)　いずれも『求道』明治三八年一一月一日

(41)　山本英吉は、虚子の記した好意的な掲載予告（（2）に同じ）を「時の『ホトトギス』としては異例といいうる推薦

文」だと述べている（『左千夫全集』第二巻「後記」一九七六年一一月）

（42）「明治三八年一〇月一〇日付篠原圓太宛葉書」（『左千夫全集』第九巻、岩波書店、一九七七年九月）に「小生の親戚の兵士渋谷病院にて病死」とあり、「一〇月一二日付望月光男宛葉書」（『左千夫全集』第九巻、岩波書店、一九七七年九月）には、（妻とくの父親が九月九日に死去し）「それのみならず孫なる相続者国民兵として招集に応し病気後渋谷病院にて先月廿八日死去致し」、その「始末にて数回郷里へ参り」などとある

（43）「我甥の病死」『アシビ』明治三八年十月三一日

（44）「明治三八年九月一一日付胡桃澤勘内宛葉書」『左千夫全集』第九巻、岩波書店、一九七七年九月

（45）「明治三八年九月一三日付湯本勇之助宛書簡」『左千夫全集』第九巻、岩波書店、一九七七年九月

（46）「衆議院議員選擧法」（『官報号外』、内閣官報局、明治二二年二月一一日）第六條第一から第三に資格（直接国税一五円以上納税の満二五歳以上の男性）が記されている

（47）（15）に同じ

（48）（9）に同じ

（49）各法令の条文は『官報』（内閣官報局）に掲載されている。「大日本帝國憲法」は『官報号外』（明治二二年二月一一日）に掲載されているが、表紙から数えて七頁（ナンバリングは一頁）の「憲法發布勅語」中に、「帝國議會ハ明治二三年ヲ以テ之ヲ召集シ議會開會ノ時ヲ以テ此ノ憲法ヲシテ有効ナラシムルノ期トスヘシ」とある。「民法」及び「民事訴訟法」は『官報』第二〇三九号（明治二三年四月二一日）に、「商法」は『官報』第二〇四四号（明治二三年四月二六日）に、教育ニ関スル勅語」は『官報』二二〇三号（明治二三年一〇月三一日）にそれぞれ掲載されている

（50）国会議事堂は明治二四年一月に火災で消失し、同年一〇月末に竣工した。衆議院は明治二四年一二月二五日に初の解散となっている。明治二五年は、新しく建った国会で、（選挙権に制約はあるものの）生まれたての国民によって行

われた衆議院選挙で選出された議員が実質的に政治に携わった最初の年である（なお、山県有朋の後継であった松方内閣は総辞職し、八月に伊藤内閣が発足）

（51）　成田龍一は「「国民」の跋扈的形成　日露戦争と民衆運動」（（24）に同じ）で、日露戦争下で「「国民」としての役割を期待され」、「戦争中の矛盾がはらまれ」て「「国民化」が進行していく」と述べている

※　年号については、一部を除き戦前は元号で戦後は西暦で表記している

※　「野菊の墓」本文の引用は『左千夫全集』岩波書店、一九七六年一一月に拠った

「マルクスの審判」の正義

一

横光利一「マルクスの審判」[1]では、遊郭へ入る道で踏切番をしている貧しい独身の男が、遊郭へ向かう酔漢とトラブルになり、酔漢が轢死する。マルクスを読んでいた予審判事は、踏切番が労働時間の短縮を訴える労働者のグループに「署名」していたことから、資産家への「階級的な反感」からくる殺意があったと疑り、尋問で踏切番を厳しく追及する。しかし判事は、その夜になって、自分に偏見があると考え、踏切番の逆転無罪を決心する。判事は、無罪に決めたのは「マルクスの罪だ」と言って安眠する。

「マルクスの審判」には、志賀直哉「范の犯罪」[2]の影響が指摘されている。「范の犯罪」では、ナイフ投げの演芸中に奇術師のナイフが妻に命中して妻が死亡する。奇術師に殺意があったか否かが争点となり、尋問の末に、裁判官が奇術師を無罪にする話である。横光の初期の小説は、「俺は余りに志賀氏にかぶれすぎていた」[3]と横光自身も認めるように、志賀直哉の影響を強く受けている。宮越勉氏[4]は「マルクスの審判」は「范の犯罪」を「換骨奪胎したもの」であり、「そのプロットの面で結末部が軌を一にしている」と述べている。これを受けた宮口典之氏[5]は「「換骨奪胎したもの」だという点では『殺人者』の段階においてもあてはまる」と述べ、宮越氏が言う「軌を一にしている」という結末部は、「『マルクスの審判』への改稿があって初めて成り立つもの」だと付け加えている。両者とも「マルクスの審判」（及び改稿前の「殺人者」[6]）は「范の犯罪」の「換骨奪胎」であると、ひとまずは考えている。

「マルクスの審判」が「范の犯罪」を手がかりにして書かれたことは、先行研究の指摘のとおりでまちがいあるまい。しかし、「マルクスの審判」は「范の犯罪」を「換骨奪胎」して、ただマルクス主義という流行を付加しただけの作品だとは思えない。

まず「范の犯罪」以上に、志賀直哉で言えば「正義派」[7]の影響が無視できない。「正義派」では幼児が轢死する。これを避けられない事故だったと主張する監督と運転手に対し、事件を目撃した線路工夫たちが正義感から異議を唱える。しかし、工夫たちは次第に熱を冷まし、仕事を干される心配も伴って不快な気分になり、酒を飲んで遊郭へと繰り出していく。監督の誘導に従っている運転手は、「マルクスの審判」で判事の誘導に従う踏切番と重なる。「正義派」では幼児の轢死事件が起こり、轢死が避けられなかったか否かが争われる。「マルクスの審判」では酔漢の轢死事件が起こり、「故殺であるかそれとも偶然の死であるか」が争われる。鉄道関係の下層労働者という点で、鉄道工夫と踏切番は共通する。「正義派」の運転手は警察で長い尋問を受けることになるが、「マルクスの審判」では踏切番が予審判事から長い尋問を受ける。また、「正義派」では酔った工夫たちは遊郭に繰り出すが、「マルクスの審判」では泥酔した「資産家の蕩児」が遊郭へ向かおうとしていた（踏切番も一年前までは遊郭に通っていた）。「正義派」で、正義をかざして抗議する工夫は「晴れ晴れした心持」になるが、「マルクスの審判」では、マルクスをかざして無罪を決めた判事が「晴れ晴れとした気持ち」になる。「正義派」で工夫を熱くさせる正義は、「マルクスの審判」ではマルクスの名が肩代わりしている。「范の犯罪」よりも大文字の「正義」が焦点となる「正義派」の方が、「マルクスの審判」に色濃いヒントを与えたと考えられる。

横光利一が志賀直哉に最も影響を受けたのは、直接的には志賀直哉の単行本「夜の光」[8]ではないかと思われる。「マルクスの審判」の着想元である「范の犯罪」と「正義派」はこの小説集に収録されている。ほかにも「笑われた子」[9]に影響を与えた「清兵衛と瓢箪」[10]、「蠅」[11]との類似性が指摘される「出来事」[12]なども収録されている。[13]「マルクスの審判」の前稿である「殺人者」は「大正十一年までに書かれたと推定」[14]されているが、「夜の光」発行の大正七年一月以降に執筆されたものと、ひとまずは考えられる。

二

その大正七年は添田唖蝉坊の「嗚呼踏切番」が流行歌となった年である。歌詞には「踏切番と蔑まれ、風の日も雨の日も眠る暇なき働き者（中略）報いは飢えをしのぐのみ」とあり、人々の涙を誘った。[15] この「嗚呼踏切番」は、轢死した踏切番の実話を基にしている。それは大正七年五月一九日に起こった踏切番自殺事件[16]のことである。大正七年五月一九日午前一時五分、三井銀行の行員新井慶藏が乗る人力車が南品川の踏切（碑文谷踏切、現在は架道橋）で下関行きの下り「貨物列車」と衝突し、銀行員は死亡。車夫は難を逃れた。踏切番の須山由五郎（四三歳）と竹内芳松（四五歳）[17]が責任を感じて、その数時間後に轢死したセンセーショナルな事件であった。この時、手動の遮断機がなぜか降りなかった。[18] 新聞各紙は、踏切番の死を悼む人々から弔慰金が寄せられていることも報道している。[19] 添田唖蝉坊の流行歌の他にも、映画「国の誉」（全六巻）が事件直後から製作され、六月一八日に封切られた。[20] 翌年以降も事件の日に「特別短期興（七日間限リ）」などとしてリバイバル上映された。[21] 映画の製作には鉄道院が賛助した。[22]

添田唖蝉坊の歌詞には「報いは飢えをしのぐのみ」などとあり、踏切番が気の毒な最下層のプロレタリアートとして認知されていたことが知れるが、[23] 一方の轢死した三井銀行の行員は資本主義のシンボルである。踏切番と銀行員は、ひとまずマルクス主義と資本主義の構図で見ることができる。

実際の事件では踏切番は自殺しているが、改稿前の「殺人者」でも踏切番は自殺している。亡くなった踏切番の一人は四三歳だが、作中では「四一歳」で年齢が近い。一杯やった後の三井銀行の行員が下りの貨物列車に衝突したが、「マルクスの審判」で銀行員と重なるのは「酔漢」＝「資産家の蕩児」であり、やはり「下り」の「貨物列車」に衝突している。現実の事件は「午前一時五分」の列車と衝突しているが、「マルクスの審判」は午前「十二時二十分」の列車であり、いずれも（時差四五分）深夜である。「マルクスの審判」では判事が「故殺であるかそれとも偶然の死であるか」を問うが、現実の事件では「開閉柵の上り居りしは何故なりしか、これは疑問なるも」と『読売新聞』が報じている。[24] この新聞記事には、四三歳の踏切番の方は明治三三年に線路工夫となり、大正四年に踏切番になったと書かれている。明治三三年から大正七年までの鉄道院での勤続年数は一九年であり、『マルクスの審判』の踏切番の勤務年数「十九年」と一致する。現実に事件が起こった碑文谷踏切の目と鼻の先には品川遊郭街が広がっていた。「マルクスの審判」の「遊郭」は品川遊郭にほかなるまい。注目を集めた大正七年五月一九日の轢死事件が、直接的に横光の創作に持ち込まれたのではないだろうか。となれば、「マルクスの審判」に改稿前の「殺人者」は、大正七年五月二〇日の新聞報道以降の社会的な関心の中で執筆されたものと推測できる。

この事件で亡くなった踏切番には多数の同情が寄せられたが、現実に起こった踏切番の轢死を美談に数える言説はいくつも存在する。たとえば、朝日新聞記者（当時）の島内登志衛は『善行大鑑　現代の美談』[25]で、岐阜で童女を助けて轢死した踏切番の事件を美談として紹介している。保守の評論家小倉鏗爾は『労働家と修養』[26]で、盲人を助けるために轢死した踏切番の「美談」を紹介している。

同じことは創作にも表れている。たとえば俳人大島宝水「踏切番」[27]は、母のために風邪薬を買いに出た踏切番の少年が、彼を怪しむ巡査に呼び止められて仕事に間に合わなくなる話であるが、「何ぼう高の知れた其日暮しの踏切番風情にもせよ」などの表現があり、最下層のプロレタリアートである踏切番が好人物として描かれている。千家元麿の詩「踏切番の子供」[28]は、子を背負う母の踏切番を見て涙ぐむ内容である。童話作家の樋口紅陽「踏切番の少年」[29]は、踏切番の少年が犠牲になって列車を救い、銅像となって称えられる童話である。少年は「やあ、貧乏人

―踏切番の貧乏人子息やあい」などと蔑まれる。僧侶で児童教育者でもある藤範晃誠の「踏切番」(30)は、その日暮らしの貧しい母子がいて、吹雪の日に、母が子の澄ちゃんを助けて轢死する。やがて小学校を卒業した澄ちゃんが踏切番となって懸命に働き、人々の命を守っているという話である。

踏切番という下層労働者の危険な仕事の問題点(轢死の実態)が、このような美談に加工されることによって隠蔽され、管理当局への責任追及が回避される。この点で、横光利一は作品を安直な美談に仕立てはしない。下層労働者の典型として見られる踏切番という職業に就く「個人」に、横光は焦点を当てる。資本家に抑圧される下層労働者が一重に美しい良心を持つわけではない。美談に仕立てられがちな貧民の踏切番に表れる狂気や悪意や欲望を横光は描き出している。同時に、労働者に(踏切番が「傭員が時間短縮を鉄道局へ迫ったとき、それに連名していた」ことなどを根拠として)資本家との対立構図のレッテルを貼り付けて、マルクス主義の構図で裁こうとする判事の権力(ラベリングによって他者を排除する権力)も批判的に捉えている。判事による踏切番に対する尋問がどこか滑稽なのは、本来は公平なはずの裁判が、判事が勝手に階級や思想のレッテルを一方的に貼ることで、偏見と誤謬に塗れてしまうことを戯画化しているからだ。

轢死については、たとえば田山花袋「ある轢死」(31)は、「婆さん」が轢死(自殺)した理由(夫である爺さんと息子の嫁との関係を疑って、婆さんが爺さんに夜這いをかけたが、爺さんに足蹴にされたために憤死する)を主軸にしている。また、豊島与志雄「轢死人」(32)は轢死体の処理を目撃する語り手が、「黒っぽい着物のよれよれに纏ひついた臀部」、「腰部でぶつつりと切れてゐた」、「四五寸ばかりにゆつとつき出た背骨」、「真赤な腰巻が渦のやうに捩じられて、どす黒い血に染んでいた」などと生々しく詳述する。前者は轢死しなければならない身の上の物語に興味の中心があり、後者は轢死体の衝撃を描く表現(リアリティ)に興味の中心がある。当時の「轢死小説」(と呼んでおこう)の軸足は、凡そ物語か表現かの二つに分かれている。腥風楼主人(岡本増進堂の怪談叢書の著者)の「轢死者の怨魂」(33)は、結婚直前に轢死したお房が幽霊となって、お房を轢き殺した後に出世した運転手に復讐する怪談であるが、この作品は花袋派である。俳人寒川鼠骨の「轢死」[34]は、「余」は汽車に飛び込んだ「書生体」の男について「人窮して死」したと想像して惻隠の情を示すが、死体については頁を割いて、「双手を上方に出し、双脚を廣げた儘、仰け様に死んで横はつてゐる」、「両足は粉微塵となつて既に形を止めない」、「頭からは鮮血淋漓として迸り出て其の双頬を彩色してゐる」、「見事に裂けて赤い肉がハミ出してゐる」などと語っている。こちらは豊島派である。これらの轢死小説に比して、「マルクスの審判」は轢死体の描写がほとんどなく、死者の身の上についても、資産家で妻子がいたことが僅かに知れるばかりである。他の轢死小説の多くは、「故殺であるかそれとも偶然の死であるか」という謎を主題にはしていない。「マルクスの審判」は、志賀直哉の小説と同じく「故殺であるかそれとも偶然の死であるか」の謎によって物語が駆動するリドルストーリー（riddle story）である。このため予審にまで小説の舞台が移り、判事の内面まで描写する「マルクスの審判」は、個性的である。[35]リドルストーリーとしては、芥川龍之介「藪の中」[36]の系譜に位置づけることもできるだろう。

三

「十数万円の家産を持つている」判事と貧民の労働者である踏切番は階級としては対極にあるが、両者には共通点がある。彼らは二人とも精神に失調をきたしている。判事は「神経衰弱」[37]であり、これによって「近年ひどく疑い深くなつて来ている」と小説に明示されている。踏切番も、尋問における不審に満ちた矛盾だらけの発言から、尋常な人物でないことがわかる。判事は踏切番の表情を見て「これは激しい神経衰弱にかかつているなと」思っている。踏切番は自身の年齢が四一歳であり、一九年も踏切番をしていると言いつつも、踏切番を始めたのは二五歳だと言う[38]。これでは計算が合わない。また、踏切番としての「失策」は一度もないと言いつつも、「初めはちょいちょい失策をやりました」と矛盾した発言をしている。さらには、かつて妻が三人いたが、いずれも同じ病名の婦人病で死別したと述べている。三人の妻と死別し、その三人が同名の病気で亡くなるという偶然があるだろうか。踏切番が鎖を張る加減が次第に早くなって、通行人と争いを起こすようになっているようだが、これが「近年になつてひどくなつて来た」と語られている。判事の方も「近年ひどく疑い深くなつて来ている」のに、踏切番の年齢の齟齬や不審な事情には疑問を持たない。判事は尋問で踏切番に対して「心理学的に」という言葉を用いるが、「近年」「ひどく」「なつて来」た点で、両者の「心理」は同様に尋常ではない。

　判事と踏切番には重要な共通点がもう一つある。それは、両者とも権力を身勝手に振るっている点である。判事は罪を決する権限を持っている。踏切番は人々の通行を制止する権限である「鎖の権利」を持っている。「マルクスの審判」に改稿する前の習作「殺人者」には、踏切番は「大納言」と呼ばれていたとある。この呼称は、早めに鎖を張る＝横暴な権力（＝大納言）を行使する踏切番への蔑称でもあろう。

　そもそも踏切の封鎖については、法によって厳しく定められていた。『鉄道庸人必携』[39]によれば、踏切は「其の往来する者に取りて危険である場合のみ一時之を閉鎖し得るに過ぎぬので」あり、「本来は公衆の為めに開放して置かねばならぬ箇所」である。「万一踏切番の怠慢の為に必要以外に踏切道を閉鎖して之が開通を怠つて居る場合には鉄道営業法第二十八条の規定に據つて三拾円以下の罰金又は科料に処せられるのであるから踏切番は踏切の性質をよく了解して其の職務を誤らぬ様にせねばならぬ」と戒めている。さらに、踏切番は「少くとも列車の通過又は入替五分前に出務せねばならぬ」とも記されている。「マルクスの審判」の踏切番はこの定めを逸脱して「鎖の権利」を行使し、踏切を封鎖していた可能性がある。

　この踏切番の「鎖の権利」の背後には、国鉄総裁の後藤新平が提唱する「国鉄大家族主義」の精神運動があるように思われる。「鉄道従業員ハ凡テ一家族タルノ精神ヲ以テ相奨メ相扶ケ、家族ハ家長ノ命ニ従ヒ、其期待スルトコロ個人ヲ離レテ常ニ其家ノ名誉利益ノ為ニ活動スベキ」で「上は総裁より下は駅夫、工夫に至る迄、其連鎖に一の欠点なく、上下意思疎通」するというものである。(40) 鉄道従事者の末端である踏切番にまで「国鉄大家族主義」の精神運動は及ぶ。大正七年五月一九日に起こった踏切番自殺事件にしても、踏切番が「国鉄大家族主義」の思想を内面化していたために、家族(国鉄)に迷惑をかけてはならないという思いから自殺した、だから国鉄から支給された制服を脱いで線路脇にきちんと畳んでから自殺したとする見方もある。(41) ならば、「マルクスの審判」の踏切番に、同時代の「国鉄大家族主義」の精神が刷り込まれていたとしても不思議ではない。「マルクスの審判」の踏切番は、末端の低賃金労働者ではあっても、「国鉄大家族主義」の骨法である家父長制の権力を血肉としていたのではないか。三人の妻に家父長として君臨した権力者の経験が、「国鉄大家族主義」の「常ニ其家ノ名誉利益ノ為ニ活動スベキ」という精神を媒介して、「鎖の権利」を肥大させた(職務の範囲を逸脱した)のである。

職務の範囲を逸脱している可能性があるのは踏切番だけではない。『鉄道行政』(42)には、「番人は列車運転の安全を保持すると同時に道路交通の安全をも保持すべき職責がある。従って若し番人が其の注意を欠き、人を死傷した時は業務上の過失致死罪の責任を免れない」として鉄道営業法第二十八条に加えて、刑法第二一一条(過失死傷罪)によって罰せられることが明記されている。実際の踏切での轢死事件の判決文でも、たとえば居眠りをした踏切番には「通行人ノ生命身体等ニ対シ危害ヲ醸スコトヲ予防スベキ義務アルモノ」とした上で「列車ニ触レ若クハ衝突シテ死ニ致シタルトキハ業務上ノ過失致死罪ヲ構成シ」(「大正十年一月十七日(れ)第二四九〇号判決」)とあり、踏切番人が踏切を閉鎖しなかったことで列車と自動車が衝突した事件についても「被告ニ業務上過失致傷ノ罪アルコト勿論ナル」(「大正十年九月五日(れ)第一一八〇号判決」)とある。(43) これにも関わらず「マルクスの審判」の判事は、一般的な「過失致死」による有罪の見通しがほとんど念頭になく、「やはり殺したのはお前」などと捲し立てて、頭から故意の殺人罪として踏切番を裁こうとしていた。証拠が乏しい中で判事は踏切番に自白を強要（誘導）もしており、これについても問題がある。

判事は法という正義の大義名分を担保として、これまでも尋問で追及して有罪（無罪）を判じてきた。踏切番は安全のためという正義の大義名分を担保として、裁量を逸脱して踏切を遮断してきた。判事は、被疑者が労働者だというだけで有罪にしようとするし、踏切番は通行人が「資産家の蕩児」であるから、勤務時間外にも関わらず踏切を遮断した（可能性がある）。彼らは権力を乱用し、恣意的に行使してきたという点で共通している。

判事と踏切番が過剰に権力を行使した理由は、彼らが精神に異常をきたしているからでもある。判事は、マルクスに圧迫されている自己の抗いのために、つまり個人的な防衛のために権力を行使している。彼がマルクスを読んでいるのは、職務上の必要からである。しかしながら、急激な社会変化や正論（マルクス）に常に対応しながら、自身が依拠する正義を肯定していくことへのストレスが、彼のアイデンティティを追い詰めているのであろう。判事の「神経衰弱」については、多くの通俗医学書を書いた医師の羽太鋭治が、「近世に於ける急激な文明進歩は、一方に於てその生活上に大なる矛盾を来たして激烈なる生存競争をなさしめるようになつた結果、自然身神の労働を過激ならしめるやうな人を多くし、その結果此の病気に罹る人も多くなつたのである」[44]と述べるとおりであろう。一方の踏切番も、妻を亡くした失意と、「幽霊」とまで呼ばれて忌み嫌われる孤独のために、精神を病んでいると見てよかろう。踏切番は自称四一歳であるが、人生の後半に差し掛かって到来した不幸（妻との死別、孤独）に対して、適切に処すことができず精神をこじらせているのではないか。彼は歯が抜ける夢を何度も見て「熟柿のべたべた落ちる夢」も時々見ると言うが、これは老化による落ちぶれを暗示するものだろう。判事も「永年の判事生活」とあるように、相当の年齢に差し掛かっているはずだ。両者は鬱病や不安障害の兆候を示しているが、より現代的に言えば、「中年の危機」（Midlife crisis）に陥っているのである。

四

踏切番が鎖を張る背後には、彼が「早くとめる方が安全で良かろうと思うのです」と言うように、安全第一という正義がある。安全主義は法の定めに基づいている。[45] 安全のためという正義（立法）の御旗を担保として、これまで「鎖の権利」＝権力を振るって（早めに踏切を封鎖して、勤務時間外にも封鎖して）きたなかで、踏切番は権力的な主体と化したのである。「なぜだか、この路は俺の領分だと云つたような、そんな気がするんです」という彼の証言は、彼が権力的な主体と化していることの証左である。

妻を亡くし、遊郭では忌み嫌われる孤独と捌け口のない性欲への不満の腹癒せとして権力を振るうのだが、妻が存命中は家父長制の権力を妻に振るっていたはずである。妻を失って遊郭でも忌避されるようになった踏切番は、「国鉄大家族主義」＝強大な家父長制権力を内面化して、鎖を張って通行人を制止することに躍起になり、次第に全能感を得て鎖を張る時間が早くなったのであろう。しかし、遊郭へ向かう通行人を制止できる全能感に一時的に酔ったところで、妻は生き返らないし、孤独は解消されないし、性欲は満たされない。それでますます不満を募らせて鎖を張る時間が早まることになる。

一方の判事は法という正義の御旗を担保として権力（処罰）を行使してきたが、彼はマルクスに圧迫されている。マルクスに抗うため＝アイデンティティを守るために、一層厳しく権力を振るうのである。しかし、いくら権力を振るっても、病んだ判事の心は回復しない。法の執行による全能感は、一時的なカンフル剤にしかならない。判事の精神もやはり追い込まれたままである。とは言え、判事は「マルクスの罪」を持ち出すことで「晴れ晴れとした気持ち」になって安眠することができたのだから、小説の結末で症状が改善したかのように見える。判事によって無罪を言い渡されることになる踏切番も、これを機として症状が改善されるかもしれない。そうであれば、判事と踏切番との間の尋問がセッションの役目を果たしたと言えるかもしれない。マルクスに加担することで判事の症状が回復するのだとしたら、マルクスを否定してきた後ろめたさも払拭される。判事の翻意は、マルクスの背後にある大日本帝国の法の精神とは異なる別の正義に後押しされた帰結として、症状を緩和させる可能性もなくはない。

ただ、マルクスという名の正義に追い詰められたアイデンティティは、マルクスの軍門に下る（責任をマルクスに転嫁する）ことで守られたわけだが、この際、無罪の責任はマルクスに着せられた。マルクスが法に代わる正義の代名詞となるわけだが、傅く権力の象徴が代わっただけで、今度は反マルクス主義の圧力を受ける立場に身を置くことになる。とすれば、判事の安眠はあまり長くは持たないだろう。判事には、背後の権力の象徴に責任を転嫁する他責的なやり方で精神の危機をかわし続ける（しかし一層病んでいく）道しかない。

問題は、有罪にせよ無罪にせよ判事の裁定が、労働者か資本家かという二項図式の内側で予め決定していることである。判事は「労働者」ならば疑ってかかる。考えを改めた後は、今度は労働者だから無罪だと決めつける。一方の踏切番も同様で、恣意的に権力を行使する欲望は、満たされることなく永遠に肥大し続ける（鎖を張るのが常軌を逸して早まっていく）のである。

「マルクスの審判」には「弱者が強者によって一方的に分節され把握されるという構造が含み込まれていた」[46]だけではない。弱者（踏切番）もまた権力関係において権力を行使する主体と化している状況が描出されているのである。

フーコー以降の権力論で、権力を権力保持者と権力服従者との対立関係で捉えず、「コミュニケーション・メディア」として位置づけることで異彩を放つニコラス・ルーマンは、『権力』[47]で「法的な権利を有する人が、権力を動員する権力を持つことになる」ことを論じているが、「マルクスの審判」の踏切番も「法的な権利を有する人」

に当たる。ルーマンは「権力は、一定の範囲内においてではあるが、権力服従者に移行する。というのは、彼がいつ権力保持者にスイッチを入れるかを決定するからであり、そしてそのことによって、彼は影響力だけでなく、権力を獲得するのである。いいかえると、彼は、権力保持者をもはや命令へと刺激しないか、もしくは絶えず命令へと刺激するのか、という回避選択肢を獲得するのである」と述べて、このような権力を「逆機能」と呼び、権力の「形式化と集権化に対してひとつの制限となる」と論じている。「マルクスの審判」で一方的に長い尋問をする判事（権力保持者）と、「もうどうなりとして下さい」と開き直りとも取れる発言をし、「私が殺しました。はい殺しました」と「何かに引つかかるやうな声」で話す踏切番（権力服従者）との間の権力は、ルーマンの「逆機能」を起こしているのではないか。もっと言えば、先回りして権力保持者である判事による権力の行使（殺人罪の決定）を回避している（「逆機能」）だけでなく、判事に無罪を決定させる権力を権力服従者である踏切番が自覚なく行使したのではないか。権力があまりに増長すると服従者が抵抗して（ルーマンの言葉でいうところの「抵抗権力」）、権力関係は崩壊する可能性がある。このため、権力保持者は服従者に阿る必要が生じる。権力関係の〈逆転〉が起こるのである。「マルクスの審判」では、踏切番が判事の権力行使を回避する「逆機能」を超えて、権力が増長した判事が踏切番の「抵抗権力」を受けた「逆機能」によって無罪を決心させられたのではないか。判事と踏切番の権力関係は小説の結末で〈逆転〉したのである。

「マルクスの審判」は、誰がどのような階級に位置づけられたとしても、権力諸関係（階級、国鉄大家族主義、家父長制、「鎖の権利」＝「法的な権利を有する」など）に身を置く身体が権力的な主体として振る舞う構造を図らずも突きつけているのである。志賀直哉「正義派」は、一時の正義感で激昂した者が冷静さを取り戻して不快になる感情の移ろいを淡々と描くが、横光利一「マルクスの審判」は、マルクス主義が席巻する時勢において、階級構造に基づく象徴的な正義（マルクス）によって権力性を帯びる主体に目を向けている。[48] しかもそれだけでなく、階級構造の最下層に位置する者（踏切番）が権力を内面化した主体である可能性にも気づかせる。紋切り型の階級的視点の陥穽が浮かび上がっているのである。年齢や職掌、境遇に起因する「中年の危機」にある踏切番と判事がかざす正義の御旗は、個人の不満や欲望のはけ口としてのご都合主義的で横暴な権力の行使に拍車をかける。権力的な主体は、ますます異常をきたしていく。「マルクスの審判」という百年前の小説を私たちが現在に読む意味は、こうした権力を内面化した主体の変容（負のスパイラル）を見据えるところにあるだろう。

最後に付け加えておくと、当時、踏切番の事故が多発していたが、その多くは踏切番の過労が原因である。特に踏切番は、時刻表に基づく正確な仕事（身体の拘束）が長時間に及ぶ。[49] 現代の自動踏切の役目を担っていたわけだが、踏切番に求められたのは、言わば、機械としての労働である。[50] 効率至上主義の資本主義を土壌とする機械の時代の人間疎外が、末端の踏切番の不幸を発生させているのである。ルーマンが言う「法的な権利を有する人が、「権力を動員」する権力を持つことになる」だけでなく、もはや取替え可能な機械として酷使される（疎外される）人間が、権力諸関係のなかで権力を動員するのである。権力は、人間から機械的に整序された組織の職掌へと移行し、権力保持者個人（王）が亡んでも生き残る。「マルクスの審判」の踏切番が死罪になっても、判事が失職しても、権力は残るのである。資本主義が人間を疎外する世界で、機械（歯車）として扱われる人間の身体は益々疲弊し、精神は異常をきたしながら、権力は湧出するのである。「マルクスの審判」が描く狂気の奥底は、問題作「機械」[51] にまで接続している。

注

（1）『新潮』大正一二年八月
（2）『白樺』大正二年一〇月

（3）大正九年五月二四日付佐藤一英宛書簡に「俺は余りに志賀氏にかぶれすぎていた。それを知った今は何を書いても食べかたの好くない饅頭のようだ」とある

（4）宮越勉「志賀直哉の影響圏―横光利一の場合―」明治大学文学部紀要『文芸研究』53号、一九八五年三月

（5）宮口典之「横光利一『マルクスの審判』を巡って―志賀直哉との関連を考えるための一考察―」『横光利一研究』5号、二〇〇七年三月

（6）『定本横光利一全集　補巻』河出書房新社、一九九九年一〇月

（7）『朱欒』大正元年九月

（8）新潮社、大正七年一月

（9）『塔』大正一一年五月（原題「面」）

（10）『読売新聞』大正元年一月一日

（11）『文藝春秋』大正一二年五月

（12）『白樺』大正二年九月

（13）「笑われた子」と「清兵衛と瓢箪」の類似については、栗坪良樹『鑑賞日本現代文学14横光利一』（角川書店、昭和五六年九月）を初めとして多数の指摘がある。「蠅」と「出来事」の類似については、宮越勉「志賀直哉の影響圏―横光利一の場合―」（前掲）及び渋谷香織「横光利一「蠅」―志賀直哉「出来事」との類似性を踏まえた一考察―」（駒沢女子短期大学『研究紀要』第33号、一九九九年）が指摘している

（14）「解題・編集ノート」『定本横光利一全集　補巻』河出書房新社、一九九九年一〇月

（15）『流行歌明治大正史』（春秋社、昭和八年一一月）に「此の歌ほど聴者を動かしたものはない、聴きながら涙をこぼしてゐる者を毎晩のやうに見た」とある。当時、都新聞の記者だった長谷川伸も「私だとて五反田の空地で聞いて、ほ

ろりとした中の一人なのですものね」と語っている（『添田唖蝉坊・添田知道著作集　第四巻』刀水書房、一九八二年一一月）

（16）佐々木冨泰・網谷りょういち『事故の鉄道死・続』（日本経済評論社、一九九五年一一月）参照。当時の新聞は「通行人を轢死せしめて踏切番抱合自殺」（『読売新聞』大正七年五月二〇日朝刊）などと報じている。なお、近くの天龍寺境内に供養のための碑文谷責任地蔵尊が現存する

（17）竹内芳松の年齢については、「四五歳」と表記するものと「三三歳」と表記するものがあり、定かでない

（18）『読売新聞』大正七年五月二〇日朝刊記事「通行人を轢死せしめて踏切番抱合自殺」に「開閉柵の上り居りしは何故なるか、これは疑問なるも」とある

（19）『読売新聞』大正七年五月二一日記事「管理局に弔慰金を託す　踏切番両名の遺族へ」など

（20）「国の誉」（くにのびだん）は大正七年六月一八日にオペラ座で封切。監督小口忠、脚本桝本清、撮影坂田重則、製作日活（向島撮影所）。弁士は土屋松濤

（21）『読売新聞』大正八年五月一八日朝刊に映画「国の誉」の広告が載っており、「想ひ起す去年今月今夜」、「特別短期興」、「（七日間限リ）」などとある

（22）『東京朝日新聞』大正七年六月一八日朝刊の映画「国の誉」の広告に、「鉄道院賛助」とある。また、『読売新聞』大正七年六月二〇日朝刊の記事「オペラ座」には「国の誉」の「俥と列車の衝突の場面は、皆本物を用ひ、実物の如く巧みに写してゐる」、「鉄道院もよほど便宜を計つてくれたと見えて」とある

（23）『読売新聞』大正七年五月二〇日朝刊記事には、自殺した踏切番の賃金が記されている（須山由五郎が日給六三銭、竹内芳松が日給六六銭）

（24）『読売新聞』大正七年五月二〇日朝刊

（25）島内登志衛『善行大鑑　現代の美談』六盟館、明治四三年六月
（26）小倉鏗爾『労働家と修養』用力社、大正一〇年一月
（27）大島宝水「踏切番」『江戸紫』三芳屋書店、大正元年一一月
（28）千家元麿「踏切番の子供」『新生の悦び』芸術社、大正一〇年一〇月
（29）樋口紅陽訳『童話の世界めぐり』九段書房、大正一〇年五月
（30）藤範晃誠「踏切番」『あふるるめぐみ』本派本願寺学務部、大正一二年六月
（31）田山花袋『赤い実』春陽堂、大正一〇年一〇月
（32）豊島与志雄『旅人の言』聚英閣、大正一三年九月
（33）腥風楼主人『怪談百物語』岡本増進堂、大正六年六月
（34）寒川鼠骨『断霞録』新聲社、明治三四年一一月。なお、「轢死」の冒頭に「卅三年十一月」とある
（35）なお、篠原温亭「轢死」（『その後』民友社、大正一三年六月）は、轢死が起こるものの、満員電車の混雑の一瞬のうちに乗客から忘却されていく様子を描く。もはや轢死者の人生にも死体にも関心が薄れるスピーディーで乾いた近代社会の日常を描く点で、他の轢死小説と一線を画す
（36）『新潮』大正一一年一月
（37）小説で言われる「神経衰弱」は、一般的には「精神的神経衰弱症の特徴は、疲労性といって、元気がなくなり、記憶力が減少しまた感覚が過敏となって強迫観念に襲われなど」（羽太鋭治『悪性欲と青年病』大正一一年四月）の症状のことであると理解しておいてよかろう
（38）石橋紀俊「横光利一『マルクスの審判』論―言語行為の行方―」（『語文論叢』千葉大学文学部国語国文学会、一九九七年一月）に、「マルクスの審判」の年齢の齟齬について「後に触れるように他の箇所への見落とせない改稿があるにも

かかわらず、この箇所の訂正はない。とすればこの錯誤は何らかの必然を担っており、その意味でも単なるミスや誤植ではない」とあるが、同意見である。私見では「何らかの必然」は踏切番の精神の失調である

(39) 東洋書籍出版協会鉄道部編『鉄道傭人必携』上巻、大正二年一二月。『鉄道傭人必携』の序で鉄道院新橋運輸事務所長の大蔵公望男爵は「教科書となすに足り」と述べており、目次の見出しも「傭人教科書目次概要」とあることから、鉄道傭人の教科書として出版されたことが知れる

(40) 鶴見祐輔『後藤新平　第三巻（国務大臣時代）』（勁草書房、一九六六年）及び老川慶喜『日本史小百科—近代—〈鉄道〉』（東京堂出版、一九九六年九月）参照

(41) 松村洋『日本鉄道歌謡史1』みすず書房、二〇一五年七月

(42) 喜安健次郎『鉄道行政』「第一二章第五一節」巌松堂書店、大正一二年二月

(43) 前田亀太郎『司法警察事務参考書』第三巻、大正一一年一二月

(44) 羽太鋭治『悪性欲と青年病』武侠世界社、大正一一年四月

(45)『鉄道傭人必携』(39) にも「平素細心なる用意を以て完全を期す条件として第一に「安全なること」とある（第二章「鉄道の任務と責任」）。踏切番の裁判の判決でも「通行人ノ生命身体等ニ対シ危害ヲ醸スコトヲ予防スベキ義務アルモノ」（「大正十年一月十七日（れ）第二四九〇号判決」）と示されている

(46) 鳥井杏珠「語られたもの／語られぬもの—横光利一「マルクスの審判」論—」『学芸国語国文』二〇一九年

(47) ニコラス・ルーマン『権力』（「第三章　コード機能」）長岡克行訳、勁草書房、一九八六年九月（原著は *Macht*, Ferdinand Enke Verlag (Stuttgart) 一九七五年）

(48) 改稿前の「殺人者」にはマルクス関係の表現はないが、改稿後の「マルクスの審判」において階級構造の視点が持ち込まれたことで、権力的に振る舞う主体の問題が「殺人者」以上に浮かび上がったのである

（49）『鉄道傭人必携』（39）にも「列車運転時刻及車輌入替の順序を充分に了解」して「不断時計の整正を怠ってはならぬ」とある（第六章「駅の組織及駅員の任務と責任」の「踏切番」の項）

（50）松村洋『日本鉄道歌謡史1』（41）が、大正七年五月一八日の轢死事件を取り上げて、踏切番の「機械人のメンタリティー」を考察している

（51）『改造』昭和五年九月

※　引用の傍線部はすべて論者による

権力の表現

1 「入れ札」の天皇

菊池寛の短篇「入れ札」[1]は、代官を斬った侠客の国定忠治が赤城山を越えて逃げる時の話である。乾児と山中に潜伏していた国定忠治は、手下をぞろぞろ引き連れて逃げるわけにもいかないので、連れて行く二、三人を入れ札（無記名投票）で決めることにする。忠治に従う最古参の九郎助は、他の乾児から「阿兄さん」と呼ばれてはいるが、老いて人望は失われている。二票入れば三人に残ると票読みをした九郎助は、九郎助を慕う弥助の他には自分に札を投じる者がいないと思われて、密かに自分自身に一票を投じる。結果、喜助と浅太郎がそれぞれ四票、嘉助が二票を獲得して、彼らが国定に付き従うことに決まる。九郎助には自分が投じた一票しか入らなかったのである。離散後、九郎助に同伴した弥助は、九郎助に入った一票は自分が投じたものであると発言する。九郎助は弥助の嘘に怒りがこみ上がってきたが、この「嘘を咎めるには、自分の恥しさを打ち開けねばならない」ことに思い至り、「卑しい事をした」自分を恥じて「情なく」なるという小説である（戯曲の「入れ札」は九郎助の懺悔でおわる）。

普通に読むと、人間の弱さや卑しさ、それを恥じる気持ちなどの人間心理をテーマにした小説だと言えよう。たとえば中村光夫は「中核をなす近代人的な心理と、時代劇風の背景が十分に調和して[2]」いると評しているし、同時代においても、「九郎助と弥助の人間らしい弱さを対照させて書いてゐるところなど殊に、「忠直卿行状記」時代と格段に進歩した手腕が感じられる[3]」、「それぞれの性格や心理をも、大きな手がぎゆつと摑んでゐる[4]」と言われている。

入れ札のアイデアについては、文壇人の会合で小説の「選集に執筆する作家を投票したこと」[5]がヒントになっていると作者が漏らしているが、こうしたアイデアが扱われるのは、大正デモクラシーの時代、普通選挙法制定の機運が高まっていた政治の季節であったからだと思える。しかし、柄谷行人は「入れ札と籤引き」[6]で、「菊池寛がここで書いたのは、たんに人間の卑しさ、浅ましさではなくて、入れ札、つまり無記名投票というシステムだけがもたらすような、卑しさ、浅ましさです」と言っている。さらに、「秘密投票を導入することが」、「内面性そのものを作り出す」とも述べ、「利己心・相互的な猜疑は」、「「入れ札」の導入によってのみもたらされた」と述べている。個人の内面は初めから存在するのではなく、制度によってもたらされる、個人が関わる制度（システム）によって内面が生成する。これは、「内面の発見」[7]を著して以来の柄谷行人一流の発想である。

柄谷の「入れ札」論は、このあと近代の選挙制度と議会制民主主義を政治哲学的に批判する方向に論が進み、やがて選挙と抽選をミックスした制度の提唱に至る。柄谷は「選挙＋籤引き制」が「権力争いを無用」にすると主張するのである。しかし、柄谷行人がかつて高らかに提唱したＮＡＭ（New Associationist Movement）の「資本と国家への対抗運動」は、わずか二年半で消滅した。また、柄谷は「文芸評論家をやめたと考え、また、人にもそう言っていた」にも関わらず、菊池、芥川、谷崎を俎上にした『日本精神分析』[8]を書いている。また『近代文学の終り』[9]では、「近代において文学が特殊な意味を与えられていて、だからこそ特殊な重要性、特殊な価値があったということ、そして、それがもう無くなってしまったということなのです」、「端的な事実です」、「小説あるいは小説家が重要だった時代が終わったということです」と述べ、「資本主義と国家の運動」に対抗するために「私はもう文学に何も期待していません」と断言しているが、その後の「文学という妖怪」[10]では、「近代文学の終り」について、「実は、私は自分の書いた論文のことをよく覚えていませんでした」と言い、「私が記憶する限り、これは、別に近代文学の終りを主張するために書いたものではなかった」のであり「文芸批評をやめた理由を書いた」ものだと述べ、

「実際のところ、「近代文学」は終わっているどころではない。その逆です。」と言っている。こうした言動にはどうしても矛盾があるように感じられて、議会の当選者だけでなく大学入試の合格者までも「選挙＋籤引き制」で選ぶとする彼の提案については、直ちには首肯しがたい[11]。

話を「入れ札」に戻そう。柄谷行人は入れ札というシステムが、投票する乾児らの「内面」を生んだと考える。では、親分である国定忠治の「内面」はどうなっているのか。柄谷は国定忠治について、「権力を行使するのは避けたい」が、「自分が望む結果はほしい」、「虫のよい料簡」だと言っている。国定忠治に限っては「内面」ではなく、わざわざ「料簡」という語を柄谷が用いるのは、国定忠治が入れ札というシステムの外にいて、その「内面」がシステムの影響を受けずに前もって存在しているからなのではないか。そもそも入れ札を提案したのは国定忠治であった。他ならぬ国定忠治が「内面」（個人的な思惑）を持っていて提案した入れ札だからこそ、乾児は親分の「内面」に忖度したわけである。つまり、純粋な選挙システムの干渉によってのみ「内面」が生じるのではなく、システムの背後にいる固有の人物の「内面」が、他者の「内面」に影響をもたらしているのである。柄谷が見過ごしているのは、国定忠治の内面である。

戦前の選挙制度は民主的とは言っても、天皇の臣民としての選挙制度であった。天皇による統治下の選挙制度であるから、天皇の威光を受けざるを得ない。（それに反抗するにしても）天皇の威光（による倫理や制度や価値観）が主体に内在化する。天皇に従う臣民として選挙に臨むことが、誰にも「内面」化されているわけである。国定忠治は、言わば天皇の位置から入れ札制度を見下ろしている絶対者である。乾児らは大日本帝国の臣民の立ち位置である。柄谷行人のように選挙制度そのものを批判する前に、選挙制度の背後に君臨する天皇がいかに内面の生成に影響を及ぼすのか、これに目をやるべきなのである。批判すべきは、自らに投票した九郎助でも、九郎助に投票したと偽る弥助でもなく、天皇の位置から黙して傍観している国定忠治その人なのである。九郎助や弥助の投票理念と投票行動は褒められたものではもちろんないが、そもそも無記名投票ではルール上は誰に投票してもかまわないのであり、誰に投票したかを誰かに打ち明ける必要もないのである。全く個人の自由と権利に属するものだ。

「入れ札」の話は、アンソロジーに収録する作家選びに行き詰まって投票で作家を選出した菊池寛の経験をもとにして、講談で人気の国定忠治の赤城山越えの話に肖る小説であるが、歴史上の人物である国定忠治を作品内で天皇とみなすと、その名（国を定めて忠君として治める）も象徴的に見えてくる。繰り返しになるが、「入れ札」は、柄谷行人が指摘するような選挙という制度の強度の問題だけではなく、その後ろに君臨する天皇の威光と天皇制の構造を視野に入れて、批判的に読み替えるべき作品であろうと思われる。戦前は「君臣一家」のイデオロギーが支配的であった。「入れ札」は、国定忠治という象徴的なレベルでの〈父〉が、公平な選挙という建前によって我が子（文字通りの乾児＝子分）を冷酷に選別する話である。本来、民主主義の社会では、敗北した立候補者に投票した有権者の思いをも含めた政治がなされるべきである。少数派は切って捨てられるものでは決してない。菊池寛「入れ札」の九郎助も弥助も、入れ札で漏れた他のすべての乾児も、皆一様に、天皇の気の毒な捨て子なのである。

2　「恋するザムザ」の欲望

カフカ「変身」の後を継ぐ村上春樹「恋するザムザ」[12]は、人間に戻ったグレゴールが錠前屋の娘に恋をする話である。しかし、「恋するザムザ」と「変身」の世界が同じ時間軸上の未来にある話だとは、考えにくい。第一に、「変身」の第一章で早々に追い返された錠前屋が、「恋するザムザ」では追い返されていない。また「恋するザムザ」の世界は戦争の最中であり、プラハの町は占領されていて、一九六八年の「プラハの春」を連想させる。カフカの「変身」が発表された一九一五年は、第一次世界大戦下だが、「変身」の物語世界の日常に、戦争が差し迫る気配はない。「恋するザムザ」の町には銃を携えた兵隊が闊歩し、戦車が蹂躙し、検問所が設けられ、占領軍に怪しまれた者は連行されてしまう状況である。錠前屋の一家は、軍隊に怪しまれて連行される可能性が少ないと踏んで、娘をザムザの家へ寄こした。そもそも戦車が近代の戦場に初めて登場するのは、カフカの「変身」より少し後の一九一六年以降である。(13) したがって、「恋するザムザ」の世界は、「変身」の世界とよく似た別の世界（パラレルワールド）だと考えた方がよい。グレゴール・ザムザは単に虫から人間に戻ることができたのではなく、目覚めたら、「変身」の世界とよく似た異世界で人間に戻っていたのである。「変身」とよく似た世界、しかも「壊れかけている」世界に、グレゴールは目覚めたのである。幾つもの不審な点（忽然と消失したグレゴールの家族、元の世界と異なる部屋の間取り、戦争の背景など）や、世界が「壊れかけている」という錠前屋の娘の発言などによって、グレゴールが異世界にいることに読者は気づかざるを得ない。

抑圧された欲望は、何らかのカタチを帯びて目の前に回帰する。夢であったり、精神疾患の症状であったり、原因不明の好悪や性癖や恐れや仕草であったり、それはさまざまなカタチをとる。文学における変身譚もそのカタチの一つとして捉えることができる。たとえば、中島敦「山月記」の李徴は虎に変身したが、李徴が無意識に抑圧していた暴力性を伴う欲望（詩人として認められたいのに認められないことへの憤りや、自分より劣っていると李徴が見なしていた者が自分より出世することへの憤り）が、虎というカタチとなって現れたと説明することができる。李徴が人間を襲うのは、李徴の才能を認めない世間や出世した小役人たちに復讐したいという欲望に由来している。虎として「酔わねばならない」間は人間性を喪失しているので、李徴は抑圧されていた欲望の噴出に気づかない。言わば、虎としての李徴の行動は、抑圧されていた欲望が症状となって回帰している瞬間である。カフカ「変身」のグレゴールも、本当は家族（無職の両親とヴァイオリンを習う妹）を養いたくない、一人で一家を背負う責任を放棄したい、生活のためのストレスフルなセールスの仕事も辞めたいという逃避願望が抑圧されていたのであり、その欲望が罪深い自己への処罰意識というフィルターを通って、虫というカタチになって現れたと読むことができる。わがままに対する処罰意識や心の倫理的な規制を掻い潜って回帰する症状は、人喰い虎や虫の姿といった忌み嫌われるイメージを伴うカタチ（シニフィアン）として現れるのである。

「恋するザムザ」のグレゴールは、小説の冒頭から人間の姿に戻っているが、全裸である。抑圧された欲望が表出したシニフィアン（虫の外形）ではない。グレゴールの欲望は抑圧を喪失しており、文字通り裸の欲望がむき出しの状態である。現に彼はテーブルの食物を手摑みでガツガツと頬張る。寒いのでガウンだけは後に羽織るが、すぐに家の一番大きなベッド（おそらくグレゴールの両親のベッド）で惰眠を貪る。錠前屋の娘を見て発情する。彼が意識を取り戻してから、食欲、睡眠欲、性欲の描写が連続するのは、グレゴールの欲望が何の抑圧も受けていないからである。倫理的な心の規制が働けば、誰も見ていないとしても無意識に食事のマナーに気を配るはずであり、ナイフやフォークも使うはずである。眠る場所や時間にも配慮するはずで、昼間から勝手に他人のベッドに潜り込むわけがない。来客の娘の前では、身嗜みや目のやり場にも気遣いがあってしかるべきである。ところが、グレゴールにはそうした気遣いや配慮が一切ない。それどころか、服の着方も、食事の仕方もまるで覚えていないのである。グレゴールには、欲望の抑圧に作用する一切のものへの知識が失われているのである。グレゴールが「神様という単語も聞き覚えがな」いこと、「検問所」という言葉も知らないこと、彼の家族が全員行方不明であることは、総てこのことに関係している。というのも、家族も「神様」も「検問所」が象徴する国家権力も、いずれも欲望を抑圧する〈父〉の「審級[14]」に属するシニフィアンだからである。こうした一切のシニフィアンを忘れているからこそ、グレゴールは人間の姿に戻っているのである。

グレゴールは、作品の中で彼が望むように、錠前屋の娘とコミュニケーションをとることで、これからさまざまな言葉や所作（戦争、戦車、神様、食事のマナー、服の着方など）を覚えていくのかもしれない。しかし、彼が言葉や所作をもう一度獲得する過程は、欲望を抑圧する言葉やモラルやマナーを獲得する過程でもある。こうした言葉を知るということは、〈父〉の審級が無意識に内在化し、むき出しだった欲望を抑圧する主体が再び形成されるということである。[15] もしそうなったら、抑圧を掻い潜って欲望が再び回帰し、グレゴールはまたしても〈虫〉の姿に変身するかもしれない。また、「錠前屋の娘」が、グレゴールの心にある〈欲望の部屋〉の扉の「錠前」を解除するメタファーだとしても、「恋するザムザ」ではグレゴールの個室の錠前は壊れているので、グレゴールと娘が適切なコミュニケーション回路を構築してグレゴールが欲望をコントロールできるようになるかは疑わしい。抑圧を知らないグレゴールの無意識にある〈欲望の部屋〉を施錠できそうなのは錠前屋の娘だけであるが、彼女は戦車の大砲とグレゴールの性器を比較して、一方は国土に、一方は女性の身体に突っ込んでくるという意味の発言をし、修理できなかった錠前を持ち去っている。娘はグレゴールの〈性〉暴力を警戒して、今すぐのコミュニケーション回路は断ったのである。家族も行方不明である異世界で孤立無援となったグレゴールは、はたしてもう一度錠前屋の娘と再会してコミュニケーションをとる（ことで主体を構築する）ことは、可能なのだろうか。個室の鍵が壊れているのは、欲望のコントロール（心的規制）が失われていることを意味すると思われるが、バシュラールは『空間の詩学』で、家屋は現象学のみならず精神分析にとっても重要であるとして、家は「人間存在の最初の世界なのだ。（中略）『世界になげだされる』まえに、人間は家の揺籃のなかにおかれている。そしてわれわれの夢想のなかでは、家はいつも大きな揺籃なのである」[16] と述べており、『空間の詩学』訳者の岩村行雄氏は、「『空間の詩学』において分析される家は、現実的な保護の価値以上に、夢想の価値の確立される場所として、非現実的なものの機能に由来する価値をになってあらわれる[17]と述べている。「恋するザムザ」で異世界の家に目覚めたグレゴールは、「『世界になげだされる』まえに」、「家の揺籃のなかにおかれている」。その家の部屋の間取りがカフカ「変身」と異なっているのは、おそらく家族関係が変容した世界（つまり、家族のように自明な人間関係の中で言語を獲得して生成されるはずの主体が損なわれていること）を証しているのである。また、この家において、家族のみならず三人の下宿人が不在であるのも、彼らが象徴する第三者の目（世間体や常識）がグレゴールの内面から失われていることを意味すると考えることができる。「壊れかけた」異世界で、欲望の爆発が、戦車の砲撃のように他国の領土や他者（女性）の身体を蹂躙することを学び、グレゴールは自己の〈欲望の部屋〉を適切に施錠・解錠できるようになるのだろうか。家族や「神様」や「検問所」などの「父」の審級が主体の欲望を強く抑圧してくることを学習した後でもなお、グレゴールは虫に変身せずに、人間の姿を保つことができるのだろうか。杖を手放し、二本足でしっかりと立って歩き、「壊れかけた」世界を強かに生き抜くことができるのだろうか。

戦時下のプラパで、グレゴール・ザムザが、錠前屋の娘との間で恋を成就することは、おそらく困難を極めるであろう。唯一の救いは、錠前屋の娘がグレゴールを見捨てていないことである。娘は錠前の修理を諦めたわけではない。杖なしではうまく歩けない（去勢前の幼児の）グレゴールを今後はフォローするのかもしれない。しかし、世界は戦時下である。この「父」の抑圧に満ちた世界で、言語もマナーも何も知らない状態から、他者（女性）に適切に接する術を学習しなければならないグレゴール・ザムザの未来は、まことに酷しいものと言わねばなるまい。

注

（1）『中央公論』大正一〇年二月

（2）「解説」『菊池寛文学全集』第四巻、文藝春秋新社、一九六〇年九月

（3）中戸川吉二「二月の文壇評（六）」『時事新報』大正一〇年二月一一日

（4）水守亀之助「読んだものから（二）」『読売新聞』大正一〇年二月一四日

（5）「文壇大家一夕話」『講談倶楽部』昭和一〇年八月

（6）『文学界』二〇〇二年一月・二月。一九九七年の近畿大学での講演に加筆したものである。なお、筆者はこの講演を聴講している。本稿はそのときに腑に落ちなかった違和感について、時を経てささやかながら言語化したものである

（7）『季刊芸術』一九七八年秋号。後に『日本近代文学の起源』（講談社、一九八〇年八月）に収録

（8）文藝春秋社、二〇〇二年七月

（9）『近代文学の終り』インスクリプト、二〇〇五年一一月。二〇〇三年一〇月、「近畿大学国際人文科学研究所附属大阪カレッジでの連続公演の記録にもとづいている」と記載されている

（10）『柄谷行人『力と交換用式』を読む』文春新書、二〇二三年五月。「（本稿は2019年12月1日にたんぽぽ舎で行われた「長池講義」の講演草稿です）」との記載がある

（11）柄谷行人の近代文学における「内面」や「児童」や「告白」などの発見シリーズの最初は「風景の発見」（『季刊芸術』一九七八年夏号）であるが、ロラン・バルトが『S／Z』（「23　絵画のモデル」みすず書房、一九七三年九月、原著一九七〇年）で「文学の描写はすべて一つの眺めである。あたかも記述者が描写する前に窓際に立つのは、よくみるためではなく、みるものを窓枠そのものによって作り上げるためであるようだ。窓が景色を作るのだ」と書いている。案外にこのあたりが着想元なのではないか

（12）『恋しくて Ten Selected Love Stories』中央公論新社、二〇一三年九月

（13）「変身」は一九一五年に発表された（『ディ・ヴァイセン・ブレッター』一〇月号、Kurt Wolff社）。執筆は一九一二年一一月。戦車が初めて実戦で投入されたのは、一九一六年九月一五日のソンムの戦いである（加登川幸太郎『戦車の歴史理論と兵器』角川書店、二〇二二年六月）

（14）ジャック・ラカンの用語。無意識に内在化して欲望を規制する超越的絶対者の審級（agency）。「無意識における文字の審級、あるいはフロイト以降の理性」L'instance de la lettre dans l'inconscient ou la raison depuis Freud（『エクリ2』弘文堂、一九七七年一二月）参照

（15）象徴界に参入することで「父」から去勢されることにもなろう

（16）『空間の詩学』上村行雄訳、思潮社、一九六九年一月

（17）「ガストン・バシュラールについて」『空間の詩学(16)』

Ⅲ　戦後の風景

「萩のもんかきや」私注

一

中野重治「萩のもんかきや」[1]は名作として知られている。たとえば、早くも発表の三月後の『文藝』「作家推奨名作選」[2]に、室生犀星による推薦文「「萩のもんかきや」をすいせんす」を付して再掲載されている。「群像短篇名作選」[3]にも選出されている。『国文学　解釈と鑑賞』別冊『近代名作のふるさと〈西日本篇〉』[4]でも取り上げられている。文学者の評価は一様に高く、宇野浩二は「珠玉の短篇である」[5]と褒めあげているし、荒川洋治は「戦後の最上の短篇」[6]だと称えている。大江健三郎も「中野重治の『萩のもんかきや』のような作品にも感動したんです」と称揚し、大庭みな子が「本当に、「もんかきや」がうつむいてやっているのが目に浮かぶんです」とこれに賛同している。[7]井上光晴も「戦後文学のなかで、心に残る十篇をあげよ、と問われるなら、躊躇なく私はそのひとつ『萩のもんかきや』をあげる」と絶賛している。[8]立原正秋も紀行文で「中野重治氏の名作に『萩のもんかきや』という小説がある」[9]と記している。

　このように「萩のもんかきや」は名作として認知されているわけだが、なぜか作品の内容に立ち入る発言があまり見当たらない。宇野浩二は「萩のもんかきや」については「そのうち、あらためて、ゆつくり、書きたい、と思つてゐる」と述べるだけで、荒川洋治も作品名を記すのみである。室生犀星の推薦文も作品の内容には踏み込まない。推薦文の題からして「もんかきや」を「すいせんす」と平仮名で合わせてその語調を楽しみ、「もんかきや」という音の響きの面白さを語るだけで、ややふざけた文体でもって推薦理由を煙に巻いている。「萩のもんかきや」

は、作品の中身に触れられることなく名作の認定を受けている。わずかに堀江敏幸が作中の「もんかきや」の手仕事などを取り上げて評価しているが、[10] ほとんどの文学者は作品の内容について言及しない。このことは些か奇妙に思われる。

作品の中身への言及がないのは、作品内で話らしい話（事件）が起こらないからかもしれない。「萩のもんかきや」は、一人称語りの「私」が「用事」で訪れた萩の町を散歩して、土産に夏蜜柑の砂糖漬を買い、看板に「戦死者の家」と書かれた「もんかきや」の女店主の手仕事を外から眺めて去るだけの短い内容である。萩に来ることになった「用事」は諍いの仲裁のためであると小説の冒頭に書かれているが、その「用事」が済んだところから小説が始まっており、「用事」の顚末には触れられない。時折、幼少期や戦中の生活が「記憶に浮かんだ」が、これも断片的な回想で、ここから話が発展するわけでもない。プルーストやジョイスの新心理主義、意識の流れの手法にも似た中野の描写のスタイルが、作品の中身の補足を難しくしているのかもしれない。

それでは研究者はどう読んでいるのかというと、いずれも「もんかきや」の看板に書かれた「戦死者の家」を取り付く島にしている。たとえば、長田真紀氏は「もんかきや」の看板に「戦死者の家」とあることから、「戦争の風化、記憶の風化にひとつの姿」をみて、女店主に「戦争を背負いながら生きている女」、「戦争未亡人」の「精神の矜持」を読んでいる。[11] 小林弘子氏も「世間の片隅に生きる戦争未亡人の姿」を読んでいる。[12] 林淑美氏も女店主が「戦死者の寡婦であった」として、「空襲を受けなかった萩の町で見た戦争のあとであった」[13] と述べている。先行研究は一様に女店主が戦争未亡人であると信じて、戦争未亡人という言葉が喚起する悲劇の物語を作品の内部に呼び込んでいる。しかし、看板には「戦死者の家」と書かれているのみである。語り手である「私」が「女は後家さんなのだろう。寡婦なのだろう」と想像して（思い込んで）いるだけである。実際には、店主のモデルとなった三隅千恵子氏の姪（節子氏）が「紋書き屋の仕事は祖父の栄蔵が明治三五年に始め、叔父が戦死したので叔母が、そして私が跡を継いでいます[14]」と言うとおりであり、林土岐男氏はモデルの女店主と直接面会して「私は、とうとう嫁には行かずこの年まで……」との発言も引き出している[15]。林淑美氏は小説「萩のもんかきや」に先行する中野重治の同名の随筆[16]と比較して、この小説は事実に基づくものだと言っているが、実在の「もんかきや」の女店主は生涯独身だったのであり、看板にある戦死者は女主人の兄のことなのである。さらに、女店主の姪は「城下町の萩は着物文化が盛んで、式服は紋付きが普通でしたから昭和40年代までは大忙しでした[17]」と証言しており、当時は高い需要があった「もんかきや」の商売は繁盛していたのである。作品では「私」が外から「もんかきや」の手仕事を眺めて立ち去り、その場限りの出来事のように描かれているが、現実には、「その後も中野さんと手紙を交わすなどして交流していました」と姪は述べている。つまり、この小説は事実に基づくというよりも、事実を隠すことで虚構化した小説なのである。

後に分析するように、消えゆく戦後を日本近代の原点である萩の町から照らし出す一種のフラヌール（遊歩者）の文学である「萩のもんかきや」は、決してまずい作品ではない。しかし、（事実を小説に呼び込んで）商売が順調な地方の独身者を一瞥する小篇としてみたら、戦後屈指の名作だと決めることに躊躇いが残る。

二

もんかきやの看板と保守政党の議員の邸宅の門札が対比的に描かれているとの指摘があるが[18]、「萩のもんかきや」で対比的に描かれているものはこれに限らない。まず「萩のもんかきや」では、見知らぬ町を当て所なく歩く「私」と町に根ざして「坐つて」仕事をしている女店主、「年五十にもなつていた」男の「私」と、「若い女らしい」店主、土産を与える家族がいる「私」と家に戦死者がいる女店主など、「私」と女店主が最も対比的に描かれている。前者が語る側・見る側で、後者が語られる側・見られる側でもある。「すぐそこを離れた」と言うわりには、女店主の顔立ちとその手仕事に関する「私」の語りは仔細である。女の顔は「ひどくうつむいて」いて「顔はわからない」と言いつつも、その「高い鼻」、「ちよつと日本人ばなれのした鼻筋」、「黒い髪の毛」、「額のほんの一部分」、「二つ並んだ眉の線」、「年取つた人ではない」、「ひどく癇症にみえる」などと述べているように、「私」は「すぐそこを離れた」僅かの時間に注意深く観察している。その手仕事については特に頁を割いて、筆の穂が「おそろしく細い」こと、筆を握る手の角度、左手に握る小壺の形状（「渡し一寸くらいの竹の筒かなにか」）、そこに入っている「黒い油薬」、小壺を筆でつつく動作、「羽織か何かへ抱名荷をかきこんでいる」ところなどを丹念に語っている。「戦死者の家」とある看板の店で、女店主と「小つぽけな店」の仕事が詳述されることで、その経歴が一切書き込まれない戦死者が対比的に強調され、男手を欠く暮らしの困窮が強調される。(19) 萩と隣接する城下町の津和野について、「私」は「さびしそう」で、「捨てられたようにして置かれた町」だとみて、「そう見て通るほうが気が楽だ……」とも思っているが、「私」にとって通り過ぎるだけの津和野と、歩き回る萩という二つの城下町の明暗も対比的に描かれている。「さびしそう」な津和野と比べて、萩の「そこいらはかなりにぎわっている」。小説の「私」は「萩銀座というような馬鹿なところはないらしい」、「そんな馬鹿なまねを町の人がしないのだろう」と「証拠なしのままでそんな気がして」いる。小説で萩と比較される津和野には銀座街があるが、東京に追随する全国の地方都市とは一線を画す町として、「私」は萩を特別視している。萩には高杉晋作や伊藤博文、木戸孝允などの近代の礎を作った人物たちの旧宅が点在しているが、「私」は「松下村塾というのもおとどい見」ており、近代日本の出発点としての萩の町を、歩くことで体感している。また、「いちばん大きい保守政党の国会議員」の邸宅にも目をやって「サンフランシスコ平和条約が、和解と寛大の何とかだといつてるぱりぱりの先生」だと述べ、現代の日本でも長州出身の政治家が舵取りを行っていることへの目配せも怠らない。この「いちばん大きい保守政党の国会議員」

は、作品内の情報から、自由党（当時の保守第一党）の衆議院議員吉武恵市であると見当がつく。吉武恵市はサンフランシスコ平和条約締結（一九五一年九月八日）時の日本全権代理で、一九五二年一月、第三次吉田茂内閣第三次改造で労働大臣兼厚生大臣を務めた。小説は、サンフランシスコ平和条約によってGHQの占領期を脱して「もはや戦後ではない[20]」状況を実現した吉武恵市を選出した萩に、いまだ「もんかきや」という戦争の爪痕があることを対照的に映し出している。一九四七年から五二年まで参議院議員を務めた政治家としての中野重治にとっても、萩の町は特別な意味を帯びるのである。

賑わいを見せる通りとして作品に描かれているのは、おそらく田町商店街のことであるが、この通りは江戸時代には御成道とも称された城から江戸へ向かう参勤交代のための大通りであった。封建時代には江戸と結んだ、日本近代の原点でもある萩の商店街に、例の「もんかきや」が佇んでいるのである。「私」が入った菓子屋の向かいには郵便局があって、「私」は菓子屋で購入した土産を郵便局から東京へ送ろうとしていた。封建時代に江戸までつながっていた大通りは、近代の流通システムによって現代は全国に接続している。空襲で焦土と化した東京に比しても、空襲がなかった萩には城下町の古い町並みがそのまま残存していて、その上にいち早く近代化して商業的に成功した都市が機能しているのである。「私」は、江戸から明治維新、戦後の現代までの近代化の歴史を萩の商店街や旧跡を歩くことで体感しながら、そこに刻まれた戦争の爪痕としての「もんかきや」を確認しているのである。「もんかきや」の手仕事を細かく描写するのは、戦後に復興を遂げ、近代の大量生産や機械化が進む「もはや戦後ではない」とされる現実をその手仕事によって穿つためである。「もんかきや」は着物に家紋を書き付ける仕事だが、着物や家紋が象徴する封建時代からの伝統に頼って戦争の犠牲者である一人の女がこれを営むという構図によって、近代の繁栄に一石を投じるのである。かつて中野重治は、刑務所内労働（海軍から依頼された白衣の縫合作業）を描いて芥川賞の最終候補作となった中本たか子の「白衣作業[21]」を論じて、中本は「白衣の意味する戦争の犠牲者たちについて何ひとつ考えなかつた。刑務所の存在と性質とについて決して考えなかつた[22]」ことを厳しく批判したが、「萩のもんかきや」における紋書きという労働の意味や「戦争の犠牲者」、萩という町の「存在と性質とについて」、中野が「決して考えなかつた」はずはない。

「私」が土産として夏蜜柑の砂糖漬を購入する際に、食糧難の戦中に夏蜜柑の砂糖漬を食した記憶が断片的に甦る。いまや消費文化の対象＝名産品と化している夏蜜柑の砂糖漬は、元来は維新後に困窮した旧萩藩士のための救済策として藩士の邸宅に植えられた夏蜜柑の保存食である。維新後の困窮と戦中の困窮が、夏蜜柑の砂糖漬という保存食によって、「私」の脳裏では同一線上に並んでいるのである。「私」は菓子屋の向かいの郵便局から土産を東京に送ろうとして止めたが、これは、戦争の記憶と結合する夏蜜柑の砂糖漬が、近代の流通システムに乗って東京へ配送されることで、単なる土産＝消費文化の記号に貶められると思われたからではなかろうか。萩の夏蜜柑の歴史に目配せした立原正秋が「さしあたり萩の歴史をつかまえるのなら、この夏蜜柑の木から出発するのがよかろう[23]」と述べているが、空襲がなかった萩は、焼け野原からの復興の必要がない地方都市であり、戦後の近代化がいち早く進んだが、土産という消費文化の記号に還元できない歴史を背負った「夏蜜柑の砂糖漬」の記憶が、「もんかきや」の手仕事と同じく萩の近代を穿つ。この地方都市萩と、戦中に焦土と化し、戦後急速に復興を遂げ、戦争の記憶が忘却されて「もはや戦後ではない」とされ、オリンピック開催をも見据える同時代の首都東京[24]が、やはり対比されているのである。

三

ところで、作品冒頭の「厄介な用事」とは何か。「厄介な用事」は作品を読むに際して、どのようなコード足り得るのか。小説には「私は年五十にもなつていた」とあるが、小説の元となる随筆「萩のもんかきや」が発表された一九五三年六月の時点で、中野重治は五一歳になっていた。随筆では「わずかの暇を見つけて」萩を散策したと書き出されている。この書き出しが小説では削除されて、「厄介な用事」に関する文章に置き換えられている。

まず中野重治が「厄介な用事」のために萩を訪れた時期についてだが、樫原修氏が「昭和二八年のことであったと思われる[25]」と推測し、さらに林淑美氏が随筆「萩のもんかきや」の原稿末尾に「六月十四日」とあることから「中野が萩を訪れたのは恐らく五三年の五月か六月であろう[26]」と推測している。しかし、中野重治の足跡を細かく洗うと、一九五三年三月二九日に九州大学で講演し、四月二日に新日本文学会佐世保支部の集会に出席、四日に久留米支部の集会に出席、六日に福岡支部の総会に出席、それから四月七日夜に萩に到着し、翌八日夜に座談会に参加、九日夜に講演、一〇日には益田町（現島根県益田市）に移動していることがわかる[27]。また、萩での座談会や講演には渡辺順三が同席していたことも知れる[28]。

小説では「厄介な用事」は、「何年もぐずついた関係でやつてきた二人の人間を、片つ方はこう、相手方はこうと、私が口出しをして分けて対立させるような仕事だつた。その反対だといつてもよかつた。」とあり、「何年ものあいだつかみ合つてきた二人の人間」を、「私が差し出口をして、まあまあとなだめて仲よくさせるといつた性質の仕事でもあつた。」とあるので、難しい二人の人物の間柄を調整して取り持つ役目だったのであろう。「私に行け、来いといつた連中」がいて、「まあ、あいつでも差しむけておけといつた具合に動員されるのらしい」とあるので、政治家であり文学者である中野重治が属する組織の任務である。となれば、日本共産党の「五〇年問題[29]」を背景とする直近の国政選挙や、『新日本文学』と『人民文学』との対立などがまず頭を過る。しかし、第二六回衆議院選挙及び第三回参議院選挙は四月一九日に迫っており、いくら何でも直近にすぎるので、選挙の問題とは思いにくい。当時の日本共産党の主流派（徳田派、所感派）が打ち出す武装路線と、国際派が主張する平和路線が対立し、主流派の代表である徳田球一、野坂参三、伊藤律らは、国際派の代表である宮本顕治や志賀義雄らを批判した。中野重治は国際派であった。幹部の野坂参三と志賀義雄は萩出身であり、宮本顕治も山口県光市出身である。萩にいる彼らの仲間が混乱や対立を起こしたかもしれないが、中野重治が萩を訪問した四月頃には、少なくとも野坂参三は先に亡命中の徳田球一と北京で合流してモスクワにいたし、志賀義雄も地下に潜っていた。宮本顕治が分派活動だとして攻撃されるのは八月以降であるから、日本共産党の「五〇年問題」に関わる交渉事とも思われない。

「厄介な用事」に関わる記述は随筆版にはなく、小説版に書き込まれた。そこで、随筆「萩のもんかきや」にはなく、小説の方に新たに書き込まれたことを確認すると、まず「松下村塾」や保守政党の国会議員の邸宅、少年期の故郷の記憶（貴族院の長者議員のこと）、戦中（昭和一五年）に卵を手に入れた記憶、これも戦中（昭和一六年）の洲本での夏蜜柑の砂糖漬の記憶などが挙げられる。「松下村塾」、貴族院議員、保守政党の国会議員らの政治権力者は、通時的・共時的に萩の近代化を串刺しにする。この近代化の座標を、卵と夏蜜柑の砂糖漬の記憶が穿つ。この戦中の記憶はわずか一〇年ほど前の記憶であるのに、早くも戦争を忘却して近代化に邁進する現代社会に（象徴的な萩という座標から）批判を突きつけているのである。そうであるなら、新たに（しかも小説の冒頭に）配された「厄介な用事」にまつわる数行は、近代化とそれを穿つ戦争の記憶と同じ意味を帯びるものではあるまいか。

別の角度から考えてみよう。随筆「萩のもんかきや」は『萩民報』に掲載された。「萩のもんかきや」の掲載号には、中野重治が「去る日来萩した印象を本社あて寄せられたものである」とある。『萩民報』は日本共産党系の萩民報社が発行した地方新聞であるが、読者が（地方の党員及びシンパに）限定される『萩民報』への掲載時には「厄介な用事」に触れず、全国の不特定の読者が目にする小説となった時に初めて「厄介な用事」が書き加えられたと言える。とは言え、レッドパージと五〇年問題によって幹部が相次いで亡命したり潜伏したりするなかで多くの機関誌が発禁になった時局だからだろうか、小説とは言え具体的な内容が一切書かれていない。

当時『萩民報』を運営・編集していた中心人物の一人である劇作家の諸井條次は、「「萩のもんかきや」雑信」[30]で、「中野重治はてぎわよく城下町のわきばらをつかまえたが、すこし心臓からそれた。私たちが不親切だつたせいかもしれぬ」と書いているが、諸井らが「不親切だつた」のは「厄介な用事」のためだったのかもしれない。諸井條次が言う「私たち」こそが、「何年もぐずついた関係でやつてきた二人」なのではないだろうか。

この四月頃、地下指導部では志賀義雄派が伊藤派を追いやって主導権を握っている。山口県は中国地方委員会とともに、主流派と対立していたが、この頃、諸井條次は日本共産党山口県委員会文化部長として多忙を極めていた[31]。この五〇年問題を背景とする萩支部の内紛の調停者として中野重治がやって来たのだろうか。であれば、『萩民報』に掲載された随筆に「厄介な用事」のことは伏せて、小説でも「厄介な用事」の具体的な顛末を書かなかった理由にはなる。

諸井條次は日笠世志久らと組んで一九五二年に劇団はぐるま座を結成し、中野が萩を訪れる一月前に山口市野田に劇団事務所を建設していた[32]。諸井は福岡のRKB放送劇団で声優をしていた藤川夏子を勧誘すると、一九五六年八月、藤川夏子は劇団はぐるま座に入団し、やがて看板女優、座長になる[33]。この藤川夏子は戦前に東京左翼劇場に所属し、原泉（中野重治の妻、当時は原泉子）と接していた。その原泉は戦前に続いて一九四六年に第二次新協劇団に参加した[34]。諸井條次作「つばくろ」や「改訂　冬の旅」[35]が第二次新協劇団で上演され、一九五〇年三月、まだ東京に居た藤川夏子は「つばくろ」を観劇している[36]。このように、彼らの関係を結ぶ線が一応は存在する。しかし、当時、中野重治は日本共産党への再入党の手続き問題が片付いていなかった。中野重治は五二年一月一二日に日本共産党に再入党願を提出し、五三年四月二三日になっても、いまだに日本共産党中央指導部に再入党願の処理がどうなったか問い合わせをしているほどである[37]。樫原修氏は「萩市『萩のもんかきや』[38]」で「重治の旅行が多分に政治的なものであったことは容易に察せられよう」と述べているが、このような立場の人物を「多分に政治的なもの」

のために政党が派遣するとは考えにくい。まして、潜伏中の幹部志賀義雄に直接かかわる一大事に、「あいつでも差しむけておけ」という軽い調子で差配されるということも考えにくい。

中野重治が差し向けられるのは、やはり文学、新日本文学会からであるはずだ。「五〇年問題」の余波は中野重治が所属する新日本文学会にも及び、『新日本文学』に不満を表明した徳永直、栗栖継、岩上順一（山口県小郡出身）らが一九五〇年一一月に『人民文学』を創刊して対立した。中野重治は新日本文学会各支部の集会に参加する形で三月後半から四月にかけて九州各地と萩を回ったわけだが、この文学上の対立の調停のために九州から遠い萩まで赴いたのであろうか。しかし、この文学上の対立は、「萩のもんかきや」に書かれているような「何年もぐずついた」ものではない。当時は『人民文学』の創刊から半年に満たない頃である。したがって、事は新日本文学会萩支部の内部に限定されよう。

「何年もぐずついた関係」に立ち会わせるために中野重治に「来いといった連中」は、『萩民報』四月五日号に「中野重治と渡辺順三を迎えて」、「今度新日本文学会萩支部の招きで来萩する渡辺順三氏」、「中野と渡辺を迎えた講演会に」などの記事が載っていることから、新日本文学会萩支部の「連中」なのであろう。中野重治は新日本文学会の発起人であるから、会の揉め事の調停に適する十分な立場である。当時の新日本文学会萩支部の中心人物の一人は、先の諸井條次である。『萩文学』第四号[39]に、詩人で新日本文学会山口支部支部長の藤野菊治に宛てた私信の体裁で、諸井條次が山口県内の文学運動や新日本文学会萩支部の現状を憂える「ふじのきくはる氏へ（その一）」が載っている。このなかで、諸井は藤野菊治に「二年近くお逢いしない」と書き、「萩支部のその後の沈滞について報告しなくてならない」と述べているので、一九五二年半ば以降に萩支部に相当の「沈滞」があったのだろう。諸井が「支部は名前だけのものにすぎなかった」、「本部に納める誌代や会費も滞られて」、「駅の倉庫に「新日本文学」が三月の間、積み重ねられていたことがあった」、「もちろんみんなだまっていたわけではない」、「責任者を信頼してわるいならわるいなりに今の形で建て直そうと努力もした」、「前の支部長の努力で折角ここまで積みあげた屋台骨の崩れ」などと立て続けに述べていることから、新日本文学会萩支部の当時の責任者と諸井條次側との間で支部の運営に関わる確執があったことが想像できる。「本部に納める誌代や会費」の滞りなどもあることから、新日本文学会の幹部である中野重治が萩に派遣された可能性が高いように思われる。諸井は『萩文学』誌上で萩支部の文学活動の「沈滞」を嘆き、会員全員の責任問題や反省の必要も説いているが、萩支部における中野重治の講演には、支部会員への鼓舞が求められたのかもしれない。この講演の前夜（八日）に開かれた座談会が「厄介な用事」の中心だった可能性が高いだろう。であれば、中野重治は四月七日夜に萩に到着し、小説に「「松下村塾」というものをおととい見た」、「私はぶらぶら歩いていた。私の用事はすんでいた」とあるので、四月七日夜に「松下村塾」を見学し、九日に、夜の講演までの時間を利用して日中に萩を歩いたと特定することができる。東萩駅から松陰神社境内の松下村塾までは歩いて二〇分ほどの距離であるから、到着直後に出向くことは十分に可能である。

四

諸井條次は「「萩のもんかきや」雑信」で「中野重治はてぎわよく城下町のわきばらをつかまえたが、すこし心臓からそれた」と述べているが、中野重治がつかまえそこなった城下町の「心臓」とは、いったい何であろうか。諸井の「「萩のもんかきや」雑信」は一一の短い節に分かれているが、このうち「萩のもんかきや」に触れているのは最初の「1　「萩のもんかきや」」だけである。残りの一〇の節は題に反して「萩のもんかきや」に全く触れていない。しかし、残りの一〇の節に諸井條次が列挙したことこそが、城下町の「心臓」なのではないか。

残りの一〇の節の小見出しを挙げ、（　）内にその内容を簡単に記すと、「2　枯川来萩」（萩を訪れた枯川＝堺利彦が旅日記で松下村塾、高家廃邸、老車夫をとらえたこと）、「3　ヂャーナリスト」（萩市長にもてなしをうけた大宅壮一が萩を叩くルポを書いたことの喜劇）、「4　長山正厚と伊藤花子」（若死にした二人の社会主義者）、「5　叛骨」（叛骨の者は田舎から都会に出ていくこと）、「6　三田村塾」（防長バス労働組合の闘争）、「7　豆腐屋」（中学校校長が退職勧告において「豆腐でも売って歩け」と罵られたこと）、「8　五本の雨傘」（分裂で教組が弱体化しても志しのある教師がいる例示）、「9　ホテル業者」（一億長者と言われる老人が追放された事情）、「10　すだれ」（すだれの内職をやっていた労働者を描く蓮見大作の戯曲「簀」）、「11　松陰一〇〇年祭」（戯曲「簀」の結末の社会主義者の暴動について松陰の記念祭で話す予定）である。すだれの内職を描く戯曲「簀」は紋書き屋の手仕事を描く小説「萩のもんかきや」とも近接する。ただ、「簀」では社会主義者の暴動が起こるが、「萩のもんかきや」では、萩における反体制派の動向には一言も触れられていない。中野に代わって、勤皇派の萩において体制と対峙する市井の具体的な事例を挙げることで、諸井が「心臓」を捕まえたのである。[40]諸井條次の「「萩のもんかきや」雑信」は、名作として名高い「萩のもんかきや」の欠落を指摘する言わば唯一の批判であると言ってよい。

「萩のもんかきや」にはさまざまな対比関係が描かれていると先述したが、保守政党の議員や貴族院議員、松下村塾、勤皇藩であった萩藩の御成道などとの対比で、市井の反体制運動の経糸と緯糸が全く描かれないのは、やはり不自然であろう。「著者は語る──『萩のもんかきや』──」[41]で「いまの日本の小説家のうちでは」と自重を入れつつも、「『萩のもんかきや』には、私のこのごろの短篇がはいつている。小説書きとしては、私はちよつとうまいほうだ」と自賛する中野重治ならば、レッドパージの最中であっても、書き方はいくらでもあったはずである。反体制の政治家であった中野重治が、萩における反体制派の住民運動について想像できなかったとは到底思えない。中野重治は、権力と対峙する萩の現実の住民運動を創作にわざわざ組み込むことはなかった（隠蔽した）のである。これが、諸井が言う「私たちが不親切だった」からかどうかは知らない。紅野謙介氏は「萩のもんかきや」は「ちらりと見ただけの旅の一瞥によって、その土地、その社会を成り立たせている縦糸横糸を浮かび上がらせたのである[42]」と述べているが、決してそうではないし、「ちらりと見ただけの旅の一瞥」によっては「浮かび上がらせ」ることができなかった闘争の現実が作品の背後に存在する。「萩のもんかきや」では、戦争の爪痕を際立たせるために、市民による重たい抵抗の現実が、敢えて削ぎ落とされているように思われてならないのである。本論の冒頭で述べたことを繰り返すことになるが、「萩のもんかきや」はまさに事実を隠す創作の技術によって成立している虚構なのである。

五

私見では、戦後文学が発信する政治的に正しいメッセージや中野自身が「ちよつとうまいほうだ」と言う創作の技術は、この小説の要諦ではない。最後に、この小説の意義を「私」が歩くという行為（Walking）から考えておきたい。

歩きながら目に入るものをきっかけとして古い記憶のアーカイブと現在が接続する描写は、中野重治の骨法である。さまざまな記憶が時系列を無視して錯綜する「甲乙丙丁」はその代表であろう。「歌の別れ」や「むらぎも」などの作品も、目に入る景色から記憶の深奥にダイブしていく。「失われた時を求めて」の邦訳がちょうど一九五三年から五五年にかけて刊行されたが[43]、作者の明確な意図によって作中人物が行動したり、何かを思い出したりするのではなく、行き当たりばったりの偶然から深層心理を再構築するような描写のスタイルは、おそらく同時代の伊藤整や『驢馬』同人だった堀辰雄と共鳴して、新心理主義の文学、プルーストやジョイスの意識の流れの手法をヒントにしているのであろう。林淑美氏は「甲乙丙丁」は「日本社会を戦争の前の戦前にまで遡ることで現在の今を問うという、戦後批判の歴史の肉付けを試みたものであった[44]」と論じているが、「萩のもんかきや」も「日本社会を戦争の前の戦前にまで遡ることで現在の今を問う」ために、「戦後批判の歴史の肉付け」として、随筆版では書かれなかった戦前の記憶などが、一九五六年の小説で加筆（創作）されたと言える。「戦争の前の戦前にまで遡ること」が断片的に想起される記憶として描写されたのは、一九五五年に出版が終了したプルースト「失われた時を求めて」に中野重治が刺激を得たからなのだろう。

しかし、中野重治の文学がプルーストと異なるのは、遊歩者《フラヌール》が得た刺激によって記憶が甦る点だ。W・ベンヤミンは遊歩者を論じて、「見慣れた都市は幻像《ファンタスマゴリー》と化して」「遊歩者を招き寄せる」とし、この「幻像《ファンタスマゴリー》のなかで、都市はあるときは風景となり、またあるときは部屋となる[45]」と述べているが、地方都市の商店街を歩く「萩のもんかきや」の「私」も、近代と前近代の歴史が縦横に交錯する「幻像のなかで」、「もんかきや」にまなざしを送っている。ロラン・バルトが「文学の描写はすべて一つの眺めである。あたかも記述者が描写する前に窓際に立つのは、よくみるためではなく、みるものを窓枠そのものによって作り上げるためであるようだ。窓が景色を作るのだ[46]」と述べているが、「窓が景色を作る」のは室内から外を眺めるときだけではないだろう。都市の遊歩者である「私」が商店街の「もんかきや」の窓から店内を眺めるときにも、「窓が景色を作る」のである。「もんかきや」の女主人の手仕事は、「私」にとっては戦争の爪痕を描く一服の画として映じる。その画題は、まさに店の看板にある「もんかきや　戦死者の家」である。「私」という遊歩者による「幻像のなかで、都市はあるときは風景となり」えた瞬間である。ベンヤミンは「都市を捉えるアレゴリー詩人のまなざしは、むしろ疎外された［他郷《よそ》者になった］人のまなざしである。それは遊歩者のまなざしである[47]」と述べている。賑わいをみせる都市の一角に根付き、近代化の波に抗う一本の杭のように暮らしを営む「もんかきや」の「風景」と、「疎外された［他郷者になった人」であ る遊歩者の「私」も、また対照的に描かれている。「疎外された［他郷者になった］人」＝「萩のもんかきや」の

「私」のまなざしが、近代によって疎外された「風景」（もんかきや）を際立たせ、近代を相対化するのである。

レベッカ・ソルニットは『ウォークス　歩くことの精神史』[48]で「歩くことはいつだって決然とした勇気の表明であり、不安な心をなぐさめる癒しだった」と述べているが、歩くという行動は、しばしば社会的な意味を担い、メッセージを帯びる。目的を持って歩くことやデモや進軍などは、ソルニットが言うように、「決然とした勇気の表明であり、不安な心をなぐさめる癒し」となろう。たとえば、阿蘇山の頂上を目指して歩を進める漱石「二百十日」の圭さんと碌さんは日本近代文学におけるその好例であろう。しかし、「萩のもんかきや」の「私」は、目的があって歩くわけではない。逍遥しているのである。これに、どのような積極的な意味を見出すことができるだろうか。

作中の「私」は「何々を買つてこいというのなら買つてくる」、「それを買いに行くというのはいいが、何かの次手にそのへんの店を物色して、これはと思うものを適当に買つてくるというのがどうにも苦手だつた」、「買つてしまえばもう用がない。そのまま帰つてくる」という人間である。目的が決まっていれば直行し、道草はしない。ソルニットの言を借りれば、「決然とした」徒歩である。一方、目的がない逍遥のときの「私」は、主体的な選択ができず、何も買えない。これをソルニット風に言えば、勇気がない、不安な心の表れということになろう。しかし、萩においては、そんな「私」が誰からの指図もないのに、ふと菓子屋に入って珍しく土産を購入した。このことについて、「私」は「心に隙があつたのだらう。つまり、心にゆとりがあつたのだつたらう」と見なしているが、普段目的に向かって一直線に歩く者が目的を持たないで歩くときに、目的を持って歩くこと自体の価値が、相対化されるのではないだろうか。目的に向かって真っ直ぐ進むうちは、歩くという行為の当事者であるがゆえに、その行為の価値を俯瞰することはできないが、それをずらしたときに（道草をしたときに）、普段の行動の価値が顔をのぞかせるのである。作品に即して言えば、近代化が進行する日本の問題（戦争の爪痕）は、近代のシステムのなかで効率よく目的に進んでいると、見えなくなる（忘却してしまう）ということである。「厄介な用事」という目的の価値も、その用事から離れて、目的を持たずに歩く段になって、初めて俯瞰できる（自分の行動の足場を確認することができる）ということである。目的を持たずに「ぶらぶら歩いて」初めて娘に買った土産（夏蜜柑の砂糖漬）によって、忘れていた戦前の記憶が甦り、目的に向かって猛進する現代において急速に忘却されつつある戦争の傷と、そこからの回復を願う惻隠の情が甦るわけである。

作品の末尾は、「気楽で無責任な感じだつた私がいきなり別の気持ちになつたわけではない。それでも、「もんかきや、萩のもんかきや……」といつた調子で私はいくらか急いで歩いて行つた」と締められている。「いくらか急いで歩いて行つた」理由については、堀江敏幸が「語り手が早足になるのは、戦後わずか十年の段階で、都合よく記憶を消そうとしている者たちに抗（あらが）って、一語一語、効率を無視した言葉の紋描きを地道に続けていこうという、明日への決意に背中を押されているからだ[49]」と述べるとおりであるが、それでも、「気楽で無責任な感じだった私がいきなり別の気持ちになつたわけではない」のである。目的を持たない「気楽で無責任な感じ」の逍遥であったがゆえに、個人を疎外する近代資本主義社会の端緒をのぞき見ることができたのであり、このために、目的を持って進む我が道を相対的に確認することもできているのである。「私」が「いくらか急いで歩いて行つた」のは、やはり「決然とした勇気の表明であり、不安な心をなぐさめる癒し」となっているのである。

資本主義が加速する現代社会では、たとえ資本主義批判の目的（及び行動）であっても、つい最適解に最短で到着しようとする効率主義を採用しがちである。討つべき価値観が、実は既に私たちの内面にも潜んでいる。「私」が「ぶらぶら歩いた」という無目的な遊歩が、このことを気づかせるのである。これが「萩のもんかきや」の要諦である。

注

（1）『群像』一九五六年一〇月、筆名は「なかの・しげはる」
（2）『文藝』一九五七年一月
（3）『群像』一九八八年五月
（4）至文堂、一九九一年四月
（5）「簡単な感想　私が読んだ小説を中心に」『読売新聞』一九五九年四月七日夕刊
（6）「『盆土産と十七の短篇』＝三浦哲郎・著」『毎日新聞』二〇二〇年八月一五日朝刊
（7）「座談会　群像の短篇名作を読む」『群像』一九八八年五月
（8）「中野重治と自分の関係」『ちくま』一九九〇年三月
（9）「萩・長門の旅」『アイ』一九七二年六月
（10）「中野重治「萩のもんかきや」　効率無視の言葉の紋描き」『日本経済新聞』二〇一八年二月一〇日。堀江の見解についでは後に触れる
（11）「中野重治著「萩のもんかきや」考―地方に残された戦争―」『見つめる』（『上田女子短期大学論集』）二〇〇八年三月
（12）「中野重治「萩のもんかきや」　世間の片隅に生きる戦争未亡人の姿　特集8・15の青い空　戦争と文学」『群系』四二号、二〇一九年
（13）「作品案内」『無骨なやさしさ　中野重治の文学』中野重治文庫記念坂井市立図書館、二〇一九年三月
（14）高井誠「ふるさと文学散歩⑤」『萩ネットワーク』第七二号、萩ネットワーク協会、二〇〇六年一一月。なお、『萩ネットワーク』第四四号（二〇〇二年三月）の「萩・文学散歩中野重治「萩のもんかきや」」に「この小説のモデルと

なった三隅智恵子さんは現在81歳で存命。今は娘さんが「もんかきや」を継いでいます」とあるが、昭和六〇年、三隅氏が体調を崩して閉店し、姪で養女の三隅節子氏が後を継いで自宅で仕事をした。これも二〇〇九年に閉じている

（15）「『萩のもんかきや』後日談」『室生犀星研究』第三一輯、二〇〇八年九月

（16）『萩民報』一九五三年六月二五日号。筆名は「なかのしげはる」

（17）（14）に同じ

（18）（11）に同じ

（19）現実の「もんかきや」が繁盛していたのは先述のとおりである

（20）一九五六年七月の『経済白書』（旧経済企画庁）に「もはや『戦後』ではない。我々はいまや異なった事態に当面しようとしている。回復を通じての成長は終わった。今後の成長は近代化によって支えられる」とある

（21）『文藝』昭和一二年九月

（22）「白衣作業ノオト　七」『文藝』昭和一二年一〇月

（23）（9）に同じ

（24）日本は一九五一年にIOCに復帰し、東京は一九五四年に六〇年の開催地として立候補し、五五年にIOC会長が来日するも投票でローマに敗れた。しかし、同年一〇月の東京都議会で六四年の開催地としての招致が満場一致で可決された

（25）「萩市『萩のもんかきや』（中野重治）」『国文学　解釈と鑑賞』別冊『近代名作のふるさと〈西日本篇〉』（4）

（26）（13）に同じ

（27）『中野重治全集』別巻「年譜　書誌　索引」（筑摩書房、一九九八年九月）、松下裕『評伝中野重治』（筑摩書房、一九九八年一〇月）、竹内栄美子・松下裕編『中野重治書簡集』（平凡社、二〇一二年四月）などを照合して確認した

（28）『萩民報』四月五日号に「中野重治と渡辺順三を迎えて」、「今度新日本文学会萩支部の招きで来萩する渡辺順三氏」、「渡辺順三氏と一しょに来る中野重治氏」、「中野と渡辺を迎えた講演会に」などのフレーズが踊っている

（29）「五〇年問題」については、日本共産党中央委員会編『日本共産党の百年　1922—2022』（新日本出版社、二〇二三年一〇月）を、当時の中野重治の動向については、松下裕『評伝中野重治』（27）などを適宜参照した

（30）『新日本文学』一九五七年七月

（31）諸井條次『萩の乱と長州士族の維新　諫早伝説私注』（同成社、一九九九年七月）の「諸井條次略歴」、日笠世志久「解説」『諸井條次戯曲選集』（晩成書房、二〇〇〇年一一月）参照

（32）この前年、諸井條次と日笠世志久は劇団はぐるま座の前身の山口演劇研究所を設立している

（33）藤川夏子『私の歩いた道　女優藤川夏子自伝』劇団はぐるま座、二〇〇三年一月

（34）原泉は意見の対立などから新協劇団を去るが、一九五三年の「デッド・エンド」まで出演している

（35）「つばくろ」は一九五〇年三月二七日初演、上演回数六回、「改訂　冬の旅」は一九五三年七月一五日初演、上演回数九回。いずれも村山知義が演出。なお、七三一部隊の細菌兵器に取材した「冬の旅」に「改訂」とあるが、『私の歩いた道　女優藤川夏子自伝』（33）や『劇団自由舞台第十回公演　冬の旅』プログラム（一九五三年）によれば、新協劇団で上演されたのは、劇団はぐるま座や早稲田大学の劇団自由舞台（六月三日・四日於大隈講堂、作者の名義は阿比古堯）で上演された後である（初演は七月一五日）。ただし、一九五二年九月五、六、七日に新協劇団が研究公演している（村山知義「一番信頼し得る作家」『劇団自由舞台第十回公演　冬の旅』プログラム）

（36）『新協劇団二十年―舞台写真と劇団小史／1934―1954』新協劇団（出版年不明）、藤森節子『女優原泉子　中野重治と共に生きて』（新潮社、一九九四年一月）、藤川夏子『私の歩いた道　女優藤川夏子自伝』（33）などを参照

（37）松下裕『評伝中野重治』（27）及び松下裕編『中野重治書簡集』（27）で確認。なお、中野重治が最初に除名になっ

たのは一九五〇年一一月二五日である

（38）（25）に同じ

（39）新日本文学会萩支部、一九五四年四月

（40）萩民報社は、大正期の萩電燈争議、昭和初期の萩市上水道鉄管問題、戦後すぐのリコール問題、歴代市政と対峙する萩の住民運動について、『萩住民運動史―戦前戦後の軌跡―』（マツノ書店、一九七九年一一月）にまとめている。著者の一人で萩民報社創立者の伊東祐基が本書で、諸井條次に「貴重な資料を提供して頂き」と書いている。なお、当時の『萩民報』発行元の住所（萩市南古萩町）は伊東祐基の自宅（当時）であるが、ちょうど高杉晋作の邸宅の向かいであった（家屋は現存している）。『萩民報』四月五日号に「去る日来萩した印象を本社あて寄せられたものである」とあるが、中野重治はここに随筆「萩のもんかきや」を送ったことになる

（41）『週刊朝日』一九五七年八月一八日号

（42）紅野謙介「解説」『日本近代短篇小説選　昭和篇3』岩波文庫、二〇一二年一〇月

（43）淀野隆三、中村真一郎ほか訳、新潮社

（44）『批評の人間性』平凡社、二〇一〇年四月

（45）「パリ――十九世紀の首都」『ベンヤミン・コレクション1　近代の意味』浅井健二郎編訳、久保哲司訳、ちくま学芸文庫、一九九五年六月

（46）『S／Z』「23　絵画のモデル」みすず書房、一九七三年九月（原著一九七〇年）

（47）ベンヤミンが具体的に対象としている「都市を捉えるアレゴリー詩人」はパリ（「十九世紀の首都」）を捉えるボードレールであるが、本稿では萩（二〇世紀日本の起源）を捉える詩人でもある中野重治に敷衍している

（48）東辻賢治郎訳、左右社、二〇一七年七月（原著 *Wanderlust: A History Of Walking* は二〇〇一年刊）

（49）（10）に同じ。なお、堀江敏幸は「この店の軒先に檸檬ではなく茗荷を置いて立ち去ったとしても、女性の辛い記憶を消すことはできないだろう」とも述べているが、これはもちろん梶井基次郎「檸檬」と「萩のもんかきや」がいずれも遊歩者の文学であることを踏まえた発言である。言わずもがなではあるが、爆弾に見立てられる檸檬にかわる茗荷は、代表的な家紋（茗荷紋）の一つであり、落語「茗荷宿」にあるように食せば物忘れを起こすという俗信があることから堀江が洒落た発言である

※　引用はすべて初出に拠る

「海と毒薬」と同時代

一

遠藤周作「海と毒薬」[1]は、戦時中に九州帝国大学医学部で起こった生体解剖事件（捕虜の米兵を生存状態で解剖した事件）に材を得た小説である。非道極まる解剖実験に立ち会った医師や看護婦に倫理的な呵責はなかったのか、強制ではなかったのに、なぜ彼らは解剖手術に加担したのかが問われている。現在でも手に入る新潮文庫[2]の裏表紙には、「神なき日本人の罪の意識の不在の不気味さを描く」「問題作」だとある。『海と毒薬』刊行直後に、山本健吉は、生体解剖事件は「氏が永いこと主題として温めてきた、神が不在であるということの悲惨について書くためのダシに使われたに過ぎない[3]」と述べ、小説の主題が「神が不在であるということの悲惨」だと指摘している。日本人に神への信仰がないから、このような凶行が起こったというわけである。遠藤周作自身も「『海と毒薬』に出した問題は、今も言われたように日本人の罪意識の不在ということです」が、「日本で、日本人の心性とキリスト教がどういうふうな関係と対立を示すであろうかというテーマが背後にあるのです[4]」と述べている。

この作者の問題提起を受けて、諸家は論を展開している。佐伯彰一は、主題は「日本人にとって、罪と罰とは、何を意味するのか?」であるととらえ[5]、武田友寿氏は「神なき人間の悲惨[6]」を述べ、上総英郎氏は「神なき風土に生きる日本人の「罪の自覚」が「感覚的生理的表象として」存在すると述べ[7]、平野謙は「日本人の罪意識そのもの[8]」を問おうとしたという。また、玉置邦雄氏は「神の不在と罪意識の欠如を暗示[9]」するとし、首藤基澄氏は「西洋人とは異質の日本人の心の所在が明確になったとみていい[10]」とし、佐藤泰正氏は「この風土における〈罪と罰〉

とは何かを問う」、「超脱」＝「〈自己本位〉への覚醒の揺籃[11]」を論じている。ほかにも、石丸晶子氏が「〈神なき風土〉にも神はたしかに存在[12]」すると述べ、古浦修子氏が「日本人と神との関係を探った作品[13]」であるとし、池田静香氏が「汎神論的感覚との接合と対立[14]」だと論じている。これらの立論について、擢斐氏は「従来の研究において、ほぼ次の四点に整理できる。日本人の「罪意識」の欠如、神なき日本人の悲惨、日本人の精神構造（西洋との対比から見る）、日本人の宗教観（汎神論）。即ち、ほとんどの論者の関心は、日本人の「罪意識」や神の問題に集中している」、「今までの論者はそれを個人の問題に限定して取り上げてきた」と総括して、「筆者は、この作品の特質は、罪の問題を人間と組織のかかわりの中で描いたところに」あると指摘している[15]。このように多くの論者は、キリスト者である作者の遠藤周作が「日本人の心性とキリスト教」が「対立を示す」と言っていることを踏まえて、概ねキリスト教（一神教）と日本の汎神論的宗教観や、西洋と日本の風土の異なりから生じる倫理観の「対立」を前提として論じている。擢斐氏による「従来の研究」の論点の整理は、この「対立」構図を明るくするものである。

この趨勢に対して、小嶋洋輔氏は「遠藤研究の現状」の一つは「キリスト教という括りからの解釈への偏重」であり、いま一つは「作家遠藤周作という存在への依存度の強さ」であると指摘し、「前者は研究論文を掲載する媒体自体が近年、キリスト教系の雑誌に偏っていることからも推測される。また、後者は作品発表前後に随筆などで「種明かし」を行っていく作家の発言を研究者が疑うことなく、利用していく状況を指す[16]」、「遠藤自身が発した言説をひとつの答えのように扱ってしまいがちとなる[17]」と批判している。たしかに、作者の発言が神託化するようでは、研究どころか、小説自体の意義も下落しかねない。小説に読者による解釈の余地はないし、またわざわざ小説を読まなくとも「遠藤の声[18]」を直に拝受すればこと足りることになる。

現実の世界では、西洋の一神教的世界であっても戦争犯罪や非人道的な事件は多発しているし、聖職者による犯罪も珍しくない。西洋と日本、一神教と汎神論といった二項立ての対立構図に落とし込めない「悪」が、世界には蔓延している。また先行研究にある「日本人の罪意識」や「日本人の心性」や「日本的風土」などと言う場合の「日本」も一枚岩ではあるまい。「日本」は各時代状況に規定されて意味が変化する歴史的な概念であり、その風土も列島各地で千差万別だろう。簡単にキリスト教と対比したり融合したりできる代物だろうか。「海と毒薬」についても、『遠藤周作事典』[19]の「海と毒薬」の項に「西洋と日本の精神風土の違い、キリスト教受容のありようの問題が原点」だとある。

私見では、遠藤文学はこのような二項立てによる知の枠組（エピステーメー）に回収できない厄介な「悪」を構造的に問うている。「海と毒薬」で言えば、権力の問題である。医学部の位階（ヒエラルキー）に基づく権力関係の表現は、山崎豊子「白い巨塔」（一九六三〜六五年）などよりも格段に早い。具体的には、まず医学部の権力の頂点である医学部長の席は空席である。この席をめぐって、二人の教授（橋本と権藤）が争っている。教授の下には助教授（柴田）、助手（浅井宏）、医大生・研修医（戸田剛・勝呂二郎）がおり、その下に看護婦長（大場）、看護婦（上野ノブ）、さらに個室患者（田部夫人）、二階二等室患者、一階の大部屋患者（阿部ミツ・おばはん・大野フサ・前橋ら）がいて、位階秩序を構成している。医学部長の席をめぐる権力者（二人の教授）の欲望が、権力の位階構造の力を借りて、権力に組み込まれる人間をあらぬ方向に動かせる。主体は権力的な性質を帯び、その振る舞いは権力的なものになる。戦中に戸田は「俺たちを罰する連中かて同じ立場におかれたら、どうなったかわからんぜ」と言っていたし、戦後に勝呂も「これからもおなじような境遇におかれたら僕はやはり、アレをやってしまうかもしれない……アレをね え」と言っている。神でも法でも道徳でも世間体でも学校や両親の教えでも、どのような超越的な審級を個人が内面化していたとしても、閉鎖的な権力構造のもとでは、誰もが被権力者の人権を蹂躙し、犯罪の加害者になりかねない。「ぼくは他人の苦痛やその死にたいしても平気なのだ」と述べる戸田でさえも、「こうした、病院での生活、医学生としての日常はいつかぼくにあの他人にたいする憐憫や同情を磨り減らせていったようである」と省みている。まして戦中にあっては、軍隊の権力や天皇制の権力構造が外縁を埋めている(医学部病院は西部軍と関係していた)。日本人の心性も西洋の宗教観も後退させる権力の構造こそ、「海と毒薬」において最も重点的に読み込むべき問題ではないか[20]。「海と毒薬」は、権力に組み込まれた主体の振る舞いの諸相を取り扱った作品なのである。

二

大杉医学部長が脳溢血で倒れて以来、医学部長の地位は空席である。大杉の葬儀は医学部葬として挙行され、西部軍の高級将校が参列した。このことは医学部長の絶大な権力を示している。この空席を埋めようとして権力関係が駆動している。橋本が大杉の親戚である田部夫人の手術を急ぐのは、学部長選挙に向けて大杉派の教授陣の人気を得るためであるし、権藤が第二外科講師の小堀軍医を通じて西部軍の将校と結びついたのも覇権を得るためであり、教授の大半は既に権藤に「丸めこまれ」ている。

浅井助手や柴田助教授らは、この動きに付き従って権勢を得ようと画策している。橋本が田部夫人の手術に失敗して失墜した後は、浅井は柴田と結託して軍部の要請(解剖実験)を第一外科と第二外科で引き受けることとし、橋本派の命脈を保ち、自分たちが権力を掌握する次代の局面を見通している。「短期現役に服務する同僚」が戻ってくる前に「講師の口」を狙いたい浅井は、当初は橋本の信頼を得て「第一外科での自分の位置を固めようとしていた」し、橋本の姪と婚約したとの噂も立っていたが、田部夫人の手術の失敗(橋本の部長選挙推薦の目が閉じた)を機に橋本を見限っており、学恩や親愛などは権力を志向する欲望の前に吹き飛んでいる。戸田の解釈では、橋本の前の第一外科部長垣下の弟子である柴田は橋本の出世を妬んだらしく、そうであれば橋本を見限っても不思議ではない。手術の失敗で学部長の目が絶たれた橋本自身は、絶望のうちに「人形」のように思考を停止し、己の権威を保つために浅井の甘言に乗って、「こいつは患者じゃない」と言い聞かせて、悪に手を染めたのである。このように、ヒエラルキーの上位者たちは誰もが権力的な主体と化していた。それは解剖手術後も同じで、後の医学部内の権力争いを見据えて、浅井は早くも副手の役職を餌にして戸田を釣っている。

医学部生の勝呂二郎（二郎なのでおそらく次男坊であろう）の友人である戸田剛は、「兄貴が弟をさとすように」して勝呂に接する。医学部第一外科の実権を握る橋本教授は「おやじ」と呼ばれている。医学部内の人間関係は、家族関係のように構造化されている。舞台は戦前であるから、もちろん家父長制下の家族である。「おやじ」＝〈父〉は、医学部で権勢をふるう大学教授の橋本個人を指すだけでなく、家父長制下で家族に権力を行使する象徴的な〈父〉の記号でもある。したがって、「おやじ」は神や天皇などの絶対的な権力者の代理としても機能する。最高ポストである学部長の座は空席であるが、この空虚な中心をめぐることで、医学部の派閥争い＝ヘゲモニー闘争が激化している。作中人物の悪は、闘争的な権力関係に配置された人間が権力的な主体として生成する欲望の顕現である。

橋本教授（おやじ）は派閥の頂点に君臨し、擬似的な家長の座にある。対立する第二外科部長の権藤教授の派閥（権藤の名は権威・権力の暗示であろう）とのヘゲモニー闘争に躍起である。橋本は権藤との権力関係を通じて学部長という仮想の絶対者に就任する欲望を募らせ、それが倫理的な心的規制を凌駕して悪を肯定しているのである。橋本に傅いてその機嫌をうかがう浅井は、「お国のため」という言い訳を錦の御旗として凶悪に突き進む。「お国」はもちろん戦時下の大日本帝国であり、その頂点は昭和天皇であるから、昭和天皇を頂点とする帝国の権力構造を印籠として、良心を睥睨している。天皇制の権力構造を利用する（昭和天皇と橋本教授を頂点とする権力構造を利用する）典型的な虎の威を借る狐である。浅井の名は、「〜のため」という言い方に個人の責任を回避する言い訳が透けて見える浅はかな見識の暗示であろう。大場看護婦長は権勢を誇る橋本教授に恋愛感情を抱き、上田ノブは橋本の妻ヒルダと大場看護婦長に嫉妬心を燃やす。上田ノブの夫は満鉄の社員であり、植民地の権力上位者である。夫の「白い体が益々肥えはじめ」とあるのは、植民地から簒奪する権力上位者の戯画的な姿なのである。この姿は西部軍の小太りの医官小堀にも重なるだろう。どちらも帝国の権力構造に組み込まれて、権力的に振る舞って栄華を極めた姿なのである。大連で上田ノブが中国人で女中代わりのアマに暴力を振るっていたのも、植民地の支配者＝権力関係の上位者（の妻）としての権力的な振る舞いである。買い物で中国人に足元を見られないようにと指示する夫、その夫が飲み歩いて浮気もする好き放題の姿や、時折描写される日本の船員が中国人の苦力に怒鳴って指図する姿を見ながら（これらが一種の訓練となって）、上田ノブは次第に植民地の権力関係に組み込まれて行き、権力的な主体となったのである。離婚して帰郷し、兄夫婦のもとに身を寄せることは、兄を頂点とする家父長制の権力構造の末端に再配置されることでもある。ここで権力上位者として振る舞うことができなくなった上田ノブは兄の家を出て看護婦となったが、医学部病院にも強固なヒエラルキーがあり、新人扱いの看護婦であることに彼女は苦しんだ。上田ノブが最高権力者橋本の妻ヒルダと大場看護婦長に憎悪を抱くのは、彼女たちのように権力上位者として振る舞えないことへの憤懣による。生まれなかった子の名（満州夫からマス）を飼い犬に与えて虐待することも、「誰か一緒に住んでくれる人がほしい」と思って好きでもない浅井を部屋に招き入れることも、家父長制権力構造を擬似的に構築して上位者として振る舞う欲望を満たすためである。しかし、本質的には欲望の対象（権力上位）を失ってしまったので、ヒルダと大場に向いた憎悪が消えることはなく、ヒルダの知らない橋本の悪（解剖実験）に加担し、上司である大場にも詰め寄るのである。バシュラールによれば地下室は隠した内心のメタファー[21]となるが、昇降機で地下室に降りた上田ノブは、内に秘めた嫉妬心から大場を攻撃する。これに対して、普段は能面で感情を見せない大場も、この地下室で内心（橋本への恋心）を吐露してしまう。

女性は男権社会の家父長制と天皇制の権力構造のなかで男性のように実権を掌握することはできないので、絶対者である〈父〉（この場合は橋本）の唯一の選民となるべく欲望を燃焼させている。橋本の秘書も兼ねて、背の高い長男を世話する母のように献身的に橋本に接する大場看護婦長、飼い犬に子の名を与えたり「誰か一緒に住んでくれる人がほしい」と思って浅井などに抱かれたりすることで寂しさを慰撫する看護婦の上田ノブ、橋本の善意（無知）の正妻ヒルダらは、家父長制の権力構造の上位に女のポジションを求める（構造が然らしめる）、男権社会でこう立ち回らざるを得ない気の毒な欲望の主体である。信仰に厚いヒルダにしても、それは免れない。「神の罰」を信じる献身的なフラウ・ヒルダは、病院に押しかけて看護婦たちにビスケットを配り、大部屋患者の下着を嫌がられているのに洗濯して回る。抗議の電話で上田ノブを一ヶ月の停職にも追いやっている。この慈善（独善）も、橋本の権勢があってこそ成立している権力的な振る舞いであり、ヒルダ自身は無自覚であっても、彼女も権力関係にコミットした権力的な主体である。ヒルダの振る舞いは、フーコーが言う「司牧者権力[22]」の一種と見なしてもよかろう。

とりわけ、日本と植民地、権力階層の上下を往還した上田ノブの描写は、権力構造に配置された主体は男性も女性も等しく権力化するという主題のなかで大きな意味を持つ。なお、小説は勝呂の物語を中心に読まなくともよい。「海と毒薬」は、章ごとに視点人物も語り手も人称も性差も時間も場所も変えて権力化する主体の諸相を描出しようとした野心的な〈現代文学〉である。上田ノブの「傍系的挿話」を「無理やりに挿入した[23]」作品などでは決してない。

三

戸田剛の精神は他の作中人物と一線を画すところがある。戸田には、浅井のような建前の言い訳（「お国のため」）

も勝呂のような良心の呵責もほとんどない。躊躇なく解剖実験に突き進む戸田の姿は、共感性が欠如したサイコパスのようにも見えるし、官僚の徹底した無私の精神を受肉しているようでもあるし、あるいはアーレントが「凡庸な悪」と称したアイヒマンのようにも思える。戸田の生い立ちを振り返ると、彼は故郷の学校では「通信簿で全甲」、「学芸会では必ず主役」、「絵」でも「書き方」でも「きまって優等の金紙」で、「(負けんぞ)」という気持ちが腹の中に熾っている。こうした戸田の「剛」の精神は、作者が主題として公言する西洋の一神教的世界と日本古来の風土との相克などに接触していまい。それよりも戸田の精神は、宗教的な対立も土着の風習も退けて世界中に蔓延する資本主義の強力な競争原理に基づく立身出世主義、エリート主義の賜物ではないか。「医者が食うに困らない最も安全な道」と考え、「徴兵検査を受ける年になれば医学生という経歴は有利」と判ずる打算的で功利主義的な思考と、「最後の晩で差引き勘定や」、「得をしたという気持だった」、「このぼくだけがかすり傷一つうけず何も犯さなかったように生き続けることはあるまい」、「ただ一に一を加えれば二となるように、二と二とを足したものが四であるように」などと話す計量的な思考は、戸田に合理的・功利的な近代資本主義の競争の精神が深く受肉しているからこそ生まれたはずだ。N中学での激しい教練と受験勉強、成績順のクラス分け、そのクラス名が入った襟章の着用義務などが、医者の子として既に特別な戸田の精神に、資本主義に基づく競争原理とエリート主義という毒薬を一層注入したはずだ。

少年時代に窃盗の身代わりとなった山口に「心の苦しさ」を感じて夢にも山口を見て、浪速高校時代の姦通では「やがて消えてしまった」とは言え「多少の後ろめたさ、不安や、自己嫌悪はあった」し、せいぜい一ヶ月とは言え「良心の呵責」もあったし、解剖手術の直後には震えていた。こうした戸田に、全く良心がないとは思われない。戦中に身分と収入が不安定な戸田が解剖実験という悪に染まったのは、やはり資本主義の精神によって駆動する功利主義と権力構造が生む欲望が主体を後押ししたことが大きいだろう。戸田が嘯く「他人の眼や社会の罰だけしか恐れを感ぜず、それが除かれれば恐れも消える自分」からは、従来から指摘されている日本的な恥の文化よりも、功利主義的で計量主義的な打算を読み取ることができる。戸田は「ぼくは他人の苦痛やその死にたいしても平気なのだ」と断言するが、このような共感性の欠如も、西洋の一神教的世界と日本古来の風土との相克によって読む必要はなかろう。「こうした、病院での生活、医学生としての日常はいつかぼくにあの他人にたいする憐憫や同情を磨り減らせていったようである」と戸田は省みる。「病院での生活、医学生としての日常」とは、すなわち主体が権力関係に連続的に参入する生活と日常のことにほかならない。

戦後の供述（戸田による一人称語り）で、戸田は優等生だった六甲小学校の頃のこと（若林稔のこと）、標本室のこと（山口に罪を擦ったこと）、人妻である従姉との姦通などの過去を振り返っている。この過去語りは、現在の自己がいかに生成されたかを物語化して説明するものである。戸田が数多の記憶からわざわざ厳選した幼少期のエピソードは、冷たい思想を持つ悪人が完成するためのピースを都合よく（納得できるように）後出しした作り話だと言えなくもない。彼の供述は現在の主体を生成した因果関係を合理的に説明しようとするプロセスの紹介であって、この供述の行為自体に彼が受肉している計量的で打算的な資本主義が入り込んでいて、バイアスが生じているのではないか（つまり、その虚構性・物語化を排除できない）。子供が他の子供に罪を擦り付けることも不倫も世間ではありがちなことである。こうしたことを積み重ねたからと言って誰もが凶悪に走るわけではない。小さな悪事であれば躊躇がない者、共感性の乏しい者（薄情者）、無神論者などはこの世にいくらでもいるが、ほとんどの人間は大きな犯罪に手を染めない。悪事の直後にほかならぬ戸田が「俺もお前もこんな時代のこんな医学部にいたから捕虜を解剖しただけや。俺たちを罰する連中かて同じ立場におかれたら、どうなったかわからんぜ」と話していた。土着の風土も宗教の理念も凌駕する権力の構造と、乾いた資本主義の精神が結託したところで、戸田の主体は権力的に振る舞ったのである。少年時代から大人（師範学校出の教師や医者の父とその母という権力上位者）に阿る利発な戸田は、早くに権力関係に組み込まれて権力を内面化したのである。学芸会の主役になったり、級長になったり、ポーズとして病気の木村に標本箱をやったり、喧嘩を仲裁したり、教師が気に入る作文を書いたりしたのは、すべて権力的な主体の演出である。転校生の若林稔に敵意や嫉妬のような感情を抱くのは、ただ一人「君付け」されるエリートの「特権」が失われることに脅えたからである。権力構造と資本主義に反復的（日常的）に晒されることで、戸田は権力と資本主義以外のコンパスを少年時代に既に失っていたのである。戸田が言う「自分を押し流すもの」、「運命」とは、権力構造の言い換えにほかなるまい。戸田が言う「不気味」や「ふしぎ」や解剖実験を引き受ける「ふかいどうにもならぬ疲れ」も、権力的に振る舞ってしまう主体の反応なのである。戸田の主体を動かせる権力構造と資本主義の精神、これこそが「海と毒薬」に描かれた最大の「毒薬」なのである。

四

勝呂二郎も医学部の擬似的家父長制下にあって、「おやじ」に抑圧されていたが、彼は医学部病院第三病棟の大部屋に入院している施療患者の「おばはん」を見出していた。「おばはん」は「お袋にでも似て」と表現されるように、〈母〉の位置にあり、「おやじ」という厳父の抑圧から逃れるオアシスとなっている。入院患者は医学部病院の位階で最下層に位置し、如何なる権力も有していない。医者、看護婦、医学部生らの一方的な指示に服従する被権力者である。そのなかで「おばはん」は、勝呂がはじめて身近に接した患者であり、生まれてはじめて接する存在＝〈母〉の代理となる存在である。余命幾許もない「おばはん」は、時に権力者に随伴する（あるいは随伴したい）チルダや大場看護婦長や上田ノブのような女性たちと異なって、権力構造から増幅する悪の欲望を相対化する位置にある。人々を服従させる医学部の位階秩序（擬似的な家父長制）や資本主義の精神がいずれも絶対的な厳父の側だとすれば、「おばはん」は〈父〉を相対化する記号である（「海と毒薬」の「海」に相当する）。この〈母〉と〈父〉（「海」と「毒薬」）は、対立する二項というよりも、人間にとって「毒薬」である〈父〉を稀釈する「海」としての〈母〉が覆うという構図であり、〈父〉（の記号によって象徴される絶対的な存在や構造や論理）を脱構築するものである。「おばはん」の宗教観や良心よりも、「おばはん」が被権力者である点が重要である。「おばはん」が権力を持たないからこそ、権力に主体を支配されて苦しむ勝呂の取り付く島となっていたのである。

「他人の苦痛やその死にたいしても平気」な戸田に対して、勝呂は気弱い。「おばはん」の死の影響で風邪をひき、発熱と倦怠、頭痛の症状が出るほどだ。戸田と勝呂の関係は「兄貴が弟をさとすように」と表現される。医学部の擬似的家族構造の中で、勝呂は次男坊（戸田が長男）の立ち位置である。明治民法下の家父長制に準えれば、家督は長兄が継ぐのだから、次男の位置に甘んじる勝呂が将来的に医学部の権力を握ることは難しい。父兄の命令に従う他ない勝呂は、判断力も能動性も失っている。擬似的な家父長である橋本教授の凶悪を拒絶（父親殺し）する勇気はなく、むしろ橋本に「一種神秘的な恐れと憧れとのこもった気持ち」を抱き、「プロフェッサーという言葉のイメージをそのまま与えてくれるようだ」と考え、「おやじに対して昔のような憬れと神秘的な尊敬をふたたび感じ」、橋本のような人生を送れないことを「苦しく考える」ほど、〈父〉の威厳に平伏していた。橋本に対して象徴的なレベルでの〈父親殺し〉を果たせない勝呂は、エディプス・コンプレックスを克服できていない未熟な位置に居着いているとも言えよう。「戦争が勝とうが負けようが勝呂にはもう、どうでも良いような気がした」、「それを思うには躰も心もひどくけだるかったのである」、「この頃は心も紙のようにしらじらとして」、「熱意と関心とを持てなくなっていた」、「もうどうでもよいんや」などとあるように、否応なしに非人道的な権力構造に組み込まれる主体に思考停止が起こっている。これに対して、橋本の反対側に「おばはん」という〈母〉の幻想を生み、勝呂はこれを寄る辺としていたのである。山の療養所で結核医として働きたいという淡い欲望を抱いていた勝呂に浅井や柴田のようにヒートアップした権力志向はないが、「平凡が一番」と思いつつも「町の有力者の娘と結婚できれば、なお良い」と思っていた。勝呂に権力志向や出世欲が全くなかったわけではなく、医者と患者との上下関係においては、強者として権力的に振舞う（「おばはん」に暴力を振るう）権力的な主体と化している。権力が強いる巨悪に抗する寄る辺としての「おばはん」の死によって、支えを失った勝呂は益々権力構造から脱せなくなり、折からの風邪の症状も相俟って、構造が生む悪の力学に抗せなくなったのである。「軍人たちの高い笑い声」、「彼らの姿やその笑い声は勝呂の心を圧倒し、逃げ路を防ぐ厚い壁のように思われた」解剖実験前の廊下は、まさに権力機構が主体を抑圧する現場である。人体解剖手術が始まって、勝呂は「俺あ、やっぱり断るべきじゃった」と言い、「できることなら手を上げて前に並んでいる将校たちの肩を突き飛ばしたかった」し、手術中も「おやじの肋骨刀を奪いたかった」が、「将校たちのいかつい肩ががっしりと幅ひろく並んで」いて、「その腰にさげた軍刀も鉛色ににぶく光っていた」とある。将校たちが象徴する権力の壁によって、目前の悪を阻止することができないでいるのである。勝呂は将校の眼が「（それで貴様、日本の青年といえるのか）」と言っているように思うが、それは勝呂の思い込みであって、実際の将校の心中はわからない。権力関係のもとで勝呂が権力的な主体（この場合は権力下位者の振る舞い）と化している好個の例である。大日本帝国の将校の眼が「（日本の青年）」と言っているように思う背後で、天皇制の権力が主体の生成に影響していることがうかがえる。

戦中の気胸患者と気胸を患う語り手の「私」が共に注射器を使って身体に空気を注入すること、米兵の捕虜と戦後の洋服屋の白い子供人形、あるいは「真白な人形になった」手術着姿の橋本（母親のような大場が息子のように橋本を扱うこと、橋本が「泣きだそうとする子供の顔に似ていた」）と戦後の白人の子供人形、コールタールで「真黒に塗りつぶされてしまった」本館及び病理学研究所と医学部棟と戦後の勝呂の「暗い陰気な医院」、そのコールタールと呼応する戦後のガソリンスタンドなどなど、戦中と戦後は反復的（往還的）に描かれている。また、戦後の勝呂医院には「あわれな犬小屋」があるが、犬はいない。「庭には汚れた子供の赤い長靴」がいつまでも放置してあった。事件があったF市の那珂川には「仔犬の死骸やふるいゴム靴が浮いていた」。この那珂川の臭気のなか、語り手の「私」は勝呂医院の臭いを連想したし、人体実験が行われた第一外科病棟に赴いた「私」は、その臭気（「消毒液の臭い」、「垢くさい臭い」）と勝呂医院の臭気が同一のものだと確信した。勝呂医院の犬のいない犬小屋（那珂川の「仔犬の死骸」）は、戦中の大学病院で実験用の犬舎から犬が吠えていたことや上田ノブが折檻した飼い犬のマス（やがて行方不明）やヒルダが飼っている犬まで連想させるし、勝呂医院の「庭」の「汚れた子供の赤い長靴」（那珂川の「ふるいゴム靴」）も、戦中の大学病院の「庭」で来る日も来る日も土を掘り返し続けた老小間使いの長靴を連想させる。これらの時空を隔てたアイテムの反復は、過去と現在が時間（一九四五年と一九五五年）的にも空間（九州のF市と東京）的にも遠く離れているとしても、今もなお「問題」が連続していることを示唆しており、戦中から戦後に生き続ける勝呂（の内心）の同一性を担保している。ちがいがあるとすれば、戦後の勝呂が「これからもおなじような境遇におかれたら僕はやはり、アレをやってしまうかもしれない……アレをねえ」（この勝呂の発言も「俺たちを罰する連中かて同じ立場におかれたら、どうなったかわからんぜ」と言う戦中の戸田と呼応している）と語っていることからわかるように、主体が構造に規定されることを知っている（構造の力に抗せない弱い主体であることを知っている）という点であろう。

家や個室はしばしば住人の心のメタファーとして機能する。[24] 勝呂医院の雨戸を締め切ったひどく暗い部屋は、勝呂の内面を映すものだ。真ん中から裂けた白いカーテンは、潔白だった良心が引き裂かれていることを仄めかしているし、白衣の血痕は良心を殺人の血に染めた徴である。庭に転がる赤い長靴も、周辺の赤く熟れたトマトも褐色の灌木も、赤い血に覆われた勝呂の背景を暗示している。

五

勝呂に限らず、戦後の語り手「私」の気胸と戦前の施療患者前橋の気胸、戦後の洋服屋の「白っぽい」「白人の人形」と米軍の白人捕虜、あるいは白い手術着をまとって人形のような橋本教授など、「海と毒薬」には随所に戦中と戦後を繋ぐ反復的な表現がみられる。作品の現在は、「もはや戦後ではない」[25]と言われた未来志向の社会であり、戦争の痕跡が急速に忘れ去られていく時勢でもある。人夫を乗せたトラックが国道を往来する姿を映し出す作品の冒頭部は、復興を遂げて高度経済成長に突き進む時局を映し出している。「西松原団地」、「駅の前に国道が一本」、「新宿から電車で一時間」などの記述から、この道路は国道二〇号であると見当がつく。「どこから来るのか知らないが砂利を積んだトラックがよく通る」のは、当時の笹子トンネル（新笹子隧道）の開通工事のためであろう。トンネルの開通によって、国道20号は山梨の農畜産物を東京に流通させ、多大な経済効果を生んでいく。このような急速に過去の戦争を忘却して発展する時勢に対して、戦中と戦後を往還するような反復的な表現は、戦中から戦後に引き継がれる負の遺産を忘れてはならないと警告しているようだ。

国道二〇号が「国道」に指定されたのは、一九五二年一二月である。「海と毒薬」第一部が発表されたのは一九五七年六月である[26]。この約五年間に社会を揺るがせる事件が幾つも起こっていて、それらは「海と毒薬」に大きな影を落としている。これらの事件は、「もはや戦後ではない」という宣言の偽りを白日の下に晒し、経済成長の恩恵によって視覚化された豊かな文化を軋ませた。たとえば、冒頭の人夫が口ずさんでいる流行歌は、その歌詞から美空ひばりの「ひばりのマドロスさん[27]」だとわかるが、銭湯でもラジオから美空ひばりの歌う声が流れてくる。銭湯ではガソリンスタンドのマスターの右肩に「火傷らしい傷あと」があり、戦時中の中国兵から受けた負傷の痕であることが語られる。ここで美空ひばりが顔に塩酸を浴びせられた事件（一九五七年一月一三日）と、たとえば群馬県相馬ケ原米軍演習場で薬莢拾いをしていた主婦が、米兵ウィリアム・ジラードに撃たれて死亡したジラード事件（一九五七年一月三〇日）が想起される。これらは視覚（「火傷らしい傷あと」、塩酸による負傷）と聴覚（美空ひばりの歌声）によって複合的に響鳴し、同時代の読者の意識に浮かび上がる。米兵のジラードは「ママサンダイジョウビ　タクサン　ブラス　ステイ」、「ゲラル　ヘア」[28]と言って何も知らない主婦を近寄らせて射殺したが、この現実の事件の台詞は、戦中にこれから解剖されることを知らない米兵捕虜に対して浅井助手が話す「Right, it's for your cure.」、「Sit down here.」に反転しているのではあるまいか。また作品には描かれていないが、一九五四年三月に起こったビキニ環礁原爆実験で第五福竜丸の乗組員が被爆による「火傷」の症状を起こし、同年九月に治療中の乗組員が死亡したことも、勝呂と戸田が病棟の屋上から眺める福岡で炎が人を焼く空襲と連絡するだろう。母なる海（ビキニ環礁）は毒薬（核実験の汚染）を稀釈できるだろうか。

終戦後、遠藤周作はモーリヤックに傾倒し、「テレーズ・デスケルー」について繰り返し言及し[29]、自ら翻訳も行い[30]、作品の「海と毒薬」への影響も指摘されている。[31]そのモーリヤックは一九五二年にノーベル文学賞を受賞した。それから三年後の一九五五年六月に日本では森永ヒ素ミルク中毒事件が起こっている。「テレーズ・デスケルー」はテレーズが富豪の夫に少しずつヒ素を盛って毒殺を謀る話である。森永事件が作者の脳裏にないはずはあるまい。「毒薬」の代名詞としてヒ素が連想されたはずである。[32]「海と毒薬」の「毒薬」とは、まずヒ素を盛るような悪を指すのである。一九五六年五月には公害病である水俣病が社会問題となるが、これも毒物による中毒である。公害病は、「海と毒薬」では戸田の小学生時代に鉱毒事件の「足尾」に転校する若林稔に接続していよう。あるいは若林が巻く首の繃帯の下には火傷の痕が隠れているだろうか。人体に毒薬を盛る悪と解剖実験の距離は遠くない。一九五六年五月に大阪大学で日本初の人工心肺を用いた開心術が成功したが、作中ではこの反転として、戦中の肺の摘出手術が行われたのではあるまいか。

同時代の出来事は、作品のなかで、陰惨な解剖実験、戦前の鉱毒事件、戦中に空襲で焼きだされた人々に次々に接続している。人間の悪は時代を問わず、戦中であろうとなかろうと、至る局面に見出される。「もはや戦後ではない」と言って切除できるものではない。また、終戦後の同時代においても、日本を神武景気に導いた朝鮮戦争をはじめ、世界には依然として戦争が存在し、戦争の背後で権力と資本主義が固い握手をしている。かつてフーコーは、生に対する権力の主要な発展形態の二極の一方を「解剖─政治学」(anatomo politique)の比喩で説明していた[33]。「機械としての身体を中心に定めて」、「効果的で経済的な管理システムへの身体の組み込み」、「身体の力の強奪」などを「保証する」権力の手続きの比喩である。また、もう一方の極については「生─政治学」(bio politique)と名づけていた。こちらは「死亡率、健康の水準、寿命」などを「調整する管理」を指す。「海と毒薬」の人体実験は、まさしく身体への権力の介入である。この場合、「解剖」は比喩ではない。肺を摘出したらどれくらいの時間で死亡するかという人体実験(柴田が提案した二つの実験も含む)は、医学の発展という「生─政治学」に基づく「人口」を「調整する管理」そのものである。フーコーは「調整する管理」は「疑う余地もなく、資本主義の発達に不可欠の要因で[34]」あると喝破したが、「海と毒薬」における戦中の解剖実験は、戦争も含めた資本主義の欲望を剥き出しにして、戦後の経済成長社会で起こる毒物を用いた幾つもの凶悪な事件と共鳴している。戦後日本の主体(身体)は、日進月歩の技術革新と経済成長によって、一層「解剖─政治学」的な、「生─政治学」的な権力に蹂躙されている。これが、「海と毒薬」が問う同時代である。

注

(1) 一九五七(昭和三二)年に三回にわたって『文學界』に発表された(六月「海と毒薬」、八月「裁かれる人々」『海と毒薬』第二部」、一〇月「夜のあけるまで『海と毒薬』第三部」)。これらを合わせて改稿され、翌年四月に単行本『海と毒薬』(文藝春秋新社)として刊行された。本稿では上田ノブについても頁を割いて分析するため、彼女について大幅に加筆された初版本をテクストとしている

(2) 本稿では二〇一八年六月発行一一二刷を参照

(3)「小説の中の日本的風土」一九五八年六月『文学界』

(4)「神の沈黙と人間の証言」一九六六年九月『福音と世界』

(5)「『海と毒薬』解説」『海と毒薬』新潮文庫、一九六〇年七月

(6)『遠藤周作の世界』中央出版社、一九六九年

(7)「海と毒薬」、『國文學』一九七三年二月

(8)「『海と毒薬』解説」『海と毒薬』角川文庫、一九六〇年

(9)「『海と毒薬』の世界」『人文論究』一九七一年一二月

(10)「『海と毒薬』論」『国語国文学研究』一九八六年二月

(11) 佐藤泰正編『椎名麟三・遠藤周作　鑑賞日本現代文学　第二五巻』角川書店、一九八三年二月

(12)『罪と変容』笠間書院、一九七九年四月

(13)「遠藤周作『海と毒薬』論—日本人における罪意識と救済の可能性—」『日本文藝學』二〇〇八年三月

(14)「遠藤周作『海と毒薬』論—汎神論的感覚との接合と対立—」『九大日文』二〇一三年一〇月

(15)「遠藤周作『海と毒薬』論—組織・人間・罪—」『日本文藝学』二〇一六年三月

(16)「研究展望　遠藤周作を研究する—その現状と「遠藤周作研究」創刊—」『昭和文学研究』第六〇集、二〇一〇年

(17)『遠藤周作論—「救い」の位置—』双文社出版、二〇一二年一二月

（18）小嶋洋輔氏は『遠藤周作論―「救い」の位置―』（前掲）で「この遠藤研究の特徴は、昨今批判される「作家論」的な考察にも到達していないように思われる」、「生きていた遠藤の声をそのまま正解として扱うものだからである」と述べて批判している

（19）遠藤周作学会編、鼎書房、二〇二一年四月

（20）遠藤周作「海と毒薬ノート―日記より」の「四月十七日」（26）に「まず医学部の中にあるピラミッド型の構造が彼の上にのしかからねばならない」とあり、作者自身も構造を重視していた

（21）『空間の詩学』「第一章　家・地下室から屋根裏部屋まで・小屋の意味」思潮社、一九六九年（原著 *La Poétique de l'espace*　一九五七年）

（22）「安全・領土・人口」（コレージュ・ド・フランス講義1977―78）『ミシェル・フーコー講義集成〈7〉』筑摩書房、二〇〇七年六月

（23）松本常彦「遠藤周作「海と毒薬」の問題」『敍説Ⅳ―1』花書院、二〇二三年一〇月

（24）（21）に同じ

（25）『経済白書』（一九五六年七月）に「もはや『戦後』ではない。我々はいまや異なった事態に当面しようとしている。回復を通じての成長は終わった。今後の成長は近代化によって支えられる」とある

（26）なお、『海と毒薬』の構想ノートは一九五七年三月一日から五月一九日にかけて書かれた。遠藤周作はノートの執筆と並行して三月に福岡に旅行している

（27）一九五四年五月一五日に日本コロムビアからリリース。作詞は石本美由起、作曲は上原げんと

（28）引用は正確を期すために「判決文」（「いわゆるジラード事件の判決　前橋地裁昭和三二年一一月一九日」『判例時報』判例時報社、一九五七年一二月一日）によったが、当時の新聞にも「〝ママさん　ダイジョウブ〟と手招きした」（『朝日新

聞』一九五七年一〇月二三日朝刊)、「「ママさん、だいじょうぶ、たくさんネ」と声をかけ拾ってよいようにしむけた。ところが「ゲラル・ヒア」といった。」(『読売新聞』一九五七年一〇月二三日朝刊)などとある

(29)遠藤周作「テレーズの影をおって」(『三田文学』一九五二年一月)、「「テレーズ・デスケルウ」という女」(『婦人公論』一九六三年三月)、「『テレーズ・デスケイルウ』」(『三田文学』一九六九年八月)など

(30)遠藤周作訳、モーリヤック「テレーズ・デスケールー」『世界文学全集 20世紀の文学』集英社、一九六六年

(31)遠藤周作自身が「海と毒薬」について、「あれは『テレーズ・デスケルー』と同じ手法で書こうという気持ちがありましたから」と述べている(遠藤周作・佐藤泰正『人生の同伴者』春秋社、一九九一年三月)

(32)たとえば岩野泡鳴「毒薬を飲む女」(『中央公論』一九一四年六月)で作家田村義雄の妻である田村千代子(怨霊のような形相の凄惨な女)は、田村の愛人である清水お鳥に呪いをかけ、お鳥は自棄を起こしてアヒサンを飲む。この場合も無機ヒ素化合物が毒薬である

(33)『性の歴史I　知への意志』「第五章」新潮社、一九八六年九月(原著は一九七六年)

(34)(33)に同じ

「桜の森の満開の下」の主体――「羅生門」を合わせ鏡として――

一

坂口安吾は芥川龍之介に「敵意」を抱いていたと繰り返し言及している。「女占師の前にて」[1]では、「私は芥川の芸術を殆ど愛していませんでした」、「むしろ敵意を感じる程度のもの」だったと言い、「処女作前後の想い出」[2]でも、「私は芥川の書斎でいつも芥川に敵意をいだいていた」、芥川に「旺盛な敵意があって」と言い、「暗い青春」[3]でも「私は呪った。芥川龍之介を憎んだ」と言い、「青い絨毯」[4]でも、芥川の家で「なぜか僕は死んだあるじにひどく敵意をいだいていて」と述べている。しかし、これほど「敵意」を表明する一方で、坂口安吾は芥川の甥の葛巻義敏と交際して一緒に同人誌を作り、その関係から「敵」の本丸である芥川家へ度々出入りし、芥川の遺稿や写真に目を通すなどしていた[5]。芥川が自殺した時は精神が錯乱しかねないほどの衝撃を受けており[6]、「処女作前後の想い出」でも「私はすぐれた作品を読むと、それに師事したり、没入して読むということができず、敵意を抱き、模倣を怖れて、投げすて、目をとじてしまうのだった」と述べているように、愛憎半ばするアンビバレントな感情が胸中に渦巻いていたことがわかる。「暗い青春」では、若い頃は「何を書くべきか、私は真実書かずにはいられぬような言葉、書かねばならぬ問題」がなく、「ただ虚名を追う情熱と、それゆえ、絶望し、敗北しつつある魂があった」と安吾は告白している。安吾には芥川の「すぐれた作品」の「模倣を怖れて」誘惑に屈する心配が、大いにあったのであろう。であれば、安吾の「魂」は「絶望し、敗北」するわけにはいかない。「模倣」の誘惑に抗する一種の防衛機制として、安吾は芥川を強く「憎んだ」わけである。戦前の若き安吾は、誘惑を「敵意」に変換して、「模倣」による「魂」の「敗北」を拒むのに懸命だったのである。

戦後すぐに、安吾は「堕落論」、「白痴」、「戦争と一人の女」、「続堕落論」、「桜の森の満開の下」、「不連続殺人事件」などの話題作・問題作を次々に発表する。一躍して文壇の寵児となり、旺盛に創作を続ける安吾に、かつて抱いた「絶望」や「敗北」への恐怖はなくなっていた。安吾は「不良少年とキリスト」[7]では、芥川と太宰治の自殺を並べて、自殺は「くだらぬ」、「生きることだけが、大事である」と主張し、「是が非でも、生きる時間を、生き抜くよ。そして、戦うよ。決して、負けぬ。負けぬとは、戦う、ということです」と力強い筆致で書き、芥川（と太宰）は「弱虫の泣き虫小僧」だと述べ、「彼らの小説は、心理通、人間通の作品で、思想性はほとんどない」と排撃するに至る。しかし、安吾の自伝的な小説「吹雪物語」[8]の「僕」は、次のように語っている。

芥川龍之介がもし生きつづけることができたら、それは殆んど奇蹟的な場合だが、彼の文学は一変したに相違ないと僕は信じて疑わない。それだけに芥川の死はいたましく、また僕にとっては惜しいのだ。生前残した芸術のためにではなく、死ななければ残したであろう芸術のためにだよ。

芥川が「死ななければ残したであろう芸術」とは、どのようなものであろうか。「吹雪物語」の「僕」は、芥川は「よそから借りた博識で芸術らしきものを創っていた」として、芥川が「生前残した芸術」を批判する。借り物の「博識がまことの教養に敗れた」、「芥川龍之介は教養を立てなおそうと足掻いたが」、「悲劇的な事態」（自殺）となったのだと言う。そうであるなら、死ななければ「一変したに相違ない」芥川の芸術とは、芥川を敗北に追いやった「まことの教養」に貫かれたものでなければなるまい。

安吾は「まことの教養」の片鱗を芥川の断片的な遺稿[9]に見出し、これを高く評価する。「吹雪物語」でも、「僕」

が芥川の遺稿について、「この断片は地上の文章の最大の傑作の一つだと思っている」と称賛している。「文学のふるさと」[10]では、安吾は、この芥川の遺稿に記された農民作家の話は、「芥川の想像もできないような、事実でもあり、大地に根の下りた生活でもあった。芥川はその根の降りた生活に突き放されたのでしょう」と述べつつも、芥川の「生活に根が下りていないにしても、根の下りた生活に突き放されたという事実自体は立派に根が下りた生活であります」と肯定し、「突き放されたという事柄のうちに芥川のすぐれた生活があった」と結論づける。安吾にとっては、「すぐれた芸術」は「すぐれた生活」に根ざす言葉で紡がれるものであって、そうした言葉こそが「教養」であり、反対に、生活とかけ離れた言葉は「よそから借りた博識」であって、そんな言葉で紡いだものは「芸術」ではなく、「芸術らしきもの」に過ぎないというわけだ。ところが、芥川の文学はいずれも「芸術らしきもの」に過ぎなかったが、自殺の直前に、農民作家の話を聞くことで、「根が下りた生活」の何たるかを芥川が知り（「教養」を得て）、「地上の文章の最大の傑作の一つ」を創作したと安吾は考えるのである。「根が下りた生活」と言っても、安吾は私生活を告白する私小説や生活苦を描くプロレタリア文学を称揚しているわけではない。「突き放される生活」の上に、「教養」をもって創出されるものが「文学の建設的なもの」であり、「突き放される生活」こそが「文学のふるさと」でなければならないと主張しているのである。芥川は「文学のふるさと」を持たずに、それまで上辺の「博識」で書いていたが、農民作家の話を聞くことによって、「文学のふるさと」を持ち得たと安吾は考えているのである。「吹雪物語」の「僕」が芥川の「文学は一変したに相違ないと僕は信じて疑わない」と断言するのはこの理路に拠るのであり、「芥川の死はいたましく、また僕にとっては惜しいのだ。生前残した芸術のためにではなく、死ななければ残したであろう芸術のためにだよ」と語るのも、この考えに由来している。

二

福田恆存は、安吾が採用する昔話や説話のスタイルについて、「人間存在そのものの本質につきまとふ悲哀—それを追求しようとして、素材のもつ現実性が邪魔になり、坂口安吾は「閑山」「紫大納言」「桜の森の満開の下」のごとき説話形式に想ひいたつたといへよう[11]」と述べている。清田文武氏が「内容に、合理を超えたことが描かれる点のあることから、筋の運びその他を不自然な感を与えないためにも説話風に書きすすめたものに違いない[12]」と述べるのも、福田恆存を踏まえての意見である。安吾は「文学のふるさと」で、高く評価できる文学作品として、シャルル・ペロー版「赤ずきん」、狂言「鬼瓦」、「伊勢物語」（八段）を挙げている。これらの話のベースも昔話や説話の類である。これらの作品と同等に評価できる作品として、安吾は芥川の遺稿を取り上げている。しかし、芥川と言えば、そもそも「羅生門[13]」をはじめとする説話や昔話などに材を得た小説で人気を博した。安吾が「閑山」、「紫大納言」、「桜の森の満開の下」、「夜長姫と耳男」などの説話形式の作品を書いていったのは、まるで芥川の衣鉢を継ぐように、芥川龍之介の到達点（遺稿）を意識し、戦後になってもはや「模倣を怖れ」なくなった安吾が、芥川の当初のスタイルを採用して、芥川が果たせなかった「まことの教養」や「すぐれた生活」に根ざす「文学のふるさと」を描こうとしたのではないか。農民作家の生活の話を聞く芥川の経験は、芥川の遺稿を読むことを通して安吾にも経験的に受けとめられ、この経験から生じるはずであった芥川の文学を安吾が引き受けたのではないのか。

ジャック・ラカンは「主体の欲望は他者の欲望[14]」であると述べ、その欲望は主体と対象となる他者との関係のなかで生成すると説いているが、言わば、安吾という主体の欲望（文学の生成）は、安吾という主体と、芥川という他者（死者）が生もうとした（と安吾によって想像される）文学との関係によって生成するわけである。芥川龍之介の書斎に通い、芥川の自殺やその文学に関して繰り返し発言することで、既に死者となっている芥川との間に、安吾が文学的な欲望を生成したのだとしたら、芥川のような説話形式を採用する安吾の小説には、安吾が理想とする文学的な達成（芥川が遺稿によって到達したと安吾が考えるもの）が最も反映している可能性がある。そこで、具体的に安吾の「桜の森の満開の下」と芥川龍之介の代表作「羅生門」を比べてみたい。まず両作の類似点と差異を確認する。

「羅生門」の「一人の下人」は、盗人になるか飢え死にするかを思案した末に、老婆の着物を引き剝いで盗人になった。「桜の森の満開の下」の「一人の山賊」は、「羅生門」の下人と同じく盗人であり、こちらも旅人の「着物をは」ぐ。「羅生門」の下人は都に住んでいたが、「桜の森の満開の下」の山賊の男も、山中からやがて都に移り住んだ。「息を殺しながら、上の様子をうかがつていた」、「恐る恐る、楼の内をのぞいてみた」、「六分の恐怖心」などとあるように、下人は羅生門の楼上を怖れたが、山賊の男も「花というものは怖しいものだな、なんだか厭なものだ」と思っていて、「それで目をつぶつて何か叫んで逃げたくなります」などとあるように、桜の森の満開の下を怖れていた。下人は「猿のような」老婆に邂逅し、山賊の男は「美しすぎる」女に邂逅した。「美しすぎる」女の正体は鬼であり、実際には「全身が紫色の顔の大きな老婆」であった。「羅生門」の老婆は死体となった女の髪を抜くという不気味な行動をとっていたが、「桜の森の満開の下」の女は、惨たらしい首遊びに興じていた。下人は老婆を前にして抜刀したが、山賊も女の前でダンビラを抜いた。下人は老婆の身ぐるみを剝いで「黒洞々たる夜」の闇に消えたが、盗賊の男は女を絞殺して、虚空へ消えた。「羅生門」では、老婆との邂逅を契機として心境が変化した下人は、盗人になる決断を下して羅生門を去る。「桜の森の満開の下」では、女との邂逅を契機として山賊の男の心境も変化し、女と別れてでも山中へ戻ることを決断する。両作とも、ひとまず男が女と出会うことで決断を下す物語だということができる。

このように拾い上げると、説話形式の両作の内実はかなり近しいように見える。しかし、単に似ているというだけであれば、「桜の森の満開の下」が、芥川が「死ななければ残したであろう芸術」というにはほど遠く、むしろ「すぐれた芸術」を前にすると「模倣を怖れ」て「敵意」を抱くことで抗った安吾が、芥川が「生前残した芸術」を前にして抗えず、怖れていた「模倣」に陥ったようにも捉えられる。

老婆と邂逅する以前の下人は、職を失って途方にくれ、羅生門の下に佇んでいた。羅生門は都の南の入口に位置する。羅生門の下に立っていたということは、単に雨止みを待っていただけではなく、都へ戻るか否かを決しかねていたことを意味する。飢饉などで衰微した洛中ではおそらく仕事はなかろうから、洛中へ戻るということは、盗人になるということと同義になる。盗人になる勇気が生まれなかったら、飢え死にして、死体が横たわる羅生門の楼で朽ち果てることになる。老婆と出会う前の下人は、その岐路に佇んでいたわけである。これに対して、「桜の森の満開の下」の女と邂逅する前の山賊の男は、山中に住み、見渡す限りの山々を支配下に置いていると自負していた。下人が抱く類の憂いは微塵もない。盗人になる踏ん切りがつかなかった下人と違って、「彼の心は物にこだわることに慣れません」、「後悔ということを知らない」などとある山賊の男は、深く考えたり悩んだりせず、思いのままに行動していた。当初は正義感もあって抜刀したのに、老婆の意見に耳を傾けてから遂に老婆の着衣を剝ぎ去った下人と比べれば、「今迄には都からの旅人を何人殺したか知れません」、「何百何千の都からの旅人を襲ったが手に立つ者がなかった」と語られる山賊の男は、既に日常的な振る舞いとして旅人を殺害して着物を剝いでいる。「羅生門」では、不気味な老婆であっても、生きるためのやむを得ない手段という言い訳（「これとてもやはりせねば、饑え死にをするじやて、しかたがなくすることじやわいの」）によって死者の髪を抜いていた。「桜の森の満開の下」の山賊の男は、ダンビラを振るうのに何らの言い訳の必要もない。坊主が鐘撞をしているのを見ても、「何というバカげたことをやるのだろう」と思っている。「美しすぎる」女も生存の必要からではなく、嬉々として首遊びに興じている。「羅生門」の老婆は倫理に反する自分の行いに言い訳を必要としたが、「桜の森の満開の下」の女が「首遊び」で創作する架空の人間関係は、極めて非倫理的なものであり、倫理や道徳の象徴たる僧侶の首は、とりわけ惨たらしい扱いを彼女から受ける。

　生きるために覚悟を決める下人と言い訳をする老婆との間には、倫理的なコミュニケーションの基盤が存在する。たとえばフロイトは、同じ集団に属する者が同じ道徳感情を内在化するのは、同じ「自我理想」（Ich Ideal）を同一化することによると説明し[15]、原父の威光や亡き父の教えに従う兄弟を分析しているが[16]、「羅生門」の下人と老婆も、同じ「自我理想」を共有していると言える。この場合の内在化された「自我理想」は、「検非違使の庁」を配下に持ち都の中央に座す天皇[17]の威光や仏教の教えである。盗人になることで象徴的なレベルでの〈父〉である天皇（制）に背くことになる下人は、一種のオイディプスでもあろう。これに対して、「桜の森の満開の下」の山賊と「鬼」の女は、そもそも倫理的なコミュニケーションの基盤を共有していない。父の神話を持たず、「自我理想」が形成されないのである。

　「桜の森の満開の下」の山賊と女は、豪胆さ、躊躇いのなさ、不気味さ、残虐性などの点において「羅生門」を凌駕していることはまちがいない。だが、大正期の大日本帝国の権勢のもとで『帝国文学』に発表された「羅生門」が描く荒れ果てた洛中は、戦後の焼け野原で『肉体』に発表された「桜の森の満開の下」が描く作品世界と、同じとみてよいのだろうか。一方には、オイディプスが乗り越えるべき原父（天皇）がいる。しかし、もう一方には、敗戦によって神の座から降りた（人間宣言した）天皇への幻想は既に瓦解している。「堕ちろ」と叫ぶ安吾にとって、「羅生門」のように迷いや言い訳として倫理規制が働く時間的な余裕（「雨やみ」を待つ時間）はないように思える。

三

古典に材を得た「羅生門」が近代文学であるのは、下人に近代的自我と言われる主体性が芽生えているからである。下人は、自己の人生の決定権が他ならぬ自己にあり、どう生きるか（飢え死にか、盗人か）を決定する、あるいは支配権力や支配的な価値観に抗う個人である。「桜の森の満開の下」では、主体性はどのように描かれているだろうか。

「桜の森の満開の下」の山賊は、欲望のままに、盗み、殺し、拐い、山中にハーレムを作って生きていた。これでは、衝動のままに暴れる猛獣と大差がない。山賊の男は、熊や猪も倒す山の食物連鎖の頂点捕食者ではあっても、個人としての主体性や近代的自我が備わった人間とは言えない。七人の妻を次々に殺害することや、この内の足の不自由な女だけを殺さずに生かすこと、「美しすぎる」女を背負って厳しい山道を休まずに進むこと、都における連続強盗殺人、幾つもの首を切断して持ち帰ることなどの山賊の男の重大な問題行動の数々は、実質的には命令である「美しすぎる」女の要請（欲望）にただ服従しただけの行いである。山賊の男は女の尽きることがない異常な欲望に辟易し、女に怖気づくものの、その理由を言語化することができない。山賊の男は、満開の桜の森と、「美しすぎる」女とが似ていると思っていたが、「どこが、何が、どんなふうに似ているのだか分」からないでいる。山賊の男は都から山へ帰りたい理由も、うまく説明できない。女と諍いになっても、山に帰りたい理由を言語化することができずに、すごすごと退散する。「彼には驚きがありましたが、その対象は分らぬ」のである。

主体は「ア＝プリオリに存在するものではなく、他者とのかかわりの中で、常に生成・変革するもの[18]」である。もっと言えば、他者との関係は言語によるコミュニケーションによって成り立つので、主体は言語によって「生成・変革するもの」である。「桜の森の満開の下」の山賊は、男ならば殺し、女ならば欲望の対象とみるだけだったのであり、これまでの人生で主体を生成せしめる他者と出会うことが、終ぞなかったのである。山賊の妻たちは他者ではなく、言いなりの所有物である。山賊の男は「喋りたいことなんかあるものか」と話しているが、山賊の男があらゆる行為に自分の意見（「喋りたいこと」）を持たず、自分のしたいことの理由を何一つ説明できないのは、主体性を担保する言語（個人としての意見を表明するための言語）を他者との関係性のうちで獲得する機会がこれまでになかったからなのである。山賊の男が「過去を思いだしても、裏切られ傷けられる不安がありません」と語られるのも、胸中に他者が不在だからにほかならない。

このような山賊の男にとって初めて出会う他者が、「美しすぎる」女であったのだ。山賊の男は、「美しすぎる」女と関係を構築するなかで、女が持つ欲望に違和感を持ち、不快や疲労を感じ、拒絶感をも抱く。他者と関係することで始めてもたらされるさまざまな感情に戸惑いながら、少しずつ主体性を形成していったのである。山賊の男の主体性は言語に先立ってア＝プリオリに存在したのではなく、女との関係によって、次第に言語化されていったのである。やがて、「美しすぎる」女への不安の正体が、はっきりと恐怖であると山賊の男に自覚される（言語化される）。かつて福田恆存が「人間存在そのものの本質につきまとふ悲哀」と呼んだことは、このように説明できよう。「桜の森の満開の下」が、このような主体性の生成を描いているとすれば、そもそも近代的自我を自明とする「羅生門」とは、性質が決定的に異なる小説だと言えよう。背負っていた女が「鬼」であると突然わかったのは、女との関係のなかで、山賊の男が恐怖を言語化できたからにほかならない。「鬼」は恐怖の記号である。

主体は他者との関係によって生成される。世界に他者がいると認識することで、主体は他者に遅れて現れる。しかし一方で、他者を知ることは、自己が誰からも切断された全き個人であるという主体の孤独を知ることでもある。原卓史氏は「ここで山賊は美女を他者として、美女の「孤独」を見出しているのである」、「美女の「孤独」を感得することによって、自らの孤独が照らし出されて」いくのだと指摘しているが[19]、山賊の男が女を「恐怖」の対象＝「鬼」として自覚できたのは、女が自分にとって寸毫も理解できない全き他者であり、「孤独」を発見させた他者だったからである。

山賊の男は、桜の森の満開の下と「美しすぎる」女が「どこが、何が、どんなふうに似ているのだか分」からないでいた。満開の桜の森これ自体は、誰に対しても満開の桜を誇ってはいない。人里離れた山中で、誰にも意味付けされることはないし、桜の森自体が誰かと関係を結ぶこともない。満開の桜の森はただそこに存在するだけである。ここに佇む唯一の存在である山賊の男は、他に何者も存在しない静寂のなかで、誰ともいかなる関係も結ぶことが不可能な「孤独」を知ることになる。満開の桜の森は、主体に「孤独」を発見させる空間として山賊の男の前に現れる。目の前で殺された亭主にさえ関心を示さない「美しすぎる」女も、誰とも心を通わせることができない。山賊の男は女にただ都合よく利用されているだけの存在であり、女は残虐と憎悪と快楽のなかに徹頭徹尾自足しているのである。満開の桜の森と「美しすぎる」女は、山賊の男が「孤独」であることを悟らせる点で一致する。女が山賊の男の「美しすぎる」という意味付けに応答することは永遠になく、小説の末尾に「桜の森の満開の下の秘密は誰にも分かりません。あるいは「孤独」というものであったかもしれません」とあるように、山賊の男は永遠の「孤独」を自覚するのみである。これが、山賊が主体性を獲得することで発見した恐怖の正体である。

山賊の男は「孤独」を発見させた満開の桜の森の下で、同じく「孤独」を発見させた女を絞殺した。山賊の男は「孤独」を発見させる他者である「美しすぎる」女を抹殺することで、「孤独」の恐怖から逃れようとしたのである。しかし、「桜の森の満開の下」に、「男はもはや孤独を怖れる必要はなかった」、「彼自らが孤独自体でありました」とあるように、「孤独」を恐怖として言語化させる関係性、「孤独」を自覚させる完全なる他者である女が消滅することで、他者によってもたらされる「孤独」の実感も、関係性によって誕生した主体そのものも、対となって消滅したのである。

山賊の男は「あの女が俺なんだろうか?」、「女を殺すと、俺を殺してしまうのだろうか」と自問していたが、他者が存在しなければ主体は存在しないし、主体が存在しなければ他者もまた存在しない。たとえ桜の花びらを取り除いても、死んだ女の痕跡は残らないし、男の主体も消え去るよりほかないのである。芥川龍之介の「羅生門」では、下人は確固たる主体性を獲得して老婆から着衣を引き剥いで「黒洞々たる夜」の闇に消え去った（おそらく盗人になった）が、「桜の森の満開の下」の山賊の男は、女を抹殺したことで主体を喪失し、満開の桜の森の「はりつめた虚空」に消失することになったのである。

四

「羅生門」の下人と老婆に対して、「桜の森の満開の下」の山賊の男と「美しすぎる」女は、端から倫理性や良心を獲得していない。強盗や殺人に何の躊躇いもない。金を払って酒を飲むことは面倒なことだと思っている。夜な夜な僧侶たちの首を刎ねることに何の呵責もない。女の「首遊び」も惨いことだと思っていない。ただ女の欲望が尽きないことに辟易し、都の暮らしに退屈しているばかりである。己の膂力を頼みに強かに生きる山賊の内面に、他者と共有する必要がある倫理的な規制は一切存在しない。「美しすぎる」女の方には、悪の欲望しかない。「首遊び」では、架空の背徳的な人間関係を設定して嬉々とし、倫理の象徴である僧侶たちの首を女はとりわけ残酷に嬲る[20]。

芥川の「羅生門」は、「大きな面皰」を気にしていた青年が老婆と邂逅して勇気を獲得する成長譚として読むこともできるし、通過儀礼（死体が転がる不気味な羅生門を上り下りすること）を経て大人になる異界往還譚として読むこともできる。このように読むことができる「羅生門」は、多くの読者と倫理的なコミュニケーションの基盤を共有している（だからこそ教科書にも採用される）。もっと言えば、「羅生門」は、共通の倫理を信認する共同体において読書行為を通じて生成されるテクストなのである。これは「羅生門」に限った話ではない。たとえば、洛外（山科）の山中で盗人の多襄丸が夫婦連れを襲う「藪の中[21]」でも、「女好きのやつ」と言われる多襄丸は「何、男を殺すなぞは」、「大したことではありません」と話すが、自分が襲った女については「あの女の顔が、女菩薩のように見えたのです」と天皇の配下である検非違使に申し開きし、「卑怯な殺し方はしたくありません」、「たとい神鳴に打ち殺されても」などと話している。この多襄丸に襲われたとき、自分の夫と多襄丸が争うように嗾け、ついに自ら夫を殺害した可能性がある「美しい妻」真砂も、「大慈大悲の観世音菩薩も、お見放しなすったものかもしれません」と清水寺で懺悔している。彼らは倫理、宗教や神や天皇の威光による正義などの超越的なレベルの「自我理想[22]」を少なからず内面化しており、作品の舞台と遠く離れた現代にこれを読む多くの読者も、やはり一定の「自我理想」を作品と共有しているだろう。

これに対して、「桜の森の満開の下」は、ア＝プリオリな倫理基盤が存在しない世界を描いている。「藪の中」で「じっと女の顔を見た刹那、私は男を殺さない限り、ここは去るまいと覚悟しました」と語る（しかも本当に殺害したかどうかも怪しい）多襄丸と、「桜の森の満開の下」で「女が美しすぎたので、ふと、男を斬りすてていました」と語られる山賊の男との差異は決して小さなものではない。

安吾は「不良少年とキリスト」で、自殺した芥川と太宰の「小説は、心理通、人間通の作品で、思想性はほとんどない」と批判したが、安吾が言う「思想性」とは、神なき世界の「孤独」な現実から紡がれるものにちがいあるまい。「不良少年」とは自殺した芥川と太宰を揶揄する表現であるが、安吾は、この「不良少年」たちは「キリストをひき合いに出した」から「弱虫の泣き虫小僧」なのだと痛罵する。「キリスト」という超越的なレベルにある絶対者のアイコンを拒絶する世界で、寄る辺なく生きる強さを求めるのである。「生と死を論ずる宗教だの哲学などに、正義も、真理もありはせぬ。あれはオモチャだ」、「生きているだけが、人間で、あとは、ただの白骨、否、無である」と安吾は言う。倫理なき世界、神なき世界で、ただ生きるということ自体を肯定する思想（価値観）である。先に「羅生門」には倫理的な基盤（救い）があると述べたが、安吾は「文学のふるさと」で、「生存の孤独」こそが「文学のふるさと」であるとし、「孤独」には「どうしても救いがない」と言い切る。「キリスト」に救いを求める生易しい仮初の思想は、安吾にとっては唾棄されるものである。「桜の森の満開の下」で、僧侶の首を「オモチャ」にして遊ぶ女の姿に、安吾のこうした憤りが表れているようにも思える。

安吾は「文学のふるさと」で、評価できる説話や昔話を挙げていた。しばしば説話や昔話には宗教的な救いや倫理的な教訓が織り込まれているが、安吾が評価する説話や昔話には、宗教的な救いはなく倫理的な教訓もない（と安吾が読んでいる）。シャルル・ペロー版「赤ずきん」は、赤ずきんが狼に食べられてしまって「どうしても救いがない」。狂言「鬼瓦」は、争い事のために何年も国元に帰れず妻に会えなかった辛い現実（救いのなさ）を笑いに変えている。「伊勢物語」（八段）は、ようやく同意を得て我がものとした愛しい女を理不尽に奪われて、やはり「どうしても救いがない」。安吾はこのような理不尽な「生存の孤独」や「どうしても救いのない」現実こそが「文学のふるさと」[23]であると考えて、「文学はここから始まる―私はそうも思います[24]」と述べている。この思想は、安吾の戦争経験及び関東大震災の罹災と同年の父の死を経て生成されたものと想像できるが、戦後間もない焼け野原に、現代文学がこのような峻厳な位置から出発したのは、安吾なりの文学者として生きることの誠実な表明だったのにちがいあるまい。「桜の森の満開の下」は、そのスタート地点に立つ最も早い意欲作だったのである。

戦前・戦中に崇拝された天皇主義の幻想は敗戦によって砕け散り、空襲によって焦土と化した現実に、生存者はただ生きることだけを肯定するところに追い詰められた。仏教の教えを保護する天皇が支配する都から遠く隔たる山中の桜の森の満開の下には、仏教の教えも天皇の威光（権力）も、あらゆる超越的レベルの支配がとどかない。こうしたトポスで発生する物語（「桜の森の満開の下」）は、現代の読者にも、やはり全き他者を突きつけるように思われる。しばしば現在は戦前・戦中の反復だと言われるが、[25]「是が非でも、生きる時間を、生き抜くよ。そして、戦うよ。決して、負けぬ。負けぬとは、戦う、ということです」と宣言して読者に詰め寄る安吾の戦後最初の現代文学である「桜の森の満開の下」は、やがて到来する（あるいは既に到来している）、かつての戦中・終戦直後を反復する現代、神なき世界、押し付けの道徳や絆などの空語が飛ぶ空々しい倫理が何の支えにもならない現実世界を生ききるための強かな文学として（つまり他者として）、これからも読者に再発見されるにちがいない。

注

（1）『文学界』一九三八年一月
（2）原題は「わが文学の故郷」『早稲田文学』一九四六年三月
（3）『潮流』一九四七年六月
（4）『中央公論』一九五五年四月
（5）「暗い青春」（(3)参照）
（6）坂口安吾「山口修三宛書簡」一九二八年四月、『坂口安吾全集』第16巻、二〇〇〇年四月
（7）『新潮』一九四八年七月
（8）『吹雪物語―愛と知性―』竹村書房、一九三八年七月
（9）一九二七年頃執筆。『芥川龍之介全集』第二二巻（岩波書店、一九九七年一〇月）には「或弁護士の家（仮）」と題して収録されている

（10）『現代文学』一九四一年五月
（11）「解説」『坂口安吾選集』第三巻、銀座出版社、一九四八年四月
（12）「『桜の森の満開の下』の世界」日本近代文学会新潟市部編『新潟県郷土作家叢書1　坂口安吾』野島出版、一九七八年四月
（13）『帝国文学』一九一五年一一月
（14）ジャック・アラン・ミレール編、小出浩之・新宮一成・鈴木國文・小川豊昭訳『精神分析の四基本概念』岩波書店、二〇〇〇年一二月
（15）『集団心理学』（原著は一九二一年、『フロイト全集』第17巻、岩波書店、二〇〇六年一一月）
（16）『トーテムとタブー』（原著は一九一三年、『フロイト全集』第12巻、岩波書店、二〇〇九年六月）
（17）早くは篠田正浩がインタビューで、「桜の森をどう解釈しようと見るの自由ですが、ボクにとっては天皇制です。人は狂い、殺しあいます」（中邑宗雄「花ざかりの森の篠田正浩「桜の森の満開の下」」『キネマ旬報』一九七五年六月）と述べて、作品に天皇制を読み込んでいる。これを受けた土屋忍氏は「試みに篠田の指摘の大枠を継承してテクストの細部をみていく」と言って、「「美しい女」は天皇（天皇制）の象徴である」（「坂口安吾「桜の森の満開の下」を読む」『日本文学』二〇一五年一二月）と読んでいる。土屋氏が「櫻の森の満開の下」について「「人間宣言」直後に発表された近代天皇制の寓喩として読む以上のような読み方は、安吾の他のテクストを参照しても矛盾することはない」と言う意見には同意するが、本稿は、「桜の森」を天皇制とみなす篠田説にも、「美しい女」を天皇（天皇制）のアレゴリーとする土田説にも与するものでないことは、論じている通りである
（18）田近洵一『言語行動主体の形成』新光閣書店、一九七五年一月
（19）「坂口安吾「桜の森の満開の下」の〈終わり〉」『国文学　解釈と教材の研究』二〇一〇年九月

（20）精神分析の用語を使って、女の内面に永遠に〈欠如〉し続ける「父への渇望があり、それが憎悪に反転して（たとえば僧侶への絶対的な崇拝や信仰が裏切りによって回復不能な欠如を与えられるなどして）、「首遊び」をはじめとする症候となって回帰しているとも説明できようか。葉名尻竜一氏がラカンの「鏡像段階」に触れて、「女は欠如としての「想像的ファルス」を埋めるように〈首遊び〉にふける」と述べている（「演出された「桜の森の満開の下」─野田秀樹のなかの坂口安吾─」『昭和文学研究』六八集、二〇一四年三月）

（21）『新潮』一九二二年一月

（22）ラカンで言えば、これは象徴的なレベルで父の役目を果たす超越的な大文字の絶対者の審級＝「父の審級」（agency）である。なお、ラカンを踏まえると、山賊の男は、他者である女を通して主体を見出す「鏡像段階」にあり、いまだ「想像界」を脱していないと説明できようし、「父」が不在（従って言語化できない）で「象徴界」に参入できていないから、「父の審級」が内面化されていないとも説明できよう。しかし、「桜の森の満開の下」には超越的な絶対者を否定し、主体そのものが消失するゼロ地点が描かれているのであり、山賊の男とその表裏をなす女が「象徴界」に参入できない「幼児」だと指摘してもあまり意味がないだろう

（23）小林秀雄が「故郷を失った文学」（『文藝春秋』一九三三年五月）で、「重要なことは私たちはもう西洋の影響を受けるのになれて、それが西洋の影響だかどうかが判然しなくなつているといふ事だ」として、もはや起源が特定できない日本近代文学について、「私たちが故郷を失つた文学を抱いた」と言っているが、安吾の「文学のふるさと」は、これを意識しただろうか。なお、安吾は「教祖の文学」（『新潮』一九四七年六月）では、小林秀雄を「教祖」＝「鑑定人」（安吾が拒絶する超越論的絶対者の審級）に成り果てたとして痛烈に批判している。ここでも安吾は、「美は悲しいものだ。孤独なものだ。無慙なものだ。不幸なものだ。人間がそういふものなのだから」と「桜の森の満開の下」にも通じる思想を披瀝し、自殺についても「自殺なんて、なんだろう。そんなものこそ、理窟も何もいりやしない」と

やはり批判している
(24)(10)に同じ
(25)『「新しい戦前」の時代、やっぱり安吾でしょ　坂口安吾傑作選』(本の泉社、二〇二三年三月)といった安吾の撰集も発行されている
※　坂口安吾の引用は『坂口安吾全集』(筑摩書房、一九九八年)に拠り、旧字は新字に改めた

Ⅳ　表現の横断

「表現の自由」をめぐって

一

二〇一五年六月二八日、問題作『絶歌　神戸連続児童殺傷事件』（以下、『絶歌』と記す）が太田出版から出版された。著者は、「元少年A」と記されている。内容は、一九九七年に神戸で発生した連続児童殺傷事件[1]の加害者（元少年A）が、事件に至り逮捕されるまでの経緯を幼少年期の記憶とともに開陳（第一部「名前を失くした日」～「審判」）し、少年院を出てから現在に至る人生・生活の様子（第二部「再び空の下」～「道」）を伝える二部構成となっている。これを文芸のジャンルに当て嵌めれば、大きくは「手記」ということになろうが、第一部と第二部では、些か様相を異にする。第二部は、感想や修辞は見られるものの、著者の近年（二〇〇四年三月一〇日～二〇一五年春迄）の生活事情を淡々と綴ったものであり、「手記」と言って差し支えあるまい。だが、第一部は、約二〇年前の遠い事件と、さらに、それより過去の少年期の思い出について、自分自身や関わった多くの人々（両親や祖母、被害者、級友、警察、精神鑑定医ら）の表情や発言、当時の気持ちや印象、性衝動について、時には客観的に、時には自らの内面に遡行して、驚くほど克明に詳細に記している。著者の優れた記憶力が発揮されているのだろうが、同時に、時間の彼方に消えた原因と結果との溝を、構成や修辞に気を配りながら〈物語〉によって埋め合わせる作業が行われているようにも思われる。

現に、「名前を無くした日」という章題から始まるのも、まるで安部公房か誰かほかの作家による小説の冒頭をみるようだし、「空と深く接吻した」、「月光の愛液が部屋の中に射し零れ、僕の狂気の潤滑油となった」、「外界の処女膜を破り、夜にダイブした」、「蟬の啼音がさんざめく夏の夜」、「マグカップに落ちた満天の星」など、たくさんの文学的表現や修辞（特に性的な比喩の多様）が織り込まれている。彼が中学校の正門で凶行に及ぶ夜を描いた「GOD LESS NIGHT」の章では、「白い月が滲んでいた」、「校舎は朧月夜の闇の中はその輪郭を霞ませていった」、「月の光屑を撒き散らす」、「月の光の切っ先は鑿となって」、「純白の下弦の月が、夜に喰らいついていた」などの表現が溢れていて、その特徴的な比喩表現の過剰さは、まるで大正末期の新感覚派の文学を読むようだ。この章で注目すべきは、「月」の修辞が多いことだ。月は狂気の象徴である。[2] 狼男が理性をなくして凶行に走るのは満月の夜であるし、中島敦「山月記」[3]で人食い虎となった李徴が袁傪に襲いかかるのも、月夜である。先に連想した新感覚派で言えば、その代表である横光利一は「名月」[4]をはじめとする多くの作品で、狂気の象徴としての「月」の効果を散りばめている。これらと同様に、『絶歌』では、少年の切断した生首を中学校の正門に置くという凶行を描出する上で、狂気を象徴する「月」が頻繁に書き込まれている。このように、『絶歌』は小説的な性格が強い著述である。なお、『絶歌』の編集に携わった編集者落合美砂氏[5]はインタビューに応じて、ほとんど著者の書いたとおりで、『絶歌』に修正や削除はないと述べている。[6]

　このような文学的な「作品」である『絶歌』は、初版で一〇万部、その後も版を重ね、一五万部以上の売り上げを記録するベストセラーとなっている（二〇一五年一〇月現在）。その一方で、無断で出版されたことについて遺族が出版停止を求めて出版社へ抗議し、これを受けた出版社は、遺族の抗議を「重く受け止める」とは言いつつも、『絶歌』の出版は続けると表明していた。[7] そんな中で、各書店は販売か自粛かの選択を迫られ、各図書館も購入か否か、配架するか否かの判断に迫られ、ますます社会的な反響を呼んだ。

　『絶歌』の本文で、「居場所を求めて彷徨い続けた」著者は、「最後に辿り着いた居場所、自分が自分でいられる安息の地は、自分の中にしかなかった」と述べている。孤独な心境を語る記述だが、そのために否応なく内面へ沈潜（遡行）したことが明かされている。内面への遡行は、やがて自分自身に「創作」を要請しても不思議ではなく、文学誕生の契機として、ありがちな動機表明だとも取れる。

また、次のようにも記されている。

この十一年、沈黙が僕の言葉であり、虚像が僕の実体でした。僕はひたすら声を押しころし生きてきました。それはすべて自業自得であり、それに対して「辛い」「苦しい」などと口にすることは、僕には許されないと思います。でも、僕は、とうとうそれに耐えられなくなってしまいました。自分の言葉で、自分の想いを語りたい、自分の生の軌跡を形にして遺したい。

引用にある「自業自得」、「僕には許されない」などの記述からわかるように、『絶歌』を書くことは道義上許されないという自覚が著者本人にはある。しかし、その上で、やむにやまれぬ切実な表現への渇望がそれに勝ってしまった、というわけである。別の箇所では、もっとはっきりと、「僕はこの本を書く以外に、もう自分の生を掴みとる手段がありませんでした」とも宣言している。

また、著者は『絶歌』出版を機として開設した自身のホームページに、「『絶歌』出版に寄せて」と題する記事を載せている。[8] 記事は一生懸命書いた内面の暴露という主旨だが、「冷酷非情なモンスター」や「少年Ａの素顔」、「究極の「少年Ａ本」」などの自分と著書を紹介する臆面もない文面に、どうしても違和感が生ずるし、更生できていないのではないか、起こした事件を背中に負った人間としてみれば自己顕示欲が勝り過ぎていないか、という疑問や不信感が募らざるを得ない。しかし、『絶歌』という表現物の取り扱い（評価）は、そうした感想とは次元を異にするところでなされねばならない、という思いも同時に起こる。彼は自身のホームページで「僕は、とうとうそれに耐えられなくなってしまいました」と記すが、彼のHPのタイトル「存在の耐えられない透明さ」に目が向く。ミラン・クンデラの小説「存在の耐えられない軽さ[9]」をもじったタイトルだが、彼は、ついに「耐えられなくなって」表現するに至った自分自身という存在は、「透明」だと言っている。

クンデラの小説の題名は、女癖の悪いトマシュに向かってテレサが言い放つ「私にとって人生は重いものなのに、あなたにとっては軽い。私はその軽さに耐えられない」というセリフに由来するが、ソ連によるチェコへの軍事侵攻による動乱が収束した後に、トマシュとテレサが突発的な交通事故であっさり亡くなったことをも象徴している。クンデラは、大国の思惑や突発的な事故などに翻弄される人間存在の軽重を扱っている。これに対して、『絶歌』の著者がいう「透明」には、軽重そのものがない。「元少年A」という匿名も、「透明」＝無名性を暗示する。『絶歌』冒頭の「名前を失くした日」で、著者自身、「僕はもはや血の通ったひとりの人間ではなく、無機質な「記号」となった」と記している。神戸の事件以後、彼は少年Aとなり、少年院を退院後は改姓して生活し、現在は『絶歌』の作者「元少年A[10]」となった。他の誰でもない単独の存在である証しとして「固有名」を外すことができない[11]とすれば、彼には自己の存在を実感的に規定する根拠がない。そうした存在実感（生きているという実感）のない「透明」な存在は、自分をあらゆる倫理や道徳の価値規範から遠ざけて、「透明」＝ニュートラル＝無責任な立場に自己を隠遁させることもできよう。そうであるなら、更生云々の以前に、そもそも三三歳（当時）の人間として現実を引き受ける能力や自覚に欠落があると断じざるを得ない。

クンデラの小説の題が暗示する存在の軽重は、人間存在としての実感や手触りや温もりに置き換えてもよいが、『絶歌』の著者は、そういう温かみや存在の実感が希薄というより透明、つまり「無い」。しかも、彼はそのことに「耐えられない」と言っているわけである。あくまで自己をニュートラルと信じる彼が、「透明」な存在に着色を施す（つまり、温もりや実感を持つ）ためには、観念的で身勝手ではあるが、リアルな手触り（生）を実感できる殺人やそれに伴う性欲の処理（肉感としての恍惚感）に突き進んでしまった、と推論することもできる。『絶歌』の終章「道」で、著者は自分の好きな色が赤と白であり、赤は「生理の血液の色」で、白は「精液の色」を喚起し、どちらも「生命の色」だと述べている。自己の存在の「透明」を暗示的な赤と白の色で染め上げることで生きている実感を獲得したい、そうした思考として把握することができる。

かつて連続児童殺傷事件を起こした「透明」な少年Aは、少年法によって保護された。そのこと自体に疑問は挟まないが、今なお「透明」である（と信じる）同一人物によって書かれた『絶歌』という書物が、今度は憲法第二一条「表現の自由」によって保障されるのだろうか。

二

『絶歌』出版に対するさまざまな批判に対して、映画監督の森達也は次のように述べている。[12]

被害者遺族が「手記を出版されたくない」と感じるのは当たり前だが「出版をやめさせて本を回収すべきだ」という意見に対しては言論や表現を封殺してよいのかとの疑問を感じる。論理も大事だと訴えたい。禁書や焚書を生む社会が個人に優しい社会とは思えない。出版に際し遺族の了解を得るべきだったとの意見もあるが、「そうすべきだった」とは言いたくない。遺族の事前了承を出版が必要とする社会ルールにすれば、加害者の経験や思いがブラックボックスに入ってしまう可能性がある。「意味のある本だから出版されるべきだ」ではなく、「多くの人が納得できる意味づけがなければ出版されるべきではない」という空気が強まることが心配。

ことは「表現の自由」に関わる。「表現の自由」は最大限に尊重されるべきであり、森達也の見解は、ひとまず全面的に支持されるべきものである。しかし、それでもなお、『絶歌』の出版については、違和感が残る。「表現の自由」というポリティカルコレクトネスな言葉を発することで、一つの事例が孕む固有の問題の検討がおざなりになりはしないか。もっと言えば、「表現の自由」という錦の御旗を前にして、思考停止に陥ってはいないだろうか。もしそうなら、思考停止や判断停止による害はないのだろうか。「表現の自由」の聖性が全てを無条件に包みこんでしまうことへの違和感もあるのだ。こうした違和感に対して、感情的にではなく、論理的に詰め寄ることはできないだろうか。

そこで、これまでに「表現の自由」をめぐって社会問題となった文学について、最も論理が重んじられる司法の場でどのように裁かれてきたのかを眺望してみよう。

表現の自由が焦点となった事件として、真っ先に思い出されるのは、チャタレイ事件であろうか。伊藤整が訳したD・H・ロレンス「チャタレイ夫人の恋人」の性描写がわいせつ物頒布罪に当たるか否かが問われた事件である。伊藤整と版元の小山書店は、表現の自由を盾にして争った。一九五一年に始まった裁判は一審で無罪、二審で有罪となって最高裁まで争われ、一九五七年に結審したが、結果として、上告棄却で伊藤整らは罰金刑に処せられた。この裁判で、最高裁は、「公共の福祉」を持ち出して、伊藤整らの上告を棄却した[13]。最高裁は伊藤整の訳書を猥褻文書として認め、「性的秩序を守り、最小限度の性道徳を維持することが公共の福祉の内容をなすことに疑問の余地はない」とし、「その出版を公共の福祉に違反するもの」と断じた。注目すべきは、「表現の自由」は、「公共の福祉」の制約を受けるという判断である（A）。チャタレイ事件からは、このことを押さえておこう。

次に、「悪徳の栄え」事件の判決をみてみよう。この裁判では、澁澤龍彦が訳したマルキ・ド・サド「悪徳の栄え」の性描写がわいせつ物頒布罪に当たるか否かが問われた[14]。最高裁は、「芸術的・思想的価値のある文書であっても、猥褻の文書としての取り扱いを免れることはできない」として、澁澤及び版元の現代思潮社社長の上告を棄却し、澁澤らの罰金刑が確定した。この裁判で注目すべきは、裁判官たちの反対意見の方である。

田中二郎裁判官の反対意見は、「澁澤龍彦は、マルキ・ド・サドの研究者として知られ、その研究者としての立場で、本件抄訳をなしたものと推奨され、そこに好色心をそそることに焦点をあわせて抄訳を試みたとみるべき証跡はなく」と述べている。所謂相対的猥褻観が示されていることは判例としては重要だが、ここでは、性描写についての「作者の意図」を尊重し（B）、「研究者」の良識を注目して、それを信頼した（C）意見であることを押さえておく。また、色川幸太郎裁判官は、反対意見として「憲法二一条にいう表現の自由が」、「知る自由をも含むことについては恐らく異論がないであろう」、「憲法上保障されていないと解すべきでない」、「表現の自由は他者への伝達を前提とするのであって、読み、聴きそして見る自由を抜きにした表現の自由は無意味となる」と述べた。この反対意見からは、「知る権利」（D）に触れたことと、「表現の自由」が他者を前提として成立する（E）という点を押さえておこう。

続いて、「四畳半襖の下張」事件の判決をみておこう。この事件では、永井荷風作の春本と見られている「四畳半襖の下張」を雑誌に掲載[15]した野坂昭如らが、わいせつ文書販売罪に問われた。この裁判で、栗本一夫裁判長は「その時代の健全な社会通念に照らして、それが徒らに性欲を興奮又は刺激せしめ、かつ、普通人の正常な性的羞恥心を害し、善良な性的道義観念に反するものといえるか否かで決すべき」と述べた。ここでは、「その時代の健全な社会通念」を押さえておこう（F）。

さらに、「岐阜県青少年保護条例」事件をみておこう。この事件は、全国で制定された青少年保護育成条例によって有害図書に指定された書籍等について、「知る権利」を制限しているか否かが問われた裁判である。最高裁では、有害図書は「青少年の健全な育成に有害であることは、既に社会共通の認識になっているると言ってよい」と述べられ、条例の合憲が確認されている。[16] ここでは、「社会共通の認識」（G）を押さえておく。

事例が連鎖的に猥褻をめぐる事件に集中してしまったので、三島由紀夫「宴のあと」事件にも触れておこう。この裁判は、三島の小説「宴のあと」に描かれた内容が、実在の人物のプライバシーの侵害に当たるか、それとも小説家の「表現の自由」が保障されるかが問われた。結果として、最高裁は、プライバシーによって「表現の自由」は規制されるという判断を下した。判決を受けて三島由紀夫は、自作「宴のあと」を称揚し、「コモンセンス」（H）の上で誇れるものだとのコメントした。[17]

三

それでは、これまでに列記した文学上の事件の判例を参考に、あらためて「表現の自由」について考えてみよう。日本国憲法第二一条の条文に、「集会、結社及び言論、出版その他一切の表現の自由は、これを保障する」とあることからもわかるように、「表現の自由」は、「言論の自由」を含む。この言論の自由は、何でも好きなことが言えるという権利ではない。というのも、言論の自由は、「言」の自由ではなくて、「言論」だからである。『日本国語大辞典』の「言論」の項を引けば、「思想や意見を論ずること」と記されている。他の辞書類にも凡そ同様の意味のことが記されているが、『広辞苑』は一歩踏み込んで、「言葉や文章によって思想を発表して論じること。またその意見」としている。[18] つまり、「言論の自由」は、一定の思想や意見を「発表」し、「論ずる」自由のことである。「発表」し、「論ずる」ためには、相手が必要である。相手がいなければ発表できないし、論ずることもできない。畢竟、相手がいないと成立しないのが「言論の自由」なのである。「言」の自由であれば、単に言うだけなので、「好き」でも「嫌い」でも、どのようなヘイトスピーチでも自由に言えることになるし、別に相手が存在しなくても（意見を戦わせなくても）かまわない。好き勝手に言えばよいことになる。しかし、憲法が保障するのは、「言」ではなくて、「言論」の自由である。「言論」なのだから、その発言や記述（発表し、論じること）には、想定した相手に向けた伝達するに足る思想や意見が求められることになる。単純な憎悪の言葉や脊髄反射的な単発の叫びは、「言論の自由」の埒外になる。「論じる」というのは、相手がいて、その相手（他者）との間で成立するコミュニケーション行為である。したがって、言論の自由とは、コミュニケーション行為が他者との間で成立する前提（暗黙の約束や同意や回路）があって初めて発動される。一方的に感情を言葉に乗せて浴びせたり、他者の言論を無視したり、他者との間に自分の思想や意見を論じるためのコミュニケーション空間を成立させる努力を怠る者は、そもそも「言論の自由」の埒外にいる、ということになる。

「表現の自由」にもそれと同じことが言えるはずだ。「悪徳の栄え」事件では、裁判官の反対意見に「表現の自由は他者への伝達を前提とする」（E）とあった。表現の自由は、表現者が他者へ向かって表現し、それを他者が享受するという表現のコミュニケーション空間（以後、これを表現空間と呼ぶ）が成立しないと発揮されまい。たとえば、演劇の舞台は、演者と観客との間に（一定の）表現空間が成立している。劇場が物理的に規定する表現空間内においては、何びとであっても自由な表現が可能である。しかし、ひとたび劇場を離れて、公道や学校や他人の家で上演する＝表現することはゆるされない。それは、表現者の側が表現空間を成立させるための努力をしていないからであるし、表現を享受する側も表現空間の成立に同意していないからだ。表現空間の外では、いかなる言動も（たとえそれに芸術的な価値があったとしても）、憲法が保障する「表現の自由」や「言論の自由」の埒外になるわけだ。また、表現空間と言っても、それは物理的な空間とは限らないし、無限に広大な空間ではない。ある表現空間内で表現される表現の範囲については、その表現空間を成立させているその時々のメンバー（表現者と観客、主催者、出版社、施設提供者等）の間で決められる。

それでは、あらためて「表現の自由」が焦点となった文学裁判の結果を見直してみよう。「チャタレイ夫人の恋人」事件（A）では、「表現の自由」は、「公共の福祉」の制約を受けるとされた。この「公共の福祉」というのが、表現空間で言えば、その境界線ということになる。「公共の福祉」に反するということは、表現空間の境界を表現者が一方的に突破した、ということを意味する。もっとも、時代によって人間の価値観は変化するのだから、「公共の福祉」（A）や「健全な社会通念」（F）、「社会共通の認識」（G）、「コモンセンス」（H）、「国民全体の共同利益」（I）も変化する（連動して表現空間も流動する）。一審から最高裁判決までの間に判決が覆ることもあるし、最高裁の判決であっても裁判官から複数の反対意見が出ることもある。（A）、（F）、（G）、（H）、（I）は、決して固定的な揺るぎない価値ではなく、流動するのである。現に、猥褻と「表現の自由」が争われた「愛のコリーダ」事件[19]のときは、最高裁で大島渚ら被告側が無罪となったが、「愛のコリーダ」（出版物含む）に見える性表現は、「チャタレイ夫人の恋人」をはるかに凌ぐ露骨なものであった。「四畳半襖の下張」事件でも、東京高等裁判所は判決理由で「チャタレイ夫人」や「悪徳の栄え」について触れ、「現時点においてなおわいせつと断定されるかどうかについては多大の疑問がある」としている。

「悪徳の栄え」事件で裁判官の反対意見として挙がった「作者の意図」（B）や「他者との間で成立する」（E）は、表現空間が複数の人間同士、表現者（作者）と享受者（読者）との間で成立することを示し、「研究者の良識」（C）への言及は、「作者の意図」（B）と合わせて、表現を享受する側からの表現者への信用や敬意の必要を示唆するものとのとれる。このことは、表現空間を成立させるには、表現者と他者との間で相互承認が必要であるということを物語っている。さらに、「悪徳の栄え」裁判で同じく裁判官の反対意見として挙がった「知る権利」（D）は、表現の享受側による表現空間への関わり方を示すが、表現空間は表現者と観客（表現の受け手）との間で成立するのだから、表現空間の外では無論「知る権利」は存在しない。

表現空間の境界（つまり、公共の福祉や社会通念など）を攻めるのは表現者の芸術上の使命かもしれないが、攻撃に勇み過ぎては、ひとりで表現空間の埒外へ抜け出てしまい、誰も評価も認知もしてくれないどころか、捕まって処罰されることもある。中には、自分の表現に遅れて後から時代が追いつくはずだと信じて、ひとりで突破する単独の表現者もいるだろうが、そういう表現者は、自分の死後の未来に表現空間が成立すると信じていることになろう。三島由紀夫が「宴のあと」に「コモンセンス」（H）を確信する発言をしたように。

表現とは、表現空間の境界を変質させるための戦いだ。それは、自分の表現を他者に認めさせる戦いでもある。戦い方は各人が選択する。表現空間の境界を変質させるための戦いだ。表現空間内の構成メンバーに同意を得ながら、じりじりと境界を押し広げていく者もいるだろうし、未来の理解者を信じて境界に突撃を加える者もいる。突破しても永遠に認められない者もいれば、その攻撃（功績）が表現空間の構成メンバーに広く受け入れられて、表現空間を変化させることに成功する者もいる。それに助力する者もいる（研究者や批評家や編集者やパトロンやファンなど）。

『絶歌』の場合はどうか。『絶歌』は、じりじりと境界へ肉迫したわけではなく、突然、表現空間の境界に挑戦状を叩きつけたようなカタチで出現したが、ここに表現空間は成立しないであろう。なぜなら、理由は簡明で、遺族の同意がないからだ。遺族は、その表現内容からして、『絶歌』という表現物の第一の読者（観客）として想定されねばならない。その第一の読者である遺族の同意が取り付けられていないのだから、表現空間は形成されない。もっと言えば、彼に殺害された全くの私人である児童たちは、勝手に主要登場人物として実名で配役されて、演者（少年A）の表現の一部（大部分）に組み込まれ、望んでもいないのに残忍なやり口で殺される。当人たちの同意もなく私人としての実名を一方的に公表すること自体がプライバシーの侵害にあたることも含め、事件と表現行為全体に、死者たちは一度たりとも同意していない。死者たちは永遠に沈黙しているので、この点でも、表現空間は絶対に成立しない。

『絶歌』の著者は、当事者である死者や遺族の実名を本文に書き込んでいるが、一方で、著者自身の実名は書き込んでいない。自己を「透明」と規定していたとしても、それはフェアではない。「知る権利」(D)は「知りたくない(知られたくない)権利」とセットであろう。公共の福祉や社会通念の形成集団(不特定多数の集団)が、ある表現について知りたくないとすれば、自由に表現する表現空間は成立しない。路上を全裸で歩いてそれをアートだと主張しても、その者の裸など見たくない(知りたくない)という他者の権利を侵害しては、逮捕されるのが道理だ。さらに言うと、表現者には表現する=「知らせる」権利があるのだから、それとセットで「知らせない権利」がある。だから、匿名での表現も可能となる。ならば、当事者である殺された児童や遺族にも「知る権利」と同様に、事件の詳細を「知らせない権利」がある。この権利は、表現空間を成立させるにあたり、真っ先に尊重して組み込まれねばならないはずだ。要するに、表現空間を構成する人々の基本的な権利を尊重し、同意があるのでなければ、表現空間は成立しないのだ。

四

記号論の立場からすれば、あらゆる表現は記号 signe である。ソシュールは、シニフィアン signifiant とシニフィエ signifie を対とするものが記号であるとするし、文字や音声や身振りなどで表された部分(意味するもの)をシニフィアンとし、内容に相当する部分(意味されるもの)をシニフィエとした。なお、シニフィアンとシニフィエは恣意的に結ばれていて、両者の関係に必然性はないし、記号の価値は、他の記号との差異によって相対的・流動的(共時的・通時的)に決まる。シニフィアンが必然的に見えるのは、特定の言語規則を相互に承認し合う言語集団内にいるために自明と見えてしまうからに過ぎず、ひとたびその言語集団を離れてしまえば、自分が用いていたシニフィアンは他では全く通じないことが目の当たりにわかる。

ある表現体（文学作品）を一つの記号と看做せば、その記号の意味（価値）は、差異の中で相対的・流動的に決定するのだから、猥褻描写と「表現の自由」をめぐる判決が揺れ動くのも記号論的には当然のことである。文学裁判で焦点となる「公共の福祉」や「社会通念」などの概念は、恣意的な記号の価値が差異の中で決まるという記号の本質を言い換えたものとして捉えられる。

『絶歌』という特定の表現体を一つの記号と把握してみると、『絶歌』に綴られている文字や構成や本の厚みや紙質や、著者名・出版社名・料金表示などの全ての集合（パラテクスト）がシニフィアンであり、それらのシニフィアンと結び付けられている表現内容（書かれている内容、意味されるもの）がシニフィエである。無論、『絶歌』のシニフィエとシニフィアンとは必然的に結びついているわけではない。著者が殺害した児童や遺族の固有名を表記する文字を含んだシニフィアンをシニフィエに対応させようと目論んでも、シニフィカシオン（シニフィエとシニフィアンとの関係、signification）の恣意性という特性からは逃れられない。シニフィエとして意味される内容それ自体は、シニフィアンが定まらない限り、名指されることはなく、ただそのまま投げ出されているだけのレファラン（指示対象、referent）となる。シニフィエは、名指されなければ（対応するシニフィアンが特定されなければ）、価値付けや意味付与自体がほとんど不可能となるわけだ（価値付ける文字も音声もないのだから）。

「表現の自由」に関連させて言えば、シニフィエには表現としての罪は何もなく、それは、ただ名指されもせずにレファランとして放り出されているだけである。それに対して、シニフィアンは「表現の自由」に関係する。自由に表現するためには、シニフィアンとシニフィエとの関係の恣意性をある程度関係付ける（必然的と信じさせる）シニフィカシオン signification が存在しなければならない。それが存在しなければ、（明確な）シニフィアンも存在し得ず、表現をどうにかする（「表現の自由」を行使する）こと自体が不可能となる。たとえば、永山則夫の文芸家協会入会拒否事件[20]では、死刑囚の永山則夫が文芸家協会の入会を拒絶されたことに抗議して、中上健次、柄谷行人、筒井康隆らが協会を脱退した。やや単純化してみると、永山の小説という表現体を一つの記号として見た場合、そのシニフィエ（小説の内容）に罪はないと考えた者が協会を脱退し、死刑囚という属性を含むシニフィアンとしての表現行為に同意できなかった者が江藤淳をはじめとする協会の中心人物たちだったと言えよう。

「表現の自由」は最も尊重される至高の権利であるが、それと同等に、「表現そのもの」（レファラン）も尊重されなければならない。仮に表現者（著者）に罪があったとしても、「表現そのもの」には何の罪もない。人間の自由や権利と同等に、（誰が生んだものであるにせよ）人間が生んだ表現それ自体は決して否定されない。そうであるなら、『絶歌』のシニフィエに当たる表現内容そのものは如何なる理由によっても抑圧されず、無傷でその存在が保障されねばならない。しかし、シニフィアンに当たる表現行為については、そもそもシニフィエと恣意的な関係であるのだから、シニフィエと切り離して考えることが可能である。

著者が遺族に無断で出版した背景や彼のホームページなども『絶歌』というテクストの一部（一種のパラテクスト）であると見なせば、著者の（記号的な）パフォーマンスもシニフィアンの一部として（批判対象として）据えることが可能だろう。つまり、被害者およびその遺族に無断で殺人の事実を克明に記すというパフォーマンスを、テクストを生成するシニフィアンの一面としてあらためて捉え直してみるとどうか、ということだ。同じ言語規則の運用集団に生きる者として、シニフィカシオンにおける両面の恣意性に乗じ、シニフィアンの一方的な押し付けや身勝手な存在理由を必然性に歪曲しようとする著者の企みに抗し、彼の意図する必然性への同意を拒み続けることが重要なのではあるまいか。それが「表現そのもの」とシニフィエを傷つけることなく「表現（の自由）」を尊重した上で、『絶歌』の表現行為を批判し得る有効な手立てなのではあるまいか。表現空間を共有する人々にとって、恣意的なシニフィアンが必然的なものとして承認されなければ、シニフィエが価値判断の俎上に載ることは永遠にないのだから。

注

（1）一九九七（平成九）年に兵庫県神戸市須磨区で発生した当時一四歳の中学生による児童連続殺傷事件。児童二名が死亡し、三名が重軽傷を負った猟奇的な殺害方法や加害者の警察・社会への挑戦的な意思表示などと合わせて、社会に衝撃を与えた。なお、『絶歌』奥付の発行日の六月二八日は、一九九七年に元少年Aが逮捕された日と同日である（実際の発売は六月一〇日）

（2）月はラテン語で luna だが、その派生語である lunacy には狂気の沙汰、lunatic には狂人や狂気という意味があり、月と狂気は密接に関係する

（3）『文学界』一九四二年

（4）『文藝春秋』「附録新読物」一九二八年一月

（5）落合美砂氏は、百万部のミリオンセラーを叩き出した鶴見済著『完全自殺マニュアル』（一九九三年七月、太田出版）の編集も手がけた。『完全自殺マニュアル』もその内容から社会的反響を呼んだ

（6）「神戸連続殺傷事件「元少年A」はなぜ手記を出したのか？　太田出版・編集担当者に聞く」（「弁護士ドットコム」二〇一五年六月一三日）参照。https://www.bengo4.com/other/1146/1307/n_3240/

（7）発行元の太田出版は、『絶歌』について、「私たちは、出版を継続し、本書の内容が多くの方に読まれることにより、少年犯罪発生の背景を理解することに役立つと確信しております」と自社のホームページで宣言している。http://ohtabooks.com/press/2015/06/17104800.html

（8）http://www.sonzainotaerarenaitomeisa.biz/（二〇二四年三月現在、閉鎖を確認）

（９）一九八四年刊。脳外科医トマシュ、写真家志望のテレサ、画家サビーナの間の三角関係、ソ連のチェコ侵攻の動乱を描いている

（10）『絶歌』の著者は元少年Aとされているが、彼のホームページを見る限り、現在のところ（二〇一五年一〇月）は、自身のことを「元少年A」ではなくて、「少年A」と自称している。存在の「透明」度は一四歳のままかもしれない

（11）柄谷行人『探究Ⅱ』「固有名をめぐって」（講談社、一九八九年）参照。とりわけ、柄谷が「あるものの単独性、われわれがそれを固有名で呼ぶかぎりでのみ出現する」、「固有名は、単に個体に対する命名ではない。それは「個体」をどうみるかにかかわっている」、「歴史的であることは、固有名と関係している」などと述べている点が示唆に富む

（12）『朝日新聞』デジタル記事、二〇一五年六月二二日

（13）一九五七年三月一三日最高裁判所大法廷判決。最高裁判所判例「猥褻文書販売被告事件」事件番号「昭和二八（あ）一七一三」

（14）一九六九年一〇月一五日最高裁判所大法廷判決。「最高裁判所判例百選」参照

（15）『月刊面白半分』一九七二年七月号に掲載。一九八〇年一一月二八日最高裁判所第二小法廷判決。被告人側は、丸谷才一を特別弁護人とし、有吉佐和子、石川淳、五木寛之、井上ひさし、開高健、金井美恵子、田村隆一、中村光夫、吉行淳之介ら文学者が次々と証人に立って話題となったが、上告は棄却され、編集長の野坂昭如と株式会社面白半分社長佐藤嘉尚の罰金刑が確定した。丸谷才一編『作家の証言　四畳半襖の下張裁判』（一九七九年一〇月二〇日、朝日新聞社）に詳しい

（16）一九八九年九月一九日最高裁判所第三小法廷判決。『刑集四三巻八号』参照

（17）告発された三島由紀夫は、「宴のあと」について、「芸術作品としても、言論の節度の点からも、コモンセンスの点からも、あらゆる点で私はこの作品に自信を持っている」（『朝日新聞』一九六一年三月一四日）と述べている。なお、

『絶歌』に記された著者の心情や行動の推移は、三島由紀夫「仮面の告白」（一九四九年）における主人公の生い立ちからの軌跡（性的異常、同性愛、解剖、告白…）と平仄を合わせている。三島の小説の〈仮面〉の告白が、『絶歌』では、〈少年A〉という匿名（＝仮面）の告白と重なる

（18）『日本国語大辞典』（小学館）は一九七九年一月発行の初版に、『広辞苑』（岩波書店）は二〇〇八年一月発行の第六版による。なお、『大辞林』（一九八八年一一月発行、三省堂）には、「意見や思想を公表すること」とあるが、「公表」も（公的に）相手が存在しないと成り立たない

（19）日仏合作映画。一九七六年公開。監督は大島渚。主演は藤竜也、松田英子。この作品の脚本とスチル写真を掲載した単行本『愛のコリーダ』がわいせつ物頒布罪に当たるか否かが裁判で争われたが、被告側は無罪となった（東京高裁事件番号「昭五四（う）二五三一号」）

（20）連続射殺事件で四人を殺害した永山則夫死刑囚は、獄中で書いた小説が認められ（『木橋』で第一九回新日本文学賞受賞）、文芸家協会入会を申し込んだが、入会を拒否された。これに抗議して、中上健次たちが協会を脱会した。なお、少年Aが逮捕された（一九九七年六月二八日）直後の一九九七年八月一日に永山則夫の死刑が執行された

※　傍線はすべて論者による

年上の女が先に死ぬ物語

はじめに

本稿では、特定の「物語内容」(1)に基づく小説群の構造的な反復を確認し、「回想の叙法」（後述）の定型性を抽出する。同時に、それらの小説間の構造的な差異を明らかにし、各小説の文学的個性を浮き彫りにする。その上で、夏目漱石「こころ」(2)の解釈にも一石を投じたい。

例えば、伊藤左千夫「野菊の墓」(3)では、一人称の語り手の政夫が、語りの現在から「もう十年余も過去つた昔のこと」という過去に起こった出来事や思いを振り返って物語る。「野菊の墓」は語りの現在から始まり、過去を回想し、最後に現在に戻る（現在―過去―現在）という入れ子式の構造を持つ小説である。回想される物語内容は、一五歳の政夫と一七歳の民子が相思相愛であったのに、政夫が千葉の学校へ行っている間に民子は嫁がせられ、流産が原因で死ぬというものである。小説の最後で語りは現在へ戻り、政夫は「民子は余儀なき結婚をして遂に世を去り」、「僕は余儀なき結婚をして長らえている」と述べ、「僕の心は一日も民子の上を去らぬ」と結ばれる。「野菊の墓」に見られるような、一人称の語り手が語りの現在から過去を振り返って語る叙法を、本稿では便宜的に「回想の叙法」(4)と呼ぶ。

一

回想の叙法を採用する小説では、しばしば一人称の語り手に対応する聞き手が想定される。「野菊の墓」のモデル小説として指摘[5]のあるツルゲーネフ「初恋」[6]で言えば、手帳に記された内容を語るヴラヂーミル・ペトローヴィッチが一人称の語り手である。これに対して、ヴラヂーミルが手帳に記した過去の物語には登場しないが、手帳を捲るヴラヂーミルの語りに耳を傾ける部屋の主人とセルゲイ・ニコラーイッチという二人の友人が聞き手である。ツルゲーネフ「初恋」の語りの現在は、三人称の語り手によって語られ、回想される過去（手帳に記された物語）は、ヴラヂーミルによる一人称で語られる入れ子式の構造になっている。厳密に言えば、この場合は、物語を覆う三人称の語り手が第一の語り手であり、（物語の大部分を占める）手帳の内容を語る（回想する）ヴラヂーミルは第二の語り手である。ヴラヂーミルの話を聞く二人の友人も、厳密には第二の聞き手であり、物語世界には明示されないが、第一の語り手である三人称の語り手の話を聞く第一の聞き手も仮定はできる。もちろん物語の登場人物と考えられる語り手は小説の作者とイコールではないし、同じく聞き手も読者とイコールではない。

「野菊の墓」の語り手は一貫して一人称の政夫であるが、もちろん作者である伊藤左千夫と政夫は同一人物ではない。語り手に対する聞き手は、「野菊の墓」の物語世界では明示されないが、隠れた登場人物として想定できる。政夫が回想する過去において、民子は政夫からの手紙を握ったまま亡くなるが、この手紙の書き手は、第二の語り手としての政夫であり、第二の聞き手は、手紙の受け手である民子ということになる（ただし、政夫が手渡した手紙の内容は詳述されない）。ツルゲーネフ「初恋」でも、作中でヴラヂーミルの父に手紙が届き、その手紙を読んだ父は狼狽する。第二の語り手であるヴラヂーミルは、この手紙の送り主がヒロインのジナイーダであると推測しているが、これが確かであるとすれば、第三の語り手がジナイーダであり、第三の聞き手がヴラヂーミルの父ということになる[7]。

「野菊の墓」とツルゲーネフ「初恋」と嵯峨の屋おむろ「初恋[8]」の三作を比較し、「野菊の墓」がロシア文学を志向したとする見解[9]がある。確かにこの三作には類似点があるが、本稿では、とりわけ三作とも回想の叙法を採用している点に注目して、その共通点と相違点を再確認しておきたい。

三作ともに回想の叙法が採られていて、少年が自分より年上の少女に恋をする。「野菊の墓」の政夫と民子は山へ綿を取りに行き二人きりになるが、嵯峨の屋の「初恋」の秀とお雪は森に蕨を取りに行き二人きりになる。少女たちは出産後もしくは流産後に亡くなる。異なる点として目立つのは、嵯峨の屋の「初恋」では、お雪は秀に特別な感情を持っていないのに対し、「野菊の墓」の政夫と民子は相思相愛だったことである。ツルゲーネフ「初恋」も、「野菊の墓」及び嵯峨の屋の「初恋」と良く似ており、やはり回想の叙法を採用している。少年ヴラヂーミルが年上の少女ジナイーダに好意を抱く。時を経てジナイーダは他の男と結婚し、やがて亡くなる。この三作の物語は、概ね同じように進行していく。「野菊の墓」や嵯峨の屋の「初恋」と異なり、ツルゲーネフの「初恋」で際立つのは、同世代の男たちを翻弄する女王として君臨するジナイーダが、語り手ヴラヂーミルの父と不倫関係にあったことだろう。ヴラヂーミルに恋愛感情を持たないどころか、ヴラヂーミルの父に好意を抱いて関係を持ったジナイーダ、秀に対して特別な感情を持たなかっただけのお雪、一途に政夫を好いていた民子。三つの物語の女性像は、三者三様である。

このように粗筋を追うと、これら三作の小説には、それぞれに酷似した点がある一方で、男女の関係のあり方、特に女性像が大きく異なることがわかる。この相違点にこそ各作品の文学的個性があるのだが、ここでひとまず押さえておきたいのは、語り手の男が時を経て回想する物語内容は、いずれも、かつて好意を抱いた女に関係しているという点である。

三つの小説はいずれも回想の叙法を採用しているのだから、語り手は、回想できる程度に過去の出来事（の衝撃）から距離をとることができている可能性が大きい。あるいは、過去を回想して語るという行為自体が、出来事や事件を受け止め、整理・精算し、評価しようとする試みである可能性もある。ツルゲーネフの「初恋」の第二の語り手であるヴラヂーミルは、友人たちに初恋をその場で語るように要請されたのに、一度帰って、初恋に関する事柄を手帳に記述し、別日に友人たちに語って聞かせたのだから、一連の事件（初恋の相手への思い、初恋の相手の性格、初恋の相手と自分の父との不倫、初恋の相手と父の死など）についての整理・精算が、少なくとも手帳に客観的に記述できるほどに相対化できる地点に立っているはずである。もし未だに起こった出来事が受け止めきれず、混乱や動揺の渦中に立ちすくんでいたとしたら、冷静で詳細な順序だった手記などは到底書けまい。嵯峨の屋の「初恋」の秀にしても、五〇年もの長い歳月を経て初恋を回想しているのだから、初恋の相手の死を思い出として語る（「無常を噛み締める」）程度には、気持ちの精算は済んでいるはずである。「野菊の墓」の政夫にとっても事態は同じで、思い出せば今でも涙が出るなどと言ってはいるが、最後には「余儀なき結婚をさせられて」云々と、過去の出来事にコメントを付すまでには整理がついている。斎藤美奈子が「野菊の墓」の結末部について「「一日も民子の上を去らぬなんて……本気のわけないじゃん」(10)」と述べているように、達観した地点に語り手の政夫が立っている可能性は高いだろう。かつて少年であった頃に年上の女に恋をした語り手たちは、時を経て、過去の出来事を相対化できる地点まで達しているのである。

二

「野菊の墓」、嵯峨の屋の「初恋」、ツルゲーネフ「初恋」という三つの小説は、ごく簡単に要約すると、「少年が年上の女を好きになり、やがてその女が死ぬ」話である。また、「野菊の墓」と嵯峨の屋の「初恋」では、ヒロインの妊娠や出産がヒロインの不幸（死）に大きく関係している。ツルゲーネフの「初恋」では、妊娠の事実は明示されてはいないが、ヴラヂーミルの父が脳溢血で倒れて亡くなる直前に、父宛に手紙が届く。その手紙を読んだ父は涙を流すほどに狼狽して、ヴラヂーミルの母に頼み事をし、ほどなく死亡する。父が死ぬと、ヴラヂーミルの母は、モスクワへまとまった額を送金している。回想するヴラヂーミルは、手紙の送り主はジナイーダであろうと推測しているが、病床の父が母に頼んでモスクワにいるジナイーダへ送った金は、妊娠の報告に対する中絶のための費用なのであろう。淡々と回想するヴラヂーミルは、送金の理由に触れないが、ヴラヂーミルの気高い父が、手切れ金の名目で送金することで涙を流しはしまい。ヴラヂーミルは、父の涙があまりに意外で驚いているほどだから、父が涙する余程のことがジナイーダからの手紙に記されていたはずである。となれば、幼いジナイーダがヴラヂーミルの父の子を宿したという報告か、あるいは、中絶や死産などの報告であった可能性が高まろう。そうであれば、「野菊の墓」も嵯峨の屋の「初恋」もツルゲーネフ「初恋」も、ヒロインには妊娠による不幸が共通することになる。妊娠が直接健康に影響したわけではないとしても、時を経て、ジナイーダも不遇のうちに亡くなるのだから、三作品は、「少年が年上の女を好きになり、やがてその女が（他の男との間で妊娠し）、不幸にも死ぬ」と要約し直すことができる。もちろんこの三作品は影響関係が指摘されているのだから、共通の傾向が抽出できるのは当然かもしれない。そこで、東西のさまざまな小説からこのような要約が可能な小説をあらってみよう。

まず同じように要約できる小説として、レーモン・ラディゲ「肉体の悪魔」[11]が脳裏に浮かぶ。この小説では、第一次世界大戦の最中、一五歳の学生「僕」が一九歳の美しい人妻マルトと恋に落ちる。マルトの夫ジャック（最初は婚約者）は出征中で、マルトのジャックへの愛は既に冷めている。やがてマルトは妊娠し、出産後に亡くなるという話である。この小説も、やはり一人称の語り手である「僕」が四年前を回想する形式が採られている。「野菊の墓」に比べれば、圧倒的に早熟で大胆な若者たちが登場するが、年上の女性が妊娠後に死ぬという物語の展開は、「野菊の墓」などと変わらない。現代日本に目を向ければ、ミリオンセラーとなり、映画化もされた村上美佳「天使の卵　エンジェルス・エッグ」[12]が当てはまる。一人称の語り手である一九歳の美大志望予備校生である歩太と、彼より八歳年上の精神科医で未亡人の五堂春妃とが恋愛関係に陥る。歩太の前の彼女である夏妃は、歩太への思いが立ちきれず、そのことを姉に相談していたが、その姉が春妃であった。事後的に三者は自分たちの置かれている関係を知る。やがて春妃は妊娠するが、医療ミス（薬物アレルギー）によって死亡する。時を経て、歩太は春妃の肖像画を描くという話であるが、事件を語っている歩太は、死別した女を一服の絵に収めること（対象化すること）が可能なほどに気持ちの整理がついたと言える。

こうした「少年が年上の女に恋をし、やがて女が（妊娠した後に）死ぬ」物語には、多様な亜種が存在する。例えば、トマス・マンの晩年の短篇「欺かれた女」[13]では、アメリカ人の青年ケンに恋するロザーリエは、初老の夫人である。この小説では、ヒロインのロザーリエは高齢という設定のため、物語上に妊娠や出産というシークエンスはないが、産褥後に死ぬことの代理であるかのように、ロザーリエは子宮筋腫によって亡くなる。彼女は子宮筋腫による出血を月経が復活した（＝ケンとの間に出産が可能な女に戻った）ものと思い込んで喜んでいたのに、「欺かれた」のである。この小説の語り手は一人称ではなく三人称の語り手であるが、語り手が「わたしたちの世紀」などと述べていることから、聞き手として同じ世紀を生きる読者が想定されていることがわかる。一人称の語り手が回想する体裁を取ってはいないが、そのためにロザーリエのまくし立てるような独白が生きてくるのであり、この点に、他の類似の小説と異質の文学的個性が表れていよう。ベルンハルト・シュリンク「朗読者」[14]は、未成年の男と成人の女との年齢差が大きい小説である。一人称の語り手「ぼく」（一五歳のミヒャエル）が三六歳のハンナに看病をしてもらい、男女の仲へと発展する。やがてハンナは忽然と姿を消す。大学生になったミヒャエルがナチスの裁判を膨張に行くと、強制収容所の看守をしていたということで、被告席にハンナがいて、彼女は無期懲役の判決を受ける。ミヒャエルは服役中のハンナに一〇年にわたって「オデュッセイア」（一〇年かけて妻のもとへ帰還するオデュッセウスがミヒャエルで、夫の帰りを待つ貞操の妻ペネロペがハンナに相当する）の朗読テープ（ジュネット流に言えば、「オデュッセイア」の朗読テープは「第二次物語言説」である）を送り続ける。四年目に獄中のハンナから手紙（第二の語り手はハンナ）が届き、ふたりは久しぶりに再会する。しかし、出所の準備中に突然ハンナが謎の自殺を遂げるという話である。語り手のミヒャエルの年齢は特定できないが、「いまでは三六歳の女性を見ても若いと思う」ほどの月日が流れた現在から過去を回想している。なお、この小説からは妊娠の痕跡は見つけ難い。

再び日本文学に目を向ければ、太宰治「人間失格」[15]なども、美少年が中学時代に年長の人妻と性的関係に陥り、その人妻と心中未遂事件を起こしたことを後年になって暴露する小説である。作中では（現実でも）、心中騒ぎで人妻だけが死ぬが、ここでも回想の叙法を採用する一連の小説と同じ出来事が反復されている。また、一時期ブームとなった片山恭一「世界の中心で、愛をさけぶ」[16]も同様である。この「セカチュー」は、語り手の朔太郎が一〇年以上前の高校時代の恋愛を回想する小説である。恋愛対象のアキは朔太郎と同級生だが、そのアキは一七歳で白血病により他界する。あるいは、村上春樹「ノルウェイの森」[17]も、三七歳の「僕」が飛行機の中から一八年前の学生時代を回想する小説である。「僕」の恋愛対象の直子は精神病院に入院し、後に自殺する。同じく村上春樹の処女作「風の歌を聴け」[18]も、二九歳の「僕」が二一歳の学生時代を回想する形式の小説で、「僕」の恋人が自殺する。

その後に登場する左手の小指がない彼女は、顔も覚えていない男の子供を妊娠して中絶し、やがて姿を消す。「セカチュー」や村上春樹の小説では男女は同級生だが、女たちが自身や恋人の死を受け入れている点をみれば、精神年齢は男より女の方が遥かに高いと言える。

ここまで回想の叙法を採用する代表的な小説とその亜種を思いつくままにみてきたが、繰り返して確認すれば、男が若き日の恋を回想の形式で語る小説では、主人公の若い男よりも恋愛対象の年長の女は先に死ぬ。なおかつ薄幸のうちに死ぬ。しかも、しばしば女性は好きでもない男と結婚し（あるいは結婚後にその恋から冷めて）、望まぬ出産や流産が遠因となって死ぬ。年上の女は、年上であるがゆえに（結婚が可能な年齢であるがゆえに）、妊娠というトピックが付き物となる。そして、その合わせ鏡として、年下の男の方は、（妊娠に必要な性的能力はあっても）未熟者として描かれ、やがて時を経た成人後に過去を述懐する。シュリンク「朗読者」では、女は妊娠が難しい年齢に達しているし、「セカチュー」のヒロインは重病であるから妊娠できない。このような偏差はあるにせよ、年上の女を好きになった男が回想する形式の話は、概ね定型的であり、構造的な反復が認められる。かつて斎藤美奈子は、（家庭内を除く）妊娠が登場する小説を総称して「妊娠小説」[19]と呼んだが、斎藤美奈子の定義を拡大し、（家庭内も含む）望まない妊娠が登場する小説の一定型として、若い男（少年・青年）が年上の女に恋をする回想形式の小説群があることを指摘しておく。

三

回想の叙法を採用する小説には、おそらく次のことが共通する。それは、過去を回想する現在において、語り手は、過去に起こった出来事を現在においては語るに値するものと判断しているということである。それは、（想定される聞き手を前にして）現に語っていることからして明らかだ。例えば「朗読者」の一人称の語り手ミヒャエルは、小説の末尾で、最初は書こうとしてもなかなか物語が蘇ってこなかったと話し、「なんて悲しい物語なんだろう」と長く思っていたが、物語を完全に整理できた後は、「いまのぼくは、これが真実の物語なんだと思い、悲しいか幸福かなんてことにはまったく意味がないと考えている」と述懐するまでに、精神的なステージが変化している。

ある事件が起こった過去においては、その事件は語るに値しないと思っていたのが、現在になって、何らかの「相応の理由」によって、過去の事件は語るに足ると語り手に判断された。もしくは、もともと語るに足る内容だったけれども、それを語るには、「相応の理由」によって、語り手には一定の時を経る必要があった。回想の叙法を採る小説全般に差し当たり言えるのは、「相応の理由」（語り手に課されていた禁止事項の解除が起こったのか、語り手が語るに足るステージまで到達したのか、語り手の気持ちや関係や物理的な諸事情の整理・精算がついたのかなど）によって、過去（の事件）を語る現在の語り手は、事件当時の諸関係の中に身を置いていた時よりも、時間を経て事件（及び諸関係）との距離を得ることで、一定の俯瞰的な視座を獲得している（相対化に成功している）ということである。そうでないと、（語り手に対して想定される）「聞き手」にわかるように整合的に説明する＝物語化して提供することは難しかろう。なお、回想する現在において、他ならぬ当事者の女が他界しているからこそ（女に気兼ねせず）、語り手は回想を「聞き手」に公表することができる。語る現在において、語り手の回想の公表を拒否（あるいは許可）する主体（プライベートを暴露される女）は既にこの世に存在しないから、過去の事件を聞き手に公表することに関して、語り手は語ることの責任を一手に引き受けている、ということができる。

四

漱石は「野菊の墓」を絶賛したが[20]、その漱石の小説では、女はどのように描かれているのか。「野菊の墓」に感激する漱石であるから、それと対称的なツルゲーネフの「初恋」に登場する女王ジナイーダなどは、どちらかと言えば不快な存在となろう。「野菊の墓」と同じ明治三九年に発表された「草枕」[21]の那美や、その二年後に書かれた「三四郎」[22]の美禰子などは、民子かジナイーダに分別するとなれば、ジナイーダに近い「新しい女」になるだろう。夫と離婚し、夫に金の無心をされ、満州へ立つ夫と汽車の窓越しに見つめ合う那美は、ジナイーダのように命を落としはしないが、決して幸福とは言えない。美禰子にしても、好き合っていた野々宮と結婚できず[23]、未知の男性に嫁いだのだから、ヴラヂーミルの父と結婚できず、別の男へ嫁いだジナイーダのようではないか。美しいジナイーダの周囲には「崇拝者」が群がり、彼女はヴラヂーミルをはじめとする崇拝者を弄ぶ。ヴラヂーミルにはジナイーダの心中がわからなかったわけだが、漱石の「三四郎」では、三四郎こそが美禰子の「崇拝者」に相当し、ヴラヂーミルのように、三四郎も美禰子の胸中を推し量ることができない。

「初恋」や「野菊の墓」などの回想の叙法を採る小説は、過去の出来事が挟み込まれる入れ子式の構造を持つが、斎藤美奈子は、過去を挟み込んで回想する現在について、それは挟み込まれた事件を焦点化するための額縁のようなものだと言い、回想される過去は額縁によって強調される一服の絵のようなものだと述べている[24]。斎藤美奈子が言うように、回想の民子や回想のジナイーダが額縁に収まる絵のモデルなのだとすれば、画家に自分の画を描くように求め、最後の汽車の見送りの場面でようやく画家から画になると言われる那美や、画家の原口の肖像画「森の女」のモデルとなり、最後にその画が完成する美禰子は、回想形式の小説で悲劇的なヒロインが文字通り額縁によって強調され、収められたのだと言えようか。要するに、民子のような純真性に感激する漱石が描く小説においては、民子と隔絶する女性には、「草枕」で画家が那美を「憐れ」と評したような物悲しい一服の絵に収められ、あまり幸福な未来は用意されなかったのである。死んだ春妃の肖像画が歩太によって描かれる「天使の卵 エンジェルス・エッグ」も、この延長に捉えられよう。

「こころ」も、一人称の語り手（元青年）による回想の叙法を採る小説である。「こころ」の冒頭部を確認すると、「私はその人を常に先生と呼んでいた」、「だからここでもただ先生と書くだけ」、「私はその人の記憶を呼び起すごとに」、「筆を執つても心持は同じ事」、「その時私はまだ若々しい書生であつた」（傍線は全て引用者）などと記されている。傍線部に明らかなように、過去の出来事を当時「まだ若々しい書生であつた」（ということは、今は若々しくない）語り手が、「筆を執つて」過去を回想していると読むことができる。上中下の三部構成で、下の部分が全て先生の遺書に当てられているのでわかりにくいが、年を経た語り手（元青年）が過去を回想し、その回想の過程で、先生からの「遺書」を聞き手に対して公開していると読める。[25] 小森陽一氏はいち早くこの点を押さえ、青年が「自らの手記の中に遺書を引用しようと」したと主張した。[26] 語り手の元青年が回想する現在においては、かつて敬愛した先生は存在しないので、先生はその「遺書」の公開を物理的に拒むことはできない。先生は妻の静が気がかりで、遺書をなるべく公開しないようにと青年に釘を刺していた。しかし、それでも青年は遺書を公開したのだから、先生（と静）との関係や先生への評価などが、時を経た語り手の元青年においては、先生の命令に背くことができる程度に整理・清算されていると考えられる。

小森陽一氏は先生の死後に青年と静が「共生」する可能性を示唆しているが、[27]「こころ」を「年下の男（少年・青年）が年上の女を好きになり、やがて（その女が他の男との間で妊娠し）、不幸にも死ぬ」という回想の叙法を採る小説の定型に当てはめれば（「こころ」を若い男と年長の女が恋愛した小説とみれば）、先生の亡き後、青年と静は特別な関係になったものの、静は妊娠・出産（流産）後の肥立ちの悪さから病によって死に瀕するほどに健康を害していると想像することができる。[28] 静と青年との間に恋愛に近い関係が生じたのか、静と青年との間に子がもうけられたのか、無職の青年に生活や人生は託せなかったのか、静は第三者と再婚したのか、第三者との間に子がもうけられたのか、子をもうけようとしたものの流産したのか等々の様々な物語の展開が想像できる。『こころ』はさまざまなことが反復する物語だと言われている。[29] ならば、青年の妹が流産（中十）したことも反復するかもしれない。少なくとも、回想の叙法を採る小説の語り手一般に言えることが、『こころ』の青年にも当てはまるとすれば、いずれ静と距離を置いた語り手の元青年は、時を経て先生の影響圏から脱し、（ヴラヂーミルが父とジナイーダを相対化できたように）先生と静を相対化できる地点まで到達したことはまちがいなかろう。

小森陽一氏は、「『こころ』には、「私」と「先生」という二人の手記の書き手がいて、「私」（青年）の語りは、「先生」の過去も語りも差異化するが、それは「否定」や批判ではなく、「「先生」の行為を反復し、共感する要素を持つ」と言い、先生と青年と読者の自己意識が「多層的円環的に組みあわされる」と述べている。[30] しかし、語り手に対応する隠れた登場人物である聞き手に向かって、元青年の語り手が、先生を裏切るかのように、先生が嫌がった遺書の公開に踏み切るのだから、元青年による「先生の過去」の「差異化」が「否定」や批判ではないと言い切れるだろうか。元青年が「先生の行為を反復」しているとするなら、なおさら年輪を重ねて培われた冷徹な批評眼を研ぎ澄まし、「共感する要素」を凌駕する地平に元青年の語り手は到達していないだろうか。

ここに列挙してきた回想の叙法を採る小説の仲間に『こころ』を加えれば、元青年である語り手は、年長の静と添い遂げることができなかった、結婚することができなかった、先生という寄る辺を失った静とどのようなカタチであれ「共生」することがかなわなかった、出産にまつわる病が原因となって病蓐の身となった不幸が静を襲うあまり明るくない未来が想像される。小森氏が言う「多層的円環的」な組み合わせが仮にあるのだとしても、元青年と静との「共生」の可能性よりも、寧ろかつて青年が危篤の父を見捨てて先生のもとへ駆けつけようとした行為が反復されて、元青年が瀕死の静から距離をとり、静の母と元青年の父が同じ病に倒れたことが反復されて静もまた同じ病を患う可能性も考えることができる。(31) 静は策略家だとする説(32)があるが、漱石の他の小説の女(那美、美禰子)や女王ジナイーダの延長に静がいるとしたら、彼女は罰にも等しい厳しい状況に追いやられるはずだ(那美のように愛する夫と引き裂かれる孤独、美禰子のような望まない結婚、ジナイーダのような不倫・懐妊を経ての死である)。

回想の叙法を採用する小説の語り手の男たちは、多少の偏差はあるものの、時を経て、物理的にも精神的にも女と距離を置いた地平に立ち、自分と女との間にかつて存在した関係や事件を冷徹に整理・精算している。ならば、「こころ」の語り手である元青年も、回想の叙法を採用する他の小説に準じて、(彼に多少の愛情や憐憫や後悔の念が残っていたとしても)遠くから静についての整理・精算を果たしている可能性がある。そうであれば、小森陽一氏が想像する静と青年の「共生」という未来はむしろ閉ざされているし、そうであれば、「成長」や「大人」や「覚悟」や「葛藤」や「通過儀礼」などの道徳的・倫理的な言葉(33)からも遥かに遠ざかる地平に元青年の精神はあるのではないか。仮に元青年の私と静との間に一時的な「共生」があったとしても、死の影が纏いつく暗い未来が予想される。

「朗読者」の語り手ミヒャエルは、自分が語った物語の終わりで、かつてはそれを「悲しい物語」と思ったが、現在では「これが真実の物語なんだと思い、悲しいか幸福かなんてことにはまったく意味がないと考えて」いて、かつての経験が「現在進行中の」ものとして「後の体験の中に見いだされる」と語った上で、「ぼくはやっぱり、自由になるために物語を書いたのかもしれない」と結論付けるが、このミヒャエルの先達が「こころ」の元青年ではなかろうか。元青年が語る「事実の物語」は、「悲しいか幸福か」や大人か子供かなどといった倫理的な二項図式で評価されるものではない。「共生」というリベラルなあり方も、学校空間で好まれる道徳的なタームや成長物語という枠組も雲散霧消する、もっと「自由になるため」(34)の現実に、「こころ」の語り手は到達しているにちがいない。

注

（1）Ｊ・ジュネットは、テクストそれ自体を「物語言説」（recit）と呼び、テクストから読み取れる物語世界の内容を「物語内容」（histoire）と呼んで、両者を区別している（『物語のディスクール―方法論の試み　叢書記号学的実践2』花輪光・和泉涼一訳、水声社、一九八五年年九月）が、このジュネットの区別に本稿は従う

（2）東京・大阪『朝日新聞』一九一四年四月二〇日～八月一一日

（3）『ホトトギス』一九〇六年一月一日

（4）ジュネットは『物語のディスクール（1）』で、「物語内容の現時点に対して先行する出来事をあとになってから喚起する一切の語りの操作」を「後説法」analepseと名付け、「人称」は不適切な言い方だとして使用せず、語りを「態」のレベルで抽象化して分析している。ジュネット流に言えば、「回想」は錯時法としては後説法に含まれるが、本稿の目的は物語論の理論的研究ではないので、高度に抽象化されたジュネットの概念（「後説法」や「態」）は避け、具体的な小説を分析する際に慣用的で運用しやすい「回想」や「人称」といった概念を用いる

（5）永塚功「「野菊の墓」成立に関する比較文学試論―嵯峨の屋御室「初恋」を媒介としたロシア文学への志向」『語文』一九八六年六月

（6）『読書文庫』一八六〇年

（7）ジュネットは『物語のティスクール（1）』で、手記や書簡などの挿入によって齎される物語言説を第二次物語言説と呼ぶ。「初恋」で言えば、語りの現在が第一次物語言説であり、回想される手帳の記述が第二次物語言説である。なお、第二の語り手は第二次物語言説に対応する

（8）『都の花』一八八九年一月

（9）（5）に同じ

（10）『名作後ろ読み』中央公論新社、二〇一三年一月

（11）ベルナール・グラッセ、一九二三年三月

（12）集英社、一九九四年一月。映画（製作は松竹他、配給は松竹、監督は冨樫森、出演は市原隼人、小西真奈美、沢尻エリカ他）の公開は二〇〇六年一〇月二一日

（13）Merkur 一九五三年九月

（14）Diogenes Verlag 一九九五年。題名は語り（朗読）の重要性を示唆するものだが、語り手は、「オデュッセイア」をテープに録る「朗読者」（第二の語り手）であると同時に、一人称の語り手が過去を回想して語る「朗読者」（第一の語り手）でもある。二〇〇八年に「愛を読むひと」と題して映画化され、ヒロイン役のケイト・ウィンスレットがアカデミー主演女優賞を受賞

（15）『展望』一九四八年六月～八月

（16）小学館、二〇〇一年四月。「野菊の墓」を「元祖セカチュー」だと述べる論文もある（高橋与四男「純愛物語論—伊藤左千夫『野菊の墓』を中心に—」『東海大学紀要海洋学部』二〇〇六年三月）

（17）講談社、一九八七年九月

（18）『群像』一九七九年六月

（19）『妊娠小説』筑摩書房、一九九四年六月

（20）「明治三八年一二月二九日付夏目漱石書簡」『漱石全集』第二二巻岩波書店、一九九六年年三月

（21）『新小説』一九〇六年九月

(22) 東京・大阪『朝日新聞』一九〇八年九月一日〜一二月二九日

(23) 美禰子と野々宮の結婚進行説は、酒井英行「広田先生の夢―「三四郎」から「それから」へ―」（『文藝と批評』一九七八年七月）や重松泰雄「評釈・『三四郎』」（『國文学』一九七五年五月）などの論文が嚆矢で、助川徳是氏が「野々宮と美禰子は結婚を目指して交際の歴史を織る」（『解釈と鑑賞』一九七八年一一月）と簡潔に記している。美禰子と野々宮の結婚進行説の進捗と現在の趨勢については、石原千秋『漱石はどう読まれてきたか』（新曜社、二〇一〇年五月）がまとめている

(24) （10）に同じ

(25) 冒頭の「これは世間に憚かる遠慮というよりも」（上一）という一節からも、語り手の元青年による（先生の遺書を含む）手記の公開は明らかと思われる。なお、ジュネット流に言えば、「下　先生と遺書」が第二次物語言説であり、遺書の書き手である先生は第二の語り手である

(26) 「「こころ」を生成する心臓」『成城国文学』一九八五年三月

(27) （26）に同じ

(28) 作中の「子供を持つた事のない其時の私は」（上八）から青年が時を経て静との間に子供をもうけたと考えることもできる。なお、「奥さんは今でもそれを知らずにいる」（上十二）とあることから、語りの現在において静は生存している可能性が高い

(29) 古くは小森陽一氏が「先生の行為を反復」することを論じ、近年（拙稿執筆時）でもアンジェラ・ユー氏が「『こころ』ほど、反復が用いられた小説はないだろう」（「『こころ』と反復」アンジェラ・ユーほか編『世界から読む漱石『こころ』』勉誠出版、二〇一六年一月）と指摘している。また、浅野洋氏も「物語に登場する主な三人（K、先生、私）の人生行路が極めて類縁的《アナロジカル》に描かれている」とし、この「類似性を重ねる構造」（「『こゝろ』の不思議とその構造」佐藤泰正

編『漱石における〈文学の力〉とは』笠間書院、二〇一六年一二月）を丁寧に分析している

（30）（26）に同じ

（31）脳溢血で瀕死の父や大人になってから会おうと思えば会えるのに距離を置いていたジナイーダのことを淡々と語る「初恋」の語り手ヴラヂーミルは、「こころ」の語り手である元青年の先行者に見える

（32）押野武志「「静」に声はあるのか―『こゝろ』における抑圧の構造―」『文学』一九九二年一〇月

（33）石原千秋『大人になれなかった先生』（みすず書房、二〇〇五年七月）から引用。なお、石原千秋『漱石はどう読まれてきたか（23）』に、自身の四本の「こころ」論、「眼差しとしての他者―「こゝろ」論―」、「『こゝろ』のオイディプス　反転する語り」（『成城国文学』一九八五年三月）、「高等教育の中の男たち　『こゝろ』」（『日本文学』一九九二年一一月）、「テクストはまちがわない」（『漱石研究』一九九六年五月）について、「すべてを高校生でも読めるようにやさしく書き直した」ものが『大人になれなかった先生』だと書かれている

（34）青年の未来については、本書第Ⅰ部で論じている

近代の恐怖表象

一

近代に特有の恐怖があるとしたら、それは何か。その一つは個性の剝奪だろう。近代は個人主義の時代である。個人を尊重し、自由と権利を重んずる個人主義を内面化した近代人は、個性を奪われ、自由な言動を禁止され、画一的な無個性集団に埋没させられることを嫌悪する。このことは様々な芸術作品に描かれているが、恐怖として表現される場合も多い。ここにそのすべてを網羅することは到底かなわないが、幾つかの問題作や話題作をジャンル横断的に拾い上げて、検討してみたい。

死体が蘇る話は近代以前から存在するが、その死体＝ゾンビ（zombie）が思考を停止した無個性な集団と化して人間を襲い、襲われた人間がゾンビ化し、やがて世界がゾンビに覆われるというホラーストーリーは、近代の産物である(1)。工場や学校や軍隊において、規律・訓練型の権力によって、機械的で画一的な言動を強いられ、社会規範の順守の圧力が増大するほどに、個性を守りたい近代人の恐怖意識がゾンビを紡ぎ、現在もなお、それは再生産されている(2)。映画「マトリックス」(3)で、マトリックスの住人を次々に自分のコピーにする能力を持つエージェント・スミスや、「スター・トレック」(4)で、接触した生命を「同化」と称して取り込み、個体識別を無効にするボーグなど、それはSFにおいても反復されている。

非合理なものへの忌避感が恐怖に発展する場合もある。近代は理性と合理主義、科学が尊重される時代である。理性を駆使して物事を合理的に理解し、問題の解決に当たれる者が、成熟した近代の個人である。理性や合理性に対して、その対立概念となる情緒や感情は、しばしば近代社会で一段低い扱いを受けてきた。情に流され、感情を爆発させる人間は、合理主義の近代社会では蔑まれる。感情的な人物の非論理的な言動や科学的根拠を欠く信心の類は、合理主義者から嘲笑され、侮蔑され、無視され、唾棄される。こうした合理主義者の反応が、恐怖に先鋭化する場合がある。合理的なアプローチがとれない場面で、合理主義というプロテクトが通用しない相手（得体の知れないもの）を前にして、近代人は慄くのである。近代の恐怖とは、科学的・合理的な規範からの乖離に対する不安の表れなのである。

恐怖を主題とするフィクションに登場するゾンビ、吸血鬼に服従する下僕、悪霊に憑依された者たちは、個性と合理的知性を奪われているという共通点を持つ。彼らは欲望のままに人々を襲い、銃弾の雨をものともせず、物理法則をも無視する。彼らは、死や霊が日常や生活の一部にあり、悪魔祓いや蘇生の呪術が公に認知されていた前近代と異なり、近代においては、日常の生活圏から遠ざけられ、退けられている。フィクションにおいて、彼らが墓地や深い森の廃屋や孤島などの人里離れた場所に出現するのは、近代社会が排除する存在だからでもあるのだ。本稿では、こうした近代社会が排除している存在を近代の〈他者〉と呼ぶ。

二

近代社会にとって、最も恐ろしい存在とは何か。このことを考える上で、奇才として名高いファブリス・ドゥ・ヴェルツ監督の映画 *Vinyan*[(5)] が示唆に富む。この映画はゾンビや妖怪の類を介さずに、近代的な〈恐怖〉の核心を突く重要な作品である。vinyan という語は、タイ語 วิญญาณ にアルファベットを当てたもので、意味は英語の spirit に近い。映画では、鎮魂祭の様子が映し出され、「正しく死なねば成仏できない」とも語られるので、vinyan

は精神よりも魂と訳す方が妥当であろう。

Vinyan の主人公は、幼い息子をタイで津波に攫われた西洋人夫婦である。妻のジャンヌは、秘境の村を撮影したフィルムの中に一瞬背中が映った子供が、津波に攫われた我が子に違いないと確信し、ミャンマーの奥地へ赴くことを決意する。ポールは、息子が秘境で生き延びているとは信じ難いものの、妻の決意に押され、夫婦で連れ立って捜索に出かける。地元裏社会の顔で、子供の人身売買で名を轟かせるタクシン・ガオに協力を求め、夫婦は未開の村が点在する秘境へと赴く。奥地へ分け入るに連れ、妻は心神耗弱状態に陥る。やがて、全裸に化粧を施した子供たちだけが暮らす謎の村に行き着くが、ガオと手下は、正体不明の子供たちによって殺され[6]、ついにはポールも襲われる。ポールは子供たちから崇められるジャンヌの姿をみて瞑目する。これが *Vinyan* の物語内容である。

Vinyan では、合理的に考えればまず生存の見込みがない息子のために、ジャンヌは夫の金を奪ってまで危険な旅を強行した。いつ裏切るとも知れず、人殺しも厭わない裏世界の売人に縋ってまで捜索を続けることは、理性的な近代人であるポールには困難であったが、妻のジャンヌは物怖じせず果敢に秘境を突き進む。このジャンヌの理解し難い行動に、ポールは不安を掻き立てられる。ジャングルを歩むにつれて次第に精神を病むジャンヌの「狂気」が、ポールの不安を益々煽る。

フーコーは『狂気の歴史』[7]で、かつて心霊の世界に属するものであった「狂気」が、近代になって精神病というレッテルを貼られ（フーコーの言葉では「分類」され）、社会から隔離され、排除されたことを明らかにした。市民社会の生成、自由と民主主義の台頭、科学の発展など、近代は多大な恩恵を人間社会に齎したが、その裏面で、近代性と馴染まない価値観は唾棄された。なかでも「狂気」のレッテルを貼られた者は、精神病棟に隔離することで社会から排除されたのである。近代に誕生した映画は、初期から狂気と恐怖をセットにして描いてきた。ホラー映画の元祖とも言える「カリガリ博士」[8]から始まり、アルフレッド・ヒッチコック「サイコ」[9]、好評を博してシリーズ化するジョン・カーペンター「ハロウィン[10]」、あるいはスタンリー・キューブリック「シャイニング[11]」と、それは枚挙に暇がない。

Vinyan には得体の知れない危険な「子供」が集団で登場するが、感情的で、野蛮な存在である子供も、「狂気」と同じく、近代社会の合理主義に合致しない存在である。子供には冷酷で残忍な側面があり、しばしば無個性的な集団として行動する。このような子供たちも近代社会の内なる〈他者〉として、学校や寄宿舎に隔離され、そこで合理性を獲得する訓練を受け、やがて大人＝理性的な個人として、近代市民社会の構成メンバーに加えられることになる。『子供の誕生[12]』で「子供」が近代に誕生した歴史的な概念であることを主張するフィリップ・アリエスは、近代以前の子供は「小さな大人」に過ぎず、「小さな大人」は労働も恋愛も飲酒もできたし、社会に居場所を確保していたが、近代になって「子供」として位置づけられ、学校や寄宿舎に隔離されたことを論じている。この「子供」の非合理的な性質への反応が、恐怖として先鋭化する場合がある。狂気を帯びた子供が大人を襲撃する映画は繰り返し撮られていて、スペイン映画「ザ・チャイルド[13]」、ハリウッド映画「ヘルゾンビ[14]」、同じく「ハードキャンディ[15]」、イギリス映画「ザ・チルドレン[16]」など、これも枚挙に暇がない。

津波にのまれた子供が秘境の村に漂着して生きている話が *Vinyan* だが、漂着した子供のサバイバルと言えば、まずジュール・ヴェルヌ「十五少年漂流記[17]」が想起されよう。「十五少年漂流記」は無人島に漂着した子供たちが島で生き抜く成長譚であるが、無人島という近代世界の外部であっても、子供が大人の行動をとって（＝近代人として身を律して）生き抜く、言わば近代を賛美する内容の近代文学である。この「十五少年漂流記」を下敷きにして、むしろ「子供」の残虐性に着目したのが、ウィリアム・ゴールディングの小説「蝿の王[18]」であろう。そのプロットは、*Vinyan* にも直結する。「蝿の王」では、無人島へ漂着した子供たちは、当初は自ら作ったルールを守って「十五少年漂流記」の主人公たちのように生きようとしていたが、対立や不和によって良心を失い、残虐な野蛮人になり果て、抗争を繰り返すに至る。「十五少年漂流記」は「子供」の特質である「純真無垢」[19]を前提とするが、「蝿の王」は、大人が適切に管理しなければ（＝近代社会内部で学校に隔離して訓練しなければ）、子供たちはいつでも未開時代の野蛮人に成り果てることを警告している。

近代社会の外部で孤立した子供が狂気と残虐性を顕にする話は、子供を主たる読者とする日本のマンガにおいても主題化されている。望月峯太郎「ドラゴンヘッド」[20]の序盤はその典型である。物語の冒頭で、修学旅行の中学生を乗せた新幹線が、地震によってトンネル内で脱線事故を起こし、中学生のテル、アコ、ノブオを除く全ての乗員乗客が死亡する。トンネルの出入り口が崩落し、孤立無援のサバイバルが描かれる。トンネルの暗闇で精神を病んだノブオは、乗客の化粧品を用いて、未開の部族が描くような紋様を身体に施す。*Vinyan* の子供たちも同様の化粧を裸体に施していたし、「蝿の王」の子供も豚の血で化粧を施していた。近代社会の中では容認され難いこうした裸体への化粧が、大人が管理する社会と絶縁し、子供だけで生きる覚悟や結束を示す（宗教的なニュアンスを伴う）イニシエーションになっている。「ドラゴンヘッド」では、化粧を施したノブオは、脱線事故の衝撃で意識のないアコの身体に勝手に化粧を施し、化粧をしていないテルと対立する。近代社会と隔絶したノブオの世界（閉鎖されたトンネル内）において、この化粧の有無は、敵と味方を判別する記号となる。ノブオは意識を失ったアコを仲間に加え、アコに対して性的に欲情した。テルとアコがトンネルから脱出しなければ、いずれノブオは、彼が信じる「闇の主」の下で、アコを后に据えたであろう。*Vinyan* では、意識が朦朧とするジャンヌが、子供たちに降臨した聖母として位置付けられた。「ドラゴンヘッド」のアコの立場は、*Vinyan* におけるジャンヌの立場に相当するものだ。いずれも、「個人」の意思は無視され、その役割（生殖機能や母性）が重視される。個人の権利や個性の尊重や法律上の契約の概念などの近代的な価値観は全て放擲され、子供たちはあたかも古代の宗教儀礼に基づくかのような行動をとる。「ドラゴンヘッド」の「闇の主」、*Vinyan* の古代遺跡、「蝿の王」の「闇の獣」などの近代の外部に棲息する古代宗教（フーコー流に言えば、古典主義時代）をアンプとして、クライマックスに向かって恐怖が増幅されていく。*Vinyan* の秘境の村、「蝿の王」の絶海の孤島、「ドラゴンヘッド」の隔絶された山中のトンネルなど、近代の光が届かない未踏の地で、子供たちは狂気を帯びる。近代性を放擲した子供たちは、いずれの作品においても自ら創造した信仰と儀礼に依拠し、裸体に紋様を施して過ごす。近代における恐怖の表象は、しばしば「未開人」（barbarian）の意匠を凝らすのである。

フーコーの「狂気」やアリエスの「子供」と同じく、「未開」もまた近代に再発見された概念であり、レッテルである。レヴィ・ストロースは、どんな民族集団も、それぞれに固有の価値観や文化を持っているので、自民族（西欧）の尺度で文化の優劣を論じるべきではないと述べ、文化に絶対的な優劣はないとする文化相対主義を主張し、「野蛮人とは野蛮を信じる者のことだ」と述べている。[21] *Vinyan* の舞台である東南アジアも東洋の一部であるが、東洋には東洋の長い歴史があり、独自のものの見方や捉え方が開発されたのに、西洋近代の価値観にそぐわないからといって東洋に未開のレッテルを貼り、西洋より劣るものとして蔑み、あるいは自分たちの価値観を脅かす危険な存在（恐怖の対象）として敵視する。子供を学校に隔離して教育し、狂人を精神病院に幽閉して治療するように、「未開」の東洋人には西洋の合理主義的な価値観を植え付けて統治しようとする。こうした啓蒙主義を正義の御旗に掲げて、西洋が東洋を征服し、植民地化した近代史がある。エドワード・サイードは『オリエンタリズム』[22]で、こうした歴史を踏まえて、西洋の身勝手で傲慢な思惑を「西洋の東洋に対する思考様式」だとして、それまで美術用語だった「オリエンタリズム」という言葉を読み変えた。西洋による東洋の扱い方を帝国主義的で人種主義的だと批判したサイードが言う東洋（Orient）は、第一にはサイードの出自に関係する中東地域を指すが、その射程は、*Vinyan* の舞台であるミャンマーやタイなどの東南アジアを含む東洋全域に及ぶ。かつて中村雄二郎は、一九六〇年代に三つの「新しい人間」の発見があったとして、フーコーの「狂気」の発見、アリエスの「子供」の発見、レヴィ・ストロースの「未開人」の発見を挙げた[23]。この三者の共通点は、個人主義と合理主義を是とする近代社会における〈他者〉の発見にある。彼らは、近代人の排他性や傲慢を批判するために、近代社会によって排除され、抑圧された〈他者〉にスポットを当てた。近代が排除した〈他者〉によって近代を穿ち、近代批判を試みたわけである。*Vinyan* をこの思想的な文脈に照らせば、その中心人物は、一見すると一途に我が子を探し求めるジャンヌのようだが、実は脇役にみえる（近代人である）夫のポールの眼を通して、近代の合理主義の光が届かない暗闇に蠢く〈他者〉への恐怖が描かれた映画であることが鮮明になる。アンコールワット風の古代遺跡の前で、「狂気」のジャンヌと「未開」の部族の如き「子供」たちに囲まれてポールが落命する場面でこの映画は幕を閉じるが、この様子をカメラが俯瞰で撮る結末に、近代の恐怖の正体が凝縮されているのである。

三

このような近代の恐怖表象は、近代に対して一定の批判性を持つが、恐怖が強調して描かれることで、むしろ近代化を徹底せねばならない（徹底的に管理・隔離・排除せねばならない）という立場を強化し、〈他者〉への身勝手な近代主義の押し付けや暴力的な排除を加速させるきらいがある。

たとえば「蠅の王」（*Lord of the Flies*）の題が示す蠅の王とは、聖書にもその名がみえる悪魔ベルゼブブ[24]のことで、古代オリエントで信仰された豊饒の神に対する西洋による蔑称である。「蠅の王」では、ベルゼブブが不衛生（＝蠅）で野蛮（＝悪魔）である未開（＝古代の「王」制の東洋オリエント）を象徴する。子供たちが崇拝する「闇の獣」の象徴である豚の首に蠅が集っているのは、その暗示である。「蠅の王」は、野蛮な行動をとる残忍な子供と未開の東洋を同一視している。悪魔が支配する近代社会の外部（無人島）に隔絶された子供たちは、未開の地を五月蠅く飛び回る不衛生な蠅（Flies）の群れに成り下がる。「蠅の王」は、悪魔＝支配者（Lord）は、コントロールを失った蠅（＝子供）の精神を蝕む剝き出しの欲望であることをも剔抉する。このため、島に上陸した軍人（子供の管理と東洋の支配を担うメタファー）に驚いた子供が我に返って理性を取り戻したかにみえる「蠅の王」の結末は、強権的な管理や規律・訓練型の権力による支配を是とするものとして読める。これに対して、子供が近代社会から母を奪還する物語として読める *Vinyan* は、西洋人男性のポールが「狂気」と「子供」と「未開」に囲まれて敗北的に絶命するのだから、一層近代を相対化する視点が示されていると言えよう。

マンガにおいて、子供や狂気を描くことで近代の相対化を試みる代表的な作品としては、「ドラゴンヘッド」の望月峯太郎が描く「東京怪童」[25]が想起される。主な登場人物は、脳に障害を持つため精神病院に入院している少年少女たちである。彼らは、やがて隔離された精神病院から脱走する。「東京怪童」は、狂気と子供に着目し、近代社会が隔離（排除）した場所（精神病院）から彼らを解放し、そのまま近代社会に落とし込む。「東京怪童」は、脳障害という病気のレッテルを貼られた子供＝「怪童」を通して、近代が是とする理性と合理主義に基づく論理的な言語運用に依拠しないコミュニケーションや主体の生成の仕方を模索した野心的な作品であった。さらに時代を遡れば、楳図かずお「漂流教室」[26]も見逃せない。荒廃した核戦争後の未来へ学校ごとタイムスリップして現代に戻れなくなった小学生たちが、幾つもの悲劇や困難を乗り越えて生き抜く話である。この作品では、近代社会も大人も世界から消失しており、近代人を育成する規律と訓練の場であるはずの学校が、非近代のサバイバルな自然を生き抜く現場に変貌する。「十五少年漂流記」のパロディではあるが、「十五少年漂流記」や「蠅の王」とちがって、還る場所としての近代は、世界のどこにも存在しない。子供たちは、大人に管理される（近代化する）のとは別の仕方を模索して、生き延びねばならない。唯一の助けは、時間の壁を超えて微かに届く母の思いだけである。「漂流教室」の主人公高松翔にとっての母恵美子は、*Vinyan* で聖母化されたジャンヌとも呼応するだろう。近代の理性や合理性の象徴としての〈父〉が後退して[27]、その対極となる愛情や信念を象徴する〈母〉が重要な存在となるのである。「十五少年漂流記」とは異なる仕方でサバイブする話は、現代文学にもある。村上龍「希望の国のエクソダス[28]」は、何十万人もの中学生が北海道に広大な土地を購入して独自の経済圏を作り、実質的な独立を果たす話である。中学生たちはインターネットを通じてそれを実現していく。彼らは大人が作った近代社会にノーを突きつけ、子供は大人が導かねば野蛮で残酷な獣に成り下がるという近代の「大きな物語[29]」を否定している。

子供による近代の相対化がみられる「漂流教室」などの作品は、子供の残虐性が描かれる一方で、子供は「純真無垢」で汚れを知らない善であるというルソーの教育観[30]に代表される近代の子供像も保持している。これに対して、善性や純真などの近代的な子供像を完全に打ち破る邪悪な子供を表現する作品も多い。たとえば、映画「エスター[31]」では、孤児院からもらわれた自称九歳の養女エスターは、教本を見ると直ちに手話を修得し、あるいはピアノで天才的な腕前を披露することで、大人と子供の上下関係を転倒する。エスターは養父に性的な感情を抱き、様々な言動によって養母や他の子供たちに恐怖を与え、事故を装って孤児院のシスターを殺害する邪智も持つが、大人による管理と隔離を真っ向から拒絶できる才を持つ強かな存在でもある。主人公のエスターから俄かに連想されるのは、「オーメン[32]」のダミアンである。エスターは流産した子の代わりとして孤児院から引き取られるが、ダミアンも死産した子の代わりに孤児院から引き取られた。エスターの過去の養家は彼女の放火によって焼失するが、ダミアンが育った孤児院もその悪魔の力によって焼失した。両作とも、エスターとダミアンの奇怪な出自の捜査を軸に話が進む。二人とも、幼い容姿を隠れ蓑とする奸佞邪智の存在である。エスターは、言わばオカルト色を排した女のダミアンである。マンガで言えば、浦沢直樹の「MONSTER[33]」がこれに近い。頭脳明晰で、孤児院にいた幼少期から洗脳と扇動に長け、他人の精神を操って自殺に追い込み、歴代の養父母を尽く殺害し、「怪物」（MONSTER）と称される、驚異のカリスマを持つ美少年ヨハンは、エスターやダミアンと肩を並べる存在である。

これらの作品の子供たちは、知能が高く、冷酷で残忍な存在であり、善性の欠片もないが、彼らが用いる狡智、腕力、オカルト、美貌などは、大人が強いる管理と訓練と隔離に抗するための〈他者〉の武器である。フーコーは、近代以前には、「狂気」は心霊世界に属していたが、近代になって「狂気」は病気に「分類」されて「精神病院」に隔離されたと述べているが、ダミアンは悪魔（心霊世界）であり、エスターは発育不全の病気によって見かけは幼いが実は三〇代の成人で、いみじくも「精神病院」にいた過去が判明する。「エスター」の子供は見せかけであったが、子供が与える恐怖の演出に不足はない[34]。「MONSTER」のヨハンは、知的で冷静沈着だが、「怪物」（MONSTER＝心霊世界に属するもの）とも呼ばれ、双子の妹に扮する奇行（精神疾患）を持つ。近代社会を脅かす強力な「子供」は、やはり「狂気」に「分類」されるのである。

近代文学においては、谷崎潤一郎の「小さな王国」[35]が注目される。「小さな王国」に登場する尋常五年級の転校生沼倉庄吉は、転校して間もなく、クラスの人心を掌握して支配下に置く。ガキ大将の西村や級長で秀才の中村らも沼倉に平伏する。沼倉は独自の統治機構と法律を作り、独自の通貨をクラス内で流通させる。貧窮した担任の貝島昌吉までがついに沼倉の通貨を利用するに至る。柄谷行人は「希望の国のエクソダス」と「小さな王国」を比較し、現実の空間から動かずに対抗通貨を創出した「小さな王国」に未来の地域通貨の可能性をみて評価した[36]が、「小さな王国」は、近代社会のシステム（立法や通貨制度）を子供が手玉に取ることで近代を穿つ。「沼倉共和国」の「大統領」である沼倉は、「暴力を用ふるのでも何でもなく」、民主的な装いではあるが、その実、「太閤秀吉になるんだ」と言って、クラスメイトを「主君の為に身命を投げ出した家来」（人権と個性の軽視）に仕立て上げており、封建的な「小さな王国」の絶対者として君臨している。沼倉は資本と階級の制度を利用して近代の内部を蝕み、近代人が理性によって抑圧する欲望に目を向けることで近代の綻びを撃つ。ルソー的な価値観による児童文学の理念（「童心主義」）に基づく鈴木三重吉の『赤い鳥』創刊直後[37]の大正デモクラシーの時期に、早くも近代教育観の相対化を試み、さらには、理性と合理主義が生み出した近代資本主義まで射程に含める「小さな王国」は、異色の問題作として光彩を放っている。

四

アリエスは『死を前にした人間』[38]で、「死」の捉え方が近代になって変容したと論じ、近代までは「墓地」が市中に存在したが、近代以降「墓地」は郊外に隔離されたと述べている。近代社会は死体を〈他者〉として排除したわけである。*Night of the Living Dead*[39]をはじめとするゾンビ映画で、郊外の墓地から這い上がった死者が大挙して街へ押し寄せるのは、死者を排除して顧みない近代への怨念の表出とみることができる。人気を博してシリーズ化したゾンビ映画「バタリアン」[40]の第一作では、若者たちは墓場に集まって乱痴気パーティーを催すが、自分たちが排除した死者が眠る墓場にまでやって来て騒ぐという暴挙に対して、墓場の死者が牙を剝く。一般的にゾンビは人間を捕食するが、「バタリアン」のゾンビたちは人間の脳だけを限定的に食べる。これは、個人の理性と合理を司る中枢である頭脳が人体の他の器官よりも優位に立つ近代に直撃を喰らわせるものだ。トビー・フーパーの「ポルターガイスト」[41]では、主人公一家が引っ越してきた新興住宅地一帯は、インディアン（西洋からみた未開人）の墓地を潰して作られている。資本主義に突き動かされる近代社会は、自分たちが排除した〈他者〉が眠る近代の外部にまで、貪欲に拡大する。原住民が眠る土地に建つ典型的な近代家族のマイホームで起こるオカルト現象（ポルターガイスト）は、近代に蹂躙された〈他者〉による怒りと怨嗟に他ならない。映画のクライマックスで、土中から死者が次々に溢れ出し、主人公一家の幸せの象徴であるマイホームが消滅する点に、近代批判が強く表れている。

Vinyann などの作品が鋭く描く近代に特有の恐怖の正体は、近代が隔離・排除した「狂気」や「子供」や「未

開」、あるいは「東洋」や「死者」といった〈他者〉の怒りに対する近代人の反応であった。近代は、その貪欲と傲慢によって版図を広げ、〈他者〉を蹂躙し、冒瀆してきた。このことに対する近代人の潜在的な疚しさや罪悪感が消えない限り、その恐怖心もまた消えまい。恐怖の〈他者〉はいつでも何度でもゾンビのように蘇る。これが、近代のフィクションが現在もなお恐怖を再生産する最大の理由である。

注

（1）その嚆矢は *Night of the Living Dead*（39）である

（2）たとえば、『ゾンビ映画大事典』（伊東美和編著、洋泉社、二〇〇三年三月）にはゾンビが登場する映画が七〇〇本近くも収録されている

（3）一九九九年三月公開、ラナ・ウォシャウスキー＆リリー・ウォシャウスキー監督、製作はヴィレッジ・ロードショー・ピクチャーズほか、配給はワーナー・ブラザーズ、主演はキアヌ・リーブス、人気を得てシリーズ化した

（4）*Star Trek* ジーン・ロッデンベリー作のＳＦドラマ「宇宙大作戦」（一九六六〜六九）が人気を博し、以来八本のテレビドラマ（アニメ含む）と一三本の映画が作られている

（5）製作は The Film 他、配給は Wild Bunchi Distribution 他、二〇〇八年八月三〇日にヴェネツィア国際映画祭で特別上映、日本では二〇〇九年一二月にコムストックグループからリリース（邦題は「変態島」）、妻のジャンヌ・ベルマー役は「8人の女たち」（二〇〇二、フランソワ・オゾン監督）でのベルリン国際映画祭芸術賞貢献賞及びヨーロッパ映画賞女優賞受賞を初めとして数々の受賞歴を誇るフランスの名優エマニュエル・ベアール、夫のポール役はイギリスの俳優ルーファス・シーウェル

（6）子供の誘拐と人身売買に対する復讐であろう

（7） 田村俶訳、新潮社、一九七五年二月

（8） *Das Kabinett des Doktor Caligari* 監督はロベルト・ヴィーネ、製作はRudolf Meinert他、配給はDecla-Bioscopで、一九二〇年二月二七日公開、日本公開は一九二一年五月一四日、出演はヴェルナー・クラウスほか

（9） *Psycho* 原作はロバート・ブロックの小説「サイコ」（Simon&Schuster、一九五九）、製作はShamley Productions、配給はパラマウント映画、一九六〇年六月一六日公開、日本公開は同年九月四日、出演はアンソニー・パーキンス、ジャネット・リーほか

（10） *Halloween* 監督はジョン・カーペンター、製作・配給はCompass International Pictures、一九七八年年一〇月二五日公開、日本の配給はジョイパックフィルム、一九七九年八月一八日公開、出演はロナルド・プレザンス他、以後シリーズ化した

（11） *The Shining* 製作はThe Producer Circle Company、配給はワーナー・ブラザーズ、一九八〇年五月二三日公開、日本公開は同年一二月一三日、出演はジャック・ニコルソンほか

（12） 杉山光信・杉山恵美子訳、みすず書房、一九八〇年一二月

（13） *¿Quién puede matar a un niño?/Who Can Kill a Child?* 監督はナルシソ・イバニェス・セラドール、製作はPenta Films、一九七六年四月二六日公開、日本の配給はジョイパックフィルム、一九七七年五月一四年公開、出演はルイス・フィアンダーほか、リメイク版がある（二〇一二年、メキシコ、マキノフ監督）

（14） *THE PLAGUE /CLIVE BARKER'S THE PLAGUE* 製作はMidnight Picture Showほか、配給はSony Pictures Home Entertainment、二〇〇六年九月五日公開、監督はハル・メイソンバーグ、出演はジェームズ・ヴァン・ダー・ビークほか

（15） *Hard Candy* 製作はVulcan Productions、配給はライオンズゲートほか、二〇〇六年四月一四日公開、日本公開は

同年八月五日、監督はデヴィッド・スレイド、出演はパトリック・ウィルソンほか
（16）*The Children* 監督はトム・シャンクランド、製作はBBC Filmsほか、配給はVertigo Filmsほか、二〇〇八年一二月五日公開、出演はエヴァ・バーシッスルほか
（17）Pierre-Jules Hetzel、一八八八年
（18）*Lord of the Flies* Faber and Faber、一九五四年九月。二度にわたって映画化された（一九六三、一九九〇年）
（19）アリエスは『子供の誕生』で、ルソーに代表される子供は「純真無垢」であるという見方（30）は、近代的な学校制度の運営（性の禁忌など）のために導入された歴史的な概念であると捉えている
（20）『週刊ヤングマガジン』一九九四〜九九年。講談社漫画賞（一九九七年）、手塚治虫文化賞優秀賞（二〇〇〇年）ほか受賞、実写映画化された（監督は飯田譲治、出演は妻夫木聡他、配給は東宝、二〇〇三年八月三〇日公開）
（21）『野生の思考』大橋保夫訳、みすず書房、一九七六年三月
（22）上巻・下巻、今沢紀子訳、平凡社、一九八六年一〇月
（23）『術語集—気になる言葉—』岩波書店、一九八四年九月
（24）蝿の王ベルゼブブ（Beelzebub）の名は、旧約聖書『列王記下』（一・二—六、一六）及び新約聖書「マタイ福音書」（一二・二四）にみえる
（25）『月刊モーニング』二〇〇九〜一〇年。作者は連載途中に望月ミネタロウに改名
（26）『少年サンデー』一九七二年第二三号〜七四年二七号。実写映画化された（監督は大林宣彦、出演は林泰文他、製作は東和プロダクション、一九八七年七月一一日公開）
（27）*Vinyan* のポールや「漂流教室」の先生や「蝿の王」の軍人が、象徴的なレベルでの〈父〉である。「漂流教室」で高松翔の母恵美子に比して、父に名が付与されていないことも象徴的である

（28）『文藝春秋』一九九八〜二〇〇〇年

（29）ジャン・フランソワ・リオタール『ポストモダンの条件』（*La condition postmoderne*、一九七九年）水声社、小林康夫訳、一九八六年

（30）『エミール、または教育について』（Nicolas Bonaventure Duchesne、一七六二年）

（31）*Orphan* 監督はジャウム・コレット＝セラ、製作は Dark Castle Entertainment ほか、配給はワーナー・ブラザーズ、二〇〇九年七月二四日公開、日本公開は同年一〇月一〇日、出演はヴェラ・ファーミガ、イザベル・ファーマン（34）ほか。続編「エスター　ファースト・キル」*Orphan: First Kill* が二〇二二年七月に公開された

（32）*The Omen* 監督はリチャード・ドナー、製作は Harvey Bernhard、配給は二〇世紀フォックスで、一九七六年六月二五日公開、同年一〇月一六日に日本公開、出演はグレゴリー・ペックほか

（33）『ビックコミックオリジナル』一九九四年一二月〜二〇〇一年一二月、手塚治虫文化賞マンガ大賞（一九九九年）、小学館マンガ賞（二〇〇〇年）受賞、アニメ化された（日本テレビ、二〇〇四年四月六日〜二〇〇五年九月二七日）

（34）エスター役のイザベル・ファーマンの実年齢は当時一二歳である

（35）『中外』一九一八年八月、初題は「ちひさな王国」

（36）『日本精神分析』文藝春秋、二〇〇二年七月

（37）児童文芸誌『赤い鳥』の創刊は一九一八年七月、「ちいさな王国」はその翌月の発表。なお、柄谷行人は日本近代に「児童」が発見されたと論じている（「児童の発見」『群像』一九八〇年一月）

（38）成瀬駒男訳、みすず書房、一九八二年一一月

（39）ジョージ・A・ロメロ監督、製作は Image Ten ほか、配給はウォルター・リード・オーガニゼーション、一九六八年一〇月公開

(40) *The Return of the Living Dead* 監督はダン・オバノン、製作はHemdale Film Corporation、配給はOrion Pictures、シリーズ第一作は一九八五年八月一三日公開、日本の配給は東宝東和で一九八六年二月一五日公開、出演はクルー・ギャラガーほか、以後シリーズ化した

(41) *Poltergeist* 製作・配給はMGMほかで、一九八二年六月四日公開、日本の配給はMGM(CIC)、同年七月一七日公開、出演はクレイグ・セオドア・ネルソンほか

V　中本たか子の時代

はじめに

戦前から平成まで息長く活躍したプロレタリア作家の中本たか子は、治安維持法違反で逮捕されて特高から凄惨な拷問を受けたことで知られている。しかし、彼女の長い作家生活における文学的な変遷とその意味については、それほど多く論じられてはいない。中本たか子の文学者（あるいは活動家）としての人生については、彼女の著作によって大枠を知ることはできるが、創作的な部分や作者の記憶違いもあり、著作によって出来事の内容に食い違いもある。そこで、本章では中本たか子の人生と文学の足跡を事実と証言に基づいてたどってみたい。

ひとまず本章では、中本たか子の誕生から出発して終戦直後まで、明治三六（一九〇三）年から昭和二一（一九四六）年までを追うものとする。具体的には、生い立ちから上京、新感覚派から文壇に登場し、『女人藝術』に参加して左傾、社会運動に身を投じて治安維持法違反で検挙、特高の拷問、服役中に精神が錯乱して入院、退院後の川崎・福岡での活動、逮捕から脱走、獄中生活から再出発、戦中の評価と結婚、終戦直後までの激動の期間である。なお、本章では年号については、戦前は元号で、戦後は西暦で表記している。引用は初出による。

生い立ちと上京　中本たか子小伝（一）

一

中本たか子は、明治三六年一一月一九日に山口県豊浦郡角島村（現山口県下関市角島）に生まれた。父の幹隆が四一歳、母のユキノが二二歳の時の子で、六人兄弟の長女である。生家は角島の元山の東側にあり、家からは海士ヶ瀬（あまがせ）が見え、庭には椿が植わっていて、倉庫には書籍が「ギッシリ」詰まっていた。幼い頃から読書好きで、本土から人が持ってきた本を貪るように読んだ。父に本を取りあげられて隠されたり、庭に投げられたりしたこともあった。現在、生家跡は自然にかえり、竹藪に埋もれている。後に一家は角島の尾山港附近に転居するが、これは尾山築港に父の幹隆が関わることになったためであろう。

幹隆は陸軍の下士官、中学校の体操教師であったと言われているが、『明治三五年七月一日調　陸軍予備役後備役将校同相当官服役停年名簿』(1)によって、幹隆は明治三四年三月一五日に陸軍第一二師団の整備歩兵少尉（予備将校）となったことがわかる。新設の第一二師団は明治三一年一一月二一日に福岡県小倉町（現福岡県北九州市小倉）の小倉城に司令部が誕生し、兵士は九州北部と山口県から徴兵された。幹隆の任官は、ちょうどこれに重なる。ちなみに、森鷗外が明治三二年六月一九日に第一二師団の軍医部長として赴任し、明治三五年三月二六日まで小倉に住んでいる。同名簿の幹隆の勲位攻爵と年齢の項目には「正八、瑞八」、年齢「三九年十月」と記されている。記載の年齢から逆算すると、幹隆は文久三（一八六三）年頃の生まれとなる。昭和五年五月三一日の『読売新聞』の記事「狂へる作家　中本たか子の生立ち」に中本たか子の父は「陸軍中尉であつた幹雄（七一）」とあるが、階級も名前もまちがっている。

予備将校であった幹隆は日露戦争に出征したが、体を壊して角島に戻ったと言われている。明治三七年二月に日露戦争が開戦すると、幹隆が所属する第一二師団は、ただちに動員となり、長崎港から出航して仁川に上陸して朝鮮を威圧し、朝鮮と中国の境界である鴨緑江渡河作戦でロシアと衝突し、その後は満州で緒戦に加わった。幹隆がどこで体を壊したかは定かでないが、鴨緑江会戦では日本軍に大きな損害はでなかったので、満州で負傷したのではないか。日露合わせて二八万もの兵が衝突した遼陽会戦（五月一日）に参戦して負傷した可能性がある。角島に戻った幹隆は、農業と襖貼りの内職などによって生計を立て、和歌を嗜んだ。現在、下関市立近代先人顕彰館が中本幹隆の和歌を所蔵している（常設展示はされていない）。

母のユキノは幹隆より一九歳若く、明治一五年頃の生まれである。このことは、ユキノが明治二四年三月一三日から三月一八日の間に惜陰簡易小学校（角島小学校の前身）に入学した記録(2)から算出できる。ユキノの旧姓は永野。明治以前は村長の家柄であったユキノの一家が知識層との結婚を望み、陸軍下士官であった幹隆と婚姻したとの話もある。現在、永野の一族は角島を離れている。ユキノは無口で人懐っこい性格であった。働き者であり、未明から浜へ出て海藻を採り、昼間は畑仕事や山仕事をした。中本たか子は六人兄弟で、異父兄（国鉄労働者）が一人、弟が一人、妹が三人である。幹隆が日露戦争から帰ってから、弟、妹が次々に誕生した。

中本たか子の本名はタカ子である。幹隆の「隆」からタカ子と名付けられたのであろう。八歳ちがいの妹（四番目の娘）の美喜子は、幹隆の「幹」から名づけられたものと思われる。『馬関毎日新聞』の大正一二（一九二三）年の懸賞企画に、中本たか子は「春日たか子」名義で一幕二場の戯曲小説「黒姫山」を投稿し、大正一三年一月一日の紙上で一席に選ばれた。「黒姫山」が『馬関毎日新聞』に載ったのは大正一〇年一一月だとする説があるが、まちがいである。翌大正一四年一月には、短篇小説「養女」が『馬関毎日新聞』の懸賞で「短篇小説入選一席」（同じく一席に石崎由三郎「父」となるが、この時に「中本たか子」の名を初めて用いた。以後「中本たか子」を自称し、昭和一六年に蔵原惟人と結婚して戸籍上は蔵原姓となるが、中本たか子の名で通した。大正一二年一二月発行の池坊の免状には「中本高子」とある(3)。中国で翻訳出版された際の表記は「中本高子」である。

中本は小学校入学前から子守や家事の手伝いをし、貧しい生活を送る家族のためによく働いた。近くに住む伯父伯母夫婦にかわいがられた。幹隆とユキノの夫婦仲はあまりよくなかったようで、両親はよく喧嘩した。両親が喧嘩するたびに、伯父と伯母のように両親の仲が良ければよいのにと中本は思った。明治四三年四月、中本は角島尋常小学校に入学する。小学校時代は、「たぶての浜」(4)で貝採りや貝殻拾いをして過ごし、学校で習った字を砂浜に書いたりし、「十五少年漂流記」などを読んだ。漂流者の遺体を焼く臭気が島の空を覆ったことを後年まで記憶している。尾山地区の石垣のある家に引っ越してからは、よく勉強した。

父の幹隆は、県会議員選挙に出馬した角島の村長竹中宗一の選挙運動に加わり、熱心に応援した。それで危険な目にも遭ったようだが、この背後には、角島の「漁権争奪戦」の歴史があったと思われる。漁業権の獲得は、天水頼みで僅かな耕地しか持たない角島の貧しい島民にとって、江戸時代から続く悲願であった。明治二二年に島民たちは一丸となって裁判に訴え出て、山口市の地裁まで長い距離を歩いて通った。大審院（最高裁）まで進んだが、協議を経て、明治三九年六月二一日、ついに角島の住民は漁業権を勝ち取った。この時の角島の村長が竹中宗一であった。巨額の裁判費用は人口千人ほどの島民が一丸となって工面した(5)。

悲願の漁業権を獲得した後は漁港の整備が進められ、尾山の埠頭が改築されることになった。この時に山口県から支出された工事費を管理するために、幹隆が村の会計係に抜擢された。幹隆は農業専従でなく、日中に時間があり、元陸軍下士官としての信用もあった。竹中宗一村長の選挙運動にも熱心に関わった。これらの事情によって、会計係に抜擢されたものと思われる。幹隆がこの職を得たことによって、勤務に便がよい尾山港附近に中本一家は引っ越したのであろう。尾山埠頭は大正二年三月三一日に竣工し、「埠頭改築記念」碑が建立された。現在も残る記念碑には、中本幹隆の名が刻まれている。

角島唯一の酒屋（現在は存在しない）として財をなした竹中宗一村長（明治三七年六月〜大正一一年五月まで在職）は、村の会計を務める中本幹隆に対して、築港の工費（県費）を村費に流用するように求めた。厳格な幹隆はこれを拒んだ。すると竹中は、会計の中本幹隆が県費をごまかしたので村八分にするとの布令を出した。この布令によって島内で孤立することになった中本一家は、苦境に立たされる。小学校四、五年生であった中本たか子は、宵闇に紛れて母方の祖母がおはぎや寿司を持ってきてくれたことが嬉しかった。さらに竹中は、中本家の石垣が道路にせり出ているとして、石垣を壊すなどの嫌がらせをした。ついに幹隆は竹中を相手に裁判を起こした。裁判では、石垣がせり出ているとされた道路が中本の敷地であることが確認された。さらに、この裁判の中で、中本幹隆の会計のごまかしが事実無根であり、竹中宗一が資金を流用していたことまでが発覚した。これによって、わずかの日数ではあるが、竹中は収監されることになった。中本一家への村八分は中本が小学校を卒業するまでには解けた。

二

大正五年三月二四日、中本たか子は角島尋常小学校を卒業する。成績は六年間を通して全甲であり、首席を争う学力であった。卒業生は三八名（男子一八名、女子二〇名）である。勉強を頑張った中本は、四月に山口県立山口高等女学校（現山口県立山口中央高等学校）の秀才組に入学した。角島を離れて、一学期の間は山口町（現山口市）の寄宿舎で生活し、角島の実家に手紙を送った。中本の旧友によれば、「色白でふっくらとし無口だが、しかし、心（しん）のある生徒」だったようである。(6) 二学期になると、中本一家は中本たか子が通う学校の近所（山口町大字後河原栗本小路一九八）に転居し、中本を自宅から通学させた。中本家は山口市に縁故はなかった。一家の転居は「父の教育方針」だったと中本たか子は後に述べているが、村八分と生活の困窮が角島での暮らしに見切りをつけさせたのであろう。角島離脱は、依然として竹中が村長をつとめる角島において中本家に明るい未来が見通せなくなった幹隆による、成績優秀な才女である長女の中本たか子に一家の希望を託す思い切った決断だったのであろう。後年、中本たか子の妹の鳥潟美喜子は、父の幹隆は「子どもたちへの教育は厳しかったですね。長女の姉には特に熱心だったように思えます」[7]と述べているが、熱心で厳しい「父の教育方針」の背後には、家族が被った如上の歴史があったのである。

中本たか子が進学した山口高等女学校の学級には割合に自由な空気があったが、校長の八重野範三郎は訓話でいつも孔子と孟子の言葉を引用し、生徒に訓話の主旨を毛筆で書かせて提出させた。理数科が得意だった中本は理系の道に進もうと考えていたが、家族の反対によって取りやめた。中本は学校の帰路、田圃に座って友達と蓮華やクローバーの花をとり、花束や冠を作ったりして遊んだ。山口高等商業学校（現山口大学）で開催される外国語劇を楽しみに過ごした。常栄寺（山口市宮野下）の雪舟庭も見学した。歌が好きで、早春賦をよく歌った。

父の幹隆は一時期山口町役場の書記に採用されたようだが、これには角島での会計係としてのキャリアが生きたのかもしれない。幹隆には無職の時期もあり、幹隆と妹たちとで経木真田やガスマントルの組立の内職仕事をした。中本家は貧しい暮らしだったが、幹隆は女学校に通う中本たか子には内職をさせず、習い事をさせた。高女時代の中本の愛読書は、夏目漱石「行人」、「こころ」、島崎藤村「桜の実の熟する時」、国木田独歩「牛肉と馬鈴薯」、田山花袋「田舎教師」などであり、ゲーテやシェイクスピアも読む文学少女だった。後年、中本は高女で稲尾という教師に文学的興味を植えつけられたと語ったことがあるが、この人物は、おそらく大正六年まで教諭兼舎監を勤めた稲尾千代のことと思われる。当時の中本が書いた作文と、四年生のときに読んだ和歌が遺っている[8]。和歌を詠んだのには、幹隆の趣味が影響したのかもしれない。

三年生に進級するときに、英語と手芸のクラスに分けられることになった。中本は英語が得意であったが、幹隆に相談したところ手芸にしろと言われたので従った。当時の中本は意に反して手芸のクラスに進むことを残念に思ったが、後に治安維持法違反で検挙されて服役したときには、故郷の父の望みを一つでも聞くことができてよかったと思った。

下級生には安富淑子がいた。安富淑子は、安富幸四郎とヒサエの二女として山口県吉敷郡大歳村山口市矢原（現山口市矢原地区）に生まれたが、山口高女では寮生活を送ったようである。卒業後は、東京女子高等師範学校（現お茶の水女子大学）に進んだ。やがて東京で中本たか子の求めに応じて共産党の活動に協力することになる。[9] 中本たか子が特高による拷問後に精神病院に入院したときには、安富淑子は山口の女学校時代の中本たか子の思い出を次のように綴っている。[10]

私に於けるまじめな一上級生様だつた。細かい染絣の元禄袖の着物を着て空色の袴をツンツルテンにはいて、口の横つちよをヘネンと曲げながらセキレイの様にピンピン廊下を跳ねて歩いたのをおぼえてゐる。

安富淑子も、この文章を書いた翌年に彼女の夫である岩田義道が特高に殺され、自身も逮捕されて酷い拷問を受けることになる。戦後は阿部淑子と名乗って歌人・社会運動家として活躍し、治安維持法の犠牲者のために尽力した。

大正九年三月、中本は山口県立山口高等女学校本科四年二組を卒業した（第二〇回卒業生）。卒業後は家で一年ほどぶらぶらし、師範学校の教員のもとで音楽を習った。声はソプラノより少し下の美声であった。ソルベイユの歌や「君よ知るや南の国」などを歌っていた。音楽の道に進みたいと考えたが、これも幹隆に反対された。父母は家柄のよいところへ娘を嫁がせたい思惑があったようである。

三

時間を持て余す中本たか子は、当時はまだ中河原にあった山口県立図書館（現教育会館附近）に足繁く通った。図書館では和田寛（ひろ子）と知り合った。山口市大内御堀出身の和田寛は、中本の同年齢であった。和田寛は鉄道官吏である父の都合で各地を転々とし、大阪の大手前高女を卒業していた。和田寛は後に中本を追って上京し、田島準子と名乗って私小説風の作品を描く作家となり、戦後は児童文学の翻訳家として活躍した。「中本さんとは図書館友達でしたのよ」と彼女は往時を振り返っている(11)。

中本たか子は、義姉が教員検定試験を受けると言うので試しに自分も受けてみたところ、正教員として合格した。大正一〇年一一月に訓導を拝命し、翌一月から下関の王江小学校に三年半勤務し、観音崎町に下宿した。賃金は九級下月棒三五円であった。観音崎町は王江小学校のある入江町の隣で、唐戸の関門海峡が目と鼻の先である。中本の短篇「新聞紙が作つた海峡」(12)は関門海峡が舞台であるが、王江小学校勤務時代の記憶に着想を得たのであろう。下関については、中本たか子「遠い島の思い出」(13)に、「美人といえば、山口県では、下関市が、その筆頭となるでしょう。古くから、港町としてさかえたためか、わたしは三年この市に住んだことがありますが、美人が目につきました」との言及がある。教師時代には、児童の自主性を重んじ、創造性を発揮させようという当時の新しい教育観に共鳴し、感激していた。このため、生徒の生活に自分を一致させることに努め、学習、唱歌、遊戯、弁当、掃除など、常に児童の中に入って、児童と共に行動した。そのことが楽しかった。児童も打ち解けて、中本に親しんだ。この中本の教育方針とその実践は、後の社会運動における中本のスタンスとも合致するものである。

大正一二年七月、『馬関毎日新聞』の編集長兼社会部部長に西口紫溟が就任した。紫溟は同年一一月に医師の馬場武らと創作会「小説と戯曲の会」を結成したが、文学少女であった中本はこれに参加して、週に二回、短篇の読み合わせをしていたようである。中本が「未来と感想」[14]で「小学校に勤めることになって下ノ関市へ行つた。ここで、文学同好者を少し知り、小説や戯曲に興味を持ち始めた」と述べているのは、紫溟らのことを指すものと思われる。この創作会の縁からであろうが、紫溟が企画した『馬関毎日新聞』の創作懸賞に中本が応募して、大正一三年一月に、一幕二場の戯曲小説「黒姫山」(山口町、春日たか子名義)が一席に選出された。選者は西口紫溟で、応募総数は二二篇であった。西口紫溟は『馬関毎日新聞』で、中本を次のように評している。

「黒姫山」は廿二篇中殆ど満足に近かつた　着想が他に比してや丶優れてゐる、一幕二場、人物の出入りに大して無理なく、少し皺をのばせば実演しても効果があらう　科白はい丶がト書きがどうも充分で無い。

「殆ど満足に近かつた」と評される「黒姫山」については、題名の紹介しかないので、どのような内容であるかは不明であるが、後年になって、中本が山口市に帰郷した際に、ホテルの窓から見える姫山の伝説に言及したことがある。姫山の伝説とは、山口城の殿がある美女に拒絶されたために、この女を蛇責めにしたが、女は、この山から見える土地では永久に美女が生まれないようにと願って死んだという内容である。「遠い島の思い出」でも、中本は姫山伝説を紹介している。「黒姫山」はこの姫山伝説に因む話だったのではないだろうか。『馬関毎日新聞』では、大正一一年一二月から長谷川時雨「夕べの鐘」の長期連載が始まった。後に『女人藝術』を起こす長谷川時雨と中本たか子の邂逅はまだ先のことであるが、この長谷川時雨の連載は、文学の道に惹かれていた中本の目にとまったことであろう。

この頃、角島でそれまで比較的豊かな暮らしを送っていた伯父が急激に没落した。第一次世界大戦の影響で発動機船が流行し、伯父は古船に投資して利益を得ていた。投資のための資金は借金した。伯父は大正八年に設立された国際汽船の株によって富を得ていたが、戦争が終結すると、船は値打ちを失い、経営不振などで汽船株が下落し、伯父は俄かに貧窮した。大正一〇年頃には、伯父は担保に入れていた田畑を売って借金の整理をし、夫婦で角島の寺の寺域に農地を借りて、自給自足の苦しい生活を送るに至った。角島には三つの寺が存在するが、伯父夫婦が世話になったのは、中本家の菩提寺である浄土真宗の浄楽寺であろうと思われる。

大正一四（一九二五）年一月には、「養女」（山口町片岡小路、中本たか子名義）が『馬関毎日新聞』の懸賞で短篇小説入選一席に選ばれた（同一席に石崎由三郎「父」）。幹隆の感化で短歌を詠み、兼崎地橙孫の同人誌『海峡』にも近づいていたようである。この年の三月に西口紫溟が関門芸術協会を結成したが[15]、中本は六月に山口町立下宇野令尋常小学校（現山口市立湯田小学校）に転勤となって下関を離れる。紫溟とは疎遠になるが、中本は創作を全国誌に次々と応募するようになる。八月には「日曜の食卓」が新潮社の投稿雑誌『文章倶楽部』の懸賞当選作になり、「桃の蕾の頃」が『文章倶楽部』の選外佳作となった。一一月三一日締め切りの『文藝春秋』懸賞小説にも「曲玉」を応募し、一二月にはコント「予算」が『文藝日本』「無名作家紹介号」で紹介された。

この頃の中本たか子は流行作家の横光利一に傾倒し、彼の作風（新感覚派）を模倣した文体であった。小説「野のとなり」を執筆して、横光の仲間である新感覚派の片岡鉄兵（後に中本が非合法活動に入るきっかけとなる人物）を経由して横光に送った。中本が片岡経由で作品を送ったのは、横光が妻の結核の療養のために一〇月から神奈川県葉山町森戸に移っていたからであろう。懸賞の応募の締め切りから逆算して、中本が「曲玉」を横光宛に送ったのは、一〇月から一一月の間と考えられる。

教師をしながら小説を旺盛に投稿する中本たか子に、母ユキノは「お前に好きな人があったら、結婚して好い」

と言ったが、中本にはまだ決まった人物はいなかった。後に恋仲となる共産党幹部の岩尾家定は、ちょうどこの大正一四年に朝鮮に密入国し、そこからロシアへ渡り、東方勤労者共産大学（クートベ）で学んでいた。岩尾家貞は二一才（明治三七年一〇月生まれ）で、中本の一年下である。後に夫となる蔵原惟人（当時二三才、明治三五年一月生まれ）も、この年に『都新聞』の特派員の名目でロシアに滞在中であった。後にこの三者を獄中に追い込むことになる治安維持法は、この年の四月に発布された。なお、中本はこの年の秋に山口町に転籍届を出している。

大正一五年三月、中本は湯田温泉で山口町立下宇野令尋常小学校の同僚教員たちと集合写真を撮り、山口県吉敷郡嘉川興進小学校（現山口市立嘉川小学校・興進小学校）に転勤した。前年投稿した「曲玉」が、この月に『文藝春秋』第一回懸賞小説の選外佳作となった（同じく選外佳作に小林多喜二「曖昧屋」）。原稿用紙三〇枚以内の規定で応募総数は千五百篇にのぼり、賞金は二百円であった。懸賞受賞四作のうちの一作は、「図書館友達」の田島準子「密輸入」であった。中本と田島は山口から競って全国誌に投稿していた。戦後、田島準子は「先月に中本さん、今月は私という風に賞に入りまして愉快でした[16]」と振り返っている。

片岡鉄兵は中本の「野のとなり」に感心したが、横光利一は「曲玉」を気に入って、師である菊池寛や菅忠雄に中本を紹介した。菊池寛が取締役を務める文藝春秋社の懸賞で中本の「曲玉」が選外佳作に選ばれたのは、横光の推しがあったからであろう。『文藝春秋』大正一五年一月号は一一〇〇〇部を誇り、菊池や横光の周辺には作家志望の文学少女が全国から集っていた。この年の一月に同居の母を亡くし、続いて六月に結核で妻を亡くした横光利一は、そのなかの一人であった小里文子（おりふみこ）と同棲したが、二ヶ月ほどで破局した。横光はこの恋愛の顚末を「計算した女[17]」に書いている。

四

この横光利一から中本たか子に手紙（一〇月二四日消印）が届いた。[18] 差出人の住所は京都市下加茂宮崎町小松米店と記されている。この住所は、正確には愛宕郡下鴨村宮崎（現京都市左京区下鴨宮崎町）である。小松米店は現在の下鴨中通りに面していて近年まで存在していたが、店主が亡くなって閉店し、遺族は東京へ移っている。現在の主要道路は下鴨本通りであるが、横光が滞在した頃は、現在の下鴨中通りが下鴨本通りと呼ばれていて、商店が立ち並び、バスも通るメインストリートであった。下鴨神社のすぐ近くで、鴨川から比叡山が望める風光明媚な場所でもあった。横光は学生時代に京都の山科に引きこもったことがあった。学生時代に失恋などによって神経衰弱になって早稲田を休学し、当時父母が住んでいた京都で静養したのである。しかし、横光が左京区にいたことは従来の伝記研究では明らかになっていない。短い期間に母と妻を相次いで亡くし、新たな交際もうまく行かなかった失意の横光が、失恋の痛手から京都に逃避した学生時代を反復して、人知れず再び京都にやって来たのではないか。当時神戸にいた中村静子（横光の姉）が、「君ちやんが亡くなつてしばらくして弟は疲れ切つて神戸の私のところへ来ました」[19]と述べているが、憔悴した横光が京都の滞在先から神戸に出向いた可能性もある。神奈川県葉山町森戸で横光の妻キミが療養したのは、面倒見のよい菊池寛の世話によるものだった。京都の住まいも、あるいはかつて京都大学に通っていた菊池寛のツテがあっただろうか。この京都からの手紙で、横光が「今は東京にはゐたくありません」、「しなければならない用や仕事が沢山ありますがどうもする気が起らなくて逃げてばかりゐます」と弱音を吐露するのは、如上の背景による。横光は中本からの手紙を「三四本拝見しました」と書き、「いつもながら愉快な皮肉ばつかり云っておられるので「いい加減音無しくしてほしい、」と微笑しながら眩きます」と述べている。矢継ぎ早の手紙で忌憚なく意見を述べる中本らしさが横光の言葉から偲ばれる。横光は中本の「野のとなり」は「あく」がとれていないが、「私は、「曲玉」の方が好きです」とストレートに書いている。手紙の主意は上京の勧めだが、中本に寄せる横光の好意もうかがえる。長いので全文の引用は控えるが、たとえば、「あなたに愛人がおありならその人にすすめて東京へ出るやうになすつて」という書き方で中本の恋人の有無を気にし、「田舎で幽閉なんかされながらジユリエツトの真似をしてみるのも華やかにはちがひありますまいが、それではあなたの歎息が気の毒です」と、あたかも横光と中本をロミオとジュリエットに見立てるかのようなロマンティックな言葉を選び、「一人になるとますますズボラ者になつて行きます」と自分が独身であることを示唆し、手紙の後半には、「これはここ一二ヶ月の間に書いたただ一本の手紙です」、「あなたにだんだん逢ひたくなつて行きます」、「京都へ遊びにゐらっしやればいいのにとときどき思ひます」と直接的なラブコールを送っている。何本もの手紙を送って、その度に忌憚ない意見を突きつけ、横光に「いい加減音無しくしてほしい」と思わせる中本に、横光は気性が激しかった亡妻キミを重ねたのかもしれない。キミも文章を書いて少女雑誌に載せていた。中本は山口高女を卒業したが、キミも亡くなる前年に日本高等女学校を卒業している。なお、この中本たか子宛の横光の手紙は、中本と親交があった山口県の郷土文学研究家で詩人の和田健が『広報ほうこく』一九九一年一一月号の「孤高の女流作家　中本たか子さんをしのぶ」と題するエッセイで紹介し、書簡の大部分の写真が掲載されている。その後、二〇〇六年一月一三日に、中本の妹鳥潟美喜子から山口県立大学附属郷土文学資料センターに寄贈された。後年のインタビュー[20]で中本は、「あの頃、横光利一に傾倒していましてね、手紙を出したり原稿を見て貰っていたりしていました」と回想している。

横光の誘いもあって、中本たか子は昭和二年四月に上京する。中本は上京に反対した父幹隆に無断で家を出た。中本の上京を事前に知っていた母ユキノは、後で幹隆に叱られた。田島準子の自伝小説「青雲[21]」には、出立する中本を田島が小郡駅（現新山口駅）で見送ったことが記されている。「青雲」の主人公道代のモデルが田島準子で、友人の克子のモデルが中本たか子である。「青雲」では、克子はその名が象徴するように、独力で人生を切り開く力強い女として描かれている。東京に旅立つ汽車のデッキで、克子は見送りに来た道代の手を握り、「あなたは余っぽど考え切らない人ね。吠えかかる犬に、片っ端から石を投げてゐたら、いつまでたつても目的地につくことは出来なくてよ」と言い残すが、道代も遅れて上京する。従来、中本と田島は一緒に上京したと考えられていたが、実際には、「中本さんが一ヶ月先に上京し、私がつづいて東京入をしましたの」と田島が明かしている[22]。中本たか子の長篇「よきひと」[23]には、弟の友人で山口の実家の隣に住んでいた重木精一が上級学校を受験するために上京するので、主人公の章子（モデルは中本たか子）がこの人物と一緒に汽車に乗り、上京して同じ宿の同じ間に居たと記されている。「よきひと」によれば、この人物は吐血して早世したそうである。

上京した中本は、本郷動坂町（現文京区千駄木四・五丁目、本駒込三・四丁目）の一間に住んだ。この部屋は田島準子の知人が事前に借りてくれたものである。中本は一月遅れで上京した田島としばらくここに同居した。上京当初の中本は、横光の紹介で文藝春秋社に勤務することになり、横光や川端康成、片岡鉄兵ら新感覚派が創刊した小雑誌『手帖』[24]の編集を手伝って糊口を凌いだ。なお、横光は中本が上京する二ヶ月前に、彼を崇拝する美術学校生の日向千代子の訪問を受け、菊池寛の媒酌で再婚している。

菊池寛に「勝敗」[25]という長篇がある。今日ではほとんど顧みられない小説であるが、戦前には映画や舞台にもなった当たり作である。この小説の主人公の美人姉妹佐伯町子と美年子は、中本たか子と、後に上京してくる妹の中本美喜子をモデルにしている。「勝敗」では、困窮する町子は劇団の大家横山史郎を訪問して、新興社の長篇作家山岡敏宛の紹介状を書いてもらう。作中の横山史郎は横光利一がモデルと思われる。また、その名が象徴的な新興社は文藝春秋社のことであり、長篇作家の山岡敏は菊池寛自身がモデルであろう。横山の紹介状を持つ町子が山岡を訪問して職を得る場面が詳述されている。町子が好意を抱くマルクス主義者の青年井上健二のモデルは、昭和五年頃に中本たか子が交際した共産党の岩尾家定であろう。また、佐伯家は代々「和歌の家」で姉妹の父の名は高道とあるが、高道は和歌を嗜む中本の父幹隆の名をもじったものと思われる。この小説では、町子は井上らとの会合の現場で特高に逮捕されて拷問を受け、精神を病んで松沢病院に入院するが、入院先の病院名も含めて中本たか子がたどった足跡と一致している。

田島準子「青雲」には、中本は渋谷駅近くのアパートに居住していたとあり、仕事を怠けるので出版社を退社するように求められたと画家志望の克子（中本たか子）が道代に話すくだりがある。克子は「退職金をくれなければやめない、と云つて頑張つてやつたの」、「当分の間、今までの給料と同じ位、挿画を書かしてもらうことにしてやめたのよ」と述べている。職に困る道代が、克子に紹介状を書いてもらう場面もあるが、現実に職を求める田島のために、中本が文藝春秋社に紹介状を書いたのかもしれない。当時、中本たか子や田島準子、あるいは横光と交際した小里文子のような小説家志望の若い女性が、文藝春秋社取締役である菊池のもとに陸続とやってきた。戦後に中本たか子と交流する原爆文学の大田洋子も菊池寛の秘書をした。「くまのプーさん」の翻訳などで知られる児童文学者の石井桃子（小里文子の友人）は、文藝春秋社の最初期の女性編集者であった。

昭和二年は金融恐慌の不況であり、女性が職に就くのはまだ困難な時代でもあった。「勝敗」でも、紹介状持参の町子に向かって、山岡が仕事はないと突っぱね、いかに女性の仕事が東京に存在しないかを滔々と説いている。これは、上京予備軍に向けた菊池によるメッセージともとれる。だが、面倒見のよい菊池は女性の職業確保のために動いた。昭和三年五月に文藝春秋社を株式会社化して取締役社長に就任した菊池は、翌年四月に文筆婦人会を創立して、『文藝春秋』誌上でこれを宣伝して、文筆に関する女性の仕事の斡旋に乗り出した。集まってくる文学少女の食い扶持を確保しようとしたわけである。鳴海碧子が文筆婦人会が生まれると「中本たか子さんや窪川稲子さん、城夏子さんも会員に加わった」[26]と書いているが、菊池は、文筆婦人会創立のための最初の協議会を三月に文藝春秋社地下のレストランレインボーグリルで開催した。このとき、菊池と一緒に入店したのが中本たか子であった。文壇の大御所と称される菊池と連れ立って入店した新人女性は、さぞ注目を浴びたことであろう。まだプロレタリア作家として認められる前の佐多（窪川）稲子もこの場にいた。菊池から中本を紹介された佐多は、後に当時の様子を克明に回想している[27]。このとき、中本たか子は二六才で、佐多稲子は二三才であった。

注

（1）陸軍省編、明治三五年九月
（2）角島小学校校舎改築記念事業委員会編『角島小学校　沿革のあらまし』一九八三年
（3）下関市立近代先人顕彰館所蔵
（4）角島の田無手海岸。現山口県下関市豊北町大字角島字田無手
（5）豊北町史編纂委員会編『豊北町史二』（豊北町、一九九四年三月）、『島の民俗誌―角島民俗調査報告書―』（山口県豊北町歴史民俗資料館調査報告書第1集、豊北町歴史民俗資料館、二〇〇二年三月）などを参照
（6）和田健「作家、中本たか子試論」『仁幾女』一九八七年九月
（7）岡田孝子「鳥潟美喜子さんに聞く　姉、中本たか子と私」『女子教育もんだい』一九九四年七月
（8）作文用紙は「山口縣立山口高等女學校生徒作文用紙」、下関市立近代先人顕彰館所蔵
（9）山本千恵「インタビュー　阿部淑子さんに聞く　治安維持法下に生きて」（『女子教育もんだい』一九八九年四月）及び「女性文化人の面影　阿部淑子女史」（『女性教養』）
（10）「狂へる同志中本たか子」『婦人公論』昭和六年六月

(11)「女性文化人の面影　田島準子女史」『女性教養』一九五四年七月
(12)『創作月刊』昭和四年一二月
(13)『太陽』一九六九年一二月
(14)『文學時代』昭和五年一月
(15)坂口博「日々是好日―西口紫溟の生涯」『本の手帳』第四号、二〇〇七年一二月
(16)(11)に同じ
(17)『新潮』昭和二年一月
(18)初出については後述。全集未収録
(19)「弟横光利一」臨時増刊『文藝　横光利一読本』一九五五年五月
(20)尾形明子『女人芸術の人びと』一九八一年一一月
(21)六藝社、昭和一五年一二月
(22)(11)に同じ
(23)モナス、昭和一五年一二月
(24)昭和二年三月創刊、同年一一月終刊
(25)『朝日新聞』昭和六年七月二五日から一二月三一日、全一五九回
(26)「菊池先生の思ひ出」『ロマンス』一九四八年五月
(27)「中本たか子さんを想ふ」『一婦人作家の随想　隠された頁』ナウカ社、昭和九年八月

補注　その後の調査(二〇二四年五月)で中本たか子の父幹隆の経歴について確認できたことを記しておく。『官報』(内

閣官報局、明治二八年一一月一九日）や『職員録』（内閣官報局、明治三〇年一二月）などによって、中本幹隆は現役時に歩兵第十旅団歩兵第四四聯隊の歩兵特務曹長であったことがわかった。また、『官報』（明治三四年三月七日）や『教員免許台帳抄』（文部省総務局、明治三六年三月）などにより、兵式体操科の教員免状の授典も知れた。さらに、『職員録』（印刷局、明治三五年）により、山口県立山口中学校（現山口県立山口高等学校）で助教諭を勤めたことが判明した。また、『御大典記念出版　大日本紳士名鑑』（東京明治出版社、大正五年七月）に中本幹隆の職業は「土木請負業」とある。これは、中本幹隆が角島の築港に携わったからであろう。角島村から紳士名鑑に数えられたのは、竹中宗一村長、助役、収入役、郵便局長（前村長で竹中の父）、それと中本幹隆の五人であった

活躍と左傾　中本たか子小伝（二）

一

昭和二年下半期から昭和三年頃の中本たか子は、文学と哲学の勉強に熱心に取り組み、文藝春秋社を辞めてからは女給をした。昭和二年六月には東京市外淀橋町角筈八五八に転居し、同郷の加藤正種なる文士と同棲したとの記事もある。(1)その後、四谷区永住町一三六の大黒カフェー、新橋一の八八のカフェーキング、市外淀橋町角筈一のカフェーツバメなどで女給をして、放浪生活を送った。(2)『女人藝術』に載っている「自己紹介」(3)でも、「洗面器みたに放浪質（琺瑯質）に富み、不定な生活を送つています」と自ら述べている。田島準子「青雲」には、昭和三年二月末頃、道代のもとに克子から訪問するとの手紙が届くが、その手紙を道代が受け取った直後の一〇時過ぎに、早くも克子が道代を訪問し、一通りの用件を話すと素早く去ったことが記されており、中本が忙しく駆け回っていたことが知れる。中本は同人雑誌『葡萄園』にも近づき、吉行エイスケと穂高町（現長野県安曇野市）に数日滞在し、安曇野の詩人清沢清志と文学談義をしたとの話もある。(4)

忙しい中で、中本たか子は、工場街で生きる貧しい薄幸の女を描いた小説「アポロの葬式」を書き上げた。横光利一がこれを二月に創刊の新雑誌『創作月刊』に推薦し、その四月号に六篇の創作の一つとして掲載された。これが中本たか子の全国誌で初めて活字になった作品である。この号には、小林多喜二「瀧子其他」も並んで掲載されている。先にも書いたが、一九二六年三月に文藝春秋社の懸賞で選外佳作として中本の名が初めて全国誌に載ったときにも、同じ選外佳作に小林多喜二が選ばれた。小林多喜二は一九二六年五月二八日の日記に「（山本周五郎氏のことを考えて、下らない、チェッ！）」と書いている。これは、『文藝春秋』第一回懸賞小説で、山本周五郎「須磨寺附近」が田島準子らと並んで受賞したことに対する嫉妬による書き込みである。昭和三年三月三〇日付の斎藤次郎宛書簡で、小林多喜二は「今度、「創作月刊」四月号に、俺の「瀧子その他」が出る。これは先に寄稿を依頼されて書いたんだから、格が異うんだ、と思ってくれ」と自信を吐露している。この小林多喜二の自信作が、中本の「アポロの葬式」と並んで載った。小林多喜二は中本とほぼ同時にスタートを切った作家であり、生年も同じ明治三六年である（山本周五郎も明治三六年生まれ）。山本周五郎をくさし、『創作月刊』に載る他の作家の作品と自分は「格が異うんだ」と若さを漲らせる小林多喜二のことであるから、新人の中本のことも当然意識にあったであろう。

翌昭和三年、プロレタリア文学はますます隆盛を誇った。中本の周辺の文学者に絞っても、まず二月に新進の窪川（佐多）稲子が代表作「キャラメル工場から」を書き、後に中本の夫となる蔵原惟人は、左派の文学の指針となる評論「プロレタリア・レアリズムへの道」を発表し、小林多喜二は代表作「一九二八年三月一五日」を発表している。全日本無産者芸術連盟（ナップ）が結成され、プロレタリア文学の勢力は拡大し、横光利一らの新感覚派陣営との間に形式主義文学論争を展開した。この前後に新感覚派の片岡鉄兵らが相次いで左傾していった。戦後の中本の問題作「壁にかかる画像」で象徴的な機能を果たす永田一脩の画「『プラウダ』を持つ蔵原惟人」が第一回プロレタリア芸術展に出品されたのもこの年である。中本が後に関与する全協（日本労働組合全国協議会、非合法労働組合）も事実上の発足となった。この左翼の盛り上がりに対して、三・一五事件の弾圧が起こり、六月には治安維持法が改悪されている。

文藝春秋社の『創作月刊』は、このような情勢のなかで創刊された。『創作月刊』は、左右問わずに新人作家の登竜門となり、中本をはじめ、小林多喜二や中河與一、井伏鱒二、堀辰雄らの作品が相次いで掲載された。小林多喜二は創刊号に「最後のもの」を郷利基（ゴーリキー）のペンネームで書いた。小林多喜二は昭和三年五月の蔵原惟人宛の手紙に「御読み下さることを望みます」と書いて、『創作月刊』創刊号を送っている。一〇月号には、中本がかつて横光に送った「曲玉」が創作七篇の二番目に掲載された（一番目は『文藝時代』で横光らの同人だった中川與一「茅屋記」）。「曲玉」は、結婚が決まった親友に対して「売れ残り」と感じる主人公の女が、茄子を曲玉に見立てて首からかけて踊ろうとする一風変わった作品である。横光は、翌月の『文藝春秋』の「文藝時評（二）」で早速中本の「曲玉」を取り上げた。横光は「電球の丸、きびの髯、茄子の触感、さうして最後に、首へ茄子を曲玉のやうにかけ連ねて踊りたいと願ふのだ」と述べ、小説の細部の、新感覚派にも接続する比喩表現に着目した。続けて、主人公の異様な振舞いについても、「あまりにも女性らしき女性であるが故だと思はせる一方に、あまりに女らしからざる女性ではないかと思はせる所、そこが問題となつて、やがては八方に渦巻くであらう」が、「私は、その問題は好色の患者にまかせる」として作品及び作者の「女性」性を脇に置いて、「此の作者の観察力の警抜と、感覚の跳蕩と、思想の超俊とに、此の藝術の美しさを発見する」と最大限の評価を述べた。さらに、「われわれ読者は、此の一篇からいかに羞恥を感じるとしても、常にわれわれは、野に川に、秋の風を感じて秀韻の高気をさへ養ふことが出来るであらう。もしそれが出来ない者であるならば、その者は、要するに好色の患者である」と付け加えて、作品及び作者の「女性」に目を向けることをたしなめた。既に「アポロの葬式」が活字になってはいるが、中本は横光に誉められた「曲玉」が処女作であると公言している。この頃、中本は東京府代々幡町代々木西原九五八番地に居住した。

二

翌昭和四年は中本たか子の時代であると言ってよいほどに、彼女は八面六臂の活躍を見せる。『創作月刊』には、一月号に下関を舞台とする小説「新聞紙が作った海峡」、三月号に井伏鱒二らを押さえて創作五篇の一番目として創作「臨時休業」、四月号に随筆「人形町」などが立て続けに載った。「人形町」の「電車の硝子窓静かなる羅列を横切りぬ」という書き出しは、横光利一の小説「静かなる羅列」[5]へのオマージュであろう。発表の舞台はメジャー誌中心に多方面に拡大し、毎月必ず複数の媒体に中本たか子の名が踊った。座談会や合評にも呼ばれるようになった。収入も一月に七〇〇円から八〇〇円にものぼった（下関の小学校教師時代の月給は三五円）。この突然の飛躍は、人気作家であった横光が中本の「曲玉」を「文藝時評」で絶賛したことが大きな契機となったにちがいない。中本たか子は後年になっても、横光への感謝を忘れない。たとえば、中本たか子と山口県立豊北高等学校文芸部の対談「郷土出身女流作家　中本たか子先生との対談記」[6]でも、「横光利一さん等にお世話になり、新感覚派として本を書き始めた」、世話になったのは「横光利一さん、菊池寛さん、長谷川時雨さん等」だと高校生に向かって話している。下関が舞台の「新聞紙が作った海峡」は、懐妊したユリと内縁の夫吉村との関係、両者の愛情と嫉妬を描く小説だが、この作品に登場する仙と呼ばれる男は、吉村との関係に苦しむユリを誘って、「神戸まで行こう、大連が駄目なら。彼処には姉貴がゐるんだ、俺の」と言う。神戸に姉がいて、中本に会いたいと言って上京を促す手紙を書き、後に上海へ行くことになる横光利一と作中の仙を結びつけるのは、深読みだろうか。

横光らによる中本への評価に追随するように、昭和四年一月一一日の『読売新聞』「新人紹介（4）」で中本の名があがった。翌月三日の『読売新聞』「明日の文壇を観る」では、プロレタリア陣営の（後に夫となる）蔵原惟人が中本たか子「曲玉」と「新聞紙が作つた海峡」に触れた。さらに、その翌月二七日には、『朝日新聞』「最近の女流作家Ⅰ」で、既成文壇の重鎮格である広津和郎が中本たか子を高く評価した。当時の文壇を評して、文芸評論家の平野謙は既成文壇、プロレタリア文学、新感覚派の〈三派鼎立〉の構図を描いたが、中本たか子はその三派の権威から一斉に評価されたのである。中本たか子は一躍有名になった。まず四月に橋爪健が「同じ新感覚畑から出て、まだ赤くならない人々の中では、中本たか子君が一番光つている[7]」と持ち上げたのを皮切りに、五月には長沖一「中本たか子その他[8]」、平林たい子「中本たか子氏へ—不満には賛成だが—[9]」、六月には『朝日新聞』の無署名記事「文藝盛衰記 「文戦」派の人々（C）[10]」などが、相次いで中本たか子を俎上にした。とりわけ、人気の横光と重鎮の広津和郎の影響力は大きく、多方面の媒体に中本を躍進させる後押しになった。このようにして、中本たか子は半ばアイドル的に颯爽と文壇デビューを飾ったのである。

昭和四年、中本たか子の仕事量は爆発的に増えた。文芸の各方面で中本たか子の名が踊った。流行の新人作家として持て囃され、多忙を極めた。そのなかでも中本の主たる活躍の場は『女人藝術』であり、毎月のように登場した。中本が『女人藝術』に関わるようになったのは、彼女が女人藝術社に直接原稿を持ち込んだことによる。長谷川時雨主宰の総合文芸雑誌『女人藝術』は、昭和三年に創刊された。創刊元の女人芸術社は牛込区左内町（現新宿区市谷左内町、後に赤坂檜町に移動）の長谷川時雨宅にあり、中本は佐内町の坂をのぼって原稿を持ち込んだのである。早速一月号に、それまで詩を書いていた米沢順子の長編小説『毒花』の紹介文を書いた。続けて、二月号に「自己紹介」、『世界人類物語』の書評を書き[11]、「「紫の恋」合評」にも参加した。『世界人類物語』は、大正一三年に新光社から出版された『人類物語』を昭和三年一二月に春秋社が改題して出版した上巻三〇六頁、下巻三〇四頁の二巻本である。中本は『女人藝術』昭和四年二月号でこの本を紹介しているので、年末から一月にかけてこの大著を読破したのであろう。小説は「赤」（二月号）と「鈴蟲の雌」（三月号）を発表した。「赤」は、新感覚派の文体によって階級、労働、女性を主題として扱う小説である。「鈴虫の雌」は、自分を捨てて家柄のよい娘と結婚した男への妬みと恨みを自分に行為を抱く年下の詩人にぶつけて、やがてその詩人を食べてしまいたいと欲望する女の話である。

広津和郎は『女人藝術』を通して中本を知った。広津は「『女人藝術』の自伝的恋愛小説号を読む約束を同誌主さい者たる長谷川時雨さんとして、私は最初義務的に読み始めたのであるが、まず巻頭の中本たか子の「鈴虫の雌」を読んでかなりの興味を覚えた」と述べ、続けて、「これは恐ろしく強い、執念深い、そして痛快な冷酷味を帯びた作家だと思つた」と言い、「女流作家でこの位〝女の意地悪〟を思い切つて見せている作家は田村とし子女史以後なかつたといつていい。いや、田村さんよりもずつと意地悪で、冷酷だといつていいかも知れない。（中略）その作家的手腕も、物の見方も、立派に一家を成している優れた作家であるといふ事を、今ははつきりいい切つてもいいと思つた」と、これも横光に続く最大限の高評価である。さらに、広津の炯眼は、「この作者の物を書く態度の冷静さは、ユニツクといつていい。（中略）もつと現代のうず巻の中に、自ら飛び込み、その中であえぎながら、一種独特な心熱を底にたたへて、そして冷然と総てを投げだして、読者に見せているのである」と、生涯を貫く中本の創作のスタイルを見抜いている。労働者の町である亀戸への転居とモスリン女工のオルグ、川崎や東北での工場労働、転向後の生産文学、戦後の安保闘争や砂川基地闘争、反核・平和運動など、いずれの時も彼女は「現代のうず巻の中に、自ら飛び込み」、現場で格闘するところから文学を生み出している。広津和郎の指摘するとおり、後の中本は、一貫して「心熱を底にたたへて」、しかし「冷静」で、「冷然と」読者の前に作品を晒したのである。拷問・服役・精神病院への入院という最も過酷な経験を綴った戦後の自伝「我が生は苦悩に灼かれて」も、中本自身の壮絶な過去を現在に呼び起こし、「現代のうず巻の中に、自ら飛び込み」、「心熱を底にたたへて」、しかし「冷静」で、「冷然」と読者の前に投げ出されている。その凄惨な内容もさることながら、中本が執筆に取り組む現場主義の姿勢こそ、特筆に値する文学的個性であるように思われる。

三

先にも書いたが、菊池寛が発案した文筆婦人会の創立のために、三月に最初の協議会がレインボーグリルで開催された。この時、菊池寛は中本たか子と連れ立って入店した。面倒見のよい菊池が文壇に知り合いのいない新人の中本を紹介するために連れ立ってきたのであろうが、横光や広津が高く評価した中本を菊池は文筆婦人会の看板（成功例）に据えたかったのかもしれない。中本は創立当初の会員であったが、翌月の『文藝春秋』四月号の文筆婦人会創立の記事を開くと、石井桃子らの名はあるが、同人女性に中本たか子の名は見当たらない。『女人藝術』に軸足を置いて、多方面から途切れることなく仕事が舞い込む出世を果たした中本は、瞬く間に菊池の周辺にいた無名の文学少女の一人ではなくなっていたのである。

『女人藝術』誌上から中本たか子の足跡を追うと、まず中本は三月号の「文藝春秋対抗競技」（カルタ大会）にも参加している。その後の隠し芸大会では得意の歌唱を披露したようである。四月号に初の評論「機械の美感」を書いた。この評論は機械の「フォルム」の美を礼賛して唯物論を肯定する内容だが、当時の横光らとプロレタリア文学陣営が争った形式主義文学論争の影響をまともに受けている。なお、目次には「機械の美観」とある。

『女人藝術』五月号の企画「最近世相漫談会」にも参加した。徳田秋声、葉山嘉樹、林房雄、直木三十五、三上於菟吉、平林たい子らと議論を交わした。この席で中本は、雑誌の校正の仕事をした時の賃金が三日間で三円というのはもらい過ぎだったという旨の発言をしている。同号の「講演会報告」にも中本の名が見える。中本は『女人芸術』の第一回講演旅行で甲府・松本・上諏訪に向かった。同行者は長谷川時雨、今井邦子、林芙美子、望月百合子、素川絹子、小池みどり、尾上菊子であった。四月七日一八時から、山梨の商工会議所大ホールで「女人藝術の夕べ」が開かれた。会員券は五〇銭で、山梨文芸会が後援した。この催しの第一部で、中本は「ドノゴオ・トンカの力学」と題する講演を行った。[12]続く第二部では、得意のソプラノで独唱した。アカペラで「からたちの花」、「子守唄」、「カルメン」を熱唱して大好評であった。アイドルのコンサートツアーさながらである。後年のインタビュー[13]で中本はこの時のことを「楽しかったですね」と振り返っている。

五月八日の『読売新聞』「公開抗議書＝6　女流作家の苦言」で中本たか子が女流作家への不満を書いたのに対して、平林たい子が翌日の『読売新聞』で早速「中本たか子氏へ─不満には賛成だが─」を書いて反論し、中本はマルクス主義を「フォルム」や「現実のテムポ」などによって語るが、「我々の要望する女流作家ではない」、「中本たか子氏を排したい」とまで述べた。平林は「中本氏のは資本主義断末魔時代のブルジョアイデオロギーである」、「一省されたい」と語気を荒げた。中本と平林は、同月に開かれた「女人藝術一年間批評会」で顔を合わせた。これには平塚らいてうや林芙美子も参加した。ここでは、中本による特別の反論はなかった。しかし、中本は『文學時代』八月号で「平林たい子論」を書き、「「女流」といふハンデキヤツプを意味する名称を、氏の芸術に肩書する要のないこと」と称揚する一方で、横光の形式主義の影響を受けて、「平林氏の形式はいささか自然主義系統の意味が残つている」と批判し、平林には「まだ多くの独断と狭量と官僚的（プロレタリアの）姑息さがある」と痛罵した。また、平林たい子から「文藝戦線へ作品を紹介しよう」という主旨の手紙を受け取ったことがあるが、「平林氏の亜流に過ぎなくなるので辞退した」と暴露している。『女人藝術』八月号の「文藝時評」でも平林たい子「森の中」を取り上げて、「この作は力作である」と評価する一方で、「とにかく結末が殺されてしまうだけなのは、プロレタリア芸術の尖鋭な日向性に反し、指導精神の乏しさを感じる」と批判した。この両者の応酬は、形式主義文学論争の末節に位置づけられよう。形式よりも内容を重んじるプロレタリア文学陣営の平林たい子が形式を賛美する中本を攻撃するのは当然であるが、横光の影響圏にありつつも唯物論を肯定する中本は、おそらく葛藤状態に陥っていた。「機械の美感」に見られる形式主義論の観点から機械を評価し、機械から唯物論に至るという論理の展開は、精神のアンビバレントを乗り越えようとする弁証法的な思考による苦肉の策なのかもしれない。いずれにしても、中本は機械が人間（労働者）を疎外する視点を未だ持ち合わせていない。彼女がブルジョア文学を排して労働の現場に飛び込み、そのことを実感するのは、もう少し先のことである。

六月には横光の形式主義理論に則る評論「文學の生産と需要」や「水準」を書いた。六月二二日一八時半から、日比谷音楽堂で『女人藝術』一周年記念芸術祭が開催されると、二千人もの聴衆が押し寄せた。中本は「『生産文学』について」と題する講演を行っている。八月号の「文藝月評」で島崎藤村「夜明け前」を取り上げ、「『豚に真珠』」なので「私はこの作を敬遠しておく」と一蹴し、『創作月刊』で肩を並べた井伏鱒二らと座談会を行い、各誌六月号の創作合評をした。なお、井伏鱒二は代表作「山椒魚」をこの年の五月に発表している。九月には「文藝時評―『敗北』の文学について他」を書き、宮本顕治の評論「敗北の文学」を評した。「近来稀に見る爽やかな評論だと言いつつも、「批評の乏しさを憾みとする」と注文をつけた。宮本顕治が「敗北の文学」で俎上にした芥川龍之介については、「ワイシャツを脱いでハンマーを取り上げることの出来ない人間であった」と断じた。九月に劇評「北緯五十度以北を観る」を書き（これについては後述する）、一〇号月に「恐慌―けれどもそれは未来につゞく―」、一一月号に「文藝評価の基準―文藝時評」を書いた。一二月号に「女人藝術各地講演会記録」（秋期大演の要約）が載った。

一一月一八日午後四時過ぎ、女人藝術文藝・思想講演会が朝日講堂で開催され、中本たか子は「世界の独占形成及びその諸問題」と題する意気込んだ講演を行い、入場できない者が出るほどの大盛況であった。この時、共に講演した社会運動家の織本貞代が検束され、翌日、中本は警察へ織本を引取りに行った。さらにその翌日には、山梨勤労婦人協会講演会（女人連盟賛助）の発会式に出向いて講演した。

座談会、カルタ大会、各地での講演会や芸術祭など、『女人藝術』は読者の気を引くさまざまな企画を実行したが、中本たか子はいずれにも参加し、『女人藝術』編集室にもよく出入りした。『女人藝術』宣伝のためのビラまきにも参加したし、『女人藝術』の同人たちと親しく交わった。七月のある日の夕方、『女人藝術』の林芙美子と小池みどりが訪ねてくるというので、料理をして待っていたが現れなかったとの中本の述懐がある。結局この日は、二〇時半頃に他の二、三人が誘いにきたので浅草へ出かけて、初めて「どせう屋」に入店した。中本は好物のお汁粉を食べたかったたが、賛成する者がいなかった。既にさまざまな雑誌に書き散らしていたが、あくまで拠点は『女人藝術』であり、昭和四年の中本たか子は『女人藝術』とともに歩んだのである。

四

昭和四年下半期に中本たか子は思想と生活の転機を迎える。その足跡を追ってみよう。『創作月刊』昭和四年一月号のアンケートで中本は好きな自作は「新聞紙が作つた海峡」だと答えたが、この手の質問には、彼女はいつもその時々の最新作を回答している。顔写真入りで紹介された一月一一日付『読売新聞』「新人紹介（4）」では、「横光利一氏より、過分の高評を頂きました」と述べる一方で、「唯物論的立場」を表明している。この紹介記事の顔写真は、中本の記事が『読売新聞』に載るたびに後々まで転用された。エッセイ「若きロシアの魅力―コンミュニストでない立場から―」(14)が示すように、この頃はまだ共産主義者としての自覚はなかった。しかし、「唯物論的立場」であることは表明していたし、文体こそ新感覚派ではあるものの、創作の主題は貧困や階級問題であり、プロレタリア文学と共鳴するところが多かった。

『近代生活』昭和四年一月号が企画した座談会「現下文壇の諸傾向を論ず―近代生活座談会―エロティック文学、

ナンセンス文学、調べた文学、実話文学――」に参加した。「現下文壇の諸傾向」ということで、片岡鉄兵、平林初之輔、大宅壮一、岡田三郎、川端康成、中村武羅夫などの文学的な立場が異なる歴々の男性作家が居並ぶなかに、若い中本たか子が加わっている。新鮮な先端の作家として注目されていたからであろう。メジャー誌では、『文藝春秋』三月号にソビエトに注目した「國境」を書き、続く四月号には小説「胎盤」を書いた。「胎盤」には過剰な比喩を駆使する新感覚派の文体が依然として横溢している。例えば、

馬車の前方に嵌めた雲母の小窓が、母胎へ通ずる胎盤のやうに外界へ吸ひ着いてゐる。（中略）胎盤から臍の緒のやうに光線が一筋流れ込んで来た。外は、馭者の鼻にひつかかつた流行小唄。

といった具合である。生活のために出版社の求めに応じて適当なコントも書いたようだが、[15]『中央公論』六月号掲載のコント「午前零時の文明　自称医学博士とS子」などがこれに該当するだろうか。作中に登場する「自称医学博士兼探偵小説家のR氏」は、この年四月に急逝した探偵小説家で医学博士であった小酒井不木（別号鳥井零水）、あるいは江戸川乱歩を想像させる。

新感覚派の手法に基づく横光利一ばりのモダニズム文学「地下鉄」[16]も書いたが、「恐慌―けれどもそれは未来につゞく―」[17]、随筆「手の階級性―光の手ほか」[18]などを書き、プロレタリア文学の色を濃くしていった。『女人藝術』一一月号の「文藝評価の基準―文藝時評」では、ついに「過去に犯したあらゆる誤謬と衣装哲学を投げ棄て、更に私の過去に於ける言動の一切を切りすて、新しく躍進する」と宣言して、「ブルジョア文芸を評する労が、もはや何等の積極的な意義も持たない」とまで語っている。昭和四年前半には共産主義者ではないと明言していたが、一一月頃までに左傾したと文壇では認知された。それは、林房雄、平林たい子、蔵原惟人らの反応によって知れる。[19]

『読売新聞』は注目の的であった中本たか子に直接取材し、一一月一四日に「彼女が左傾するまで・何がさうさせたか　中本たか子さん」と題する記事を載せている。

この頃の中本はT女史とよく会って、「闘犬のやうに吠えつく」議論をした。T女史と会わない日は「物足りない」と思った。「九月十×日」、一睡もできなかった中本は、翌日の午後にもT女史を訪問して議論を交わした。その帰り途で、「過去の生活の一切を切棄て得る」と決意するに至り、翌日には亀戸のO氏を訪問しようと決意したと「嵐」[20]に書いている。「嵐」に書かれたO氏は、『女人藝術』にも評論を書いていた社会運動家の帯刀貞代にちがいない。帯刀は当時結婚していて織本姓であった。織本（帯刀）は昭和四年に亀戸に労働女塾を開き、女工を指導していた。『新潮』九月号の「「男」に就ての漫談会―第七十四回新潮合評会―」で、中本たか子は織本と合評している（ほかに、望月百合子、ささきふさ、平林たい子、徳田秋声、大宅壮一、中村武羅夫らがいた）。

中本に「過去の生活の一切を切棄て得る」と決意させたT女史とは、戸田豊子のことであろう。「嵐」で中本が「蒼白い顔面」、「沈着な態度」、「明晰な頭脳」と評す戸田豊子（本名戸田とよ）は、中本より一年若い明治三七年一月生まれで、離婚して青森から上京し、『女人藝術』に参加していた。『女人藝術』同人の中では、林芙美子や円地文子らと比べるとマイナーな存在であるが、矢田津世子と並んで美人の双璧と言われていた。「九月十×日」に戸田豊子との間で交わした国際情勢や思想的な議論を「書斎の論争」、「白い手の論争」だと感じた中本が、「プチ・ブルの生活を一歩も出ていない」として「工場地帯へ足を踏み入れることに決心し」、O氏（織本貞代）に接近することを決意した経緯が「嵐」に書かれているのである。実際、中本は一〇月一日に早くも亀戸に引っ越した。これと呼応するかのように、戸田豊子は『女人藝術』一一月号に小説「鋳物工場」を発表した。この小説は「労働者小市民の町」である「Kの町」にある鋳物工場の労働争議を描いている。Kの町は亀戸であろう。議論の末に労働の中に身を置くべく決意してさっさと亀戸へ引っ越した中本の行動力に対して、戸田豊子はあくまで物書きとして、亀戸を舞台とする労働争議の描出に努めた。『わが生は苦悩に灼かれて』で「毎日のようにゆききしていた仲のよい文学友だちの戸田豊子さん」と中本は書いているが、この年の一月に雑誌『詩神』のアンケート「私のすきな男性」では、中本と戸田は並んで回答している（中本たか子「そのうち報告する」、戸田豊子「私の好きな男性？・」）。『女人藝術』の「新人小説号」[21]でも両者の短篇（戸田豊子「海外投資の一例」、中本たか子「恐慌」）が並んで載った。また、小林多喜二「蟹工船」が発表されたときには、千葉亀雄、川端康成、中村武羅夫、近松秋江、蔵原惟人など、多くの文学者が反応したが、「蟹工船」を舞台化した「北緯五十度以北」を同時代に論評した著名人はわずかで、村山知義のほかは、中本たか子と戸田豊子などに限られている。中本と戸田は、連れ立って「北緯五十度以北」を観劇した（ただし、両名とも舞台の出来栄えに不満があり、途中で退席した）。戦後、二人を知る宮本百合子は「『女人藝術』は勤労婦人の層にもよまれて、中本たか子、戸田豊子など労働婦人の生活と組合の活動にふれた婦人たちの文章もあらわれた[22]」と両者を連名で挙げている。戸田豊子は後に牧マリの名でルポライターとして活躍し、一九五六年四月に五二歳で没した。

左傾したことが知れわたった後も中本たか子は依然として人気があり、高く評価された。平林初之輔は「昭和四年の文壇の概観」で「中本たか子は理知的で、特に器用である[23]」と述べ、一二月一一日の『アサヒグラフ』は、写真入りで彼女を紹介した。一一月の『新潮』では「十二人の尖端人」の一人として、再び横光利一に評価された。『文學時代』でも「十二尖端人」として、川端康成、林房雄、ささきふさ、浅原六朗、片岡鉄兵、北村喜八、片岡鉄兵、村山知義、勝本清一郎、龍胆寺雄、高田保、大宅壮一と肩を並べた。翌昭和五年三月には読売新聞文藝部主催「尖端を行く！　女流各派　文藝講演会」にも登壇した。颯爽と文壇に躍り出た中本たか子は、「尖端」の文学の代名詞として脚光を浴びていたのである。

五

プロレタリア文学が大きな潮流となるなか、その対抗勢力は横光利一を旗印とする新感覚派のグループであったが、横光の仲間たちは次々に左派に転じていった。その極めつけに、熱いエールを送った期待の新人中本たか子までが横光のもとを離れたことになる。しかし、横光に中本たか子への恨み節は見られない。横光は「中本たか子氏について」[24]で、「近頃中本君はマルキシズムへ転換したと云ふ話を聞いたが、これは遅かれ早かれ氏としてはさうあるべき筈だと思つてゐた。別に不思議ではない」と述べる。むしろここに至っても横光は、「中本君の作を読んだ者はたいていは反抗心を持つやうである。読者に反抗心を起こさせる作者はそれだけでもどこか豪いのだ」、「これまでに人々のやつて來たことをやるのならどの作者にだつて出來るのだ。それは別に作業としては賞めたことでも何でもない。當り前のことなのだ。中本君はやれないことをやらうとする」と誉め、「中本君の一番の特長は今までの女流作家が美しいと思つてゐたものを捨てて了ひ、汚いと思つてゐたものを美しくしようとしたことだ」と評価した。横光は価値の転倒や逆転の発想によって筆を振るった小説家であったが、それを中本たか子にも見出して高く買っていたのである。横光が、マルキシズムへの転換の「瀬戸際で観察出来得る領分はたつたそれだけであつたのかと思はしめないでもない。まだまだ確に有つた筈だ」と述べるところに、中本たか子への未練が滲んでいるようにも思われる。また横光は、「批評家といふものは計算すればそれで良いのだ。しかし、作家は計算したとき、堕落したのだ。中本君は計算をしたのではなくつて清算したのにちがひない」とも述べる。左派の季節を見据えて計算高く上っ面で左傾した他の作家たちと中本たか子の格に一線を画し、横光の影響圏から離脱する者のなかでも、中本たか子のことだけは特別にフォローした。少し前に横光は小里文子と同棲していたが、小里が突然横光のもとを去って破局した。横光はその経緯を「計算した女」[25]に書き、後日譚を戯曲「愛の挨拶」[26]に表したが、横光のもとを去った「計算した女」である小里文子と、同じく横光から離れた「清算した」女としての中本たか子を、横光は比べて見たのであろう。[27]

昭和四年一〇月一日、中本は、織本貞代の労働女塾をたよって、代々木西原九五八から亀戸町のモスリン横丁（亀戸七丁目奥の細道）に六畳と三畳の二間で家賃一七円の家を借りた。労働女塾（亀戸町七丁目二二四）の隣である。労働女塾に毎日出入りするようになった中本は、自然と塾生である東洋モスリンの女工たちと知り合い、塾で一緒に食事もした。なお、『わが生は苦悩に灼かれて』で、労働女塾で使用されたテキストの一つ「資本のからくり」の「著者をわすれた」と中本が書いているが、これは山川均で、大正一二年一月に僚友社から出版されている。

引っ越した数日後、中本の部屋に早速憲兵がやってきて、名刺をおいて行った。『女人藝術』同人の林芙美子、上田（円地）文子が相次いで中本を訪問した。上田文子が帰るときは電車通りまで見送った。戸田豊子は青森から出てきた婦人二人を連れてやって来た。青森は戸田の故郷である。四人で藤森成吉や工場労働について話した。

一一月末頃のある夜、左傾したことが知れわたった中本のもとに、全協（日本労働組合全国協議会）の青年が突然やってきた。彼は一二月二〇日頃にも中本を訪問し、運動の手伝いをしてくれと頼み込んだ。この青年は、後に中本が「南部鉄瓶工」を書くきっかけを作った共産党員の清原富士雄である。手伝いとは、年末闘争週間の啓蒙運動への協力のことであった。中本は、婦選獲得同盟の『婦選』に手紙を送るなど、女性の解放と政治への関心を示し、年末にかけて依頼された闘争週間の啓蒙運動を手伝った。翌年一月二〇日頃、これも清原富士雄と思われる全協の青年が再び中本を訪問し、今度は亀戸の洋モスに組織を作るようにと中本に要請した。大晦日が近い日の午前零時近くには、洋モスの第二工場で組織を作っている共産党員の女Ｖが一夜の宿を求めて中本のところに来たので泊めた（Ｖとはそれまでにも二、三回顔を合わせていた）。一二月末から昭和五年の年始にかけて、中本たか子は要請の通りに洋モスに全協の組織を作るための活動をした。中本は亀戸の労働女塾で塾長の織本貞代を手伝っていたが、彼女には内緒で、労働女塾に通っていた女工の中から優秀な者を数名ピックアップして、準備会を発足させた。

年末、中本は『女人藝術』主宰の長谷川時雨の家に招かれてご馳走になった。郷里を離れて寂しい年の瀬に秘密の闘いを始めた中本たか子は、長谷川時雨を故郷の「母のやうだと云つて泣いた」。

昭和初頭は共産主義運動が全国的にも活発な時勢であり、文学においても昭和四年二月に日本プロレタリア作家同盟（NALP）が結成されたが、昭和三年と四年の共産党員大検挙（三・一五事件、四・一六事件）により、共産党はたちまち崩壊の危機に瀕した。それでも、小林多喜二「蟹工船」や徳永直「太陽のない街」が生まれ、宮本顕治は「敗北」の文學」で『改造』懸賞論文に当選した。田中清玄、佐野博らは崩壊寸前の共産党の再建に七月頃から乗り出していたが、この頃はまだ中本に彼らとの接点はなかった。文学上の傾向としては、中本は六月頃には左派の一角とみなされ[28]、平林たい子によって「反抗的」婦人の代表と呼ばれた[29]。なお、三・一五事件で逮捕されて拷問を受けた伊藤千代子は、拘禁精神病を発症して東京府松澤病院に入院し、昭和四年九月二四日に二四歳の若さで亡くなった。いずれ中本たか子も、逮捕→拷問→精神病発症→松澤病院入院の道をたどることになる。

中本はプロレタリア文学の動向に敏感で、『女人藝術』九月号で「文藝時評――『敗北』の文学について他」を書いて宮本顕治「敗北の文学」に反応し、同号で「蟹工船」を改題した「北緯五十度以北」の観劇報告を戸田豊子と連名で行っている。「北緯五十度以北」は新築地劇団の第三回公演として帝国劇場で上演された[30]。七月二六日から七月三一日まで上演され、観劇料は白券席二円五〇銭、青券席一円五二銭、三階席七〇銭であった。先にも書いたが、中本は戸田豊子と連れ立って観劇したが不満があって、「我々は第三幕限りで、この芝居をボウコットした」と戸田豊子が書いている。因みに、新築地劇団の第一回公演（五月）は横光利一のもとを離れてプロレタリア文学に転じた片岡鉄兵の「生ける人形」であった。

この頃、中本は新宿武蔵野館で映画「キリスト」を観たという。新宿武蔵野館は、昭和三年一月に豊多摩郡淀橋町角筈（現新宿三丁目）に移転して、洋画ロードショー館となった。中本が言う「キリスト」は、おそらくキリストの最後の数日間を描くサイレント映画「キング・オブ・キングス」[31]のことであろう。この映画を観た後、中本は現実の運動に身を投じることを決意した。

中本は髪型を当時流行の断髪にしたが、近所の子供達が「お河童が通る」と囃して「ゾロゾロ」ついてくるので辟易し、付け髷をして、もう一度髪を伸ばすことにした。『文學時代』昭和五年二月号の「口絵」に当時の中本の写真が掲載されている。中本が浅草で十円のかつらを買って「四時間余りもかかつて変てこな束髪に結い上げ」、これを被って街を歩くと大真面目に言うので「ハラハラし」たが、「かつらが小さくて頭に入らないで助かつた」、「かつらは翌日九円何十銭かと引き換えに浅草へ帰つた――」[32]と安富淑子が述懐しているのは、この頃のことであろう。

注

（1）『時事新報』昭和六年五月二一日
（2）（1）に同じ
（3）昭和四年二月
（4）日下部桂『松本平文学漫歩』信濃往来社、一九五七年一月
（5）『文藝春秋』大正一四年七月
（6）山口県立豊北高等学校文芸部誌『葦芽』二八号、一九七五年二月
（7）「文壇時事解説―最近文壇の動静報告」『文章倶楽部』

(8) 五月六日付『帝国大学新聞』二九五号
(9)『読売新聞』昭和四年五月九日
(10) 六月一七日
(11)「新刊紹介―ヴァン・ルーソ著、神近市子訳「世界人類物語」―」
(12) 中本は『関西文藝』三月号に「和製ドノゴオ・トンカ」を書いている
(13) 尾形明子『女人芸術の人びと』一九八一年一一月
(14)『火の鳥』昭和四年七月
(15) 和田健『防長文学散歩』、田島準子「青雲」による
(16)『現代』昭和四年一〇月
(17)『女人藝術』昭和四年一〇月
(18)『近代生活』昭和四年一一月
(19) 林房雄「中本たか子氏の生活」『新潮』一一月、平林たい子「中本たか子氏」『新潮』一一月、蔵原惟人「一九二九年の文学」『都新聞』一二月一七日〜二一日など
(20)『文學時代』昭和四年一一月
(21) 昭和四年一〇月
(22)『婦人の文学』附録「婦人作家」一九五一年四月
(23)『新潮』昭和四年一二月
(24)『新潮』昭和四年一一月
(25)『新潮』昭和二年一月

(26)『文藝春秋』昭和二年三月
(27)なお、小里文子の友人であった石井桃子は自伝的小説「幻の朱い実」(上巻一九九四年二月、下巻三月)で、小里文子の視点から横光の認識とは異なる小里と横光との関係を書いている
(28)無署名「文藝盛衰記 「文戦」派の人々(C)」『朝日新聞』昭和四年六月一七日
(29)「文藝方面における婦人最近の活躍[二]」『朝日新聞』昭和四年八月二六日
(30)高田保、北村小松増補脚色、土方与志演出、五幕十二場
(31)*King of Kings* セシル・B・デミル監督、昭和二年四月公開、配給はパテ、日本公開は昭和四年三月二一日。一九六一年にリメイク
(32)「狂へる同志中本たか子」『婦人公論』昭和六年六月

拷問と入院　中本たか子小伝（三）

一

昭和五年一月二九日一八時、名古屋毎日新聞社主催の女人芸術大講演会が新守座で開催され、中本たか子は、長谷川時雨、織本貞代、松村喬子、上田文子、中島幸子と共に講演して大盛況であった。しかし、二月に東洋モスリン亀戸工場第一争議が起こり、中本は洋モスの女工オルグ活動中（ビラ配布中）に検挙され、三一日間拘留された。労働係に頬を殴り続けられ、紫色に腫れ上がった。留置場のシラミに閉口した。留置所で住まいを聞かれて亀戸と答えると「酒屋のネエさんか」と言われたので、「文筆業」だと答えたら、「筆でも売つているのかね」と言われて、二の句がつげなかった。三月上旬に亀戸の借家に戻った。

三月下旬、日比谷内幸町の文藝春秋社のビル（大阪ビル）のメッセンジャーボーイが訪ねてきた。片岡鉄兵からの呼び出しであった。かつて菊池寛の文筆婦人会の打ち合わせの時に菊池寛と連れ立って入店した大阪ビルの地下のレインボーグリルで、片岡と待ち合わせてお茶を飲んだ。片岡は中本を外へ連れ出し、一人の青年を紹介すると立ち去った。中本はその青年と麹町の住宅地を歩いた。青年は住宅と資金の提供を中本に求めた。この青年は、和歌山から逃亡してきた共産党の幹部田中清玄であった。初対面の田中清玄は、洋モスのことを詳しく知っていたが、それは共産党のレポーターになっていた清原富士雄が和歌山に行って中本の話を田中にしていたからである。田中清玄は一月に和歌山のアジトで共産党の武装化路線を打ち出したが、和歌山のアジトは二月二六日に警官隊の強襲を受けた。たまたま外出していた田中清玄と幹部の佐野博は難を逃れ、その足で東京に逃亡したが、残りのメンバーは警官隊と銃撃戦を繰り広げた末に逮捕された。田中清玄はプロレタリア文学に転向していた片岡鉄兵に縋り、清原富士雄から聞いていた中本と引き合わせるようにと片岡に頼んだようである。この前年には、片岡は下北沢の横光利一の家に田中清玄を連れて行き、田中の身分を明かさずに、しばらく田中を泊めてくれと横光に頼み、横光が「まあ、いたらいいだろう」と言ったので、田中は一週間から十日ほど横光の家に厄介になっている。田中清玄は「横光さんという人は、なかなかエライ人ですね」と評したが、立野信之は、その時の田中清玄の言い方が横光の口調にそっくりでおかしかったと回想している。(1)中本に洋モスで組織を作るように要請していた清原富士雄は和歌山の銃撃戦に加わって短銃を発砲し、その場で逮捕されていた。田中清玄が宿を求めているので、中本は東京府下の知人の家に田中清玄と一泊した。翌日、田中清玄につき従って方々を歩き、夜は詩人の生田春月の家に泊まった。田中清玄は一人の青年を生田春月の家に連れてきた。この青年は佐野博である。中本は田中らのための住宅の件で佐野と四月一日に銀座のカフェ・ライオンで再会する約束をした。なお、生田春月はこの五月一九日に播磨灘から投身自殺する。

三月二九日、読売新聞文藝部主催「尖端を行く! 女流各派 文藝講演會」が読売講堂で開かれ、「先端」の代名詞であった中本が講演した。この時「女流各派」として参加したのは、「藝術派の陣営より」吉屋信子と岡田禎子と三宅やす子、「ニヒリズムの陣営より」林芙美子、「アナーキズムの陣営より」望月百合子、「形式主義の陣営より」中河幹子、「詩人の陣営より」深尾須磨子、「ジャーナリズムの陣営より」北村兼子、そして「マルキシズムの陣営より」中本たか子であった。入場料は五十銭であった。

二

田中清玄の頼みに応じて、中本は貸家を探して連日歩き回った。四月一日、中本は住宅提供の件で、逃亡中の佐野博とカフェ・ライオンで再会した。続いて、四月三日に上野精養軒で佐野博と三度落ち合う予定だったが、待てども佐野博は現れず、中本は一人で食事をとった。佐野は、四月一日に中本と面会した直後、赤坂の料理店ボントンに入り、ここで待ち構えていた警官隊と銃撃戦の末に逮捕されていたのである。中本はそのことを知らなかった。この後、中本は肺炎で臥せっていた田中清玄と面会した。

中本は本郷菊富士ホテルにいる広津和郎を訪ねた。当時、広津は本郷菊富士ホテルの一室を仕事場として利用していた。菊富士ホテルは文士の定宿で、長期滞在する者も多かった。中本の文学を誉めてくれた広津に菊富士ホテルの一室を紹介してほしいと頼み込んで、中本は広津の世話で菊富士ホテルに四月初旬から二週間ほど滞在することになった。菊富士ホテルへの滞在が決まると、中本は、彼女の記事をよく載せる『読売新聞』の消息欄に、「長篇小説を書くため菊富士ホテルへ泊る」と投書した。この一連の行動は、逃亡中の田中らを匿う住居を手配するにあたっての目眩ましであろう。共産党シンパの文学者は当局にマークされる。まして中本は逮捕当日の佐野博と面会していたのであるから、細工を練ったものと考えられる。中本は友人と一緒に広津に挨拶した。広津は菊富士ホテル近くのおでん屋に中本を誘い、おでんをご馳走した。ホテルを去る時にも中本は広津に挨拶したが、広津は微笑しながら、彼のもとに片岡鉄兵と二人の青年が挨拶に来たとだけ中本に話した。片岡が連れてきた二人の青年は、おそらく田中清玄と佐野博であろう。去り際の中本に広津がこの話をしたのは、中本が菊富士ホテルの一室を借りた狙いを広津が察していたからであろう。なお、広津和郎は田中清玄や佐野博の身元を聞かないまま宿を提供している。

田中清玄らのために住居を探し回る中本たか子は、同郷の後輩である安富淑子に連絡して、家屋の提供を求めた。これ以後半年にわたって、安富淑子の住まいが共産党の活動拠点となった。安富の家から中野警察署まではわずか百メートルほどの距離であった。この件で七月三〇日に逮捕されたと後年に安富淑子本人が語っている。[2]

四月中旬、中本はようやく三鷹の深大寺に一軒を見つけて、亀戸から引っ越した。窪川（佐多）稲子は、戦旗社から上梓した『キャラメル工場から』を菊富士ホテルの中本たか子宛に送ったが、転宅のために返送されたと回想している。[3] この深大寺の一軒家に田中清玄が現れることはなかった。代わりにレポーターが来て、中本に金の無心をした。中本はレポーター経由で田中に印税を渡した。

五月中旬には高井戸に引っ越した。葉桜に囲まれた「小じんまり」した家であった。ここに、モスクワのクートベ（東方勤労者共産大学）帰りの岩尾家定がやって来た。岩尾家定は、熊本県出身の父が寄留していた鹿児島県で生まれた。小学生の頃に未解放部落出身であることを知る。長じて熊本市役所の水道配管工になり、水平社運動に参加した。その後、解放運動の指導者である松本治一郎の秘書として福岡で活動し、大正一五年にソビエトに密航した。クートベで学んで昭和五年四月に帰国し、田中清玄の下で共産党中央委員となった。中本はこの岩尾家定と夫婦を装って暮らすことになる。しかし、一つ屋根の下で過ごすうちに、実質的な夫婦の間柄に発展した。当時の共産党では、党内の恋愛が禁じられていたので（中本たか子は党員ではなかったが）、二人の関係を秘密にした。

五月下旬、少し前に密かに上海に渡航していた田中清玄がこの家にやってきて、中本、岩尾、田中清玄の三人で同居することになった。中本と岩尾は、田中清玄から男女の関係になるなと強く忠告された。中本の印象では、田中清玄は横柄な威張る人物であった。田中清玄の指示に応じて、中本はハウスキーパーを余儀なくすることになった。共産党員に住居と資金を提供し、家事全般まで引き受けることになった。恋人である岩尾への思いは中本の動力源の一つになったであろう。しかし、岩尾は党の事情でやがて居場所を変えることになった。田中清玄と中本が住む高井戸の家では、共産党の会合が頻繁に開かれるようになった。

このような状況でも中本は執筆活動を続けた。『女人藝術』、『新潮』、『文藝春秋』、『文學時代』、『婦人サロン』、

『読売新聞』などに書き散らした。五月には単行本『恐慌』[4]、『朝の無礼』[5]を出版した。なかでも、一月号の『女人藝術』に載せた評論「調査見学的？」は、まず労働の現場や問題の渦中に飛び込んで体験するという、広津和郎が評価した中本のスタンスが最も表れている。「単なる調査見学的なる態度——お、、それこそは最も憎むべきプチ・ブルの態度でありその根性ではないか」という一文が突き刺さる。また、『文學時代』六月号に書いた「反語的な存在」では、「私位反語的な存在は、そんなにザラにはないだろう」、「常に憎まれて膨張し、反感によつて有名になる」と自身の人気（現代的に言えば、アンチによる炎上）について自己分析している。実際、相変わらず旺盛な執筆の中本は依然として文壇で注目を浴びていたが、好意的な評価[6]もあるものの、俗悪な記事がいくつも見られる。女工オルグ中に拘留されたことも、『読売新聞』が「プロ作家の中本たか子留置　労働者赤化を企つ」との記事（二月八日）にし、『文藝時報』（三月一三日）が「ビラ撒で捕つた中本たか子君」と記事にした。『文藝時報』はさらに「宵の新宿で中本たか子君睡眠不足の理由を弁じ葉山、荒畑両君にダーとなる」（五月八日）との記事を載せた。勝地彩子「我が国マルクス婦人の頭脳拝見・その四・露出症的中本たか子君」[7]のような非難も登場した。なかでも、六月二二日の『読売新聞』に載った画「文壇風景10種　煙突のある風景」は興味深い。中本たか子が下村千秋を叱っているところに横光利一が通りかかるという画である。作者は不明である。下村千秋は『朝日新聞』に「天国の記録」を連載して娼婦を肯定的に描いていた。それで、中本たか子の怒りを買うという画になっているのであろう。そこへいつも中本たか子をフォローする横光が通りかかるわけだが、文壇の事情通が描いたものにちがいない。この五月に、共産党に資金を提供していた林房雄、藤森成吉、中野重治らの文学者が次々に逮捕された（共産党シンパ事件）。中本からすれば、包囲網が狭まるような恐々とした思いがあったのではないか。

七月、共産党の会合でやってきた岩尾が中本に別れを告げた。岩尾が去ってから中本は涙を流した。この頃は、共産党の会合が頻繁に行われ、中本は祖師谷大蔵に二軒の借家を借りた。田中清玄が会合に参加する時は大勢の人間が集まり、三日くらい連続で協議することもあった。この頃には、武装化路線を反省して正常な路線に戻そうというところまで話が進んでいた。当時、共産党関東地方委員の唐沢清八（三七歳）らと中本が祖師谷の家で知り合ったという話もあるが、唐沢は三・一五事件で検挙されて服役中だったので考えにくい。この祖師谷大蔵の家には、田中清玄と彼のハウスキーパーである青バスの女車掌二名（熊谷とし、片山政子）と中本たか子の四人で住むことになった。中本は、これまでに一五〇〇円にのぼる資金を田中清玄らに提供していた。

三

七月一四日の午前五時半、世田谷の諏訪神社附近に潜伏していた岩尾家定が逮捕された。中本は微熱が続いて、祖師谷の家の中の間で臥せっていた。田中清玄は読書中であった。午後三時過ぎ、警官隊が祖師谷の家を包囲した。田中清玄はピストルを所持していたので、山県警部率いる検挙隊は、相撲の元十両の佐々木巡査を加えて、彼に防弾チョッキを着せて真っ先に室内に飛び込ませた。慌てた田中清玄はピストルを取る暇もなく、逃亡を図ったが、佐々木巡査らに組み伏せられた。寝込んでいた中本も宣伝ビラ配布による治安維持法違反で逮捕された。ハウスキーパーの山下安子も逮捕された。片山政子は田中清玄の好物の福神漬を買いに出ていて、その場では逮捕されなかった。この日の午前に逮捕された岩尾家定が祖師谷のアジトについて自白したとの話もある。[8] 付近の人が大勢出てきて逮捕劇を見たので、中本は警官に捕縛を解いてくれと頼んだが、警官は薄ら笑いを浮かべてそっぽを向けた。[9] なお、立野信之が『青春物語・その時代と人間像』[10]で中本たか子と岩尾家定が世田谷のアジトで一緒に逮捕されたと回想しているのはまちがいである。

逮捕後の特高による凄惨な拷問のことは、中本が自伝『わが生は苦悩に灼かれて』[11]や「この非常なる風土」[12]、小説「赤いダリア」[13]などの諸作で克明に記しているので、ここではあらましだけ記しておく。

七月二四日頃、中本は上野の谷中署二階で、特高の青木警部と栗田鶴吉巡査長、鈴木警部から拷問を受けた。拷問の内容は、ビンタ、髪の毛を手に巻いてひき毟る、全裸にして後ろ手に結わえあげて二人がかりで蹴りつける、逆さに吊るそうとする、竹の棒で「婦人であるが故のいたずらをして、侮辱する」、馬乗りになって首を締めて「おちろ、おちろ、地獄へおちろ!」と叫ばれて息をとめられる、気を失うと水を浴びせる、跪かせて風呂敷に鉄棒を包んで股の肉を小突く、股が見る見るうちに赤く腫れてやがて紫色になり、果ては黒ずむ、それを特高が代わるがわるにやる。この拷問は数時間に及んだ。拷問がおわると、中本は歩くことができず、階段の手すりにすがりついて、滑り落ちた。後の夫となる蔵原惟人は、自身が受けた拷問についてあまり振り返ることはなかったが、歩けずに階段の手すりにすがりついて滑り落ちたことについては、中本と同様のことを語っている。拷問による衰弱で、中本はごはんを食べることができなかった。激痛で歩くことも坐ることもできず、手洗いでも用たしができなかった。翌日も昨日と同じ拷問を受けた。それで食物が全く喉を通らなくなり、警察医が葡萄糖を注射した。この時に警察医が婦人科医を呼び、妊娠三ヵ月であることが発覚した。つわりも酷かった。この七月は、逮捕前に書いた原稿[14]が雑誌に載り、単行本『闘ひ　新鋭文学叢書』[15]を上梓した。

八月一〇日頃、「二十四時間の生命がもたなく」なり、担架で近くの浜野病院に運ばれ、一命を取り留める。八月中旬から九月一〇日頃まで、中絶のために入院した。本人の意思に関係なく、全身麻酔のうちに中絶させられた。見張りにきていた特高から、入院中に初めて岩尾家貞の素性（氏名、熊本出身で、水平社運動をしていたことなど）を知らされた。退院すると留置所へ戻されたが、手足が立たず、脚気と肺尖になった。その後、警察署を幾つも盥回しにされた。長谷川時雨は市ヶ谷刑務所の中本に綿入れや布団を差し入れし、中本の両親にも度々手紙を送った。中本の妹の美喜子によれば、時雨からの手紙は長く郷里に残っていたようだが、いつの間にか散逸してしまったようである。父の幹隆が、警察に酌量を願う手紙を送ったようである。

一〇月下旬、本所警察署に留置されていた中本のもとに、中本を拷問した特高の栗田が訪れ、改造社に出向いて中本の原稿料を取ってきたと言った。これは、女性の闘士たちがスパイなどによって切り崩されるさまをリアルに描いた「卑怯者去らば去れ」[16]の原稿料である。中本の治療費に当てるためであった。これに先立って田中清玄に面会していた栗田は、田中清玄から中本への伝言を述べた。それは、中本のようなルーズな女は組織の面汚しだから再び組織には寄せ付けないという内容であった（田中清玄は中本と岩尾に組織恋愛は禁止だと厳命していた）。

中本は一〇月二六日に起訴され、囚人番号五二番として市ヶ谷刑務所の未決監に入れられた。一〇月末からの三ヶ月間に、中本はカント『純粋理性批判』及び『実践理性批判』、プラトン「ソクラテスの弁明　クリトン」など、一〇冊ほどの本を読んだ。同郷の安富淑子と手紙のやり取りをしたが、カントの影響を受けた中本の手紙には、「悟性」や「直観」などの言葉が用いられている。一一月初頭、中本が外庭にいると、房舎の窓内から獄中デモに参加するように呼びかけられた。一一月七日、ロシア革命を記念する獄中デモが起こり、囚人が一斉に赤旗の歌を歌った。しかし、中本はこのデモに参加しなかった。当時獄中にいた西村桜東洋によれば、一一月になって、獄舎の風呂の中でデモへの参加を中本たか子に呼びかけたが、後日、中本からデモには参加しないとの返信があったようである[17]。当時、刑務所内では週に二回の入浴があり、また毎日三〇から四〇分の夜の散歩が認められていた。囚人たちの情報交換やデモの決起準備には、この時間も利用されたようである。一一月八日、唯一デモに参加しなかったことで、中本は囚人たちに詰られた。なぜ中本が獄中デモに参加しなかったのかは判然としないが、収監後は体調が優れず、医師に診てもらっているところであった。医者の見立てでは悪いところはどこにもないとのことであったが、苛烈な拷問で生死の境をさ迷い、妊娠も発覚し、本意でない中絶を行って収監されたことで、既にまともな精神状態ではなかったのだろう。

中本は安富淑子に手紙（一一月二九日付）を送った。この手紙は、おそらく安富淑子から受信した手紙に対する返信と思われる。この手紙には、改造社出版部の黒瀬忠夫（昭和一二年に大田洋子と結婚、一年半で離婚）から『闘ひ』を一〇部受け取って、そのうち三部を中本幹隆宛に送ってほしいとあり、中本の父母に手紙をやって送ってほしいとも書いてあった。さらに、中本は安富淑子に一二月一九日午前九時付で手紙を送り、戦旗社に持っていった原稿をもらって来て、これを売って金を作ってほしいと頼んだ。それを父に送りたいというのであった。現物の確認はできなかったが、この他にも中本は安富淑子に手紙を度々送ったようである。安富淑子は中本の妹の中本美喜子とも手紙のやり取りをした。

一二月二一日、中本は長谷川時雨から手紙を受け取った。手紙は一四日付であったが、刑務所から中本に手渡されたのは一週間遅れであった。一二月下旬、寒い監獄の寝起きを慮って、長谷川時雨は中本に掛け布団を差し入れた。一二月下旬、中本は長谷川時雨に礼状を送り、郷里の父に申し訳ないという想いを綴った。この手紙の中で、山口高女で英語と手芸のクラスに分かれるときに、中本は英語が得意だったが、父の指示に従って手芸を選んだ。今となっては、好いことをしたと書き、「老いて子を獄に送り、沁々と感ずるのは何であるか、あまりに心が痛みます」、「父のことを考えると毎夜よく眠れません」と書いている。この獄中からの手紙（及び、時雨への感謝などを綴るもう一通の手紙）は、『女人藝術』昭和六年二月号の「読者通信欄」（目次に未記載）に部分掲載されて、伏せ字で「中××か子」と表記されている。この手紙で、中本は「過去の行為について清算すべきことを清算し」とも書いている。横光利一は中本がマルキシズムに転向したことについて「清算した」と言っていたが、中本は横光の言に応えて、手紙に「清算」と記したのかもしれない。

逮捕後は原稿が書けず、中本の名は雑誌や新聞から一斉に消えた。一一月に過去の作品を集めた単行本『朝の無礼』[18]が出版されたのみである。それでも、耳目を集める中本たか子は、まだまだ文壇の俎上にあった。[19]

四

年明けの昭和六年一月七日頃、監獄の中本のもとに、郷里の幹隆から「激越」な内容の手紙が届いた。中本はこれを繰り返し読んで、涙が止まらなかった。その夜、中本は眠れず、奇怪な幻影をみたという。翌日、起床してすぐにまた幹隆の手紙を読み返した。早朝から苦しくて話もできなくなり、医者を要請した。この日の午後、裁判所に招集状を書いた。中本本人は一月一二日に発病したと言っているが、中本たか子の主治医となった野村章恒が発表した論文[20]「心因性精神病、殊に拘禁性精神病に関する臨床的知見」には、「昭和5年10月27日、市ヶ谷刑務所ニ収容セラル。昭和6年1月7日頃、郷里ノ慈父ヨリ懇々改悛ヲ説ケル叱責ト情愛籠レル手紙ヲ讀ミテ感動シ、其夜不眠、翌日ヨリ精神ノ変調ヲ來タシ」とある。近年においても、精神科医の秋元波留夫が「治安維持法と拘禁精神病」と題する講演[21]で、中本の発病には、「父親の手紙が発病の引き金となったのは、ここに述べられているように、拷問による身体疲弊、妊娠中絶手術後の身体の不調に加えて、特高の拷問に対する怒り、妊娠中絶の罪悪感、思想的忠誠と肉身愛のジレンマ、そして同志に対する悔恨などの苦悩の積み重ねがあったからだと思います」と述べている。父の幹隆からの手紙が発症のきっかけであったことはまちがいなかろう。しかし、収監直後から不調を訴えて診察を受けていたし、また獄中デモにも参加しなかったことからしても、既に前年から拷問によるＰＴＳＤが徐々に発症していたのではないだろうか。それが郷里の幹隆からの厳しい手紙をきっかけに、一挙に表に噴出したのではないか[22]。

一月一六日、中本は裁判所に召喚された。二〇日過ぎ、中本は刑務所の庭に二見の夫婦岩の幻覚を見た。山口県二見の夫婦岩は響灘を望む海にある対の岩で、現在も毎年正月に注連縄を渡す神事が行われている。江戸時代末頃には、両親ともに健在な若者が縄渡しの神事に選ばれていた。夫婦岩は郷里の角島からそう遠くはないが、郷里の父母への思い、妊娠と中絶の経験が、夫婦岩の幻覚を見せたのではないか。このような状況であるので、二月五日の夜になって、中本は抵抗したが、東京府在原郡松沢村（現東京都世田谷区上北沢）の東京府松澤病院の第二病棟に入院することになった。

二月六日午後、歯の治療をした。便所で共産党の幹部佐野博、佐野学、恋人の岩尾家定の幻影をみた。二月上旬から中旬にかけて、幻聴、幻覚、錯覚が次第に酷くなり、不眠症も続いた。二〇日には女性の重症者を収容する第四病棟に移された。中本は「子供、子供……ぴよ、ぴよ……」と言いながら、病棟内を泣いたり笑ったり騒いだりして歩いたようである。

同郷の安富淑子は、市ヶ谷刑務所隣の救援会事務所で中本の発狂を知って絶句したが、翌日、中本の実家に発狂を知らせる手紙を送った。六日後に、安富淑子の元に幹隆の筆による返信が届いた。中本の発病や処置の報告については、検事から既に聞いているとの内容であった。一月中旬に発病し、その前から神経衰弱があり、父の手紙を読んで発狂し、松澤病院に入院しているということも記されていた。

三月になると症状が治まり、第二病棟に戻されたが、腹が立って食器を投げたり、大声を出したりし、薬品を盗んで体に塗るなどした。そこへ父の幹隆から手紙が来た。手紙には「お前がそちらに入院したので引取りに行かうと支度したが、何しろ老体のことで思ふに任せず、中止した。気分を安らかにして、一日も早く恢復するやうに」と記されてあり、これを読んだ中本は申し訳ない思いが高まって昂奮し、凶暴になり、再び第四病棟へ移された。第四病棟では一日中湯の中に入れられて裸で過ごした。暴れるので、看護婦に疎んじられた。やがて症状が静まってきたので中庭に出してくれるようになり、主治医の野村章恒に佐藤春夫の「更生記」を読ませられた。

一月にはいくつかの原稿が雑誌に載った。(23) これらは逮捕前に書いていたものであろう。松澤病院では執筆できる状態ではなく、二月の文芸誌に中本の名は見当たらない。『文藝春秋』三月号に「國境」が載ったが、これも事前に執筆してあったものである。これ以降は一一月になるまで、中本の作品が文芸誌に載ることはない。しかし、相変わらず注目の的ではあった。[24] 松澤病院への入院も話題となり、四月一九日付『朝日新聞』には「中本たか子發狂す　松澤病院へ入院」との記事が載り、五月一九日付『東京日日新聞』では高群逸枝が「彼女の發狂―もし事實だとすれば」を書き、五月二一日付『時事新報』には「獄中で発狂　女給からプロ作家―中本たか―」、『婦人公論』六月号には安富淑子「狂へる同志中本たか子」、七月三日付『読売新聞』円地文子「作家の描かんとする「時代」の女性・男性(12)」などが次々と載った。特に同郷の安富淑子は、中本の獄中からの手紙を紹介して惻隠の情を示し、『女人芸術』同人の円地文子は「中本たか子の発狂を敗北と批判する者に対して、生理状態など少しも頭に置いてゐない不親切な見方だと思ふ」と擁護した。五月二一日付『読売新聞』の記事「更生共産党の陰謀」には、起訴された者一七三名の名が載っており、中本たか子の名も見える。

六月一日から全国特高課長会議が開かれ、次田警保局長が「警察官の自己批判」について訓示し、安井保安課長が特高への批判の具体例を述べるなどして、思想犯への拷問を禁止する話をした。六月五日付『読売新聞』の記事「思想犯の取調べに拷問をかたく禁ず」にこのことが書いてあるが、「シンパサイザーとして活躍した罪で取調を受けたナップの中本たか子の如き峻烈な審問のため遂に発狂したといはれ警察官として職務遂行の範囲を超える行為が頓に多い」とある。菊池寛は昭和六年七月の『文藝春秋』に「中本たか子」と題する文章を載せて、中本は「少し変わつた所もあつたが、やさしい女らしい人であつた」と述べて、中本は「新聞でよむと、××党に関係して拷問されたために発狂したなどと書かれてゐる」と書いた。菊池は「拷問に依つて発狂したなど云ふ噂は、悲惨なことである」と書き、「どうも、昭和の世にあるべき事とは、思はれないやうなことだ」との批判の言でこの小文を締め括っている。『読売新聞』の「思想犯の取調べに拷問をかたく禁ず」には中本は「審問」を受けたとある。安富淑子ですら「彼を此の常態に陥れたもの——？　無論今更言ふまでもない」、「厳重な取り調べ」と書いている。しかし菊池寛は、「噂」だと担保しつつも、中本が「拷問」を受けたことをはっきり書いたのである。

『文藝春秋』八月号に載った中村正常「瘋癲天國繁盛記」は、松澤病院の様子を伝えるルポである。病院を見学する流れで、中村は中本の病室も覗いた。中村によれば、中本は「腕枕をして身を横たへて何事かを壁に向かつて喋り、上機嫌にクツクツと笑つて」いたそうである。「瘋癲天國繁盛記」は、中本が発狂して松澤病院に入院したことが世間で話題になるなかで、菊池寛が小文「中本たか子」を書いた翌月の『文藝春秋』に載ったルポであり、中村が中本の病室を意図せずに覗いたとは思いにくい。

七月下旬になって、中本は重病患者の棟である「東ノ一病棟」に移される。ここで、拷問後に入院して死亡した伊藤千代子や、一時入院した森田京子のことなど、松澤病院に移された大勢の同士のことを知った。八月になると、「私は生きて社会に還らねばならぬ。私のすべき事は、山ほどある」と思い、洗濯・掃除・裁縫・習字・読書（医学・自然科学系）をして、健全な心身を取り戻すことに懸命に取り組んだ。九月になって、長谷川時雨が面会に来た。時雨は刑務所のときと同じく綿入れや布団を差し入れしてくれた。また、菊池寛も品物を持たせた代理人として佐藤碧子を遣わせて見舞った。佐藤碧子は退院したら訪ねてくるようにとの菊池寛の伝言を中本に述べた。佐藤碧子は「六畳ほどの部屋に」、「細そり後向きに坐っていた」、「何ごとにも、はいとより他に言わず、その眼は終始伏せられていた」と入院中の中本を回想している[25]。さらには、時雨の使いで杉山美都枝（当時は若林つや）もやって来て中本に差し入れした。差し入れは規則によって家族のみに許可されていた。同郷の安富淑子は松澤病院まで行ったが、父親からの手紙を読むだけで錯乱したので、近しい人間を会わせるわけには行かないと病院側に言われて、面会することができなかった。杉山美都枝は長谷川時雨の顔がきくので「難なくパスした[26]」し、菊池寛には社会的な力があったために、佐藤碧子は差し入れができたものと思われる。

時雨と面会後、中本は保釈願を書いた。長谷川時雨は面倒見がよい。中本が母のように慕う時雨は、文壇の大御所で社会的な信用がある菊池寛を事前に訪問して、中本の身元引受人になるように依頼していたのである。菊池はこれを引き受けた。

一〇月になり、看護婦たちが退院に当たってジャケットを編んでくれ、履物も贈ってくれた。一〇月一五日一六時半、菊池寛の引取り保証付きで退院した。引取りには、菊池寛の代理人が来た。この日は、雑司ヶ谷の菊池寛の邸宅に泊まった。翌日午後、京橋木挽町八の文藝春秋社クラブに落ち着いた。中本は下の座敷に寝泊りした。三階には直木三十五が住んでいたが、直木は、夜になると包丁を持った半狂乱の中本たか子が襲ってくるのではないかと想像して、一人で怯えていた[27]。一六日午後以降、朝日新聞が取材に来て、中本はこれに応じた。救援会の女性、中本がオルグ活動をした洋モスの女工トキなど、さまざまな人物が中本を訪問し、あるいは手紙を寄こした。一一月、ナップ（全日本無産者芸術連盟）の婦人委員会で「中本たか子氏救援の件」が可決され、一口「卅銭」以上の同情金の募集を行い、その後の作品の単行本化を進めることが決まった。ソ連から帰国したての中條（宮本）百合子が中本のもとを訪問しているが、おそらくこの救援の話をしたものと思われる。

中本は豊多摩刑務所に収監中の恋人岩尾家定に結婚を申し込んだ。すると岩尾から面会したいとの手紙が届いた。一二月に入って中本は刑務所へ赴き、岩尾と面会した。岩尾は、結婚については党に確認すると言った。一二月中に宮本百合子の邸宅で、中本を慰める会が開催された。湯浅芳子、神近市子、窪川いね子（佐多稲子）、若杉鳥子が集まった。中本は、宮本百合子の呼びかけに応じた女性作家から集まった慰問金約三〇円をもらい受けた。この席上で、宮本百合子の勧めにより、日本プロレタリア作家同盟（ナルプ）に加わった。帰国して間もない宮本百合子もナルプに参加した直後である。ナルプは共産党との関わりから当局に弾圧されたが、それでも急速に組織を拡大させていた。

中本は退院してから『文藝春秋』に「松澤病院」入院中の様子を書き[28]、菊池寛は『文藝春秋』七月号に「中本たか子」を載せ、さらには、中本たか子の事件をモデルとする長篇小説「勝敗」全一五九回を『朝日新聞』[29]に連載して話題になった。ちなみに、中本と手紙のやり取りをしていた同郷の安富淑子もこれより後に検挙されるが、彼女の保釈に当たっても、菊池寛と長谷川時雨、それから深尾須磨子などが支援した[30]。読売新聞紙上に載った詩歌を集めた『現代新選女流詩歌集』[31]には、長谷川時雨や深尾須磨子らの作品と並んで安富淑子の歌（「巷」）が収録されている。

中本は執筆活動を再開した。まず『東京朝日新聞』に三回にわたって「更生記」を連載した[32]。『文藝春秋』一二月号には「松澤病院にて」が載った。年末二七日から二八日にわたっては『国民新聞』に「出獄」を書いた。また、日比谷音楽堂で開催された『女人藝術』主催の講演会にも参加した。年の瀬から長篇小説の執筆に着手し、翌年一月から六月まで『女人藝術』に『新婦人』の編集長の内山をモデルにしたと思われる小説「東モス第二工場」を連載し、工場労働者への弾圧や大工場の合理化をつぶさに描いた。

執筆を再開すると、中本たか子は一層の注目を浴びた。各メディアで中本の記事が再び踊って年が暮れた。

注

（1）『青春物語・その時代と人間像』河出書房新社、一九六二年一月
（2）『女子教育もんだい』一九八九年四月
（3）『一婦人作家の随想　隠された頁』ナウカ社、昭和九年八月
（4）塩川書房。「恐慌」・「工場自衛団」・「白色の街」・「パン屋勘助」・「赤」・「活力素」・「地下鉄」・「半植民地の紳士諸君」・「モスクワのミイラとり」・「繁栄の大統領」・「国境」・「アムリツアの流血」を収録
（5）天人社。「朝の無礼」・「鈴虫の雌」・「臨時休業」・「胎盤」・「新聞紙が作つた海峡」を収録

（6）比較的高評価なのは林房雄「前衛に立つ人々のクロオズ・アップ　中本たか子」（『新潮』一月）、『文學時代』二月号の「新人訪問記」、『三田文学』（二月号で雅川滉が中本の「半植民地の紳士諸君」を、三月号で阿部知二が中本の「國境」）などである

（7）『婦人戦線』昭和五年六月

（8）立野信之『青春物語・その時代と人間像』河出書房新社、一九六二年一月

（9）中本たか子『わたしの安保闘争日記』新日本出版社、一九六三年四月

（10）（8）に同じ

（11）『わが生は苦悩に灼かれて　わが若き日の生きがい』白石書店、一九七三年一一月

（12）中本たか子「この非常なる風土」治安維持法犠牲者国家賠償要求同盟編『歴史の発掘　抵抗の群像』白石書店、一九七四年八月

（13）『世界』一九四九年二月

（14）「工場の前衛」（『プロレタリア文学』）、「小説欄　嵐の後」（『文學風景』）

（15）改造社。「闘ひ」・「鎖」・「國境」・「半植民地の紳士諸君」・「便衣隊創設」・「胎盤」・「第四の壁」・「臨時休業」を収録。間宮茂輔が「文藝時評　六月号のプロ作品　中本たか子「たたかひ」」（『文藝戦線』七月）で注目した

（16）『改造』一〇月

（17）「私の獄中記」（三）『労働運動研究』一七二号、一九八四年一月

（18）天人社。「朝の無礼」、「鈴虫の雄」、「臨時休業」、「胎盤」、「新聞紙が作った海峡」を収録

（19）八月三日付『読売新聞』「片眼鏡」、八月一一日付『朝日新聞』の神近市子「女流作家の近況」（中本たか子の「恐慌」を未完成であると批評）、一〇月四日付『読売新聞』平林初之輔「文芸時評　プロ派の作品と評論」（中本の「卑怯者よ

去らば去れ」をピックアップして「力不足して」と言いつつも「野心的で」、「朗らかで、尖端的という名前にふさはしい」と褒めた）、『三田文学』一一月号の勝本英治「月評　十月の小説評　「卑怯者よ去らば去れ」中本たか子・改造」、『文學時代』一二月号「師走の街頭（口絵）」など

(20)「心因性精神病、殊に拘禁性精神病に関する臨床的知見」『精神神経学雑誌』）昭和一二年三月

(21)「15年戦争と医学医療研究会第6回研究会記念講演」、二〇〇二年五月

(22)浅尾大輔「中本たか子の心の傷」（『民主文学』二〇一七年一〇月及び一一月）に中本のＰＴＳＤに関する言及がある

(23)「レポーター年枝」（『文学時代』）、「男性不幸論」（『詩神』）、「〈私の好きな男性！〉そのうち報告する」（『詩神』）など。元旦の『萬朝報』には「初日にちかふ」（アンケート）が載った

(24)安田義一「最近のプロレタリア作品　中本たか子「卑怯者よ去らば去れ」」『新文學研究』一月号、「懸賞小説で世に出た人々3」、『新潮』三月号の合評会「文壇人奏批判―第九十一回新潮合評会―」二月一〇日付『読売新聞』など

(25)佐藤碧子『滝の音』恒文社、一九八六年七月

(26)岩橋邦枝『評伝　長谷川時雨』筑摩書房、一九九三年九月

(27)長谷川時雨「三十五氏」昭和九年四月

(28)「松澤病院にて」『文藝春秋』一二月

(29)七月二五日から一二月三一日まで連載

(30)山本千恵「インタビュー　阿部淑子さんに聞く　治安維持法下に生きて」『女子教育もんだい』一九八九年四月

(31)吉井勇編、太白社、昭和五年六月

(32)五日「更生記（一）　狂躁」、六日「更生記（二）　気がつく」、七日「更生記（三）　更生」。題は入院中に読んだ佐藤春夫「更生記」に肖ったか

服役と再出発　中本たか子小伝（四）

一

昭和七年一月『改造』に横光利一の短篇「馬車」が載った。「脳病」（精神病）に効果があるとされる温泉に行く話であるが、昭和六年の暮れに横光が突然このような小説を書いたのは、中本たか子の話題に便乗したからかもしれない。中本の方は、昭和一二年六月の手記「白壁の牢獄—脳病院と刑務所の生活を語る」[1]で「脳病」と表現して松澤病院入院の頃を回想するが、以下のような書きぶりである。

風呂の中の人々は、（中略）河馬のやうに強靭な皮膚を持つ老婆、まん丸な眼きよろきよろさせる中年の女、痩せ細つて青蛙のやうな皮膚を持つ女、鬱蒼と茂る頭髪が獅子の頭のやうに乱れた女、窪い眼を底の方からぎよろつかして睨み上げる眼、かうした人達が七八人づゝ、二つの風呂に浸つてゐた。

一方、脳病患者を描く横光の「馬車」は、例えば次のような書きぶりである。

医者は由良の脳病の原因を疲労の結果だというのだが、（中略）湯に浸りに来る者達は、（中略）人が聞いていようといまいとかまわず、その地方の祭りという祭りの日を暦のやうに暗記していてべらべらと饒舌るものや、湯につかっているときに突然畜類のやうな長い舌を出して顎をぺろりと舐め廻すものや、そうかと思うと人を見ると必ず枕のことばかり話し出して、枕は一日のうちの三分の一時間は頭へ昇る血を首の所で停める作用をするものだから、枕の柔軟硬度に気をつけなければ頭の病気も癒るものではないと得意気にいう天理教信者らしいものや、横見を決してしたことのない女や、ときどき湯の中で奇声を発すると、急にびりびりと慄え出してとまらぬ舞踏病患者などがあつて、まるであたり一面の歯朶の山野は狂人の放し飼いをしてある牧場みたいなものであつた。

「脳病」患者の特徴を次々に指摘していく両者の表現はよく似ている。しかも、どちらも入浴中の描写である。仄聞した中本の入院の様子をヒントに小説を書いた横光を、さらに中本が模倣した可能性はないだろうか。

中本は文藝春秋社内で同じく間借りしていた直木三十五に帰郷すると伝えて[2]、昭和七年一月三日に山口へ出立し、四日に山口市に着いた。実家は、以前の借家から少し隔たったところに新築の二階屋を構えていた。年老いた幹隆は無職であったが、家を建てることができたのは、これまでの倹約の上に母方の祖父の遺産が入ったからである。中本が帰郷したのは、獄中の同士岩尾家定との結婚を両親に認めてもらうためであった。精神病院を退院して久しぶりに帰郷した娘を快く受け入れた両親であったが、共産党員との結婚を告げられると、猛然と反対した。幹隆は軍刀を中本の前に置いて、「自分で処置しなさい」と迫ったとの話もある。久しぶりの面会も喧嘩別れとなり、中本はすぐに実家を去ろうとしたが、妹らに引き止められて実家に一泊した。翌日の早朝、中本は家を出た。母ユキノが縋るのを振りほどいて駅へ向かった。中本たか子が逃亡したのではないかと疑われ、私服刑事が家に来た。中本は、この日のうちに岩尾家定の故郷である熊本県本庄町を訪れた。中本は岩尾の母と面会して結婚の承諾を得た。この日は岩尾の実家に泊まった。翌日から二日間、中本は熊本の長野紡績のストを調査した。七日のうちに福岡まで行って、岩尾の先輩や友人の市議と面会し、水平社や工場などの調査をした。帰りに当時北九州の門司に住んでいた妹の美喜子（門司の鉄道局勤務）を訪問したが、弟もここに来ていて、実家が大変なことになっていると知らされた。妹に説得されて、美喜子と連れ立って山口の実家へ戻った。実家では、激昂して錯乱する母ユキノから私を殺せと言われた。美喜子が駅まで見送ってくれて、中本は東京へ戻った。

『文學時代』から中本たか子と窪川（佐多）稲子のツーショット写真を撮影したいとの依頼があったが、妊娠中の窪川稲子の体調不良により中止になった。二〇日頃、刑務所の岩尾に面会して郷里の様子を報告した。中本は岩尾に「心身の健康を取り戻すために工場で働け」と言われた。岩尾に言われて心身を鍛え直して理論を立て直す必要を感じた中本は、三月になると、衣食住の世話をしてくれている身元保証人の菊池寛に無断で川崎市に移った。中本は菊池や時雨に黙って去る時の心境を次のように述懐している。[3]

菊池氏に対して、心からすまなさで一ぱいになり、また同様に世話してもらった長谷川時雨氏に対しても、あとの迷惑を考えれば、心がにぶっていく。じっさい、この二氏は、私が文壇の末席をけがしはじめたころから、どんなに多大の恩恵を呉れたことか、筆舌にあげられないであろう。

日本鋼管会社の廉売所前に間借して、一二月まで日本鋼管工場の隣にあった川崎窯業会社で、年齢を偽って耐火煉瓦作りの臨時工員として働いた。その重労働に、一日働いただけで「かの白テロにひとしい程の打撃をうけ」た。工員となって三日目からは二時間の残業をした。寒い家に帰ると涙が流れた。食欲は旺盛で、一度にごはん五、六杯を平らげ、さらに大福を五つも六つも食べたが、まだ満足できなかった。朝早く起きて、マルクス「資本論」及び「経済学批判」、エンゲルスの著述、スターリン「レーニン主義の基礎」、ヘーゲル「小論理学」などを読破した。末日に支払われる給料は七円余りであった。毎日、岩尾を想った。世間では消息不明であった。

一一月七日になって、アジビラをトイレに貼るなどして組織しようと企てたが、反応がなくて行き詰まった。それで、一二月に東京の知人の家に数日滞在した後、工場に辞職届を出した。一二月中に福岡市に移って、全協の活動に加わった。水平社の活動をしていた市会議員と面会し、岩尾の友人の家に宿泊した。一二月一〇日、東公園のそばの貸間に移った。鍾紡工場と日本足袋（現ブリヂストン）に応募したが、募集は二〇歳までという制限があって断られた。水平社の市会議員から聞いていたという全協のオルグが下宿に来た。岩尾家定を小学生の時から知る人物であり、親近感が湧いた。彼からオルグ活動の協力を求められた。資金がないので、九州大学にタイピストとして勤めていた妹の美喜子に密かに連絡をとって、東京の知人から送金してもらった。日本足袋の近くの下宿に移った。この下宿は六人一家の住居の二階であり、筑豊炭鉱を馘首された下宿の主は塞ぎ込んでいた。主の娘二人がちょうど日本足袋工場に勤めていたので、カルタに誘って日本足袋の情報を聞き出し、オルグを試みた。岩尾を知る全協のオルグは毎日連絡に来た。アジビラを作って撒いた。下宿の主から出て行ってほしいと言われたので、新柳町の遊郭附近の下宿に移った。アジビラを撒いて活動したが、弾圧が厳しくなり、次々と福岡の仲間が逮捕され、岩尾の知人のオルグもついに姿を見せなくなった。

この年は三月から工場労働に走り、年末には福岡に向かったので、彼女の作品は三月までしか発表がない(4)。女工の悲惨な生活と団結に目覚めていく姿を洋モスの女工をモデルにして描く「東モス第二工場」は、松澤病院を退院してから書いた。中本の再スタートの意気込みが感じられて反響も大きく、六月まで連載されたが、『女人藝術』の終刊に伴って未完でおわった。『女人藝術』四月号「文藝時評」で窪川（佐多）稲子が高く評価した。

中本が地下に潜ったこの年の文学の状況としては、まず菊池寛が前年に新聞連載した、主人公のモデルが中本たか子である小説「勝敗」の単行本が新潮社から出版され、大いに売れた。「勝敗」は翌月に明治座で脚色上演され、三月一八日に映画「勝敗」（松竹蒲田、島津保次郎監督、北村小松脚色）が公開された。「勝敗」の人気は、消息を絶った中本たか子が相変わらず渦中の人であったことを物語る。一二月一六日付『読売新聞』は、「アメリカでも折り紙をつけた本紙の婦人欄その他紹介された婦人たち」として、*Current history* に中本のことが記載されていることを伝え、一二月二八日付『読売新聞』の記事「ペンの叫び　出獄者の作品」でも中本の作品が取り上げられた。

二

左翼への弾圧が続き、四月に蔵原惟人が逮捕されて未決勾留となり、中野重治も検挙された。片岡鉄兵も逮捕・投獄されたが、獄中で転向した。昭和七年一二月には中本たか子が身を寄せた「労働女塾」の織本（帯刀）貞代も検挙された。昭和八年一月には、大塚金之助や河上肇も逮捕された。二月一一日、福岡にいた中本たか子もついに身柄を拘束された。私服警察二人に連行され、福岡警察で取り調べを受けた。足蹴りなどの暴力を行使されて、足腰が立たなくなった。同時期にデビューした小林多喜二は、同年二月二〇日に特高によって虐殺されている。

中本は二月一三日頃に前原警察署へ移送された。一緒に牢に入れられた小倉出身のＹから、昭和五年春の読売新聞社主催の講演会で中本たか子の講演を聴いたことでプロレタリア運動に入った女性がいることを知らされた。寒さで腰の神経痛が発症した。三月、治安維持法違反で逮捕となった。

四月二〇日過ぎ、中本は留置所の塀を乗り越えて脱走した。美喜子が世話になっている九州大学の教授の家を訪ねたが、教授自身が共産主義を疑われて立場が危うい状況になっているとのことで追い返された。行くところがないので、この教授宅の物置小屋でこっそり寝た。翌日、オルグ仲間の義姉の家を訪ねて、夕方までこの家で過ごした。義姉が産院の一室を借りてくれたので、その室に移動した。筑豊に行こうとして、行き先が決まるまでここに潜伏することとなった。警察では大騒ぎとなり、消防団なども集めて、中本の捜索が大規模に行われた。産院で寝泊まりして四日目の夕方に、寝ているところを逮捕された。福岡署から前原署へ移された。消防団の連中や野次馬が憎悪の目を向けるなか、気が済むまで殴られた。頬がゆがんで、頭に幾つもコブができた。取り調べでは、検事に向かって「もうやりません」と告げた。そもそも自分は共産党員ではないし、世の中の転向の流れに乗ると見せかけて、早く社会に出ようとの思いがあった。牢で、オルグ仲間の一人が煙草一本で裏切った話を聞いて涙が出た。六月、市ヶ谷刑務所に移送された。囚人番号は再び五二番であった。七月頃、末の妹から手紙が届いた。七〇歳に近い幹隆が心臓と腎臓を悪くして、六月から寝たきりであると書いてあった。七月中旬、取り調べ中に予審判事から岩尾と結婚せよとの田中清玄からの伝言を聞いた。結婚について党に相談すると言っていた岩尾が、田中清玄に相談したのであろう。八月になると、食事の改善と転房の反対を求める獄中闘争を行った。これによって、二四日間の読書禁止と手錠による拘束を受けることになった。この処置に抗議して、一日ハンストを行った。獄中では、仏教哲学を学び、実家の宗教でもある浄土真宗の勉強をした。中本は「情操を制約するため」に「なむあみだぶつ」に頼ったとも語っている。(5) アインシュタインの本も読んだ。出版社に勤める知人が送ってくれたヘーゲルの本も読んだ。

一〇月下旬、公判の通知を受け取った。一一月、幹隆から依頼を受けたという梅野弁護士が面会に訪れたが、中本はこの弁護士を気に入らなかった。一一月一八日一一時、藤井裁判長のもと、第一回公判が東京地方裁判所で開かれた。阿部検事係は「執行猶予の必要なし」と主張した。梅野弁護士は中本の精神鑑定を求めたが、却下された。中本は法廷で、「今後は主義的行動は決して致しませぬ」と転向を表明したが、梅野弁護士の助言を無視して拷問を受けたことを法廷で話し、調書を否認し、治安維持法の撤廃を叫んだ。一一月二五日、異例の懲役四年の実刑判決を受けた。共産党員でない者は、転向を表明すれば刑が軽くなって執行猶予となるのが常套であったが、中本には実刑がくだった。法廷での治安維持法反対の発言などが反省なしと受け止められて、重い判決となったのである。

中本は控訴した。

一二月初頭、妹から手紙が届いた。病床の幹隆が弁護士費用を負担すること、祖母が死去したことが記されていた。また妹は失職したとも書いてあり、控訴して公判で転向を認めてもらいなさいと記されていた。厳しい暮らしぶりを中本に訴えて、何とか中本に転向を認めさせて実刑判決を覆したいという家族の思いが伝わる。執行猶予判決で出所するときのために、母ユキノは祖母の葬儀に行くための金を当てて、中本たか子のために着物を新調した。このため、ユキノは葬式に行かなかった。中本が帰郷するための旅費も工面して、中本に送金した。妹が刑務所まで迎えに行く手はずも整えて準備万端を期したが、異例の実刑判決がくだったのである。なお、投資の失敗で伯父が没落していたために、祖母の墓は建てられなかった。

教誨師を通じて、中本は愛する岩尾が同じ刑務所にいることを知る。一二月末頃、悪化している虫歯の治療をした。中本を報じる記事は逮捕のことに集中していた(6)。

一二月一三日『日本新聞』に、「狂人病院の名士紹介(完)女共産党員中本たか子」という見出しで、長い記事が載った。保守系の『日本新聞』は、当局とのパイプがしっかりしていたのか、俗な物語仕立ての下世話な記事ではあるが、当時の様子が詳しく紹介されている。たとえば、「折りも折、中本たか子は党の×の種を宿して妊娠三ヶ月ひどい悪阻に苦しんでゐたのだつた。そして母体の生命の危険さへ告げるに到つたのだつた。遂に彼女は當局の手に依つて手術され、三ヶ月の胎児は暗から暗へ葬られて行つた」と、当局による強制堕胎が行われたことまで書いてある。「X」は岩尾家定を指す。「愛人×に對する思慕、日の目を見ずにあの世へ去つた子に對する愛惜からたうたう昭和五年の暮には完全に發狂してしまつたのであつた」ともある。発狂の原因の一つとして中絶を挙げている。さらに「越えて昭和六年二月五日、發狂のまゝ一ケ月余もそのまゝ警察にゐた彼女に、やうやく府立松澤病院に入院して來た」ともあるが、当局の処置の遅れが知れる。記事はその後も中本を悪役に仕立てつつ、入院中の看護師たちの酷い仕打ちにも稿を割き、引取人が「文壇の大御所菊池寛で」あるところまで書いてあるが、さすがに拷問については触れていない。これまでに、中本に関するさまざまな記事が新聞や雑誌に出たが、精神病院への入院が拷問によるものであることをはっきり書いた記事はない。そのなかで菊池寛は、中本が拷問によって発狂して入院したことを『文藝春秋』に載せている(7)。菊池は身元引受人となって中本から事実を直接聞いたからであろうが、当局に忖度なく拷問の事実を書いたことは注目されてよい。なお、この年の四月に、菊池寛の人気小説「勝敗」が新潮文庫に入った。また、六月には共産党書記長の佐野学と甥の佐野博が獄中で転向宣言した。徳永直も転向した。

三

昭和九年になって、中本は『ダイヤモンド』を購読した。刑務所で許可されている雑誌はこれだけであった。虫歯の治療も続けた。控訴審は二月一二日との通告が届いた。皇太子の誕生に伴う恩赦が二月一一日にあることを二月一〇日に知り、控訴を取り消した。翌日、恩赦によって一年減刑になった。二月一二日に一応控訴審に出廷するが、公判は開かれなかった。二月一三日の『朝日新聞』夕刊は、このことを「中本たか子、慌てて服役」と書いた。

二月二五日午後、看守長の取り調べがあった後、刑の執行が開始した。翌日から刑務所内労働で雑巾作りをした。

肺炎で休んでから門司の鉄道局を辞めた妹の中本美喜子は、九州大学法経研究室に勤務したが、何かをやろうと思って、この年に上京した。中本美喜子は牛込袋町で羽根田芙蓉と同居した。羽根田芙蓉は長谷川時雨の夫である三上於菟吉の愛人であり、中本美喜子が住んだ家は三上於菟吉が世話していた。美喜子は、九大で世話になった教授の親戚が牛込袋町に住んでいて、その関係から羽根田芙蓉と知り合うようになった。気が合ってよく二人で銀座に遊んだ。三上於菟吉が芙蓉を訪ねて来る時は、四谷の大木戸ハウスに宿泊した。大木戸ハウスには中野重治と原泉夫妻が住んでいた。一年程のうちに名門の家と縁談が起こったので山口に帰って結婚した。戦中に美喜子の夫は戦死し、戦後は子供三人を抱えて苦労したが、中本たか子が援助した。

三月初頭、調室で恩赦による減刑一年の宣告を受けた。中本は雑巾を一日に二四枚ほど刺せるようになっていた。一二日夕方、中本の希望で郷里に近い広島三次刑務所へ移送された。大阪駅から乗ってきた男が罵声を浴びせて編笠を剝ぎ取り、中本は涙を堪えた。翌一三日一八時に三次駅に到着した。三次刑務支所での呼称番号は七番である。刑務所に着いてから、母が工面してくれた新調の着物を実家に送り返し、両親や知人に服役を知らせた。執行猶予を期待していた実家の落胆は相当なもので、ユキノは食事が喉を通らず寝込んだ。三次刑務所には実家から怒りの手紙が届いた。刑務所では第三日曜日が免業日で、他の受刑者は教誨堂に行ったが、中本は行かなかった。刑務所ではよく教師時代のことを思い出し、夢にもみた。

三月末から刑務所内労働として柔道衣刺しをした。労働の成績は、担当看守から翌月知らされた。四月の成績は、作業点は課程の五歩—0点、操工点—一点、責任観念および意志—一点で、五月の成績は、作業点は課程の七歩—0点、努力点—一点、操工点—一点、責任観念および意志—二点であった。合計四点で賞与五十銭が支給される（受刑三ヵ月未満は支給されない）。

六月九日、岩尾家定は第一審判決で懲役六年を言い渡された。その翌日頃、中本は海軍から請け負った白衣製作を開始した。この作業については、長篇小説「白衣作業」（後述）に詳しく書かれている。六月下旬に刑務協会（現公益財団法人矯正協会）主催の『吾等の弟』などの映画を視聴した。また、刑務協会が発行する週刊誌『人』を毎週読んだ。九月四日、岩尾の控訴審があり、一審通りの求刑であった。岩尾には中本の消息がわからなかったが、中本の梅野弁護士から中本が転向したことなどを聞き、中本に手紙を書いた。九月中旬、中本は岩尾からの手紙を受け取った。岩尾は手紙で浄土真宗に帰依したと書いてきた。中本は岩尾の手紙を畳に叩きつけ、「なみあみだぶつ」に転向した岩尾に失望して涙をこぼした。中本は所長にさまざまな要求を出したが、それらは聞き入れられて、刑務所内の設備が改善された。三次刑務所での生活については、小説「白衣作業」や自伝「わが生は苦悩に灼かれて」などに詳しいので、ここではこれ以上は書かない。

この年は二月に日本プロレタリア作家同盟が解散し、田中清玄もついに獄中で転向した。中野重治も転向を条件に出獄した。一二月には全協も事実上壊滅状態となった。翌年には全協再建委員会が検挙され、全協は自然消滅した。左派の息の根はほぼ止まったのである。昭和一一年五月には、蔵原惟人に懲役七年の実刑が確定し、蔵原は札幌刑務所へ送られた。

昭和九年から昭和一一年の間、獄中にいる中本たか子がメディアで取り上げられることはほとんどなかった。わずかに、昭和九年八月に窪川（佐多）稲子が著書[8]に「中本たか子さんを想ふ」と題するエッセイを収録し、昭和一〇年八月に林芙美子が「文学的自叙傳」（『新潮』）で中本に触れた程度である。妹の中本美喜子は名門（医者の家系）の鳥潟家と結婚したが、結婚の夜、婚家に中本たか子の運動の記事が何者かによって投げ込まれ、妹は気絶した。

昭和一一年になると、郷里の山口では、家にこもっていた幹隆が短歌会に出るようになった。ユキノは、この何年か神経痛と不眠症に悩まされていた。中本は九月頃から一一月頃まで獄中で病床についた。一一月、中本は三次刑務支所を出所した。保護観察の身であり、月に一度の呼び出しを受けた。妹を同伴して山口市の実家に戻った。昭和一一年三月発行の『文藝年鑑』[9]の文士名簿には、中本の住所は「下獄中」と記されている。

家族はお穏やかに迎えてくれた。実家では、四日四晩不眠が続いて苦しんだ。しかし、中本が岩尾と結婚したい旨を両親に伝えると、両親は強烈に反対した。そのあと二週間寝付き、不眠症と神経痛に悩まされた。八月に入って、神経痛と神経衰弱で苦しみ、約八ヶ月間にわたって病臥した。以後、一九三九年まで神経痛と神経衰弱に悩まされた。腰に鍼灸をし、注射や温泉も試したが、治らなかった。神経衰弱から視力が低下し、老眼鏡をかけるようになった。この頃、実家は父の軍人恩給と金鵄勲章の年金で生活していた。月収は七、八十円であった。

昭和一一年一一月から翌年二月にかけて、病臥しながら原稿用紙千枚の長篇小説（未完）と「三つ位の短篇」を書いた。昭和一二年三月九日の『朝日新聞』夕刊の記事「その後の消息　過去を清算して暗い生活から文壇へ　女流中本たか子さん」で、取材に応じた中本は「田舎で手をつけた千枚程になる未完成の長篇と三つくらいの短篇をすぐにでも出す考へでゐるのです」と述べている。記事には「中本さんが再出発後に先づ世に問はうとするものは「受刑記」でありこの空虚な室の机上にある二、三の短篇である」とあるので、千枚の長篇の方が「白衣作業」の元となったのであろう。

この頃には失望していた岩尾への気持ちが戻ってきていたが、実家にいる身なので、岩尾に手紙を書くことはできなかった。岩尾の件で両親とはギクシャクしていたが、昭和一二年になると、いつまでも臥せっていて岩尾のことも諦めないので、ユキノから「お前のやうなものは、一日も早く家から出て行つてくれ」と言われた。中本は幹隆の前に出て、実家が負担した松澤病院の入院費や裁判費用などの借金（「二、三百円」）は働いて返すと話して、三月三日午前、文壇への復帰と結婚を目的として、再び東京へ出立した。これまで中本にきつくあたってきたユキノは、駅の停車場で泣き、中本も涙を零した。

四

昭和一二年三月四日、東京市牛込区市ヶ谷山伏町一六副田方（宿）に到着した。この日、早速『朝日新聞』の取材に応じて、「民族主義の立場から再出発をしようと決心してゐる」と述べた。「民族主義」という表現を使っているが、戦後の小説「光くらく」[10]には、再上京した当時について、「表面カムフラージュしてゐる底に烈々たる火を失つてはゐなかつた」と書かれている。かつての恩人や友人を訪問してまわったが寂しくなり、受刑後の「見えないもの」から受ける屈辱感に怒りが湧き、民衆の怒りがこの身にこもっていると感じられた。

神経痛で腰に灸をして、家でできる書写の仕事をした。東京に着いて間もなく、幹隆から手紙が届いた。岩尾と結婚するなら「七生まで勘当」すると書いてあり、中本は怒りで手紙を投げつけた。郷里の熊本で受刑中だった岩尾に手紙を送った。山口の中本家では弟が中学を卒業した。弟は上級学校の理科（おそらく旧山口高等学校、当時は再興山高、現山口大学）を志すが、中学入学後に判明した色覚異常が理由で入学がかなわず、浪人となった。

四月以降、喜久井町の洗濯屋の二階に転居すると、岩尾の友人が時々訪ねてきた。一人はロシアのクートベの同期で、S文化事業部で働いていた男で、もう一人は目白の古本屋である。また、労働者の知人も時々訪問し、岩尾の昔話などをした。自伝的小説「光くらく」で「檜垣」と呼ばれる男である。岩尾からは、二週間に一度は愛情のこもった手紙が届いた[11]。おそらく獄中の岩尾が友人たちと連絡を取り合っていて、岩尾の指示もしくは依頼によって、この友人たちが代わるがわるに中本の様子を見にきていたものと思われる。

六月下旬、かつて洋モスのオルグを依頼してきた清原富士雄が訪問してきた。「南部鉄瓶工」の作中人物「清原」及び「光くらく」の作中人物の「桐原清志」は、清原富士雄のことである。訪問は二度とも夜中に突然だったので、中本は快く思わなかった。八月初め、下落合のアパートに転居したが、今度は暑い日の午後に清原富士雄がやってきた。清原は岩尾とは無関係に中本を訪問している。おそらく岩尾の差金で、月のある涼しい夜にも労働者の知人がやってきた。岩尾から届く手紙の内容に違和感を持ちはじめ、岩尾に対して日に日に疎隔の感情が高まってきた。

八月二〇日頃、清原がやってきて、借金百円の督促の手紙を中本に見せて金を無心したが、中本は貸さなかった。二三日頃、清原がまたやって来て、今度は五十円の金を無心した。翌日、中本は着物を売るなどして金策して五十円を調達した。翌日、清原がやってきたので、調達した五十円を貸した。この頃には、岩尾から届く手紙を開封しなくなっていた。

労働者の知人の世話で通信社に職を得た中本は、社用で岩手県の鋳物工を取材することになった。この旨を記した手紙を岩手県出身の清原富士雄に出し、彼の招きで岩手県江刺郡羽田村（現奥州市水沢羽田町）の清原富士雄方に滞在することになった。一九九四年一〇月四日『産経新聞』に、中本たか子の『南部鉄瓶工』を探しているという読者からの質問に新聞社（無署名）が答える記事が載っている。この記事には、岩手県に滞在中の中本が清原富士雄から鋳物工について創作するようにすすめられたとある。

九月初頭の午後、かつての運動仲間である岩手県の青年Sと面会し、涙を滲ませた。一〇日間ほど組合工場で働いた。現場主義の中本らしい行動である。水沢から北上川の写生にも出かけた。ある朝七時頃、出征軍人を見送った。ここに、S文化事業部で働く岩尾の友人から手紙が届いた。岩尾が友人を使って中本を束縛しようとしていることがわかり、中本は怒りが湧いた。ある夜遅く、清原富士雄が中本の寝ている部屋にやってきて誘惑したが、これは拒絶した。清原が関わる銃後後援会の会合の前夜、再び清原が中本の部屋にやってきて、中本はついに清原と関係を持った。翌朝、清原を見送ってから、銃後後援会の会合に出席した。時雨のある夜、またしても清原がやってきたが、涙を流して追い返した。追い返しつつも、清原を愛おしく思っていた。しばらく間を置いて、またしても清原がやってきたが、このときは清原と関係を持った。九月末、東京に帰る予定日の前日に足の不自由な青年が面会にきたので話した。帰京予定日を過ぎても仕事ができず宿に居続け、銃後後援会の会合に参加した。一〇月のある夜、清原が来て「これから、僕達の関係をどうする？」と問うたが、「はっきり考えてないの」と返答した。

この地の青年たちが宮沢賢治全集を持ってきてくれた。東京から本を持ってこなかったので、これを「慰問文庫」として兵隊に贈ることにし、この地で「慰問文庫　「慰問文庫」に添える言葉[12]」を書いた。

一〇月中旬になって、ようやく東京に戻った。東京に戻ると、今度は横浜元町の文学青年（学生）の集まりに参加して、当時一六歳だった小沢清[13]から文章表現上の質問を受けて回答している。一〇月中旬以降、労働者の知人が中本の家に来て、招集されたと告げた。獄中の岩尾から手紙が届いた。手紙には入籍したいと書いてあったが、引きちぎって嚙み捨て、「入籍を断り、思想がちがうため、これまでの関係を断つ」と記した手紙を岩尾に送った。この時、清原のことを書かなかったことで悔恨した。その後、今度は清原から手紙が届くが、清原の右に偏った思想に戦慄し、関係を持ったことを恥ずかしく思った。さらに後に、清原から結婚は当分しないと記した手紙が届いたが、清原を追う気は起こらなかった。S文化事業部所属の岩尾の友人がやってきて岩尾との入籍を催促したが、既に岩尾に断ったと告げた。その後、岩尾から手紙が届いた。「別れたくない」、「思い直してくれ」、「死の予感がする」などと書いてあった。中本は手紙を読むと涙が出たが、愛情は沸かなかった。岩尾は愛情がこもる手紙を送り続け、友人も使って中本の動向を探って外堀を埋めていたので、中本の翻意には獄中で大いに落胆したであろう。岩尾が中本への手紙に書いた「死の予感」は、中本の気持ちを惹きつけるためだけのかけ引きの言葉ではなかった。昭和一五年二月一九日、岩尾家定は三六歳の若さで病死する。

岩尾にも清原にも愛情をなくした中本は、三四歳になっていた。そもそも今回の上京は結婚が目的でもあった。ふと八年前にすれ違ったことがある蔵原惟人を思い出し、転向せずに牢獄で肺を患っている蔵原を己の生きる指針にしようと決意した。

五

この年再上京した中本はすぐに執筆活動を再開し、雑誌や新聞に久しぶりに中本の名が登場した[14]。終刊した『女人藝術』の後継誌『輝ク』四月号の「通信欄」に、「一度参上したいと考え乍ら身体が疲れてばかりゐます。見かけは丸々としてゐますけれど」と書いている。同号には、エッセイ「絶対的知性の要求」(四月)を載せて、「相対的なもの」への「固執」を批判した。『輝ク』九月号「各地通信欄」には「言葉の組織」を載せて、「どんな言葉が、最も好い言葉であるか。それは、客観的実在としての生命の躍動を表現する言葉である」と力強く書いている。前に触れたが、六月には「白壁の牢獄―脳病院と刑務所の生活を語る」を『新女苑』に書いた。この月の『新女苑』には、同郷の田島準子の小品「黒い瞳」も掲載されている。七月、八月も旺盛に執筆した[15]。

『文藝』九月号に、自身の獄中生活を材にして女政治犯の工場労働を描く二一二枚の長篇「白衣作業」を発表した。出所後に郷里で書いた千枚の小説が元であろうと思われる。他に、「若さの特権とは―真理のための自由」[16]、「文学に於ける否定の否定」[17]、「晩秋日記―出発」[18]などを書いた。「否定の否定」という表現にマルクス主義の痕跡がある。

上京して文学活動を再開すると、メディアに再び中本の名前が踊った。三月九日の『朝日新聞』夕刊に「その後の消息　過去を清算して暗い生活から文壇へ　女流中本たか子さん」との記事が出た。七月には保守の文芸評論家杉山平助が中本を取り上げ[19]、杉山は「白衣作業」を第一回新潮社文芸賞に推薦する。かつて生活の面倒を見た中本に遁走された菊池寛も中本を取り上げ、「『文藝』の九月號にでてゐる中本たか子の「白衣作業」を讀んだが、なかゝの力作で感心した」、「素朴な筆致でありながら、ある力強さを感じさせる作品である」と好意的に論評した[20]。その上で、「やはり、小説を作る者にとつては、刑務所と云ふものは、一つの修行になると思つた。作者の初期に見るやうな絢爛な上ついた作風はすつかり無くなつてゐる。中本は保釋の時機僕が世話してやつてゐるうちに失踪したので僕にも迷惑がかゝり不愉快に思つてゐたが、この作品を讀んで機嫌が直つた」と懐の深さを示した。しかし、宮本百合子が菊池寛の「白衣作業」評に反発した。八月二七日『報知新聞』の「女の作品　三篇に現れた異なる思想性」と題する文芸時評で中本の「白衣作業」を取り上げ、まず「中本たか子氏の数年来、非常な困難を経て、肉体にも精神にも深い損傷を蒙った。それにもかかわらず、まだ健康も十分恢復していないのに、出獄してからもういくつかの執筆をしている。中本さんらしい骨身を惜しまなさが感じられるので、「白衣作業」(文藝)もその一つの作品である。これまで、こういう題材が婦人作家にとりあげられたことはなかった。そしてこの作者らしい力をこめた感情の緊張で全篇が貫かれている」と好意的に論評したうえで、菊池寛の「白衣作業」評を取り上げて「あの批評を、作者自身は何とよまれたであろうか」と書き、「作家が作家に向つていふものとしては随分変なものであつた。何だが役人ぽい。そして、大旦那つぽい。小説をかくものには刑務所もためになるとか、自分が「機嫌を直した」とか。ああいふ程度の言葉が、褒めたやうな印象を誤つて一般に与へるところに、謂はば今日の文学の時代的な弱さがかくされているのである」と述べて菊池を批判した。この宮本百合子の意見は正しいものだろう。しかし、後年になっても、中本は菊池寛への感謝を忘れない。当時、受刑後の「見えないもの」から受ける屈辱感を味わっていた中本には、「やはり、小説を作る者にとつては、刑務所と云ふものは、一つの修行になると思つた」という菊池の発言は、気持ちを前向きにする救いの言葉として受け止められたのではないだろうか。菊池は「失踪したので僕にも迷惑がかゝり」と言うが、左翼への激しい弾圧の折から、自分にも危険が及ぶかもしれない中で身元引受人を買ってでた菊池の信用や面子が潰れるのに加え、当局への対応はおそらく相当面倒だったはずだ。それについて「不愉快に思つてゐたが、この作品を讀んで機嫌が直つた」と書かれている点にも、菊池に後ろめたさがあった中本は救われたのではないだろうか。なにより菊池の文藝春秋社が主催する芥川賞最終候補にノミネートされたことは、文壇に返り咲く最良のお膳立てになったはずである。なお、この年一二月に、宮本百合子には執筆禁止令が出た。

このほかでも「白衣作業」は話題を呼び、正宗白鳥(21)、坪田譲治(22)、森山啓(23)らが相次いで俎上にした(24)。「白衣作業」

を掲載した『文藝』は翌月号で森山啓「中本たか子「白衣作業」」、「[雑界展望]中本たか子「白衣作業」二百枚」、中野重治「「白衣作業」ノオト」を載せた。なかでも中野重治は、八月二八日『朝日新聞』の「文藝時評（1）力作のある風景「新胎」と「日蔭の村」」、さらに三一日の『朝日新聞』「文藝時評（4）信念の文学　中本たか子の「白衣作業」」、九月一日の『朝日新聞』「文藝時評（5）美点と弱点　津田青楓の「良寛父子」」で立て続けに「白衣作業」を取り上げ、『文藝』の「「白衣作業」ノオト」で本格的に論じた。中野重治には「白衣作業」が問題作として強く映り、何度も言及を重ね、最後に「「白衣作業」ノオト」として批判をまとめたのである。「白衣作業」に登場する囚人は全員番号で呼ばれる。中本たか子と思しき主人公は「七番」である。中野重治は、刑務所内労働が海軍から受注されている点についての批判的視点がないことを指摘し、「作者は「七番」とは、白衣の意味する戦争の犠牲者たちについて何ひとつ考えなかつた。刑務所の存在と性質とについて決して考えなかつた」と厳しく批判し、「作者および主人公の信念喪失の文學としての従来の「転向文学」に対するこの信念充満の小説は、その充満していることでその信念の非人間性を充満して描きだした。読者は、一人の錯乱した「七番」が、どこか変なところで「民衆万歳！」と叫んでいるのを見出すが、彼女の「働け、働け……」というかけ声にはついて行けぬのを感じる」と締めくくり、批判精神の欠落している中本については、「金無垢のデマゴーグ」であると断じた。戦後、平野謙も「彼女には時局便乗とか面従腹背というような気持ちはいささかもなかった。中野重治が金無垢のデマゴーグとよんだゆえんであろう[25]」と述べている。中野重治の論評も正しい。先述の宮本百合子の菊池寛批判と同様に政治的な正しさに基づいている。これを受けて、研究者も生産文学としての「白衣作業」を批判する。林淑美氏は「主人公は自分の行為が民衆のための献身と思いこんでいるのだが、実は労働の現場を支配している者への献身であることが、読んでいる誰の眼にも明らかになってしまい、そしてそれが生産文学が要請された理由も明らかにしてしまう」、「国民精神総動員運動が知識人に与えたのはこうした役割なのであった」、「この要請された民衆への使命に転向作家は率先して飛びついた」と総括している。[26] 後年、中本は「それにつけて思うのは「甲乙丙丁」の作者である。わたしの三十七、八年前に、かれによって「金無垢のデマゴーグ」というレッテルを貼られた。当時、実刑だけでも三年うけて社会へでたばかりのわたしには、まちがいや認識不足は多分にあっただろうが、このことばはまさに銃殺刑にひとしかった」と憤っている。[27] 労働賛歌の生産文学が軍国主義の大政翼賛に利用され、あるいは生産文学がこれに加担したという批判は正しい。正しいが、中本たか子やあるいは徳永直の生産文学にも、掬すべきものがあるのではないか。獄中で転向しなかった蔵原惟人が言うなら、まだわかる。しかし、転向した中野重治には、自分の足場を無謬の裁判官の位置に置いて厳しく謗る資格がどれほどあるのか。拷問を受けて発狂までした人間が転向を表明して最後に取り付く島が〈労働〉という現場だったのである。労働は、最も弱い立場の人間（しかも囚人）が戦時下を生きるうえで構造上逃れることのできない生の現実である。中本たか子は常に弱者としての労働者の側に立っていた。弱者としての労働者とともに汗を流す。この連帯からしか始まらないというのが、一貫した中本たか子の現場主義の生き方であり、文学である。常に大衆の側に立った吉本隆明の詩の一節を借りるなら、中本にとっての「一つの直接性」が現実の〈労働〉体験に基づく文学だったのである。この姿勢は戦後においても変わらない。ここに掬すべきものがないだろうか。

たとえば、研究者の渡邊千恵子氏は、中本の『新しき情熱』を取り上げて、「検閲を逃れて執筆を続ける中本は、「翼賛」的な視点から『新しき情熱』を書いたというより、むしろ、プロレタリア文学の見果てぬ夢をまだ追っていたのではないか」と述べ、「「女子の勤労分野を拡張すべき」との国家的要請とも相俟って、「生産文学」と見なされるのもやむを得まい。だが、〈労働〉に対する女子工員の真摯な姿を題材に、〈労働〉を通じて彼女たちの意識が変化するさまを生き生きと描いている点で、かつて蔵原が説いたプロレタリア文学における「主題の積極性」の残滓をここに見てしまうのは的外れであろうか。（中略）つまり圧倒的に数において勝るプロレタリアートが「集団的社会的共同性」を共有することができれば、戦時という過渡期を経た後、そこに立ち現れる「国家」は、おのずから現存する国家とは異なる「民族共同体としての国家」として立ち現れるはずだ、そう中本は言いたかったのではないか」[28]と論じている。この論は「白衣作業」にも当てはまるだろう。「銃殺刑」を執行できる正しき立場に身を置き「誰の眼にも明らか」な瑕疵を突いて刑を執行するよりも、天皇主義に変貌する者や筆を折る者が続出する時勢に、左翼が崩壊する最後の時まで（刑務所内であっても）労働者との連帯に未来の可能性を見ていた信念の文学に、菊の花一つ手向けたくなるのである。左翼が崩壊しているときに、最も弱い者（女性で囚人の労働者）の側に立ったのは誰か。戦時下の左派への厳しい弾圧の（自らも服役する）なかで、ずたずたの四肢を動かす孤塁の囚人「七番」を「白衣作業」は描いているのである。

昭和一三年に入って、一月初旬、若者たちが中本の住まいに遊びに来た。この時、自由律短歌を初めて知った。二月、「白衣作業」は第六回芥川賞の候補にノミネートされたが、受賞は逃した。女性の候補は中本だけであった。選考委員は、年齢順に、谷崎潤一郎、山本有三、菊池寛、室生犀星、宇野浩二、久米正雄、小島政二郎、佐藤春夫、佐佐木茂策、瀧井孝作、横光利一、川端康成の一二名であった。予選委員会の主査は、宇野浩二、瀧井孝作、川端康成である。二月七日の選考委員会には、菊池寛、宇野浩二、久米正雄、小島政二郎、佐藤春夫、佐佐木茂策、横光利一、川端康成が出席した。久米正雄は「此の作家たちが、再生の努力の前には、一方でない敬意を持ったが、今更此の人たちに、「芥川賞」でもあるまい」、「おとなしい写実風に還つた、充分叩き込んだ腕の冴えは、中堅作家以上」と評し、小島政二郎は「心に残った」、「まずくとも真実を書こうとしている意気込をスタイルに感じて心を引かれた」と評した。中本に縁があった菊池と横光のコメントはない。横光は受賞した火野葦平「糞尿譚」に好意的なコメントを残している。「白衣作業」は杉山平助の委員推薦によって第一回新潮社文藝賞にもノミネートされたが、二月一八日に発表された受賞作は和田傳「沃土」であった。新潮社文藝賞の選考委員は、加藤武雄、菊池寛、久保田万太郎、佐藤春夫、島崎藤村（選考会は病欠）、杉山平助、徳田秋声、中村武羅夫、室生犀星であった。

注

（1）『新女苑』に掲載。なお、同じ号には中本と同郷の田島準子の小品「黒い瞳」も掲載されている
（2）昭和七年一月五日付『朝日新聞』の記事「中本たか子帰郷」に直木三十五の談話が載っている
（3）『愛は牢獄をこえて』五月書房、一九五〇年一月
（4）亀戸時代を振り返る「亀戸の正月」（『働く婦人』一月）、「松澤夜話」（『婦人公論』一月）、「同志の獄死」（『蝋人形』二月）、「硫酸」（『女人藝術』三月）、「飯と公判」（『働く婦人』三月）、「再び工場へ」（『文藝春秋』三月）など
（5）『愛は牢獄をこえて』（3）
（6）四月二八日付『読売新聞』に「中本たか子　つひに逮捕さる　空家に寝込み中を」と載り、九月九日付『朝日新聞』には「中本たか子公判へ　保釋中運動」の記事が載った。一一月一九日付『朝日新聞』夕刊には「清玄の魅力に引きつけられ　転向を口にすれど信用されず　中本たか子懲役四年」、同日の『読売新聞』夕刊には「男の魅力にひかれ赤い戦線に参加　転向の中本たか子に求刑4年　東京地方裁判所」と書き立てられた。一一月二六日の『朝日新聞』夕刊に「中本たか子、判決四年」の記事がある。
（7）「中本たか子のこと」『文藝春秋』昭和六年七月
（8）『一婦人作家の随想　隠された頁』ナウカ社、昭和九年八月
（9）文藝家協会編、第一書房刊
（10）『思潮』一九四六年八月
（11）刑務所の送信限度が二週間であった。岩尾からの手紙の一部は、中本たか子の自伝小説『愛は牢獄をこえて』（3）

に挿入されている
（12）『文藝』昭和一二年一一月
（13）小沢の記憶では昭和一〇年の出来事であるが、記憶違いであろう
（14）三月には早速「下獄・發狂・獄中結婚まで」を『婦人公論』に掲載し、三月一八・一九の二日間、「生命の絶対地」を『読売新聞』に載せている
（15）その後も「受刑記」（『中央公論』六〜八月）、「生命の直観と批判精神」（『いのち』七月）、「未成年達」（『若草』七月）、「初期短編集　一人と多数」（『作品』七月）、「苦闘解放の日」（『中央公論』八月）、原稿用紙八八枚の「獄中の統制者」（『いのち』八月）などを旺盛に書いている
（16）『新女苑』昭和一二年九月
（17）『作品』昭和一二年九月
（18）『若草』昭和一二年一一月
（19）『朝日新聞』「檜騎兵　中央公論（7月号）」昭和一二年七月四日
（20）『東京日日新聞』夕刊「廻轉扉「白衣作業」」昭和一二年八月一五日
（21）『読売新聞』夕刊「注意すべき新作　石川、中本の長編」昭和一二年八月二九日
（22）『信濃毎日新聞』夕刊「文藝時評（二）二潮流の代表作」昭和一二年八月三一日
（23）『朝日新聞』（檜騎兵　体験と倫理）昭和一二年一二月三日
（24）ほかにも八月二一日『読売新聞』夕刊の記事「壁評論　中本たか子の長編」（無署名）、九月三日『読売新聞』の「サイレン　中本たか子」、九月一一日『読売新聞』夕刊「よみうり抄　川端康成▽猪俣津南雄▽中本たか子▽並木秋人ほか」などの記事がある

（25）「昭和文学私論　中本たか子の受刑期　権威主義的な志向の芽生え」九月二〇日『毎日新聞』夕刊
（26）「解説―《引用の力》と《瞥見の力》」『中野重治評論集』一九九六年年五月
（27）「眼に青葉」『民主文学』一九七五年七月
（28）「中本たか子〈前衛〉たらんとして―その密かなる抵抗」『昭和前期女性文学論』新・フェミニズム批評の会、二〇一六年一〇月

戦中と終戦　中本たか子小伝（五）

一

昭和一三年は腰を入れて小説を書く比較的落ち着いた年であった。新聞各紙・雑誌に生産文学、働く女性の立場に身を寄せるエッセイなどを書き綴った。[1] 問題作『白衣作業』[2]も上梓した。

「白衣作業」が話題になったことで生産文学の書き手として認められた中本たか子は、三七〇枚の長篇「南部鉄瓶工」[3]を発表した。前年の岩手県での体験調査に基づいて、田茂山の鋳造工たちが南部鉄瓶鋳造工業組合を結成して資本家の経営を圧倒するまでを描き、すぐに単行本を上梓した。[4] 早速中本は徳富蘇峰に『南部鉄瓶工』を献本した（四月四日付）。せっかちな中本は、すぐに徳富蘇峰に手紙を宛てて『南部鉄瓶工』の評価を求め、「日本女性のために」出版に尽力してほしいと綴った。この手紙と入れ違いで徳富蘇峰から礼状が届いた。美濃部達吉にも『南部鉄瓶工』を献本し、後日、挨拶状を送ったが、その三時間後に、美濃部達吉から礼状が届いている。小熊秀雄が『『南部鉄瓶工』読後』[5]で「『南部鉄瓶工』一冊の読後感は、彼女が私を楽しませてくれたといふ感であつた」、「小説作家がとかく描写が陥りがちの心理的なもの―への転落を、巧みに救ひながら、筋から筋へと進んでゆくといふやり方は、かなり成功してゐる」、「私は作者中本氏は「南部鉄瓶工」の後日物語を書くべきだと考へる」と書いた。これを受けるかのように、中本は『南部鉄瓶工』の続編に相当する舞台の脚本「建設の明暗」を執筆した。『朝日新聞』が一一月一四日「新劇・躍進の春　築地小劇場の正月興行　トップを切る新築地劇団」、一二月二七日「初春の新築地　彩り添える戯曲　中本女史の処女作上演」と伝えている。「南部鉄瓶工」は生産文学の代表として話題になったが、[6]いの一番に取り上げた小林秀雄は失敗作だと断じた。[7]

三月に父の幹隆から手紙が届き、中本が世話になった元三次刑務所の所長が三月一四日に死去したことが記されていた。妹からの手紙にも、三次刑務所所長の死は「惜しんでも惜しみ足りない」とあった。弟は二年連続で上級学校（理科）を志すが、色覚の問題で不合格となり、再び浪人の身となった。秋には、伯父の息子が補充兵として大陸へ渡った。中本たか子自身は一一月に発足した農民文学懇話会の会員となり、農民文学に関心を寄せた。その兼ね合いと思われるが、一一月初めに岩手県に旅行した。[8]この頃は下落合一の六七青松荘に住んでいた。

二

昭和一四年二月、中本は一泊二日で神奈川県の農村を訪問した。二月下旬には、妹の縁談を頼まれて、久しぶりに郷里の角島を訪れて、一月ほど滞在した。渡海船で、小学校で同級生だった者たちに声をかけた。没落して寺の小作になっている伯父夫婦の家に滞在した。伯父が世話になった寺は、中本家（本家）の菩提寺である角島尾山地区の古城山浄楽寺（浄土真宗、現山口県下関市豊北町角島尾山二一二六）であろうと思われる。山口市に住む両親は祖母の葬儀にも顔を出さなかったが、今回も両親に代わって東京にいた中本が角島に出向いたのは、両親が高齢になったということがあろうが、両親に角島への蟠りが残っていたこともあるのではないか。なお、伯父には二人の子供がいたが、娘は伯母の親類に嫁がせていて、息子は補充兵として大陸にいた。

前年まで浪人だった弟は、進路を文科に変更したところ、専門学校に合格した。高等学校の学科試験にも合格し、体格検査中であった。三月下旬、中本は角島から山口市の実家へ向かい、頼まれていた妹の縁談のことを家族に伝えて、その日は実家に泊まった。翌日、妹にお灸を据えてもらって朝寝した。妹の縁談や祖母の墓を作ることなどを母と話し合い、その日も実家に泊まった。次の日は「会いたかった詩人」の職場を訪ねた。「会いたかった詩人」は、山口県の郷土文学研究家で詩人の和田健のことであろう。和田健は「昭和十四年であった」として、中本が突然職場（山口市後河原の洗濯屋）にやって来たことがあると書き残している。[9] 中本が「会いたかった」のは、和田健が、これ以前に郷里から出た先輩文学者である中本に詩集を献本したからである。この献本は、おそらく詩集『生活の貌』[10]である。このあと、中本は異父兄の墓参りをした。この夜、弟が乳母車に行李を乗せて駅まで先に運んでくれた。中本は母と妹と話しながら駅まで行き、特急で東京へ立った。

四月、中本のもとに、弟が高等学校に合格したものの、実家では経済上の問題で涙を飲んで断りに行き、それで弟が半病人になっていることが伝わった。中本は急いで山口の実家に戻った。中本は学費は自分が工面するつもりでいた。実家に到着した翌日、中本は（おそらく小郡）の高等学校を訪問した。入学式の最中であった。中本は教務主任と面会して弟の入学を学校に求めたが、許可されなかった。学校から小郡駅（現新山口駅）までのバスの中で、涙が溢れた。翌日、中本は防府で一泊し、弟の専門学校（旧防府商業学校、現山口県立防府商工高等学校か？）の入学式に参列した。

五月、東京に戻っていた中本に神経症の症状が出て、足をひきずった。『第一歩』[11]を三月に上梓した中本は、これを同郷の友人阿部（安富）淑子に献本した。阿部淑子は六月の『女性展望』にこの書評を書いた。[12]『第一歩』には、「第一歩」、「竈の火は絶えじ」、「力行週間」の三篇が収録されている。表題作「第一歩」は、東北の農村の愛国婦人会と国防婦人会の対立を背景にして、息子を戦地にやる農婦、美貌の小学生教員、転向出獄者、プチブル夫人らの群像を描く。いずれの女性も、中本その人の人格やキャリアが切り取られて投影されているように見える。「竈の火は絶えじ」は、戦地に夫を送った農婦が、共同耕作を通して前向きな気持ちになり、娘の足の治療に力を注ごうとする話である。「力行週間」は獄中の強制労働を描写した力作で、「白衣作業」に連なる生産文学である。阿部淑子は、「第一歩」については、婦人団体の動きを描くことは、社会を描くことでもあるので、その点に注目はするが、愛国婦人会がブルジョアで、国防婦人会が大衆だとする画一的な割り方は弊害を生むと批判している。「竈の火は絶えじ」については「いい短篇である」と言い切るが、「力行週間」については、「白衣作業」と「同一の行き方」で、「自身の体まで痛めて働き抜く主人公の気持ちは私には解りかねるので、これについて言ふことは止めて置く」と述べている。これは、中野重治が「白衣作業」を評して「彼女の「働け、働け……」というかけ声にはついて行けぬのを感じる」と書いたことと平仄を合わせるものだろう。中本は『第一歩』の「序」で、「銃後の社会がいかなる状態にあるかを描いたもの」だと書いているが、収録の三作に共通するのは、暗い生活の現実から前向きになるための共同作業や共同労働の賛美である。生産文学における大政翼賛の誇りは免れないとしても、それでも、戦時の貧しく暗い現実にあって、万国の労働者（女性）の団結こそがいずれひらかれた未来を作る鍵になるはずだと、中本自身は信じていたにちがいない。弱い者（貧者、労働者、女性）の側に身を置く中本の姿勢は一貫している。

昭和一四年六月号の『輝ク』で、長谷川時雨の『輝ク』で組織される慰問活動の「輝ク部隊」の評議員一一二名の一人として、中本は名を連ねた。「輝ク部隊」の発会式は七月一〇日に行われた。

六月のある日曜日、中本は横浜家庭学園（横浜市保土ヶ谷区釜台町一八番一号）を見学した。夏には、神奈川県の農村へ出向いて田植えを体験し、託児所を見学した。一〇月下旬、この農村から柿が送られてきた。一一月一五日、一泊二日で神奈川県の農村に行き、麦まき、稲こぎ、籾すりなどを見学し、これを手伝った。精力的に農業の現場を取材し、自らも農作業に従事した。

この頃には、淀橋区下落合一の六七青松荘から東京市淀橋区戸塚町三の三一八千代田館に移り住んだ(13)。ある家で神経症の治療のために信仰を持つように勧められたりもした。中本との縁で、和田健の詩が東京の小さな雑誌に載った。これを喜んだ和田健は上京を相談する手紙を中本たか子に送ったが、東京の生活も容易ではないとして中本に止められた[14]。

この年も中本は勢力的に執筆した[15]。春陽堂の『生活文学選集』第6巻に「建設の明暗」が入った。中本が生産文学に次いで農業を描いたことも注目された[16]。なかでも『土の文学叢書　島の挿話』収録の「開墾」は中本たか子の農民文学の代表である。表題作「島の挿話」には檀那寺での小作の入札の話が出てくるが、これは中本の伯父の実話に基づく。なお、三月には、『白衣作業』が安寧風俗を紊したとして一部削除を命じられた[17]。

宮本百合子は、前年に中本たか子「白衣作業」に理解を示していたが、生産文学については、次のように批判した[18]。

「どういう風にするかの実際」だけを抽出して描写することで文学としての生命が与えられるものであるならば、題材は豊富であろうし、技術的な実際に即して「どういう風にするか」の説明にも窮することがないであろう。生産文学と呼ばれる作品が、何故今日、その隆盛のために却って一般の心に、文学とは何であろうかという本質的な反問を呼び醒ましつつあるのであろうか。

少し遠回りの書き方ではあるが、宮本百合子はどれだけ生産の工程を記述したところで、そんな文学の価値は低いと言っているのである。宮本百合子はこの文章で中本たか子の作品には触れていないが、「白衣作業」、「南部鉄瓶工」、「建設の明暗」などの生産文学を次々に発表して、生産文学の書き手の一人と見做されていた中本たか子を意識していないとは思われない。舌鋒鋭い宮本百合子が、些か回りくどい反語的なレトリックを使って表現したのは、かつての同士である中本たか子が脳裏にチラついたからかもしれない。

三

昭和一五年元旦の『朝日新聞』に、中本の同郷で「図書館友達」だった田島準子の自伝小説「青雲」が朝日新聞創刊50周年記念一万円懸賞の選外佳作に選ばれたことが載った（入選は戦後に中本たか子と親交する大田洋子の「桜の国」）。「青雲」に登場する画家の佐伯克子のモデルが中本である。「青雲」は、中本の上京前後の足跡を知る上で、貴重な資料である。

一方の中本は、元旦から一九日まで、中本が脚本した舞台「建設の明暗」が新築地劇団によって公演されて話題となった。戦時のために鉄瓶製造が禁止になった鋳造工たちの生活の明暗を描いた舞台作品である。中本は一月下旬にカイロで火傷して、その翌日には発熱して午後は寝込んだが、大阪でも上演があるので、夜行で関西へ移動した。劇団への土産にもへじの金つばを二箱提げて、うろ覚えの宿を探して一時間余り中之島をさ迷ったが、宿を見つけられなかった。それで、そのまま上演会場の朝日会館へ向かった。三、四時間の座談会では、カイロの位置をかえることができず、熱いのを我慢した。翌朝、東京に帰ると、また火傷していた。

実際の南部鉄瓶工たちが上京して舞台を観劇し、一月二日の『朝日新聞』に「建設の春」に感激　見物に南部の鉄瓶工上京」との記事が出た。さらに、一月四日にも「新築地評　「建設の明暗」本間教子の高演技」、一月九日にも「そっくりだ…と感嘆　南部鉄瓶工の組合員達　新築地「明暗の建設」観劇」と、『朝日新聞』が立て続けに報じた。『会館藝術』二月号にも「中本たか子戯曲「建設の明暗」」が載った。演劇雑誌『テアトロ』は二月号及び三月号に分載して、「建設の明暗」を載せた。工場生産の現場からは、「かくも一般人が工業組合といふものに関心を持つに至つたことは、我々としては喜ばしい」との声が上がった[19]。演劇評論家の大山功は『現代新藝論[20]』で、中本が脚本した舞台「建設の明暗」は、「全体としては、小説のもつ迫真力に遠く及ばなかつた」と評している。

前年に生産文学を批判した宮本百合子は「建設の明暗」を観劇し、一月一五日の『帝国大学新聞』に「「建設の明暗」の印象」を載せた。宮本百合子は「誰にとつても終りまですらりと観られた芝居であつた」と評した。『朝日新聞』も本間教子の演技が高評だったと伝えた（宮本百合子も本間教子の演技を絶賛している）。本間教子の本名は武田サダで、戦後は黒澤明や岡本喜八の映画に出演するなどして活躍し、本間文子と名乗った。宮本百合子は専ら友代役の本間の演技を評価しつつ、「友代の成功であの芝居が真情的なものに貫かれていたとも云へそうなところに脚本としていろいろ興味ある問題がひそんでいるのではないだろうか」と述べた。本間の演技と脚本の落差に目をつけることで、中本たか子を批判しているのである。宮本百合子は次のようにも述べる。

原作者の脚色であったそうだから、作者中本たか子氏も、脚色のときはその点に考慮されたところもあつたらう。然しながら、舞台での友代の味はやはり何と云つても本間教子のもので、特に、第三幕第一場の、初めて友代が国婦の班長になつて会議へ出た報告を、工場の女を集めてやつている集まりの場面の空気など、どうも中本氏が脚本としてそこを描いたときのあと、教子が演じている気持との間に、極めて微妙なずれがあるように感じられ、いろいろと考えさせられた。

「その点に考慮された」というのは、宮本百合子の言い方では、小説「建設の明暗」で友代の「活動性」が「時流にあつた形での機械的なあらわれを」していることを指す。「時流」は、勤労奉仕が尊ばれる戦時下の生産文学の流行を指すだろう。どんな時も労働者の側にあろうとする中本の筆致は、文学のジャンルが変わろうとも初手から一貫している。昭和一五年の「時流」（＝生産文学）においても、かつて広津和郎が「この作者の物を書く態度の冷静さは、ユニックといっていい」とその独創性を指摘し、「もっと現代のうず巻の中に、自ら飛び込み、その中であえぎながら、一種独特な心熱を底にたたえて、そして冷然と総てを投げだして、読者に見せているのである」と述べたとおりだが、宮本百合子は、この点を「機械的なあらわれ」と表現したのではないか。要するに、宮本百合子は、脚本は「冷然」としてシステマティックだが、この欠点をカバーする「真情的」な役者の演技がよかったと言っているのである。「小説作家がとかく描写が陥りがちの心理的なもの――への転落を、巧みに救ひながら、筋から筋へと進んでゆくといふやり方は、かなり成功してゐる」と評した小熊秀雄とは対照的な見方である。「教子が演じている気持との間に、極めて微妙なずれがあるように感じられ、いろいろと考えさせられた」というのは、中本たか子への注文をオブラートに包んでいるのである。宮本百合子はさらに「いずれも人柄として演じられて成功をおさめている」と続けるが、「建設の明暗」の盛況ぶりは、畢竟、役者の力によるものだと言うわけである。「国防婦人会の班長になった友代が、その役目のなかで発揮してゆく能動性について、作者は何と腹の中で見ているのだらう」とも書いているが、中野重治が「白衣作業」を論じて「作者は「七番」とは、白衣の意味する戦争の犠牲者たちについて何ひとつ考えなかつた。刑務所の存在と性質とについて決して考えなかつた」と批判したことが思い出される。

宮本百合子は「事件の目出度い大団円がとりも直さぬ明るさとして納得されにくい例は、別な場合であるが徳永直氏の「はたらく人々」の後半のまとめかたにも見られる。明日への課題として、芸術一般が当面しているむずかしく複雑な宿題と思はれる」と締めくくる。宮本百合子は、徳永直が「はたらく人々」を書いて、女主人公アサの労働に生じている女性としての問題が描かれていないことを「率直に」批判している。しかし、中本たか子については、「芸術一般が当面しているむずかしく複雑な宿題と思はれる」という一般論として抽象化することで、批判を抑制している。戦後、平野謙は「建設の明暗」を槍玉に上げて、「今日からみればほとんど全く魅力に乏しく、私は読みあげるのに苦労した」とくさしたが、これも中野重治の「白衣作業」評に依拠する糾弾であった[21]。なお、「建設の明暗」を上演した築地小劇場（及び全国の後援会）は、弾圧と団員の相次ぐ逮捕によって、この年の八月二三日に解散する。

四

昭和一五年になっても、中本は順調に執筆した[22]。五月には、当局に指摘された問題箇所を自らも加わって修正した『白衣作業』の普及版を刊行し、「普及版発行について」を付した。働いている若い女性の座談会に招かれ、「職業と結婚[23]」を書いた。「職業と結婚」では、若い女性に向けて労働の尊さを説き、家庭に留まる場合もなるべく社会参画するように求めている。かつて横光利一から中本に送られてきた手紙に書いてあった内容を踏襲するかのように、家で読書に耽ることも尊いが、本当に自分を成長させたいなら社会に出るようにと、中本は書いている。『中央公論』八月号に掲載予定で印刷まで済んでいた小説「光くらく」は、検閲によって発表できなくなった。一一月には、横光利一らと共著でアンソロジー『思索叢書　幸福の思索』（教材社）を出版し、中本は「若き日の幸福」を載せた。一二月には、書き下ろし小説『よきひと』（モナス）を上梓した。単行本の帯文には横光利一、片岡鉄兵、林芙美子の名が並ぶ。横光は「中本さんは一生懸命にかいたといふ。自分は、この作品に、作者の面目が一新される、大きな期待をかけてゐる」と述べ、片岡は「つねに苦難の道を歩いてゐる中本たか子さんのこの作品は、充分に刮目して見るべきものがある。自分は敢て、これを世の人々にすゝめる」と推薦し、林芙美子は「いゝ題だと思ふ。それに中本さんは古い友達で、なつかしい人だし、信用のおける人で、その内容は非常に興味に満ちてゐる。もつともつと多くの人に愛されてい、と思ふ」と保証している。小説の内容は中本たか子をモデルとする「作家糸川章子の人生記録」[24]であるが、小説の冒頭部は「後から、くろいむく犬のやうに、夜風が追つて来る。前方には、街の両側の店にともつた灯が、一月末の寒さにちぢみ、ふるへてゐた」と書き出されていて、横光に推してもらったためか、新感覚派の文体を想起させる懐かしさがある。

昭和一五年二月一九日、かつての恋人岩尾家定が郷里の熊本で病死した。「よきひと」には岩尾は尾瀬の名で登場し、「尾瀬はとうとう死んでしまつた」、「八年間もアラビアンナイトの壺にはいつてゐた尾瀬」などと語られる。「アラビアンナイトの壺」は監獄の比喩である。尾瀬が「錬金術」に熱心になったと書かれているが、「錬金術」は、岩尾が転向した浄土真宗を指す。昨年八月頃に「尾瀬に新しい愛人が出来ていた」こと、昨年九月頃に尾瀬が上京してきたことが書かれている。章子は尾瀬との関係をはっきりした形で解決したかったので、尾瀬に会いたいと友人を介して頼んだが、尾瀬が会ってくれなかったことなどが記されている。物語は、尾瀬の後に出会う三島との関係が中心になっている。突然章子の部屋を訪問する「寒い地方の生まれ」である三島は、清原富士雄がモデルにちがいない。友人で「カソリックの教育」を受けた世志子と、章子と三島の三角関係が少し描かれるが、世志子は安富淑子がモデルではあるまいか。また、作中に登場する理論書の作者櫻井は、蔵原惟人であろうと思われる。

この年の一〇月に大政翼賛会が発足したが、中本たか子は勤労奉仕隊に参加していた。この頃までに『小島の春』、『病院船』、『分隊長の日記』などの単行本を読んだが、これらは「素人であつただろうと思はれる人の書いた文学書」だと一蹴している。[25]なお、田島準子は一二月に『青雲』を上梓した。[26]

五

中本たか子は、結核のために釈放されて北里研究所附属病院養生園に入院していた蔵原惟人を連日見舞った。昭和一六年四月、蔵原惟人が退院した。蔵原は渋ったが、中本は強引に自宅に蔵原を引き取って、献身的に看護した。これには、転向した自身の償いの思いもあった。五月、中本は蔵原惟人と結婚して、下石神井一の二三一に住んだ。昭和一八年八月発行の『文藝年鑑』の文士名簿には、中本の住所は板橋区下石神井一の二三二、蔵原の住所は渋谷区代々木上原町一三三六と記載されている。

　昭和一六年五月二一日から二五日、「小熊秀雄　遺作展」が銀座松屋前の銀座菊屋ギャラリーで開催され、中本はその発起人に名を連ねた。他の発起人には、北川民次、上田廣、加藤直次、秋田雨雀、熊谷守一、宮本百合子、千家元麿、竹谷富士雄、壺井繁治、壺井栄、寺田竹雄、寺田政明、鳥居敏、中野重治、芳賀仭、深尾須磨子、郷倉千靱の名が並ぶ。

　七月、情報局第一部が「最近に於ける婦人執筆者に関する調査」を作成した。情報局は中本たか子を分析していて、出版社に意見を求めた。「昔、貧しい人の味方となって、闘った人だけに、そうした婦人達が何を考え、何を求めているかをよく知っている（中略）転向者の故をもって冷遇されるのは二人のために気の毒だと思う」との出版者の意見が記されている。

　筆一本で病床の蔵原を支えねばならない中本は、精力的に執筆した。一月、「海は青く」が『海の勇士慰問文集』第二輯に載った。二月、「女性報告書　ある精密工場にみる」が『科学画報』に載った。単行本『評論随筆集　職場』[27]、『愛情限りなく』[28]、『むすめごゝろ』[29]を立て続けに出版し、九月に生産文学『いのち燃えつゝ』[30]を上梓した。この年は、合わせて四冊の単行本を上梓した。三月以降は単行本の執筆に集中したが、五月には『文化映畫』に「文化映畫にのぞむ」が載り、五月一〇日の『日本学藝新聞』に「私の著作集」が載った。「むすめごゝろ映画化について」が『映畫』六月号に載った。

　八月二二日、長谷川時雨が六一歳でこの世を去った。中本は、長谷川時雨追悼号となった『輝ク』九月号の「永遠の感謝」で、次のように書いて惜しんだ。

私はふるへ、おののきつつ、この頃うちたえてごぶさたしてゐる自分を悲しく眺めやりつつ眼先にふくれ上る涙を怺へて自分の室に走り込んだ。私にとつては、親にも等しく、恩師である先生！

この年は古典文学の研究に取り組んだ。古典を研究したのは、蔵原の影響があったのかもしれない。後年になって蔵原は、当時は「官憲の監視がきびしく、家に社会科学関係の書物を置くことさえ出来なかった」ので、父の影響もあって、渡辺崋山の研究をしていたと語っている。(31) 中本は執筆、古典研究、蔵原の看護で年を越した。

昭和一七年から終戦までの消息はあまりたどれない。中本本人もあまり語っておらず、当時の資料も少ない。戦争の影響で雑誌・出版業界もほとんど停滞し、戦時統制で書くものも書けない時代である。昭和一七年に文藝家協会も消滅し、情報局傘下の日本文学報国会が設立された（会長は徳富蘇峰）。それでも、中本たか子は病床の蔵原を支える生活のために本を書いた。古典を研究していた中本は、昭和一七年一月に『紫式部（わかむらさきの巻）』を教材社から出版した。ほかには、一二月に「郵便船」を『戦線文庫』に載せた。

昭和一八年二月に『紫式部—まむらさきの巻』を同じく教材社から出版した。四月には『前進する女たち』を金鈴社から上梓した。(32) 成田龍一氏は『前進する女たち』について、「翼賛の姿勢が強く押し出されている」、「主体的に報国する女性たちを「前進」とする短編を集めた単行本だ」と述べて、収録作の「帰つた人」については、「戦時における自己革新と男性による主導、さらに国民の融和を描く作品である」とし、「女性が、戦争により自らを作り替えていくという主体的な動きが綴られる」と批判している。(33)『前進する女たち』が翼賛的であるのはその通りであるが、成田氏は中本の小説の翼賛的なテーマをたやすく批判するのではなく、一歩踏み込んで、戦争が銃後の女性の主体を如何に変容させるかという問題を提示している。「帰つた人」は、慶応ボーイだった恋人弘信が、ノモンハンの激戦から帰ってきたら見違えるように成長していて、主人公の素子はそのことに戸惑い、気後れもするが、やがて、弘信から結婚して農業をやろうと申し出られて、そうしようと決意するまでの話である。慶応ボーイだった弘信は、亀戸の工場で働く戦友を訪ねて気兼ねなく話すし、家事も素子の手を煩わせずに自分でこなすし、農業にも前向きであるが、素子に農業への抵抗があるなら、強制はしないと懐の深さを示す。成田氏の批判はご尤もであるが、慶応ボーイであろうが亀戸の職工であろうが、階級の別なく友人として対等に話し合い、男性であろうが女性であろうが性差に関係なく各自が前向きに自分のことに取り組むという理想、弘信の部分的にはリベラルな姿は、中本が考えている戦後に到来する労働者のあるべき姿だったのであろう。これを現代の政治的に正しい立場から「銃殺刑」にすることは容易だが、悪が跋扈する暗黒時代の苦しい〈現場〉から未来に灯火を繋ごうとする一縷の思いだととらえると、簡単に切って捨てることはできない。中本たか子は、どんなときも〈現場〉の人であった。〈現場〉から生まれる〈正義らしい〉ことを実行してバトンを繋ごうとした。中野重治による「白衣作業」批判のところでも書いたが、同士の多くが筆を折るなかで、それでもどうにかプロレタリア文学の遺髪を継ごうとする〈現場〉の人間を、神の視点から完膚なきまでに断罪することには躊躇いがある。

なお、「帰つた人」に登場する素子の旧友の絹子は、田島準子がモデルではないだろうか。絹子は近頃さる金持ちと結婚したという設定であるが、田島準子は昭和一七年に陸軍中将の井上芳佐と結婚している[34]。中本は前年の昭和一六年五月に結婚している。田島準子は結婚した年の六月に、二冊目となる単著『新しき岸』[35]を上梓しているが、この本に収録されている小説「殘された人」へのアンサーソングが、中本の「帰つた人」であるように思われる。田島準子「殘された人」は、大陸で戦死した男の「殘された人」（恋人、子供、母、親友）を扱っている。戦死した男の名は久野弘志で、子の名が弘美であるが、中本においては、戦死せずに「帰つた」弘信となったのではないか。

「帰つた人」の主人公素子の友人の名は絹子であるが、「残された人」の弘志の親友中田の妹もその名は絹子である。『新しき岸』の表題作となった「新しき岸」は結婚がテーマであるが、結婚について逡巡する主人公鳥海昌子に向かって、友人の夏江は、自分が結婚しようと思っていることを話す。夏江は、「精神的なところのある、高いものを求めてゐるやうな人が好き」だが、「私のやうながざがざした者には、精神的な人なぞ縁がないのかも知れないわ」と述べる。中本と田島準子が順に結婚した時期とちょうど重なる作品であるが、昌子が田島準子に、夏江が中本に見えてくる。中本にとっての「精神的な人」、「高いものを求めてゐるやうな人」というのは、かつての恋人岩尾家定がそうであったろうし、中本が「生きる指針」に据えて結婚した蔵原惟人がまさにそうであろう。一一月に、中本は金鈴社から長篇小説『新しき情熱』を上梓するが、この著書は、田島準子の小説集『新しき岸』の向こうを張って、タイトルに「新しき」と名付けたのではあるまいか。山口で「図書館友達」だった二人は、戦中においても刺激し合うライバル関係だったのであろう。

その『新しき情熱』もやはり生産文学である。戦時の翼賛体制化における共同労働をテーマにしている。『新しき情熱』はスミ、アキノ、タエ、光子の四人の女性が主人公である。それぞれ異なる職業に就き、家庭環境も恋愛事情も異なるが、四人は共同労働によって前向きになっていく。四者の中で最も作者に近いのは、班長の豊崎を理想の男性として見定める光子であろうか。四者は戦争によって歪められる結婚問題を抱えているが、これは田島準子『新しき岸』のテーマと平仄を合わせている。

昭和一九年二月二九日、中本は慶応病院で帝王切開によって長男輝人を出産した。閏年であったため、医者が出生は三月一日で届けてはどうかと述べたが、蔵原がそのままでよいと言ったので、以後、輝人の誕生日は毎年二月二八日に祝うと決められた。中本は三月一日に祝いたかった。後に輝人氏はフリーの写真家として活躍する。

戦況がますます厳しくなるなか、具合のよくない夫を抱え、妊娠・出産・子育てを行わなければならず、中本は執筆できなかった。なお、一二月には中本と交流があった片岡鉄兵が死去した。

六

昭和二〇（一九四五）年になると中本は秩父に疎開したが、終戦を迎えて東京に戻った。九月、招集が解除されて東京に戻った中野重治が、蔵原を訪ねてきて、その日は宿泊した。秋なると、中野重治、宮本百合子らが連れ立って蔵原を訪ねて来た。中本がお茶を出すと、宮本百合子に「小説を書かないことにしたってこと、ほんとに立派だと思うわ」と言われた。中野重治は、この時の中本の表情を後年まで覚えていて、長篇小説「甲乙丙丁」に記している。[36] 戦後の再建が始まったばかりの共産党の幹部であり、左翼文芸の理論的支柱でもある蔵原は多忙であった。その蔵原を支えるために、中本が執筆を断念していることを宮本百合子は「立派だ」と評価したわけだが、小説家としてのプライドがある中本に対してよくそんなことが言えるものだと、中野重治は思ったようである。

終戦直後の中本の様子について、中野重治は「甲乙丙丁」で「赤ん坊の世話、すすぎ洗濯、食事の世話と佐藤の療養、療養しながらの歩きまわり、一九四五年下半期の激動のなかで、それを凌いで行くために八島辰子は鬼のようになって奮闘しているらしかった」と表現している。「甲乙丙丁」の表現は、中本が「光くらく」そのほかで語っている終戦直後の暮らしぶりの表現と一致する。中野重治は蔵原らと交流して、一一月に日本共産党に再入党した。一二月には、蔵原と中野が中心になって、新日本文学会が創立した。

昭和二一（一九四六）年七月、中本の「空つぽの米櫃」が『月刊讀賣』に載った。これが中本の戦後最初の発表作である。翌月には、戦中の自伝的小説「光くらく」（原稿用紙百枚）が『思潮』に載った。同号には太宰治「雀」、蔵原惟人の翻訳（エレンブルグ「ロシヤの魂」）も載っている。「光くらく」は戦中に執筆された小説で、『中央公論』

昭和一五年年八月号に載る予定だったが、検閲で発表できなかったものである。「光くらく」は旧稿であり、この年の中本の発表作品は「空つぽの米櫃」のほかにない。中野重治が言うところの「鬼のようになって奮闘」が続いていたのである。

壺井栄に「表札」[37]という小説がある。戦後すぐの薪にも事欠くミネ（壺井栄）とその家族の暮らしぶりが描かれている。ある日、この家族のもとに、谷本謙一という男が訪問して、表札を作ってくれと依頼してくるのだが、この谷本謙一のモデルは蔵原惟人である。谷本の家には「高木寓」という古い表札があるが、新たに谷本の表札も掲げたいことが書かれている。谷本の妻である高木なつ子のモデルは、中本たか子である。新たに谷本の表札を掲げることになるが、「そこには谷本謙一と高木なつ子の新しい出発の姿があった」と語られる。戦前に国家権力によって酷い目にあった夫婦の戦後の出発を、新しく掲げられる表札に託して、壺井栄が言祝いでいるのである。小田切秀雄が「表札」について「おそらく事実そのままを書いたのであったろう作品[38]」だと言っているが、小説の題は、戦後、堂々と表札を掲げることができるようになった蔵原惟人と中本たか子の新しい出発を象徴している。夫婦別姓で表札を掲げるリベラルな夫婦の姿も言祝がれ、左派の活動が戦後すぐに再開したことが祝福されているのである。

注

（1）　一月に「新しい歴史を前にして」（『作品』）、「非常時下われら何をなすべきか」（『婦人運動』）、二月に「六人の不具者」（『若草』）、「働く女性のルポルタージュ―電話局と新聞社」（『新女苑』）、五月に「閑話とりどり」（『國民思想』）、「私信より」（『第一期九州文学』）、六月に「動静三日間」（『新潮』）、「南部鉄瓶工余談」（『日本学藝新聞』一日）、七月に「女の友情は信じられるか―将来は信じられる」（『新女苑』）、単行本『耐火煉瓦』（「あとがき」付、竹村書房）、八月に小説「織布」(『文藝』)、「何れか一つ」(『新女苑』)、一一月に農民文学「竈の火は絶えじ」(『中央公論』)、「各地通信」(『輝ク』)、「長期戦下の文化国策に直言する！」(『日本学藝新聞』一日)、「女の立場から　生活費切下げと共同性」(『読売新聞』四日)、一二月に松田解子、中河與一らとの共著『愛情の思索』(教材社)を出版し、「恋愛について」を収録した

(2) 六芸社、一二月。「序」を添えて、「白衣作業」、「未成年達」、「獄中の統制者」を収録

(3) 『新潮』昭和一三年二月

(4) 新潮社、昭和一三年四月

(5) 「『南部鉄瓶工』読後」『三田新聞』昭和一四年五月一五日

(6) 三月の『三田文学』でも「全編三百七十枚の長編小説「南部鉄瓶工」中本たか子」が載り、「編集後記」でも言及された。その後も『三田文学』には、「「織布」中本たか子」(九月)、山本和夫「「南部鉄瓶工」新潮社刊『新潮純文学叢書』中本たか子」(九月)が載った。一〇月一六日『朝日新聞』「転換途上の中小商工業(38)」の記事でも「南部鉄瓶工」が取り上げられている

(7) 二月五日付『朝日新聞』「文芸時評(4)若さとモラル　中山の弱気と湯浅の常識」

(8) 一一月二日『読売新聞』夕刊「よみうり抄」

(9) 「苦闘の青春時代」(『広報ほうほく』特集「孤高の女流作家　中本たか子さんをしのぶ」一九九一年一一月)

(10) 金園堂書房、昭和一四年二月

(11) 六芸社、三月。「第一歩」、「竈の火は絶えじ」、「力行週間」の三篇に「序」を添えている。表題作の「第一歩」は『新潮』二月後に掲載

(12) 「中本たか子著　小説「第一歩」を読む」

(13) 昭和一四年版〜一六年版『雑誌年鑑』参照

(14) 和田健「中本たか子と田島準子」『防長文学散歩』一九七五年、白藤書店

(15) 「昭和十四年に活躍させたい新人」(『日本学芸新聞』一月一日号)を皮切りに、「銃後の婦人たち」(『国民評論』一月)、「新刊月評 山田清三郎著「耳語懺悔」」(『新潮』一月)、「燃ゆる熔解爐――ルポルタージユ」(『革新』一月)、「第一歩」(『新潮』二月)、単行本『第一歩』、農民文学の『土の文学叢書 島の挿話』(「島の挿話」・「開墾」、新潮社、五月、装丁は棟方志功)、舞台脚本を小説として書き下ろした単行本『建設の明暗』(「建設の明暗」・「あとがき」春陽堂、五月)、『若き愛の日』(教材社、五月)、単行本『生命に触れゝば』(「生命に触れゝば」・「六人の不具者」・「織布」・「母子ホームへ」赤塚書房、六月)、「生命の細胞」(『日本短歌』六月)、「ノート 街頭放射線――街頭」(『革新』六月)、アンケート「女流作家の立場から――一、その抱負 二、ジャーナリズムへの希望 三、女流作家としての損得といふこと 四、生活について――」(窪川稲子、円地文子、壺井栄ほかも回答)『新潮』七月)、九月五日付『日本学藝新聞』に載せた「現代の風俗と文化」、「各地通信」(『輝ク』一〇月)、「田舎みち」(『作品』一一月)、「をぢをばの寝物語」(『文學者』一二月)など多数にのぼる。また、『政界往来』に「肌着を洗う」が掲載され、『島の挿話 他一篇』(新潮社)が出版された

(16) 昭和一四年二月一日の『朝日新聞』で豊島与志雄が「文藝時評(3)農民生活の取材 岩倉、中本、和田、徳永の諸作」で注目した。二月には、農民文学懇話会編『昭和十四年版 土の文學作品年鑑』に中本たか子が入った。『三田文学』は「[今月の小説]「第一歩」中本たか子」を紹介している

(17) 『白衣作業』の発禁については、三月三一日『読売新聞』夕刊が「黒蜥蜴 一部削除」で、単行本化した江戸川乱歩の「黒蜥蜴」と合わせて、『白衣作業』の一部削除について触れている

(18) 「文藝時評」『帝国大学新聞』四月一七日

(19) A・B・C「新劇「建設の明暗」を観て――岩手南部鋳造工組に取材――」『工業組合』工業組合中央会

（20）南方書館、昭和一八年一月
（21）「昭和文学私論　中本たか子の受刑期　権威主義的な志向の芽生え」『毎日新聞』夕刊、九月二〇日
（22）「中間色の雰囲気「ひなどり」をよむ」（『日本学芸新聞』一月一〇日）、「『近代文学と知性の歴史』をよむ」（『日本学芸新聞』四月一〇日）、「九段対面の日　白扇揮毫・その二」（『輝ク』四月号）、に「職場と結婚」（『婦女界』四月号）、随筆「母なればこそ」（『國の華』五月）。「職業と結婚」（「学窓を巣立つお嬢さまへ」『婦女界』七月号）、「囚われた青春」（『新女苑』八月）、「海は青く（謙太郎）」（『少女の友』九月）、『むすめごゝろ』（教材社、一〇月）など
（23）「職業と結婚」「学窓を巣立つお嬢さまへ」『婦女界』七月号
（24）大槻憲二、宮田戍子共著「中本たか子氏の女性心理」『近代日本文学の分析』霞ヶ関書房、昭和一六年一一月
（25）「文学の疲労と明日への期待」『職場』教材社、昭和一六年三月。中本が取り上げた三冊は、小川正子『小島の春』（長崎書店、昭和一三年一一月、改訂版は昭和一四年四月）、大岳康子『病院船』（女子文苑社、昭和一四年一〇月）、歩兵伍長棟田博『分隊長の手記』（昭和一四年一一月、新小説社）である。なお、『小島の春』は四六五〇〇部の売れ行きで、改訂版が発行された
（26）「新鋭作家叢書」5巻、六藝社
（27）教材社、三月。収録作品は、「［報告］」として、「働いた経験」、「太陽となる婦人群」、「個別作業と共同作業」、「農村労力と婦人」、「囚はれた青春」、「白壁の牢獄」、「未成年達」、「のびる人々」、「労働婦人と家族の問題」、「［随筆］」として、「乳母車」、「青葉の唄」、「焼傷」、「街頭放射線」、「指導者」、「をぢをばの寝物語」、「田舎みち」、「或る村落風景」、「跛の青年」、「若さの特権」、「［評論］」として、「文学者の任務と態度に就いて」、「真実と創造」、「新しき文学理念の出発」、「勤労文学の現実的意義」、「生産場面の小説の描き方」、「調べた小説」、「人間タイプの創造」、「婦人作家の問題」、「文学の疲労と明日への期待」、「新短歌への要望」、「生命の細胞」、「文藝の復興と新なる知性の生誕を」、

「文化の社会的歴史的意義」、「生命の直観と批判精神」である
(28) 教材社、四月。「愛情限りなく」、「蜜蜂」、「肌着を洗ふ」、「求めるもの」、「火のない部屋」、「息吹(いぶ)き」、「一つの魂」、「その悲しみ」「海は青く」、「戯曲建設の明暗(四幕七場)」を収める
(29) 書き下ろし長篇小説。五月、教材社
(30) 興亜文化協会
(31) 「あとがき」(『渡辺崋山』新日本出版社、一九七三年一二月)。蔵原が戦時中に研究したノートが本書に反映されている
(32) 収録作は「ゆりかご」、「見合ひ」、「母の手」、「おもかげ」、「村の娘」、「ある一家」、「噂」、「海に生きるも」、「郵便船」、「帰つた人」、「微笑」、「月夜」、「友達」
(33) 教材社、五月。「解説」『コレクション 戦争と文学14 女性たちの戦争』集英社、二〇一二年一月
(34) 「田島準子」やまぐち文学回廊構想推進協議会編『やまぐちの文学者たち』やまぐち文学回廊構想推進協議会、二〇一三年二月
(35) 新元社刊。収録作は、「新しき岸」、「残された人」、「椰子お家」、「夜の散髪」、「青き眉」、「若き日」、「友の秘密」、「詩人と恋」である。なお、奥付の著者名のルビは「タシマジュンコ」である
(36) 中野重治「甲乙丙丁」『群像』一九六五年一月から六九年九月。作中人物の八島辰子が中本たか子、佐藤惣蔵が蔵原惟人、吉野喜美子(旧姓矢田)が宮本百合子、津田貞一及び田村榊が中野重治をモデルにしている
(37) 『思潮』一九四六年三月
(38) 「解説」『壺井栄全集』第八巻、筑摩書房、一九六八年一二月

資料紹介　中本たか子の書簡

一

中本たか子は大正末頃から平成の初めまで息長く執筆したが、彼女の書簡については、あまり多くは確認されていない。(1)

今回紹介するのは、中本たか子が川辺勝代氏に宛てた一九八〇年五月一五日消印の書簡と一九八六年八月九日消印の書簡の二通である。便宜上前者を書簡①、後者を書簡②と呼ぶ。二通の書簡の原本は中本たか子文学資料館(2)に寄贈するために川辺氏が知人に託したが、中本たか子文学資料館にはわたっておらず、その後は行方不明となった。現在、川辺氏の手元には二通の書簡の複写が残っている。

以下に書簡①及び②の翻刻を掲げ、解説を付す。その後に、これまでに確認されている中本たか子の書簡について言及する。

書簡①　封筒表面

751
下関市大学町
五－八－七

川辺勝代様

封筒裏面

緘

177

東京都練馬区

下石神井四―19―12

中本たか子

五月十五日

本文

川辺勝代様

お手紙いただき、誠にありがとうございます。又、新聞の切抜きもありがとうございました。

拝見してみましたが、道岡香雲氏は、どうしても思い出せません。祖母の妹云々――とありましたが、祖母にそんな妹がいたかどうかもわかりません。

話があまりに遠い過去のことで、何とも仕方ありません。私が角島をでたのが、小学校卒業の年ですから、以来環境もかわり、交友かんけいも変り、人生の志向もまるでちがった方向をたどり、角島の親戚、縁者は、五十年、六十年の昔のことになりますし、そちらの人がわかる人も身辺にいなくなりました。

さて、話はかわりますが、あなたの職場の方、なかなか大変でしょう。むつかしい時代になりました。私などの、出版界の仕事もむつかしいことになりました。本が売れない、企画をさしひかえるというようになり、ジリ貧になってゆきます。ここのところを通り抜けないと、光彩の世界にでられません。

まああいろいろとし、今のところ、作がぱっとしません。お互いに、自分の持ち場を努力して維持しましょう。

とりあえずお返事まで。

五月十五日

中本たか子

〈書簡①について〉

長形4号封筒の表面に宛先の住所氏名が記載されているが、郵便番号の下二桁の記載がなく、郵便局による「郵便番号はハッキリと」の押印がある。消印は一九八〇年五月一五日である。裏面には手書きで「緘」とあり、中本たか子の住所氏名と「五月十五日」の記載がある。郵便番号の下二桁の記載がない。本文は便箋に縦書き三枚である。本稿の改行は書簡の改行に合わせている。

川辺勝代氏は、角島出身の書家道岡香雲の弟子である。川辺氏によれば、師の香雲が「作家の中本たか子が祖母の妹の子」であると語ったという新聞記事が川辺氏の目にとまり、川辺氏はその切り抜きを同封した書簡を中本たか子に送ったとのことである。[3] 書簡①は、これに対する中本たか子の返書である。川辺氏が切り抜いた新聞記事は詳らかでないが、富田義弘「書道有情」に道岡香雲が「作家の中本たか子が祖母の妹の子」であると語ったとある。[4] 書簡にある「祖母の妹云々」は、「作家の中本たか子が祖母の妹の子」という香雲の記事への中本たか子の反応である。「私が角島をでたのが、小学校卒業の年」とあるが、中本たか子は一九一六年三月に角島小学校を卒業し、山口県立山口高等女学校（現山口県立山口中央高等学校）に入学している。一学期は寄宿舎で生活した。二学期からは、一家が山口町（現山口市）大字後河原栗本小路一九八へ転居してきたので、自宅から通学した。「あなたの職場の方、なかなか大変でしょう」とあるのは、川辺氏の職場の労働環境を指している。川辺氏が自身の身辺事情を書簡に綴ったことを受けたものである。「むつかしい時代になりました。私などの、出版界の仕事もむつかしいことになりました」とあるが、いわゆる出版不況は一九九〇年代の末頃から起こり、八〇年当時の出版界はまだまだ好調であったので、「本が売れない、企画をさしひかえる」、「ジリ貧」などの表現は中本たか子個人の状況を言っているものと思われる。それまでは旺盛に執筆していた中本たか子だが、一九七〇年以降毎年雑誌に一、二本のエッセイを載せる程度となり、七九年から八三年の四年間は作品の発表がほとんどない。書簡①では「ここのところを通り抜けないと、光彩の世界にでられません」と言いつつも、しかし「今のところ、作がぱっとしません」という苦境を吐露している。「自分の持ち場を努力して維持しましょう」と前向きな気持ちで締められるが、書簡①は、この時期の作家としての中本たか子の思いをうかがうことができる現在のところ唯一の資料として、貴重である。なお、中本たか子は一九四一年五月に蔵原惟人と結婚して東京都練馬区下石神井に転居し、晩年まで住んだ。⑤

書簡②

封筒表面

751
下関市大学町五-八-七
川辺勝代様

封筒裏面

緘
177
東京、練馬区
下石神井四-19-12
中本たか子
八月九日

本文

川辺勝代様

その後ごぶさたしています。いかが、お過しでございますか。

さて、お忙しいところに、とつぜんこんなことを申しまして、恐縮でございますが、実は左記のところ書きがわかりませんので、お報せいただきますと、幸甚に存じます。

一、梅光女学院大学文学部

（下関市吉見妙寺町三六五）

二、下関市立図書館

（下関市　　　町）

道岡光雲氏はお元気でございますか。今度おあいになりましたなら、よろしくお伝え下さいませ。

では、甚だ勝手ながらよろしくお願い申上げます。

八月九日

新聞記事への書き込み
写真、前列、左から三人目——中本

〈書簡②について〉

封筒表面には宛先の住所氏名が記載されているが、郵便番号の下二桁の記載はない。消印は一九八六年八月九日である。裏面には手書きで「緘」とあり、中本たか子の住所氏名と「八月九日」の記載がある。郵便番号の下二桁の記載がない。本文は便箋に縦書き二枚である。一九八一年七月二九日付『毎日新聞』の記事「総合雑誌　女人芸術　復刻出版記念会」（一一頁上段）の切り抜きが同封されていて、切り抜きの左下に中本たか子による直筆の書き込みがある。記事下には『女人藝術』を復刻出版した龍渓書舎の住所と電話番号と郵便振替番号（全て当時の情報）が明記されている。本稿の改行は書簡の改行に合わせている。

中本たか子が川辺氏に宛てた書簡で、梅光女学院大学文学部（現梅光学院大学文学部）梅ヶ峠キャンパスの郵便番号と、下関市立図書館の町名と番地と郵便番号を問い合わせる内容である。また、この書簡が届いてすぐに、梅光女学院大学と下関市立図書館に著書を送りたいから所書きを知りたいとの電話が中本たか子から川辺氏にあったことを川辺氏本人に確認している[6]。著書とは、おそらく直前の一九八六年七月に白石書店から上梓した『広島へ…そしてヒロシマへ』（「私の戦後平和運動史」として回想した記録）であろうと思われる。書簡②には、川辺氏による梅光女学院大学の郵便番号、短期大学（現梅光学院大学）の住所、当時の下関市立図書館（現下関市役所上田中町庁舎）の郵便番号と住所等の書き込みがある。書簡②で中本たか子は「道岡光雲氏はお元気でございますか」（光雲は香雲の間違い）と道岡香雲の消息を尋ねているが、道岡香雲は一九八四年に梅光女学院大学の助教授（書道課程を担当）に就任し、八九年に教授となり、九一年には主任教授となった。中本たか子が梅光女学院大学文学部に道岡香雲が所属していることをどこかで知って「梅光女学院大学文学部」宛に献本を考えた可能性もあるが、一九二一年一二月から一九二五年五月まで下関市王江小学校（下関市入江町）で約三年半の間、訓導として勤務したことがあり、小説「新聞紙が作つた海峡」（一九二九年一月『創作月刊』）では関門を舞台とした中本たか子が、故郷山口県下の自身もゆかりがある下関市の文学の拠点として梅光女学院大学と下関市立図書館を見定めて、著書の寄贈を思い立った可能性が考えられる。(7)中本たか子は書簡②に記した日付（及び消印の日付）の前日まで広島にいて、原水爆禁止世界大会に参加していた。東京に戻った直後に書簡②をしたためたのは、原水爆禁止世界大会参加の情熱冷めやらぬなかで、平和運動の記録である自著『広島へ…そしてヒロシマへ』の寄贈に駆り立てられたのではないか。川辺氏に書簡②を送った直後に電話もして尋ねているので、一刻も早く著書を届けたい性急な思いに突き動かされたのかもしれない。(8)

同封の新聞記事は、長谷川時雨が主宰の一九二八年七月から一九三二年六月まで四八冊を発行した総合（文芸）雑誌『女人藝術』の龍渓書舎による復刻出版記念会の模様を取材した写真入の記事である。『女人藝術』に参加した作家佐多稲子や松田解子、中本たか子らが集まった。復刻元の龍渓書舎の郵便為替番号等の情報入りで一九八一年の新聞記事を同封したのは、中本たか子が『女人藝術』の復刻版を購入してもらうことを望んだためであろう。記事の「写真、前列、左から三人目」は、中本たか子本人で間違いない。なお、『女人藝術』の参加者が終刊以来一堂に会した最初は、一九八〇年一一月であろう。一九八〇年一一月一一日の『読売新聞』の「「女人芸術」50年ぶり同窓会　女性の地位向上のパイオニア」と題する記事がその旨を報じている。

二

現在までに確認されている中本たか子の書簡は多くない。公開されている書簡は、一九三一年二月号の『女人芸術』に掲載された獄中からの手紙、一九三八年四月四日付の徳富蘇峰宛の書簡、一九七四年一一月に山口県立豊北高等学校の高校生に宛てた書簡、詩人で郷土文学研究家の和田健に宛てた書簡「静と動のふるさと」などに限られている。(9) また、文人から中本たか子に宛てられた書簡で公開されているものは、一九二六年一〇月二四日付の横光利一からの書簡などに限られている。これらの書簡の経緯を解説したものがこれまでにほとんど見当たらないので、ここに記しておく。

○獄中からの手紙

獄中からの手紙は、中本たか子が市ヶ谷刑務所に収監中に、彼女が参加していた『女人藝術』主宰の長谷川時雨に宛てた二通の手紙で、一九三一年二月号の『女人藝術』の「読者通信欄」に掲載されている。手紙の著者の欄は「中××か子」と伏せ字になっている。中本たか子は、一九三〇年七月一四日に治安維持法違反の容疑で逮捕され、一〇月二六日に起訴されて市ヶ谷刑務所に移送された。勾留中の七月下旬に受けた特高からの凄惨な拷問、八月中旬の中絶、翌三一年一月七日頃に読んだ郷里の父からの激越な手紙などによって精神に異常をきたして、同年二月五日から東京府松澤病院に入院する。長谷川時雨が度々市ヶ谷刑務所に出向いて中本たか子に布団などを差し入れしており、手紙にはこのことへの感謝や郷里の父に申し訳ないという思いや服役中の向学心や監獄生活の様子などが述べられている。一二月一四日付の時雨からの手紙を一二月二一日に受け取ったと書いてあり、新年の挨拶などは書かれていない。年明け早々に精神を患うので、おそらく一二月下旬までに執筆して送ったものと思われる。尾形明子『女人芸術の世界』[10]に全文の引用がある。

○徳富蘇峰宛書簡

徳富蘇峰宛の書簡（一九三八年四月四日付）は、徳富蘇峰記念館が所蔵している。蘇峰に自著『南部鉄瓶工』（一九三八年二月『新潮』掲載、四月に新潮社から単行本化）の評価を求め、出版の力添えを要請する内容の書簡である。中本たか子「閑話とりどり」（一九三八年五月『国民思想』）に「徳富蘇峰先生に拙著を差上げたところ、又私の手紙と行き違ひに礼状を頂いた」とある。「又」とあるのは、美濃部達吉に対しても『南部鉄瓶工』を献本し、礼状が届く前に先走って「挨拶の手紙」を送ったことを指す[11]。

○山口県立豊北高等学校高校生宛書簡

山口県立豊北高等学校の高校生に宛てた書簡（一九七四年一一月）は、同年の山口県立豊北高等学校（現山口県立下関北高等学校）の文化祭で文芸部が「郷土出身女流作家　中本たか子」展を開催することに合わせて中本たか子が宛てたものである。故郷の高校生の未来を応援する内容で、「豊北高校の皆さんへ」と題して、一九七五年二月発行の山口県立豊北高等学校文芸部の同人誌『葦芽』二八号に掲載された[12]。同号には「郷土出身女流作家　中本たか子先生との対談記」も掲載されているが、これは、修学旅行で東京に来た豊北高校二年生文芸部員三名と中本たか子が駿河台ホテルで面会したときの口述のまとめである。豊北高校の文芸部が中本たか子とどうして接点を持ったのか定かではないが、『葦芽』には中本たか子と親交があった郷土の文人和田健も寄稿しているので、おそらく和田健を仲介したのではないか。なお、中本たか子は翌年の『葦芽』二九号に文芸部の依頼に応じて、「児玉花外　人とその作品」と題する文章を寄稿している。

なお、一九七九年に中本たか子は豊北高校に自著六点と日本近代文学館の名著復刻全集を寄贈している。現在、これらは「中本文庫」として山口県立下関北高等学校の図書室で保管されている。[13] 下関北高校の図書室には、「故里をとおくはなれて思うかな　夢さきの波　牧さきの風　たか子」と書かれた直筆の色紙も遺っている。

○和田健宛書簡「静と動のふるさと」

和田健に宛てた書簡「静と動のふるさと」は、和田健「中本たか子」（二〇〇六年三月、文学回廊構想推進協議会編『やまぐちの文学者たち』）に、その翻刻（一部）と写真（書簡の一頁目）が掲載されている。書簡の日付等は不明だが、故郷（山口市）の山々を評する内容で、「年をとってくると」、「いま、年とって」などの表現から中本たか子が後年に書いたものであろう。一九三九年三月下旬に妹の縁談などのために郷里に戻った中本たか子は、帰省三日目（最終日）に「会いたかった詩人」の職場を訪れたことを「乳母車」[14] に書いている。これより以前に自身の詩集を中本たか子に贈っていた和田健が、「昭和十四年であった」として、中本たか子の来訪を受けたことを回想していること[15] から、中本たか子が「乳母車」に記す「会いたかった詩人」は和田健のことであると考えられる。以来、両者には親交が続き、和田健が上京の相談[16] を中本たか子にするなどしている。なお、和田健は二〇一三年に九八歳で亡くなっている。

○中本たか子宛横光利一書簡

横光利一が中本たか子に宛てた書簡（一九二六年一〇月二四日付）は、横光が中本たか子に上京を促す内容であり、これより以前に中本たか子が自作を横光に送っていたことが知れる。菊池寛や片岡鉄兵の名も記されていて、興味深い。この書簡は二〇〇六年五月に加藤禎行氏が「中本たか子宛横光利一書簡について」[17]で紹介し、さらにその翌年に、「中本たか子宛横光利一書簡について――一九二六年秋、作家希望の若き教師に送った手紙」[18]で翻刻と考証を行い、書簡の写真を掲載した。経緯については、加藤氏が、二〇〇六年一月一三日に中本たか子の妹鳥潟美喜子氏[19]から山口県立大学附属郷土文学資料センターに寄贈されたもので、河出書房新社の『定本横光利一全集』未収録書簡であることを確認している。この書簡の内容については、加藤氏の考証があるのでここでは触れない。ただ、加藤氏は書簡の寄贈にあたっては和田健に「御尽力を頂いた」とだけ記しているが、この横光の書簡の存在については、その和田健が、一九九一年一一月号の『広報ほうこく』に発表した「孤高の女流作家　中本たか子さんをしのぶ」と題するエッセイの中で既に紹介しており、書簡（後半部）の写真もここに載っている。このことを最後に付言しておく。

注

（1）これまでに確認されている書簡については後述する

（2）二〇〇〇年一〇月に角島に開館し、二〇一二年一一月に閉館した。所蔵の資料は閉館に伴って下関市に寄贈された。現在は下関市立近代先人顕彰館が中本たか子文学資料館から引き継いだ六一種八九点の資料を保存している。一部（中本たか子手製のクッションなど）は旧中本たか子文学資料館に残った。なお、中本たか子文学資料館を運営していた角島旅館も二〇二〇年一一月に閉館した

（3）二〇二〇年一〇月一〇日に筆者が川辺勝代氏に面会して確認した

（4）富田義弘「書道有情」は、道岡香雲作品展実行委員会編『道岡香雲作品集』（瞬報社、一九九三年一一月）に抄録されている。なお、富田氏は少年時代の香雲と中本たか子の接点（中本たか子が香雲の手を引いて角島を散歩した等）につ

いて「香雲は信じて疑わない」という書き方で記しているが、中本たか子は一九一六年に家族共々山口町（現山口市）に転居し、一九二七年に上京している。香雲が角島で生まれたのは一九二四年であり、中本たか子が角島に戻ることはほとんどなかった。今回紹介する書簡①で中本たか子は「道岡香雲氏は、どうしても思い出せません」と述べているが、道岡香雲の回想は思い込みの可能性が高い

（5）初めは練馬区下石神井一－二三一に住み、後に四－一九－一二に移った。なお、一九四五年には秩父に疎開していた

（6）二〇二〇年一〇月一〇日に筆者が川辺勝代氏に面会して確認

（7）一九九〇年九月には、豊北町歴史民俗資料館（現下関市立豊北歴史民俗資料館「大翔館」）にも著書（『わが生は苦悩に灼かれて』、『広島へ…そしてヒロシマへ』、『とべ・千羽鶴』）を寄贈している

（8）現在、下関市立図書館は『広島へ…そしてヒロシマへ』を所蔵しているが、梅光学院大学は所蔵していない

（9）このほかにも、晩年の中本たか子による角島旅館の中本幹人氏・中本ヒサエ氏宛ての数点の年賀はがきや手紙などがある（下関市立近代先人顕彰館が額装して所蔵、常設展示はされていない）。なお、中本幹人氏の大叔父が中本幹隆（中本たか子の父）である

（10）一九八〇年一〇月、ドメス出版

（11）なお、高砂公民館「美濃部親子文庫」が所蔵する二〇〇三年発行の宮先一勝・田中由美子編『美濃部達吉博士関係書簡等目録』及び二〇一五年発行の『美濃部達吉博士関係書簡等目録　増補版』に目を通したが、中本たか子の名は見当たらない

（12）「豊北高校の皆さんへ」は、一九九一年一一月号の『広報ほうほく』の特集「孤高の女流作家　中本たか子さんをしのぶ」に、「豊北高校生のみさなん！」と題して、一部省略して転載された

(13) 二〇二四年四月二日、筆者が山口県立下関北高等学校図書室で現物と目録を確認した。自著は『砂川の誇り』、『わが生は苦悩に灼かれて』、『闘いと裁き』、『わたしの安保闘争日記』、『はまゆうの咲く島』、『滑走路』の六点

(14) 中本たか子『職場』(一九四一年三月、教材社)所収。「乳母車」には具体的な日付の記載はないが、中本たか子の足跡や弟の受験浪人期間、和田健による回想などに照らして、一九三九年三月下旬頃のことではないかと思われる

(15) 和田健「苦闘の青春時代」(『広報ほうほく』特集「孤高の女流作家　中本たか子さんをしのぶ」一九九一年一一月)

(16) 和田健「中本たか子と田島準子」『防長文学散歩』(一九七五年、白藤書店)

(17) 山口県立大学附属郷土文学資料センター発行『郷土文学資料センターだより』第七号

(18) 『山口県立大学紀要』二〇〇七年

(19) 因みに、菊池寛の長篇小説「勝敗」(一九三一年七月二五日から一二月三一日まで『朝日新聞』に連載、全一五九回)のヒロイン佐伯町子のモデルが中本たか子で、その妹の佐伯美年子のモデルが鳥潟美喜子氏だと思われる。さらに、「勝敗」に登場する劇団の大家横山史郎のモデルが横光利一で、新興社の長篇作家山岡敏のモデルが菊池寛、作中で佐伯町子が好意を抱くマルクス主義者の青年井上健二が、昭和五年頃に中本たか子が交際していた共産党の岩尾家定だと推測できる。菊池寛の「勝敗」は戦前に人気を博して映画化・舞台化もされたが、戦後はあまりかえりみられることはない。しかし、フィクションではあるものの、「勝敗」は、上京時の中本たか子の消息を知る参考となり得て興味深い

初出一覧

I

漱石文学の応答責任

転移する「こころ」

原題「〈転移〉する「こゝろ」――ラカンで読む漱石『こゝろ』――」
『日本文学研究』第五三号、梅光学院大学日本文学会、二〇一八年一月

手記の宛先

原題「手記の宛先――夏目漱石「こゝろ」（「心」）の〈応答責任〉――」
『日本文学研究』第五四号、梅光学院大学日本文学会、二〇一九年一月

「坊っちゃん」の応答責任

原題「「坊っちゃん」の「損」」

「ふるさとの文学に親しむ会」（下関市退職教員の会「ゆうゆう」）主催の文学講座「夏目漱石「坊っちゃん」とふるさと」（二〇二〇年七月一二日、八月三〇日）の講演録をもとに『はばたき』第六〇号（兵庫文化クラブ、二〇二三年八月）に掲載した原稿に大幅に加筆した

漱石文学の謎

1　「こころ」のハムレット
「じわじわ効いてくる近代文学」『山口民報』二〇二三年一一月二六日号

2　先生の最期
原題「先生の最期――夏目漱石「こころ」――」
「じわじわ効いてくる近代文学」『山口民報』二〇二一年一〇月二四日号

3　「蛇」のサブリミナル
原題「夏目漱石「蛇」について」
「じわじわ効いてくる近代文学」『山口民報』二〇一九年七月二八日号

Ⅱ

文学と権力

「高瀬舟」の〈他者〉

原題「「高瀬舟」の〈他者〉——国語科教材の可能性のために——」

『日本文学研究』第五五・五六合併号、梅光学院大学日本文学会、二〇二一年一月

「野菊の墓」の寓意

原題「「野菊の墓」繙読」

『論究日本文学』第一〇五号、立命館大学日本文学会、二〇一六年一二月

「マルクスの審判」の正義

原題「正義の取り扱い」

「じわじわ効いてくる近代文学」『山口民報』二〇一九年二月二四日号をもとにして書き下ろし

権力の表現

1 「入れ札」の天皇

原題「天皇の捨て子——菊池寛「入れ札」——」

「じわじわ効いてくる近代文学」『山口民報』二〇二二年六月二六日号

2 「恋するザムザ」の欲望

原題「立ち上がるグレゴール・ザムザ」

「文学講座」(下関市文学研究会主催)での講演「〈謎〉の構造」(二〇一八年五月二六日)の一部を文章化して「じわじわ効いてくる近代文学」『山口民報』二〇一八年六月二四日号に掲載

Ⅲ

戦後の風景

「萩のもんかきや」私注

「ふるさとの文学に親しむ会」(下関市退職教員の会「ゆうゆう」主催の文学講座の講演「中野重治「萩のもんか

きや」を読む」（二〇二一年一〇月一六日）及び「〈名作〉の一人歩き」（「じわじわ効いてくる近代文学」『山口民報』二〇二三年七月二三日号）をもとにして論文化し、『すおう文芸』第四八号（日本民主主義文学会山口支部、二〇二四年二月）に掲載

「海と毒薬」と同時代

「文学講座」（下関市文学研究会主催）での講演「暴力についてのラディカルな問い――遠藤周作『海と毒薬』の場合――」（二〇一八年七月二八日）及び「「海と毒薬」のラディカル」（「じわじわ効いてくる近代文学」『山口民報』二〇一九年一〇月二五日号）をもとに書き下ろし

「桜の森の満開の下」の主体――「羅生門」を合わせ鏡として

原題「安吾の記憶――『桜の森の満開の下』私観――」（大幅に加筆）『ＡＰＩＥＤ』第二三号、二〇一四年九月

Ⅳ

表現の横断

表現の自由をめぐって

原題「『絶歌』の〈舌禍〉」『梅光学院大学論集』第四九号、二〇一六年一月

年上の女が先に死ぬ物語

原題「「こゝろ」の叙法」『日本文学研究』第五二号、梅光学院大学日本文学会、二〇一七年一月

近代の恐怖表象

原題「近代の恐怖表象――恐怖を描くフィクションにおける近代批判性――」『梅光学院大学高等教育開発研究所紀要』第四号、梅光学院大学高等教育開発研究所、二〇二〇年一一月

Ⅵ

中本たか子の時代

講演「中本たか子をひらく」（治安維持法被害者国家賠償同盟主催、二〇二〇年一〇月一〇日）の講演録をもとに

した『風を起す』（兵庫県文化後援会）の連載「中本たか子の少女時代」（二〇二三年四月）、「中本たか子の習作時代」（同年七月）、「中本たか子の上京」（同年一〇月）、「中本たか子の文壇デビュー」（二〇二四年一月）、「中本たか子と『女人芸術』」同年四月、「中本たか子の転機」（同年七月）、及び「獄中からの手紙――中本たか子の場合――」（『山口民報』二〇二四年三月二四日号）。「服役と再出発」、「戦中と終戦」は書き下ろし。「資料紹介　中本たか子の書簡」は『日本文学研究』第五五・五六合併号、梅光学院大学日本文学会、二〇二一年一月

※いずれの原稿も加筆・修正しているが、論旨は変わらない。

あとがき

本書の「はじめに」で夢は解釈であると述べたが、柄谷行人は「夢の世界」（『文学界』一九七二年七月、後に『意味という病』に収録）で、夢は「事後の観察」だと言っている。また、「夢の記憶がわれわれが眼ざめたときに構成されたものだ」とも言っていて、「夢とはわれわれが眼ざめたときに作りあげる物語」だと主張している。その物語については、「われわれは自分自身に関する物語をたえまなく作り、それを「自己」とよんでいるにすぎない」と断じている。この柄谷の言を借りれば、権力が見せる夢が、まさに権力主体としての「自己」を作り上げる「物語」となろう。この権力がみせる夢（権力を横暴に行使する物語、権力に積極的に服従する物語）から醒めるために、「解釈」という行為が有効に機能するのである。「解釈」を遂行する時間（もしくは行為遂行自体、パフォーマティヴィティ）が、権力化を免れる主体の自由な時間となるのである。また、「解釈」は、文学からの権力的な「呼びかけ」（アルチュセール）に対する応答責任を果たす行為（脱権力を志向する主体の生成）でもある。「文学と内なる権力」を「解釈」する意味について、この「あとがき」を書いている現在は、このように考えている。

無論、ここに書いていることが、解釈が見せる夢の一つ（別の権力の可能性）であることも承知している。しかし、権力という幻想が現実に人々を動かす力を持つのだから、「解釈」も脱権力のコミュニケーションの可能性を現実に持ち得るにちがいない。それに、筆者には、ささやかな「解釈」のほかに取り柄がない。これからも、権力関係によって後発的に生まれる主体ではなく、「解釈」によって先発する主体として、自由に文学を読むことに賭けたいと思っている。

なお、権力関係において主体が（行為遂行的に）権力化するというパースペクティブについては、本書では各論でいちいち断りを入れてはいないが、フーコーの「言説の生産性」や「司牧者権力」(『性の歴史I　知への意志』新潮社、一九八六年九月)、アルチュセールの権力からの「呼びかけ」(『再生産について　イデオロギーと国家のイデオロギー装置』第一二章、平凡社、二〇〇五年五月)、及び彼らを下敷きにしたジュディス・バトラーが、『権力の心的な生』(月曜社、二〇一二年六月)で展開する「主体は権力への原初的服従を通じて創始される」という「主体化＝服従化」の理論などの流れを汲んでいることを付言しておく。

＊

過去に書いたものをまとめて本を出すことにそれほど意欲的ではなかったのだが、浅野洋先生から頂戴した年賀状に「自分のために」本を出したらどうかと書かれていた。「自分のために」という文言を目に止めて、「そうかもしれない」と思うようになった。その直後に引っ越しをして、古い荷物を整理していたら、中学卒業時に同級生からもらった寄せ書きが出てきて、友人からの「本を書け」という一言が目に止まった。彼がなぜこの一言だけを書いたのかは、今となってはわからないが、これもきっかけになった。

書名の『文学と内なる権力――日本近代文学の諸相――』は、浅野洋先生に名付けていただいた。折角だからと厚かましくもお願いしたら、すぐに返事を頂戴した。これまでずっとお世話になっている浅野洋先生に、深く感謝申しあげます。それから、いつも気にかけてくださる先輩の中田睦美さんにも合わせて感謝を申しあげます。いつもありがとうございます。

この本は、苦しいときに応援してくれた旧友の松本君、藤谷君、「本を書け」との寄せ書きをくれた小原君、現在も交流が続く卒業生諸君に捧げます。どうもありがとう。

最後になりましたが、第V章の中本たか子の調査にあたっては、中本留美子氏をはじめとして、多くのみなさまにお世話になりました。厚く御礼申しあげます。出版にあたっては、翰林書房の今井静江様に大変お世話になりました。心より御礼申しあげます。

二〇二四年九月

矢本浩司

な

は

ま

や

ら

事項索引

ら

わ

ま

や

た

な

は

さ

書名・作品索引

や

ら

わ

は

ま

た

な

か

さ

人名索引

あ

【著者略歴】
矢本 浩司（やもと・こうじ）
1972（昭和47）年生まれ。立命館大学大学院文学研究科日本文学専攻博士後期課程満期退学。相愛大学非常勤講師、高等学校教諭、梅光学院大学特任准教授・梅光学院中学・高校教諭を経て、現在は帝塚山大学・京都精華大学非常勤講師。
共著に『芥川龍之介を学ぶ人のために』（世界思想社、2000年3月）など。論文に「横光利一「名月」論―横光・芥川間の断絶と連続」（『横光利一研究』、2006年3月）、「成長は成長でも？―文学教材「とんかつ」の解釈」（『日本文学研究』、2016年1月）、「高瀬舟の〈他者〉―国語科教材としての可能性のために」（『日本文学研究』、2021年1月）など。「中本たか子小伝」（『風を起す』兵庫文化後援会）、「映画寸感」（『はばたき』兵庫文化クラブ）連載中。

文学と内なる権力
日本近代文学の諸相

発行日	2024年10月11日　初版第一刷
著　者	矢本 浩司
発行所	翰林書房
	〒151-0073 東京都渋谷区笹塚1-56-10-911
	電 話　(03) 6276-0633
	FAX　(03) 6276-0634
	http://www.kanrin.co.jp/
	Eメール●Kanrin@nifty.com
装　釘	須藤康子＋島津デザイン事務所
印刷・製本	メデューム

落丁・乱丁本はお取替えいたします

ISBN978-4-87737-485-3